A Corrida de Escorpião

MAGGIE STIEFVATER

A Corrida de Escorpião

Tradução
Fal Azevedo

1ª edição

Rio de Janeiro-RJ / Campinas-SP, 2012

VERUS editora

Editora: Raïssa Castro
Coordenadora Editorial: Ana Paula Gomes
Copidesque: Anna Carolina G. de Souza
Revisão: Cleide Salme
Projeto gráfico: André S. Tavares da Silva
Capa: Christopher Stengel

Título original: *The Scorpio Races*

ISBN: 978-85-7686-184-3

Verus Editora Ltda.
Rua Benedicto Aristides Ribeiro, 55, Jd. Santa Genebra II, Campinas/SP, 13084-753
Fone/Fax: (19) 3249-0001 | www.veruseditora.com.br

CIP-BRASIL. CATALOGAÇÃO NA FONTE
SINDICATO NACIONAL DOS EDITORES DE LIVROS, RJ

S874c

Stiefvater, Maggie, 1981-
A Corrida de Escorpião / Maggie Stiefvater ; tradução Fal Azevedo. - 1.ed.
- Campinas, SP : Verus, 2012.
23 cm

Tradução de: The Scorpio Races
ISBN 978-85-7686-184-3

1. Ficção infantojuvenil americana. I. Azevedo, Fal, 1971-. II. Título.

12-4054 CDD: 028.5
CDU: 087.5

Revisado conforme o novo acordo ortográfico

Impresso pelo Sistema Cameron da Divisão Gráfica do Grupo Editorial Record

Para Marian,
que vê cavalos em seus sonhos

AGRADECIMENTOS

A parte dos agradecimentos seria mais curta se eu dissesse apenas: Gostaria de agradecer a todos que me permitiram visitar os penhascos nos últimos dezoito meses.

Mas acho que isso seria um pouco preguiçoso, e, de qualquer forma, eles merecem ser mencionados pelo nome: minha primeira relações-públicas na Scholastic, Samantha Grefé, que cuidou de minha agenda para que eu pudesse visitar penhascos na Califórnia. Meu adorável time de direitos autorais estrangeiros, Rachel Horowitz, Janelle DeLuise, Maren Monitello e Lisa Mattingly, que cuidaram das minhas excursões além-mar, para que eu tivesse tempo de visitar penhascos na Normandia. Meus relações-públicas na Scholastic UK, Alyx Price e Alex Richardson, que deram seu melhor para que eu pudesse visitar os penhascos do sul da Inglaterra. E meus queridos amigos Erin e Richard Hill, que percorreram penhascos britânicos comigo não uma, mas duas vezes, uma do lado sul e outra do lado leste.

Devo agradecer também aos que se envolveram no processo de composição deste livro: meu bravo editor, David Levithan, que não entrou em pânico quando lhe disse que meu próximo livro seria sobre cavalos assassinos. Minha entusiasmada agente, Laura Rennert, por pavimentar o acidentado caminho para este livro. Tessa Gratton e Brenna Yovanoff, minhas críticas e parceiras no jogo Spot the Travesty! Carrie Ryan, Natalie "Good Point" Parker, Jackson Pearce e Kate Hummel, pelos comentários sobre o enredo e pelas histórias sobre armários dos vestiários dos jóqueis.

Como sempre, meus eternos agradecimentos à minha família, por cuidar das coisas quando eu tinha prazos a cumprir – coisas que têm tantas partes móveis, e prazos muitas vezes pintados com as cores dos feriados. Sou grata aos meus pais em particular, que protestavam, mas gentilmente, quando montávamos sem sela.

E, acima de tudo, claro, agradeço a Ed, meu marido, que sempre escala penhascos comigo.

PRÓLOGO
NOVE ANOS ANTES

SEAN

Hoje é o primeiro dia de novembro, portanto alguém vai morrer.

Mesmo sob o forte brilho do sol, o mar frio de outono tem todas as cores da noite: azul-escuro, preto e marrom. Observo as marcas sempre cambiantes sobre a areia, conforme ela é pisoteada por incontáveis cascos.

Eles cavalgam na praia, por uma trilha pálida que fica entre as águas escuras e os penhascos brancos. Nunca é *seguro* aqui, mas nunca é tão perigoso como hoje, dia de corrida.

Nesta época do ano, vivo e respiro a praia. Minhas bochechas parecem ásperas com o vento lançando areia contra elas. Minhas coxas ardem por causa do atrito com a sela. Meus braços doem por controlar um cavalo que pesa uma tonelada. Já esqueci como é me sentir aquecido e o que é uma noite inteira de sono, e como é o som do meu nome simplesmente falado, e não gritado ao longo de quilômetros de areia.

Eu me sinto tão, tão vivo.

Conforme desço os penhascos com meu pai, um dos oficiais da corrida me detém. Ele diz:

– Sean Kendrick, você tem dez anos de idade. Ainda não descobriu, mas há formas mais interessantes de morrer do que nesta praia.

Meu pai se irrita e agarra o braço do homem como se ele fosse um cavalo rebelde. Eles trocam algumas breves palavras sobre restrições de idade durante a corrida. Meu pai vence.

– Se seu filho morrer – diz o oficial –, a culpa será toda sua.

Meu pai nem se dá ao trabalho de responder, apenas se afasta, conduzindo seu garanhão *uisce*.

No caminho em direção à água, somos empurrados por homens e cavalos. Eu me esgueiro sob um cavalo quando ele se ergue sobre as patas traseiras e o cavaleiro é lançado para trás. Ileso, me vejo de frente para o mar, cercado por todos os lados pelos *capaill uisce* – os cavalos d'água. Eles têm as mesmas cores dos cascalhos da praia: preto, vermelho, dourado, branco, marfim, cinza, azul. Os homens enfeitam as rédeas com fitas vermelhas e margaridas para reduzir os riscos do mar escuro de novembro, mas eu não confiaria num punhado de pétalas para salvar minha vida. No ano passado, um cavalo d'água adornado com flores e sinos arrancou o braço de um homem.

Esses não são cavalos comuns. Cerque-os de encantos, esconda-os do mar, mas hoje, na praia, não dê as costas a eles.

Alguns cavalos estão espumando. A baba escorre da boca e desliza sobre o peito, parecendo espuma do mar, escondendo os dentes que mais tarde vão dilacerar homens.

Eles são lindos e mortais, nos amam e nos odeiam.

Meu pai me manda buscar a manta para sua sela e a braçadeira com o outro grupo de oficiais. A cor da manta deve permitir que os espectadores, lá longe nos penhascos, consigam identificar meu pai, mas nesse caso eles não precisarão disso, não com o brilhante pelo vermelho do garanhão que ele monta.

– Ah, Kendrick – dizem os oficiais; este é o nome dele, e também o meu. – Será uma manta vermelha para ele.

Conforme volto para junto de meu pai, sou abordado por um cavaleiro:

– Ei, Sean Kendrick. – Ele é pequeno e magro, e seu rosto parece esculpido em pedra. – Hoje é um bom dia para isso.

Sinto-me honrado em ser cumprimentado como adulto. Como se eu pertencesse a este lugar. Cumprimentamo-nos inclinando a cabeça, antes de ele se voltar mais uma vez para seu cavalo, para terminar de selar o animal. Sua pequena sela de corrida é feita à mão e, quando ele ergue a aba para ajustar a correia, vejo palavras gravadas no couro: "Nossos mortos bebem o mar".

Meu coração martela no peito quando entrego a manta a meu pai. Ele parece perturbado também, e desejo que fosse eu a correr, não ele. Confio totalmente em mim.

O garanhão *uisce* vermelho está inquieto, bufando, com as orelhas em pé e parecendo ansioso. Ele está febril hoje. E será rápido. Rápido e difícil de controlar.

Meu pai me entrega as rédeas para que possa colocar a manta vermelha no cavalo d'água. Passo a língua sobre os dentes, e eles têm gosto de sal; observo meu pai amarrar a braçadeira no braço. Todos os anos eu o tenho observado, e todos os anos ele a amarra com a mão firme, mas não dessa vez. Seus dedos estão desajeitados, e eu sei que ele teme o garanhão vermelho.

Eu já cavalguei esse *capall*. Em seu dorso, com o vento me açoitando, o chão me sacudindo e o mar molhando nossas pernas, nunca nos cansamos.

Inclino-me em direção à orelha do animal e desenho um círculo em sentido anti-horário sobre seus olhos, enquanto sussurro para ele.

– Sean! – grita meu pai, e a cabeça do *capall* se ergue tão rápido que seu crânio quase se choca contra o meu. – O que está fazendo com o rosto tão perto do dele hoje? Ele não lhe parece faminto? Você acha que ficaria bonito sem metade do rosto?

Mas eu apenas olho para a pupila quadrada do garanhão, e ele retorna o olhar, com a cabeça levemente virada para longe de mim. Espero que esteja se lembrando do que eu disse: "Não devore meu pai".

Meu pai faz um ruído com a garganta e diz:

– Eu acho que você deve ir agora. Venha até aqui e... – Ele me dá um tapinha nas costas antes de montar.

Ele parece pequenino e sombrio sobre o dorso do garanhão vermelho. Suas mãos já seguram as rédeas com força, para manter o cavalo no lugar. O movimento aciona o freio na boca do animal; eu o vejo girar a cabeça de um lado para o outro. Não é assim que eu teria feito, mas não sou eu quem está montando.

Quero dizer a meu pai que o garanhão tende para a direita e que acho que ele enxerga melhor com o olho esquerdo, mas, em vez disso, lhe digo:

– Vejo você quando acabar. – Assentimos um para o outro, como estranhos, um adeus não ensaiado e desconfortável.

Estou assistindo à corrida dos penhascos quando um cavalo *uisce* cinza atinge meu pai no braço e depois no peito. Por um momento, as ondas não avançam sobre a praia, as gaivotas sobre nós não batem as asas e o ar seco em meus pulmões não escapa.

E então o cavalo d'água cinzento arranca meu pai de sua incerta posição sobre o garanhão vermelho.

O cinzento não consegue segurar meu pai pelo peito, e meu pai cai na areia, já destruído antes que as patas o atinjam. Ele estava em segundo lugar, e um longo tempo se passa antes que o restante dos cavalos passe por cima dele e eu possa vê-lo mais uma vez. A essa altura, ele é só uma longa mancha preta e escarlate, meio submersa na espuma da maré. O garanhão vermelho anda em círculos, como uma criatura faminta do mar, mas faz o que pedi: não devora a coisa que fora meu pai. Em vez disso, volta para a água. Nada é tão vermelho como o mar naquele dia.

Não penso com frequência no corpo de meu pai estendido na beira da praia, dentro da água vermelha. Lembro dele como ele estava antes da corrida: amedrontado.

Não cometerei o mesmo erro.

1

PUCK

Todo mundo diz que meus irmãos estariam perdidos sem mim, mas na verdade sou eu quem estaria perdida sem eles.

Normalmente, se você perguntar para alguém da ilha de onde ele é, a resposta será algo como "Das redondezas de Skarmouth", ou "Do interior de Thisby", ou "De pertinho de Tholla". Mas eu não. Lembro-me de quando era pequena e, segurando a mão áspera de meu pai, algum velho fazendeiro que parecia ter sido desenterrado da areia me perguntava:

– De onde você é, garota?

E eu respondia num tom alto demais para meu pequeno corpo sardento:

– Da casa Connolly.

Ele retrucava:

– E onde fica isso?

E eu respondia:

– Onde nós, Connollys, vivemos. Porque eu sou um deles. – E então, e ainda fico um pouco envergonhada ao me lembrar dessa parte porque revela um lado negro de minha personalidade, completava: – E você não é.

É simplesmente assim que as coisas são. Há os Connollys e há o restante do mundo, ainda que o restante do mundo, quando se mora em Thisby, não seja tão grande assim. Antes do último outono, era sempre assim: eu, meu irmão mais novo, Finn, meu irmão mais velho, Gabe, e nossos pais. Éramos uma família bem tranquila no geral. Finn estava sempre desmontando e montando coisas e guardando as partes que sobravam numa caixa debaixo da cama. Gabe também não era de muita conversa. Seis anos mais velho que eu, ele economizava suas energias para crescer: já tinha um metro e oitenta aos treze anos. Meu pai tocava gaita quando estava em casa, e minha mãe realizava o milagre da multiplicação dos pães e dos peixes todas as noites, ainda que eu não tenha percebido aquele milagre até o dia em que ela não estava mais ali.

Não é que fôssemos antipáticos com o restante da ilha. Éramos apenas mais simpáticos uns com os outros. Ser um Connolly vinha em primeiro lugar. Aquela era a única regra. Você podia ferir os sentimentos de qualquer pessoa, desde que não magoasse um Connolly.

Estamos na metade de outubro agora. Como em todos os dias do outono nesta ilha, o dia começa frio, mas esquenta e ganha cor conforme o sol nasce. Pego um pente e uma escova e tiro a poeira da crina e do dorso de Dove até meus dedos se cansarem. Quando finalmente a selo, ela está limpa, e eu, imunda. Ela é minha égua e melhor amiga, e sempre acho que algo de ruim vai lhe acontecer, porque a amo demais.

Enquanto ajusto as correias, Dove vira o focinho para meu lado, quase numa espécie de carícia, e desvia mais uma vez a cabeça num movimento rápido; ela me ama também. Não posso cavalgar por muito tempo. Logo terei de voltar e ajudar Finn a preparar biscoitos para vender nas lojinhas da região. Também pinto bules para os turistas e, como a temporada das corridas está chegando, tenho pedidos mais do que suficientes para atender. Depois das corridas, não haverá mais visitantes do continente até a primavera. O oceano é incerto demais quando está frio. Gabe fica fora o dia todo, trabalhando no Hotel Skarmouth, preparando os quartos para os espectadores das corridas. Quando se é órfão em Thisby, é preciso trabalhar duro para pagar as contas.

Na verdade, eu não percebi que não havia nada de especial a respeito da ilha até alguns anos atrás, quando comecei a ler revistas. Não me parece, mas Thisby é um lugar minúsculo: quatro mil pessoas numa ilha rochosa no meio do mar, a horas do continente. Só há penhascos, cavalos, ovelhas e estradas estreitas que atravessam descampados até Skarmouth, a maior cidade da ilha. A verdade é que, até que você descubra que existe algo diferente, a ilha é suficiente.

De fato, sei que há algo diferente. E a ilha ainda assim é o bastante.

Então estou cavalgando, meus dedos estão frios dentro das velhas botas e Finn está sentado no Morris, no banco do motorista, remendando cuidadosamente, com fita adesiva preta, um rasgo no assento do passageiro. O rasgo foi cortesia de Puffin, a gata que vive no estábulo. Pelo menos agora, Finn aprendeu a nunca deixar os vidros abertos. Ele quer parecer irritado com os reparos, mas posso ver que, na verdade, está feliz com o trabalho. É contra o código de conduta de Finn revelar muita felicidade.

Quando Finn me vê montando Dove, lança-me um olhar zombeteiro. Houve um tempo, antes do ano passado, em que aquele olhar zombeteiro se transformava num sorriso malicioso, e ele ligava o motor e apostávamos corrida, eu montando Dove e ele dirigindo o carro, ainda que fosse tecnicamente jovem demais para dirigir. Muito jovem. Mas não importava. Quem nos impediria? Então, apostávamos corrida, eu galopando pelos campos, ele acelerando pela estrada. O primeiro a chegar à praia tinha de arrumar a cama do outro durante uma semana.

Mas já faz quase um ano que não apostamos corrida. Desde que meus pais morreram no barco.

Conduzo Dove para o outro lado, fazendo pequenos círculos no jardim lateral. Ela está ansiosa e agitada demais para se concentrar esta manhã, e eu estou com muito frio para amansá-la. Ela quer galopar.

Ouço o barulho do motor do Morris. Viro-me a tempo de ver o carro se afastando pela estrada, acompanhado de uma nuvem de gases nocivos. Ouço o grito de vitória de Finn um minuto depois. Ele coloca a cabeça para fora, o rosto pálido sob os cabelos empoeirados, e sorri, mostrando cada um dos dentes que possui.

– Você está esperando um convite? – ele chama. Então, volta para dentro do carro e o motor ronca alto quando ele muda de marcha.

– Ah, você vai perder – digo, apesar de ele estar longe, muito longe para ouvir. As orelhas de Dove se esticam em minha direção e então se voltam para a estrada, tremendo. A manhã está fria, e ela mal precisa de comandos. Aperto as coxas contra seus flancos e estalo a língua.

Dove começa a se mover na mesma hora, suas patas deixando rastros empoeirados para trás, e corremos no encalço de Finn.

A rota de Finn não é mistério: ele tem de seguir pela estrada, e só existe uma estrada principal, que vai dar em Skarmouth, passando por nossa casa. Mas esse não é o caminho mais curto. A estrada serpenteia pelos campos, protegida por muros de pedra e cercas vivas. Não faz sentido seguir esse trajeto marcado por uma trilha de poeira. Em vez disso, Dove e eu atravessamos os campos. Dove não é grande; nenhum dos cavalos nativos da ilha é, porque a grama não é das melhores. Mas é esperta e corajosa. Assim, ela e eu saltamos as cercas do jeito que quisermos, desde que o terreno seja sólido.

Contornamos a primeira curva, assustando um grupo de ovelhas.

– Desculpem! – grito para elas por sobre o ombro.

A cerca seguinte surge quando ainda estou observando as ovelhas, e Dove tem de se virar depressa para poder saltar. Solto as rédeas no que deve ter sido o movimento mais desajeitado do mundo, mas pelo menos evito machucar sua boca, e ela ergue alto as pernas, salvando nós duas. Enquanto ela se afasta da cerca, puxo as rédeas novamente e dou um tapinha em seu pescoço para demonstrar que percebi que ela nos salvou, e ela estica as orelhas para trás, demonstrando que gosta que eu me importe.

Então, atravessamos um campo que costumava servir de pasto para ovelhas, mas que agora está coberto de folhagens, esperando para ser queimadas. O Morris ainda está um pouco à nossa frente, uma sombra escura diante de um rastro de poeira. Não estou preocupada com a vantagem dele; para chegar de carro à praia, ele vai ter de pegar a estrada por dentro da cidade, com curvas fechadas e pedestres atravessando, ou fazer um desvio contornando-a, perdendo vários minutos e nos dando uma boa chance de recuperação.

Ouço o Morris hesitar pouco antes da rotatória e em seguida disparar para a cidade. Posso pegar a estrada que contorna Skarmouth e evitar mais saltos, ou posso ir pelos arredores da cidade, atravessando alguns quintais e correndo o risco de ser vista por Gabe, no hotel.

Já posso me imaginar sendo a primeira a chegar à praia.

Decido correr o risco de ser vista por Gabe. Já faz muito tempo desde que fizemos isso pela última vez, e as velhotas rabugentas não podem reclamar muito de um cavalo atravessando seu quintal, desde que não esmaguemos nada importante.

– Vamos lá, Dove – sussurro. Ela acelera o galope pela estrada e passa direto por um buraco numa cerca viva. Existem casas aqui que parecem ter surgido das pedras e quintais estreitos cheios de trecos que não cabiam mais nas casas; do outro lado, há uma sólida extensão de pedra que cavalo nenhum poderia atravessar. O único caminho possível é passar por meia dúzia de quintais e pelo hotel do outro lado.

Espero que todos estejam ocupados, trabalhando nos píeres ou na cozinha. Passamos a galope pelos quintais, saltando carrinhos de mão no primeiro, desviando de uma horta no segundo e sendo perseguidos por um terrier furioso no terceiro. E então, inexplicavelmente, saltamos uma velha banheira vazia no último quintal e alcançamos a estrada que vai dar no hotel.

Obviamente, Gabe está lá e me vê no mesmo instante.

Ele está varrendo a calçada diante do hotel com uma vassoura enorme. O hotel é um edifício meio assustador, com paredes cobertas por trepadeiras. As folhas são podadas em quadrados perfeitos para permitir que o sol entre pelas janelas, com parapeitos de um azul brilhante. A altura do hotel bloqueia a luz da manhã e lança uma profunda sombra azul sobre a calçada de pedra que Gabe está varrendo. Ele parece alto e maduro, com sua jaqueta marrom justa sobre os ombros largos. Seus cabelos louro-avermelhados alcançam-lhe a nuca; estão um pouco compridos, mas ainda assim ele é bonito. Sinto uma feroz onda de orgulho me invadir, porque ele é meu irmão. Ele para o que está fazendo para se apoiar no cabo da vassoura e me observar enquanto me aproximo com Dove.

– Não fique zangado! – grito para ele.

Um sorriso vence um dos lados de seu rosto, mas o outro não. Quase pareceria que ele está realmente feliz, se você nunca tivesse visto um de seus verdadeiros sorrisos. O mais triste é que eu me acostumei com seus sorrisos fingidos. Tenho esperado os sorrisos de verdade voltarem, sem perceber que deveria estar me esforçando para encontrá-los de novo.

Continuo na corrida, forçando Dove a galopar quando nos afastamos da calçada e voltamos para o gramado. Ali, o solo é macio e arenoso e tem início um rápido declive; a trilha se torna mais estreita entre os morros e as dunas que levam até a praia. Não consigo dizer se Finn está à minha frente ou atrás de mim. Tenho de controlar Dove e diminuir a marcha para um trote quando a descida fica íngreme demais. Finalmente, ela dá um salto desajeitado que nos leva ao nível do mar. Quando contornamos o último banco de areia, solto uma exclamação irritada; o Morris já está estacionado, no limite entre a grama e a areia. O cheiro de combustível inunda o ar, acentuado pela elevação do solo ao nosso redor.

– Você ainda é uma boa menina – sussurro para Dove. Ela está sem fôlego, mas solta o ar pela boca. Ela acha que a corrida foi boa.

Finn está meio para dentro, meio para fora do carro, a porta do motorista está aberta e ele apoia um dos pés na beirada. Descansa um braço no teto e o outro na parte superior da porta. Ele está olhando para o mar, mas, quando Dove recupera o fôlego, volta o rosto para mim, protegendo os olhos. Sua expressão é de preocupação, e eu conduzo Dove para perto do carro. Afrouxo as rédeas para que ela possa pastar enquanto estamos ali, mas ela não abaixa a cabeça. Em vez disso, também volta os olhos para o oceano, cerca de cem metros à nossa frente.

– O que foi? – pergunto. Uma sensação estranha me embrulha o estômago.

Olho para onde os olhos dele estão voltados. Posso ver, a distância, uma cabeça cinzenta emergindo da água, tão distante e com a cor tão próxima da do mar revolto que quase posso crer que estou imaginando coisas. Mas os olhos de Finn não estariam tão arregalados se ele não tivesse certeza. Como era de esperar, a cabeça emerge mais uma vez, e agora vejo narinas escuras respirarem com tanta força que consigo vislumbrar uma cor avermelhada nelas, mesmo daqui. E então o restante da cabeça aparece e depois o pescoço, com a crina embaraçada colada ao pelo por causa da água salgada e, em seguida, os ombros poderosos, brilhantes e ensopados. O cavalo d'água surge do oceano e dá um grande salto, como se os passos finais sobre a maré alta fossem um enorme obstáculo a superar.

Finn hesita quando o cavalo começa a galopar pela praia em nossa direção, e eu pouso a mão em seu cotovelo, ainda que meu próprio coração esteja martelando em meus ouvidos.

– Não se mexa – sussurro. – Não-se-mexa, não-se-mexa, não-se-mexa.

Eu me agarro ao que ouvi dizer inúmeras vezes: que os cavalos d'água adoram um alvo em movimento, adoram a caçada. Faço uma lista dos motivos pelos quais ele não vai nos atacar: estamos imóveis, não estamos perto da água e estamos ao lado do Morris, e os cavalos d'água desprezam o ferro.

De fato, o cavalo d'água passa por nós, galopando sem parar. Posso ver Finn engolir em seco, seu pomo de adão sobe e desce no magro pescoço, e é tudo tão real que é difícil não se encolher até que ele volte para o oceano.

Eles estão aqui mais uma vez.

É o que acontece todo outono. Meus pais não acompanhavam as corridas, mas sei a história mesmo assim. Quanto mais perto estamos de novembro, mais cavalos saem do mar. Os nativos da ilha que desejam participar das futuras Corridas de Escorpião frequentemente saem em grandes grupos de caçadores para capturar os *capaill uisce*, o que é sempre muito perigoso, porque os cavalos estão famintos e ainda enlouquecidos pelo mar. E, quando os novos cavalos emergem, é um sinal para aqueles que estão participando das corridas do ano, para começarem a treinar os cavalos que capturaram nos anos anteriores – cavalos relativamente dóceis até o cheiro do mar do outono despertar a magia dentro deles.

Durante o mês de outubro, até primeiro de novembro, a ilha se torna um mapa de áreas seguras e não seguras, porque, a menos que você seja um dos cavaleiros, não quer estar por perto quando um *capall uisce* fica louco. Nossos pais trabalharam duro para nos proteger da realidade sobre os cavalos *uisce*, mas era impossível evitá-la. Nossos amigos faltavam às aulas porque um cavalo *uisce* matara o cachorro da família durante a noite. Meu pai tinha de desviar de uma carcaça destruída no caminho para Skarmouth, uma evidência de onde haviam se enfrentado um cavalo d'água e um cavalo da terra. Os sinos da são Columba tocavam ao meio-dia, anunciando o funeral de um pescador pego de surpresa na praia.

Finn e eu não precisamos que ninguém nos diga como os cavalos são perigosos. Nós sabemos. Sabemos disso todos os dias.

– Vamos – digo. Olhando para o mar, com os braços magros o mantendo em pé, ele parece muito jovem, meu irmãozinho, ainda que esteja atravessando aquela estranha fase de transição entre menino e homem. Sinto uma repentina necessidade de protegê-lo da dor que aquele outubro trará. Mas não é de fato com a dor deste outubro que devo me preocupar, e sim com a de um outubro que já se foi.

Finn não responde, apenas entra no Morris e fecha a porta sem olhar para mim. Já é um dia ruim. E isso antes de Gabe voltar para casa.

2

SEAN

Beech Gratton, o filho do açougueiro, acabou de matar uma vaca e está escorrendo o sangue num balde para mim quando ouço a notícia. Estamos na área atrás do açougue, e o som de nossa total falta de conversa é amplificado pelo eco de nossos passos nas pedras ao redor. O dia está lindo e frio, e eu estou inquieto, me apoiando num pé e no outro. As pedras sob meus pés são irregulares, meio erguidas do chão por causa das raízes de árvores que não existem mais, e manchadas de marrom e preto em pontos espalhados.

– Beech, você já soube? Os cavalos deixaram o mar – informou Thomas Gratton ao filho, entrando pela porta aberta de seu estabelecimento. Ele havia começado a se dirigir para os fundos, mas se deteve ao me ver. – Sean Kendrick. Eu não sabia que estava aqui.

Não digo nada, e Beech resmunga:

– Ele veio quando soube que eu estava matando a vaca. – Ele faz um gesto indicando a carcaça, pendurada, decapitada e sem as patas, num cavalete de madeira. O chão está repleto de sangue, porque Beech demorou para colocar o balde debaixo do cadáver. A cabeça do animal está no fundo do quintal, virada de lado. A boca de Thomas Gratton se move, como se desejasse dizer algo a respeito daquela cena a Beech, mas ele não diz nada. Thisby é uma ilha habitada por filhos que decepcionam os pais.

– Então, você já sabia, Kendrick? – pergunta Thomas Gratton. – É por isso que está aqui, e não montado num cavalo?

Estou aqui porque os novos homens que Malvern contratou para alimentar os cavalos são, na melhor das hipóteses, medrosos e, na pior, incompetentes. Além disso, o feno anda ruim e os cortes de carne ainda piores. Não há sangue para os *capaill uisce*, é como se os empregados acreditassem que tratá-los como cavalos comuns os tornaria comuns. Então, estou aqui porque eu mesmo preciso fazer as coisas, se quiser que sejam feitas direito. Mas o que digo é:

– Eu não sabia.

Beech dá tapinhas carinhosos no pescoço da vaca morta, balançando o balde de um lado para o outro. Ele não olha para o pai.

– Quem contou?

Não dou a mínima para a resposta a essa pergunta; não interessa quem ouviu ou quem disse o quê. O que importa é que os *capaill uisce* estão saindo do mar. Posso sentir em meus ossos que é verdade. E é por isso que estou inquieto. É por isso que Corr anda de um lado para o outro na baia, e é por isso que eu não consigo dormir.

– Os Connollys viram um – diz Thomas Gratton.

Beech faz um barulho e dá mais um tapinha na vaca, mais para mostrar que está ouvindo do que por qualquer motivo prático. A história dos Connollys é uma das mais tristes que Thisby tem a oferecer: três filhos de pescador órfãos duas vezes pelos *capaill uisce*. Há muitas mães solteiras nesta ilha, cujo homem desapareceu no meio da noite, vítima de um cavalo d'água selvagem ou da tentação do continente. E muitos pais solteiros também, cuja esposa foi apanhada na praia por dentes que apareciam subitamente, ou seduzida por algum turista com a carteira recheada. Mas perder pai e mãe de um único golpe, aquilo não era comum. A minha história – o corpo frio do pai lançado ao solo, a mãe perdida para o continente – era suficientemente comum para ter sido esquecida, o que é bom para mim. Há coisas melhores pelas quais ser conhecido.

Thomas Gratton observa em silêncio, enquanto Beech me entrega o balde e começa a retalhar agressivamente o cadáver da vaca. Não parece haver um modo artístico de esquartejar uma vaca, mas há, e com certeza não é esse. Por um longo momento, observo Beech cortar a carne em linhas irregulares, grunhindo o tempo todo consigo mesmo, talvez tentando cantarolar. Estou impressionado com a total inconsciência do processo e com o prazer infantil que Beech sente com um trabalho malfeito. Thomas Gratton e eu trocamos um olhar.

– Ele aprendeu isso com a mãe, não comigo – diz Thomas Gratton. Eu quase não esboço um sorriso, mas ele parece grato pela minha resposta mesmo assim.

– Se você não gosta do modo como trabalho – responde Beech, sem desviar os olhos da tarefa –, eu preferiria estar no bar, e esta faca também cabe na sua mão.

Thomas Gratton emite um som poderoso que vem de algum lugar entre suas narinas e o céu de sua boca; é um som que, para mim, prova efetivamente a origem dos grunhidos de Beech. Ele se afasta do filho e olha para o telhado vermelho de uma das construções que circundam o quintal.

– Então, suponho que vá participar da corrida este ano – diz.

Beech não responde, porque, obviamente, seu pai está falando comigo. Eu respondo:

– Suponho que sim.

Thomas Gratton não responde no mesmo instante. Ele simplesmente continua olhando para o sol da tarde, que ilumina as telhas com um tom brilhante vermelho-alaranjado. Por fim, diz:

– Sim, suponho que seja isso que Malvern exige de você.

Trabalho no Haras Malvern desde os dez anos de idade, e algumas pessoas dizem que consegui o emprego por piedade, mas elas estão erradas. O sustento e o nome dos Malverns estão sob o teto daquele estábulo – eles exportam cavalos de corrida para o continente –, e não admitem nada que os comprometa, mesmo algo tão humanitário como a piedade. Já estou com os Malverns há tempo suficiente para saber que os Grattons não dão a mínima para eles, e sei que Thomas Gratton quer que eu diga qualquer coisa que o faça desprezar Benjamin Malvern ainda mais. Então, faço uma longa pausa para dissipar o peso daquela pergunta e digo, balançando o balde:

– Se o senhor não se importar, acerto as contas no fim da semana.

Thomas Gratton ri baixinho.

– Você é o jovem de dezenove anos mais velho que conheço, Sean Kendrick.

Não respondo, porque provavelmente ele está certo. Ele me diz para acertar as contas na sexta-feira, como de costume, e Beech me dirige um grunhido de despedida quando deixo o quintal carregando o balde de sangue.

Preciso pensar em como trazer os pôneis do pasto, acertar a alimentação dos puros-sangues e decidir como manter meu pequeno apartamento sobre o estábulo aquecido esta noite, mas estou pensando na notícia que trouxe Thomas Gratton. Estou aqui em terra firme, mas parte de mim já está na praia, e meu próprio sangue está cantando: "Estou tão, tão vivo".

3

PUCK

Naquela noite, Gabe quebra a nossa única regra.

Não tenho grandes ambições para o jantar, porque não temos nada além de feijões secos, e eu não aguento mais cozinhar e comer feijões. Preparo um bolo de maçã e me sinto muito prendada por isso. Finn está me aborrecendo, a tarde toda no jardim mexendo com uma motosserra antiga e quebrada, que ele diz que alguém lhe deu, mas que é bem provável que tenha tirado do lixo de alguém. Estou zangada por estar dentro de casa sozinha, o que faz com que eu sinta que devo arrumá-la, e não estou a fim de arrumar nada. Abro e fecho gavetas e armários, evitando a pia sempre cheia, mas Finn não me ouve, ou finge não me ouvir.

Finalmente, antes que o sol desapareça por completo no oeste, abro a porta lateral e fico ali, olhando fixamente para Finn, esperando que ele olhe para mim e diga alguma coisa. Ele está curvado sobre a motosserra desmontada à sua frente, as peças espalhadas de forma organizada pelo solo poeirento do jardim. Ele usa um dos suéteres velhos de Gabe, que ainda é muito grande para ele. Arregaçou as mangas, com dobras largas e perfeitas, e seus cabelos escuros estão presos num ensebado rabo de cavalo. Ele parece órfão, e isso também me aborrece.

– Você vai entrar e comer o bolo enquanto ele ainda se lembra de ficar quente? – Pareço um pouco infantil, mas não me importo.

– Em um minuto – Finn responde, sem erguer os olhos. Ele não vai levar apenas um minuto, e eu sei disso.

– Vou comer o bolo todo sozinha – ameaço. Ele não responde; está perdido no misterioso mundo da motosserra. Eu penso, só nesse instante, que odeio irmãos, porque eles nunca percebem quando algo é importante para você e só se importam com as próprias coisas.

Estou prestes a dizer algo do qual posso me arrepender depois, quando vejo Gabe caminhando em nossa direção empurrando sua bicicleta. Nenhum de nós diz oi enquanto ele abre o portão do jardim, traz a bicicleta para dentro e o fecha – Finn porque está distraído demais, e eu, porque estou irritada com Finn.

Gabe guarda a bicicleta sob o pequeno alpendre atrás da casa e se aproxima de Finn. Tira o boné e o segura sob os braços cruzados, observando em silêncio o que o irmão está fazendo. Não estou certa se, sob a luz fraca do entardecer, Gabe sabe dizer o que foi exatamente que Finn estraçalhou, mas Finn sacode a carcaça da motosserra para conceder ao irmão uma melhor visão. Isso, aparentemente, revela a Gabe tudo o que ele precisa saber, porque, quando Finn ergue a cabeça, levantando o queixo para nosso irmão mais velho, Gabe apenas assente.

Aquela comunicação silenciosa tanto me fascina quanto me deixa furiosa.

– Fiz bolo de maçã – digo. – Ainda está quente.

Gabe tira o boné de debaixo dos braços e se vira para mim.

– O que teremos para o jantar?

– Bolo de maçã – Finn comenta do jardim.

– E motosserra – respondo. – Finn preparou uma bela motosserra para acompanhar.

– Bolo de maçã está bom – diz Gabe, parecendo cansado. – Puck, não deixe a porta aberta. Está frio aqui fora.

Dou um passo para trás para que ele possa entrar em casa, e, quando o faz, percebo que ele cheira a peixe. Odeio quando os Beringers mandam Gabe limpar peixe. Ele deixa a casa toda fedendo.

Gabe para na porta. Olho para ele e, então, para sua postura, com a mão no batente e o rosto voltado para a mão, como se estivesse estudando seus dedos ou a pintura vermelha descascada sob eles. Sua expressão parece distante, como a de um estranho, e de repente sinto vontade de abraçá-lo, como eu costumava fazer quando era criança.

– Finn – ele diz, com a voz baixa –, quando terminar de montar isso, eu preciso falar com você e Kate.

Finn ergue os olhos, seu rosto tem um ar assustado, mas Gabe já se foi, passando por mim para desaparecer no quarto que ainda divide com Finn, apesar de o quarto de nossos pais estar vazio. Ou o pedido de Gabe ou o fato de ter usado meu nome de verdade chamou a atenção de Finn de um jeito que meu bolo de maçã não foi capaz de fazer, e ele começa a recolher as peças da motosserra bem depressa, guardando toda a tralha numa velha caixa de papelão.

Fico preocupada enquanto espero Gabe sair de seu quarto. A cozinha se transformou naquele lugar pequeno e amarelo de todas as noites, quando a escuridão lá fora a faz parecer ainda menor. Lavo apressadamente três pratos iguais e corto um pedaço grande de bolo de maçã para cada um de nós, o maior deles para Gabe. Colocá-los sobre a mesa, três pratos solitários onde um dia houve cinco, me deprime, então tento manter-me ocupada preparando chá de hortelã para acompanhar. Conforme arrumo, uma, duas vezes, as xícaras de chá ao lado dos pratos, percebo tarde demais que talvez chá de hortelã e bolo de maçã não combinem muito bem.

A essa altura, Finn deu início ao processo de lavar as mãos, o que pode levar séculos. Com paciência e em silêncio, ele ensaboa as mãos com o sabonete de leite, lavando cuidadosamente entre os dedos e esfregando cada linha de sua palma. Ele continua até Gabe aparecer, vestindo roupas limpas, mas ainda cheirando a peixe.

– Parece bom – Gabe me diz ao puxar sua cadeira, e fico aliviada, porque nada está errado, vai ficar tudo bem. – É bom sentir cheiro de hortelã depois de hoje.

Tento pensar no que minha mãe ou meu pai teriam dito a ele. E de repente nossa diferença de idade parece um enorme abismo.

– Pensei que queriam que você arrumasse as coisas no hotel hoje.

– Eles precisavam de mão de obra no píer – responde Gabe. – E Beringer sabe que sou mais rápido que Joseph.

Joseph é filho de Beringer, preguiçoso demais para ser rápido em qualquer coisa. Uma vez Gabe me disse que devíamos ser gratos pela incapacidade de Joseph de pensar em algo além de si mesmo, porque era por esse motivo que Gabe tinha um emprego. Porém não me sinto grata nesse momento, pois Gabe está cheirando a peixe porque Joseph é um inútil.

Gabe segura a xícara de chá, mas não bebe. Finn ainda está lavando as mãos. Acomodo-me em minha cadeira. Gabe espera um pouco mais, e então diz:

– Finn, *já chega*, ok?

Finn leva mais um minuto para enxaguar as mãos, mas fecha a torneira em seguida e vem se sentar à minha frente.

– Precisamos dar graças, mesmo só tendo bolo de maçã?

– E uma motosserra – completo.

– Deus, obrigado por este bolo e pela motosserra de Finn – diz Gabe. – Está bom assim?

– Para Deus, ou para mim? – pergunto.

– Deus está sempre contente – Finn diz. – É a você que precisamos agradar.

Aquilo me parece incrivelmente injusto, mas me recuso a morder a isca. Olho para Gabe, que está olhando para seu prato. Pergunto:

– E então?

Do lado de fora, ouço Dove relinchando onde o pasto se mistura ao quintal; ela quer sua ração de grãos. Finn olha para Gabe, que ainda está olhando para o prato, pressionando os dedos sobre o bolo de maçã, como se estivesse verificando a textura. Subitamente, percebo como o dia de amanhã, o aniversário da morte de nossos pais, está me perturbando, e como nunca me ocorreu que a mesma coisa talvez estivesse acontecendo com o quieto e controlado Gabe.

Ele não ergue os olhos. Simplesmente diz:

– Vou embora da ilha.

Finn mantém os olhos fixos em Gabe.

– O quê?

Não consigo falar; é como se ele tivesse dito aquilo num idioma estrangeiro e meu cérebro precisasse traduzir suas palavras antes que eu pudesse entender.

– Vou embora da ilha – diz Gabe, e dessa vez a declaração é mais firme, mais real, mesmo que ele ainda não olhe para nós.

Finn consegue articular uma frase completa primeiro.

– O que vamos fazer com todas as nossas coisas?

Eu completo:

– E quanto a Dove?

Gabe diz:

– *Eu* vou embora da ilha.

A expressão no rosto de Finn é como se Gabe o tivesse espancado. Ergo o queixo e tento fazer com que Gabe olhe nos meus olhos.

– Você vai sem a gente? – E então minha mente me fornece uma resposta lógica, que lhe dá uma desculpa, e eu lhe dou essa resposta. – Então você não vai demorar muito tempo. Você só vai para... – Sacudo a cabeça. Não consigo pensar num motivo para ele partir.

Gabe finalmente ergue os olhos.

– Eu vou me mudar.

Sentado na minha frente, Finn está agarrado à beirada da mesa, e seus dedos pressionam a madeira com tanta força que estão brancos nas pontas, mas muito vermelhos nas juntas. Não acho que ele esteja ciente disso.

– Quando? – pergunto.

– Daqui a duas semanas. – Puffin está miando a seus pés, esfregando o queixo em sua perna, mas Gabe não olha para baixo nem reconhece a presença dela. – Prometi a Beringer que ficaria mais esse tempo.

– Beringer? – pergunto. – Você prometeu a *Beringer* que ficaria por mais um tempo? E quanto a *nós*? O que vai acontecer conosco?

Ele não olha para mim. Estou tentando imaginar como poderemos sobreviver com um Connolly trabalhador a menos e mais uma cama vazia.

– Você não pode ir – digo. – Não pode partir tão cedo. – Meu coração martela no peito e preciso pressionar os dentes com força para impedir que batam como uma castanhola.

O rosto de Gabe continua impassível, e sei que vou me arrepender do que vou dizer, mas é a única coisa em que consigo pensar, então eu digo.

– Vou participar das corridas – falo. Simples assim.

Agora tenho a total atenção de meus irmãos, e minhas faces estão vermelhas, como se eu tivesse me inclinado sobre um forno quente.

– Qual é, Kate – Gabe diz, mas sua voz não é tão clara quanto deveria. Ele quase acredita em mim, apesar de tudo. Antes que eu diga qualquer outra coisa, tenho de pensar a respeito e decidir se *eu* acredito em mim mesma. Penso nesta manhã, meus cabelos ao vento, a sensação de Dove se espichando num galope. Penso no dia depois das corridas, a areia manchada de vermelho num ponto da praia que o oceano não alcança. Penso nos últimos barcos partindo antes do inverno e em Gabe num deles.

Eu poderia fazer isso, se precisasse.

– Eu vou. Você não ouviu falar na cidade? Os cavalos estão aparecendo. O treinamento começa amanhã. – Sinto-me muito orgulhosa por minhas palavras parecerem firmes.

A boca de Gabe trabalha como se estivesse dizendo todo tipo de coisa sem abrir os lábios, e sei que ele está remoendo todos os contra-argumentos em sua cabeça. Parte de mim quer que ele diga "Você não pode", para que eu possa perguntar "Por quê?", e assim ele terá de perceber que não pode responder "Porque você pode deixar o Finn totalmente sozinho". E ele não pode perguntar "Por quê?", pois teria de responder a mesma pergunta. Eu devia estar me sentindo muito esperta e satisfeita comigo mesma, porque é muito difícil deixar Gabe sem palavras, mas na verdade meu coração está fazendo *tum-tum-tum* no peito, de maneira muito rápida e superficial, e eu meio que espero que ele diga que, se eu não competir, ele vai ficar.

Mas finalmente ele diz:

– Tudo bem. Vou ficar até depois das corridas. – Ele parece zangado. – Mas não mais do que isso, porque os barcos vão parar até a primavera. Você está fazendo uma coisa muito estúpida, Kate.

Ele está zangado comigo, mas eu não me importo. Tudo o que me importa é que ele vai ficar por um pouco mais de tempo.

– Bem, parece que vamos precisar do dinheiro, se eu vencer – digo, tentando soar o mais adulta e indiferente possível, mas pensando que talvez, se eu realmente ganhar o dinheiro, ele não tenha mais que partir. E então me levanto da mesa e coloco o prato e a xícara na pia, como se essa fosse uma noite como outra qualquer. E vou para o meu quarto, fecho a porta e coloco o travesseiro sobre a cabeça para ninguém ouvir.

– Filho da mãe egoísta – sussurro, e as palavras ficam escondidas sob o travesseiro.

Então, começo a chorar.

4

SEAN

Estou sonhando com o mar quando me acordam.

Na verdade, estou sonhando com a noite em que capturei Corr, mas posso ouvir o mar em meu sonho. Há uma antiga superstição que diz que os *capaill uisce* capturados durante a noite são mais rápidos e fortes, por isso são três da manhã e eu estou agachado atrás de uma pedra na base dos penhascos, a vários metros da areia da praia. Acima de mim, o mar cavou um arco na greda; o teto está a uns trinta metros da minha cabeça, e as paredes brancas me abraçam. Deveria estar escuro, a luz da lua não chega até mim, mas o oceano reflete as pedras claras, e posso ver suficientemente bem para não tropeçar no cascalho áspero do solo. As pedras sob os meus pés têm mais em comum com o fundo do oceano do que com a praia, e tenho de tomar cuidado para não me desequilibrar na superfície escorregadia.

Estou ouvindo.

No escuro, no frio, estou ouvindo uma mudança no som do oceano. A água está subindo, rápida e silenciosamente; a maré está alta, e daqui a uma hora esta caverna estará cheia de água do mar, numa altura além da minha cabeça. Estou atento, tentando distinguir o som de um respingo, de patas rompendo a superfície, qualquer sinal de que um *capall uisce* está emergindo. Porque quando você ouve as patas atingindo as pedras, você já está morto.

Mas não há nada além do silêncio misterioso do mar por aqui. Não há pássaros durante a noite, nem gritos de crianças na praia, nem o som distante do motor de um barco. O vento é cruel quando me encontra no arco. Desequilibrado por sua força súbita, escorrego, mas me recomponho ao me apoiar na parede com os dedos esticados. Rapidamente puxo as mãos de volta: as paredes estão cobertas de águas-vivas vermelhas, que brilham e piscam para mim sob a luz da lua. Uma vez meu pai me disse que são completamente inofensivas. Eu não acredito nele. Nada é completamente inofensivo.

Abaixo de mim, a água invade as pedras conforme a maré sobe. A palma de minha mão está sangrando.

Ouço um som, é como um gato miando, ou um bebê chorando, e fico imóvel. Não há gatinhos ou bebês aqui na praia; só estamos eu e os cavalos. Brian Carroll me disse que quando está no mar, à noite, às vezes pode ouvir os cavalos chamando uns aos outros sob a água. Disse que o som parece o canto das baleias, ou o choro de uma viúva, ou alguém dando risada.

Olho para baixo em direção à água, no ponto mais profundo das rochas; a maré subiu rápido. Quanto tempo fiquei aqui parado? Na minha frente, as rochas já não são nada além de pedaços brilhantes de pedra logo acima da água escura. Estou de mãos vazias e não tenho muito tempo; preciso me mexer e encontrar o caminho de volta por entre as rochas cobertas de algas enquanto ainda sou capaz.

Olho para a minha mão: um grosso fio de sangue escorre da palma pelos dois ossos de meu braço. O sangue se acumula, gotejando silenciosamente na água. Minha mão vai doer mais tarde. Olho para a água onde meu sangue desaparece. Estou em silêncio. A caverna está em silêncio.

Eu me viro, e ali está um cavalo.

Ele está perto o bastante para que eu possa sentir seu cheiro salino, perto o bastante para que eu sinta o calor de seu pelo ainda molhado, perto o bastante para que eu olhe em seus olhos e veja sua pupila quadrada e dilatada. Sinto cheiro de sangue em seu hálito.

E então eles me acordam.

Vejo Brian e Jonathan Carroll, a expressão no rosto deles é de preocupação. O rosto de Brian está como de costume: sobrancelhas franzidas, lábios espremidos. O de Jonathan traz um sorriso de desculpas que muda de forma a cada segundo. Brian tem minha idade, e o conheço lá do píer. Nós dois trabalhamos com a água para sobreviver, portanto temos uma história juntos, embora não sejamos amigos. Jonathan é irmão dele e fica atrás de Brian em todos os sentidos, inclusive no que diz respeito ao cérebro.

– Kendrick – diz Brian –, você está acordado?

Agora estou. Fico deitado na cama como se estivesse amarrado a ela, e não digo nada.

Jonathan completa:

– Desculpe por acordar você, parceiro.

– Você é o cara – diz Brian. Ainda que eu não tenha nenhuma simpatia por ele agora, no meio da noite, também não tenho nada contra. Ele diz o que pensa. – Não tem jeito; Mutt está bem encrencado. Ele teve a ideia de esperar um dos *capaill uisce* sair da água e conseguiu o que queria, mas não acho que esteja gostando.

– Vai matar todos eles – Jonathan diz. Ele parece satisfeito por ter sido capaz de dizer algo tão óbvio antes de Brian.

– Eles quem? – pergunto. Está frio, e agora eu acordei de verdade.

– Mutt e os amigos dele – Brian diz. – Estão todos metidos nisso e meio que conseguiram capturar o *capall*, mas não conseguem soltá-lo e nem trazê-lo para a praia.

Agora estou sentado. Não tenho a menor simpatia por Mutt – também conhecido por Matthew Malvern, o filho bastardo do meu chefe – ou por qualquer um dos idiotas que correm atrás dele numa amizade submissa, mas eles não podem deixar um cavalo preso na praia, na armadilha cretina que inventaram.

– Você é quem entende de cavalos, Kendrick – diz Brian. – Acho que alguém vai acabar morto, a menos que levemos você de volta para lá.

De volta para lá. Agora eu entendo a expressão de preocupação no rosto deles; eles fizeram parte daquilo e sabem que por isso perderei um pouco do respeito por eles.

Não digo mais nada. Simplesmente me levanto da cama, vestindo meu velho suéter e agarrando meu casaco azul-escuro, com todos os apetrechos nos bolsos. Estico o queixo na direção da porta, e como esquilos eles correm na minha frente, Jonathan abrindo a porta para que Brian possa nos conduzir para fora do estábulo.

Do lado de fora, o vento é uma coisa viva e faminta. O céu sobre Skarmouth é de um marrom fechado, iluminado pelos postes da rua, mas todo o resto está escuro. Há um pedaço de lua aparente, então estará mais claro à beira do oceano, mas não muito. Atravessamos os campos, tomando o caminho mais direto até a praia. Não tem nada aqui fora a não ser rochas e ovelhas, mas é bem fácil cair sobre uma delas.

– Lanterna – peço, e Brian a acende e a entrega para mim. Sacudo a cabeça. Vou precisar das mãos livres. Atrás de nós, Jonathan corre e tropeça, tentando acompanhar nosso ritmo, fazendo o feixe de luz se mover freneticamente quando sua lanterna balança. Lembro-me de minha mãe fingindo escrever na parede com uma lanterna quando a tempestade cortava a eletricidade.

– A que distância da praia? – pergunto. A maré vai subir em algumas horas, e, se eles estiverem perto da praia, um *capall uisce* será o menor de seus problemas.

– Não muito longe – arfa Brian. Ele não está fora de forma, mas atividade física extrema normalmente o deixa muito cansado. Se não fossem as expressões anteriores do rosto deles, eu teria parado para deixá-lo recuperar o fôlego.

Posso ver onde os morros se dividem numa fenda para o caminho lá embaixo na areia; o solo é mais escuro que o céu. Então, ouço um grito. O vento o traz até nós, alto e agudo, e é impossível dizer se é animal ou humano. Os cabelos em minha nuca se arrepiam num alerta, que ignoro enquanto começo a correr.

Brian não me segue – acho que não consegue –, e noto que Jonathan está dividido entre ficar com ele e me acompanhar.

– Preciso da lanterna, Jonathan! – grito por sobre o ombro. O vento lança minhas palavras para trás, e, ainda que Jonathan responda, não consigo ouvir o que diz. Tento enxergar com a fraca luz de sua lanterna em meio à escuridão, tropeçando e escorregando na íngreme descida até a praia. Por um momento, acho que não vou conseguir continuar porque não consigo enxergar, mas dou mais alguns passos e vislumbro uma confusão de luzes, vindas de lanternas que se movem rapidamente na areia. Para além delas, vejo a água, que recebe a luz fraca da lua.

O vento está afastando os sons de mim; quando me aproximo da cena, parece até que os homens estão mudos. A luta quase parece uma pintura, até que você a encare de perto. São quatro homens, e eles agarraram um cavalo d'água cinzento pelo pescoço e por uma das patas traseiras, pouco acima do casco. Eles puxam e saltam para trás, enquanto o cavalo luta e escoiceia, mas estão numa posição ruim e sabem disso. Eles agarraram o tigre pelo rabo e acabaram de perceber que o rabo é longo o suficiente para que as garras acabem com eles.

– Kendrick! – ouço alguém gritar. Não sei dizer quem é. – Onde está Brian?

– Sean Kendrick? – grita outra pessoa, e dessa vez sei que é Mutt, que segura a corda que prende o pescoço do cavalo. Eu o reconheço pela silhueta, os ombros largos e o pescoço grosso, que parece continuação do queixo. – Quem mandou esse filho da mãe vir até aqui? Volte a dormir, seu imbecil. Está tudo sob controle!

Ele controla o cavalo como um barco de pesca controla o mar. Posso ver agora que Padgett está segurando a outra corda; ele é um homem mais velho, que deveria pensar melhor antes de confiar cegamente em Mutt. Num instante, entre as rajadas de vento, ouço um ruído suave perto de mim; desvio os olhos e vejo outro dos amigos de Mutt sentado contra a parede de rocha, onde os penhascos encontram a praia. Ele está curvado sobre os braços e segura um deles com a mão trêmula. O braço parece quebrado. O som que eu ouvi foi seu gemido.

– Fique fora disso, Kendrick! – grita Mutt.

Cruzo os braços sobre o peito e espero. O cavalo parou de lutar por um momento. Contra as paredes brancas dos penhascos, posso ver as cordas escuras que prendem o *capall uisce*. O cavalo está cansando, mas os homens também. Os braços musculosos de Mutt tremem como as cordas. Os outros se aproximam, colocando laços de corda na praia, esperando que o cavalo caia numa armadilha. Seria fácil, para alguém que não conhece os cavalos d'água, pensar que o *capall uisce*, parado ali, arfando, está derrotado. Mas vejo sua cabeça se erguer predadora, mais parecida com a de uma ave de rapina do que com a de um equino, e sei que as coisas vão ficar bem feias.

– Mutt – chamo. Ele nem sequer vira a cabeça, mas pelo menos eu o chamei.

A corda que prende a pata do cavalo se estica subitamente, quando o *capall* cinzento ataca Mutt. Sou pulverizado com uma chuva de areia e cascalho causada pelas patas enterradas na praia. Gritos cruzam o ar. Padgett salta e puxa a corda, tentando desequilibrar o cavalo. Mutt está preocupado demais com sua própria segurança para retribuir o favor. A corda em torno do pescoço do animal se afrouxa de repente, e ele recua na direção de Padgett. Seus cascos desenham círculos na areia. E então o cavalo fica sobre Padgett, com os dentes cravados no ombro dele, as patas dianteiras erguidas num abraço. Parece impossível Padgett não cair ao solo com todo aquele peso sobre ele, mas os dentes do cavalo em seu ombro o mantêm em pé por um breve instante, antes de o animal cair de joelhos, com Padgett sob seu peito.

Agora Mutt está puxando a corda em torno do pescoço do cavalo, mas ela é muito pequena e é tarde demais. E o que ele pode fazer contra um dos *capaill uisce*?

Padgett está começando a parecer um caso perdido; está deixando de parecer um homem e se assemelhando mais a um pedaço de carne. Ouço o lamento de um dos homens:

– *Kendrick*.

Dou um passo adiante e, quando me aproximo do cavalo, cuspo nos dedos da mão esquerda e agarro um punhado da crina pela raiz, bem atrás das orelhas. Com a mão direita, tiro uma fita vermelha do bolso de meu casaco e a pressiono contra os ossos do focinho do animal. O cavalo salta, mas minha mão está firme em seu pescoço. Sussurro em seu ouvido, e ele vacila, enterrando um casco no corpo de Padgett enquanto tenta recuperar o equilíbrio. Padgett não é minha preocupação. Estou preocupado com o fato de ter uma tonelada de cavalo selvagem amarrada por uma corda. O cavalo já mutilou dois homens, e tenho de afastá-lo dos demais antes que eu perca meu fraco controle sobre ele.

– Não se atreva a soltar esse bicho – Mutt grunhe para mim. – Não depois de tudo isso. Leve-o para o estábulo. Não deixe que tudo isso tenha sido em vão.

Quero dizer a ele que se trata de um cavalo d'água, não de um cachorro, e levá-lo para a terra, para longe da água salgada do início de novembro, é algo que eu não me atreveria a fazer neste momento. Mas não quero gritar e dar ao cavalo mais motivos para se lembrar de que estou bem ao lado dele.

– Faça o que tem de ser feito, Kendrick! – berra Brian, que finalmente chegou à praia.

– Não se atreva a soltar esse cavalo – grita Mutt mais uma vez.

Tirar todos dali com vida já seria um grande feito. Levar o cavalo de volta para o mar e soltá-lo longe o suficiente para escaparmos com segurança seria impressionante. E eu posso fazer mais do que tirar todos dali a salvo, e eles sabem disso, sobretudo Mutt Malvern.

Mas eu sussurro como o mar no ouvido do cavalo e dou um passo para trás, me afastando das lanternas. Um passo para longe deles, um passo para perto do oceano. Minhas meias absorvem a maré dentro de minhas botas. O cavalo cinzento treme sob minhas mãos.

Eu me viro para olhar para Mutt, e então deixo o cavalo partir.

5

PUCK

Eu não acho que durmo, mas durmo, porque, pela manhã, meus olhos estão pesados e parece que uma marmota andou por debaixo dos meus cobertores. O céu, do lado de fora da janela, está azul, e decido que não importa que horas são, vou me levantar. Passo um tempão de pé tremendo com a parte de cima de meu pijama – aquele com fitas de seda que dão um pouco de coceira, mas que uso mesmo assim porque foi minha mãe quem fez – e olhando para o que tem no meu armário, numa tentativa de decidir o que usar para ir até a praia. Não sei se sentirei frio depois de cavalgar um pouco e não sei se quero ir até lá vestida como uma garota, já que Joseph Beringer provavelmente estará por perto, me olhando com aquele sorriso malicioso.

Sobretudo, estou tentando não pensar em coisas grandiosas, como: *Você vai se lembrar deste dia pelo resto de sua vida.*

No fim das contas, visto o de sempre: minhas calças marrons, que não incomodam, e meu suéter verde-escuro, que minha avó tricotou para minha mãe. Gosto de pensar em minha mãe usando o suéter; dá a impressão de que ele tem história. Olho para meu espelho manchado e, sob minhas sardas, faço uma cara malvada; minhas sobrancelhas ficam retas sobre meus olhos azuis. Pareço confusa e zangada. Puxo algumas mechas de cabelo sobre a testa, soltando-as do rabo de cavalo, numa tentativa de parecer diferente da menina que sempre fui. Alguém de quem as pessoas não vão rir quando virem chegando à praia. Não adianta. Tenho sardas demais. Prendo novamente os cabelos no rabo de cavalo.

Na cozinha, Finn já está de pé, e está parado perto da pia. Está usando o mesmo suéter de ontem, e parece um homem que diminuiu de tamanho durante a noite, enquanto sua roupa permaneceu a mesma ao seu redor. Alguma coisa cheira queimado. A princípio, o cheiro é quase bom, como de filé ou torrada, até que percebo que na verdade é ruim, como papel ou cabelo queimado.

– O Gabe está acordado? – pergunto. Olho insegura para o armário, no intuito de não olhar para Finn. Não sei se quero conversar. Olhando para o armário, também não sei se quero comer.

– Ele já foi para o hotel – responde Finn. – Eu... tome isso.

E, com isso, coloca uma caneca com uma colher sobre a mesa. Ela tem manchas nas laterais do que quer que esteja ali dentro, de um jeito que sei que deixará marcas na mesa, mas sai fumaça da bebida, e desconfio que seja chocolate quente.

– Você fez isso?

Finn olha para mim.

– Não, santo Antônio trouxe durante a noite. Ele ficou bem bravo por eu não ter levado para você na mesma hora.

Ele se vira de novo.

Estou chocada, tanto pela volta do humor de Finn quanto pelo presente de chocolate. Vejo nesse momento que a pia está uma completa bagunça, com as panelas que Finn usou para preparar uma única caneca de chocolate quente, e agora tenho certeza de que o cheiro de queimado no ar é do leite derramado no fogão. Mas decido não me importar, ele fez de coração. Isso meio que faz meu lábio inferior perder o controle e começar a tremer, mas finco os dentes nele por um instante, até que tudo volte ao normal. Quando Finn se senta do outro lado da mesa, com a sua própria caneca, já estou recuperada.

– Obrigada – digo, e ele parece desconfortável. Minha mãe costumava dizer que ele era como uma fada; não gostava de agradecimentos. Acrescento: – Sinto muito.

– Coloquei sal no chocolate – revela Finn, como se isso eliminasse a necessidade de me sentir grata.

Experimento. Está bom. Se há mesmo sal nisso aqui, não sinto seu gosto em meio a pequenos pedaços de chocolate parcialmente derretidos.

Eles se dissolvem na minha boca em pedacinhos de pó nada desagradáveis. Não consigo lembrar se Finn já preparou chocolate quente antes; acho que ele só me viu fazendo.

– Não consigo sentir gosto de sal.

– O sal – diz Finn– torna o chocolate mais doce.

Acho que isso é algo bem estúpido de se dizer; como uma coisa que não é doce pode tornar algo ainda mais doce? Mas deixo passar. Mexo minha bebida com a colher e esmago alguns pedaços de chocolate no fundo da caneca.

Finn sabe que não acredito nele e diz:

– Vá perguntar na Palsson's se não acredita em mim. Eu fiquei olhando enquanto eles faziam bolinhos de chocolate. Com sal.

– Eu não disse que não acreditava em você! Eu não disse nada.

Ele coloca uma colher em sua própria caneca.

– Sei que você não disse nada.

Ele não me pergunta quanto tempo vou demorar, nem como vou conseguir um cavalo para montar, nem nada a respeito de Gabe. Não sei dizer se estou feliz por não tocar no assunto, ou se estou ficando louca por ele não estar falando disso. Nós apenas terminamos de tomar nossa bebida, e, quando me levanto para colocar minha caneca na pia, digo:

– Acho que vou passar a maior parte do dia fora.

Finn se levanta e coloca sua caneca ao lado da minha. Ele parece muito sério, seu pescoço, magro como o de uma tartaruga, escapa do suéter, grande demais. Ele aponta para o balcão atrás de mim. Entre a bagunça de panelas e pratos, vejo uma maçã cortada, com alguns farelos do balcão grudados em um dos lados.

– Isso é para Dove. Quero ir com você hoje.

– Você não pode ir comigo – digo, sem nem ao menos parar para pensar em como as palavras dele me tocam.

– Não todos os dias – diz Finn. – Só hoje. Só no primeiro dia.

Por um momento, luto com a imagem de mim mesma surgindo na praia, orgulhosa e sozinha, contra a realidade de chegar com um de meus irmãos para assistir de longe e ver como a coisa toda acontece.

– Tudo bem. Seria bom.

Finn apanha seu chapéu. Eu pego o meu. Eu mesma tricotei os dois, e o meu é branco com dois tons diferentes de marrom. O de Finn é vermelho e branco. Não são perfeitos, mas servem.

Usando nosso chapéu, nos detemos por um instante em meio ao caos da cozinha. Por um momento, vejo o espaço como qualquer outra pessoa o veria. Parece que tudo ao redor de Finn saiu do ralo da pia. Está tudo uma bagunça, nós dois estamos uma bagunça, e não é de admirar que Gabe queira partir.

– Vamos – eu digo.

6

SEAN

No primeiro dia, Gorry me faz ir à praia antes dos outros, para experimentar uma égua malhada que ele tirou do oceano há algum tempo. Ele tem tanta certeza de que vou querer o animal para Malvern que estabeleceu um preço alto o bastante para comprar dois cavalos. Sob o céu azul-escuro do início da manhã, com a maré começando a recuar na areia e meus dedos congelados nas pontas, dentro das luvas, eu o observo fazer a égua trotar de um lado para o outro. As marcas dos cascos dela são as primeiras na praia; a maré alta limpou a areia, removendo todos os vestígios dos esforços inúteis de Mutt na noite anterior.

Ela é impressionante. Existem cavalos d'água de todas as cores dos cavalos normais, mas, como os cavalos terrestres, a maioria é baia ou castanha. Com menos frequência, são pardos, cinzentos ou negros. É muito raro encontrar um cavalo d'água malhado preto e branco, como nuvens brancas sobre um campo negro. Mas cores berrantes não vencem corridas.

A égua malhada não se movimenta mal. Tem bons ombros. Muitos *capaill uisce* têm bons ombros. Sem me deixar impressionar, observo cormorões pretos que giram no céu, sua silhueta parecendo pequenos dragões.

Gorry traz a égua até mim. Subo em seu dorso e olho para ele.

– Ela é o *capall uisce* mais rápido que você montará – diz ele, com sua voz áspera.

Corr é o *capall uisce* mais rápido que já montei.

Sob mim, a égua malhada cheira a cobre e algas marinhas podres. Seu olho, voltado para mim, lacrimeja água salgada. Não gosto de como me sinto sobre ela – ela é arredia e difícil de controlar –, mas estou acostumado com Corr.

– Vá galopar – diz Gorry –, e me diga se poderá encontrar algo mais rápido.

Eu a deixo trotar; ela anda pela areia comprimida perto da água, com as orelhas grudadas na crina. Tiro meus pedaços de ferro da manga e os deslizo em seu pescoço num movimento em sentido anti-horário, sobre uma mancha branca em formato de coração. Ela estremece e tenta afastar o corpo do meu toque. Não gosto da inclinação de sua cabeça, que não parece a de um cavalo, nem do modo como nunca abaixa as orelhas. Nenhum cavalo merece confiança, mas confio nela ainda menos do que nos outros.

Gorry me incentiva a galopar. A sentir a velocidade dela por mim mesmo. Duvido que exista algo que ela possa fazer galopando que me convença de que seu trote vale a pena. Mas afrouxo as rédeas e pressiono seus flancos.

Ela corre pela praia como uma águia-pescadora mergulha atrás de um peixe. Incrivelmente rápida. E sempre, sempre consciente da água, se dobrando em direção ao mar. E, mais uma vez, há aquele movimento sinuoso, escorregadio. Ela parece muito menos cavalo que criatura do mar para mim, mesmo agora, mesmo no fim de outubro, mesmo em terra firme. Mesmo comigo sussurrando em seu ouvido.

Mas ela é rápida. Suas patas devoram a areia, e passamos pela caverna que marca o fim da superfície boa em poucos segundos. A adrenalina da velocidade me invade, como a espuma na superfície da água. Não quero pensar que ela é mais rápida que Corr, mas deve chegar perto. E, de qualquer forma, como posso saber sem ele por perto?

O terreno está começando a ficar rochoso. Quando faço um movimento para diminuir a velocidade, a égua malhada se empina nas patas traseiras, com os dentes predatórios à mostra.

De repente, ela cheira intensamente a mar. Não o cheiro de praia, que a maioria das pessoas acha que é o cheiro do mar. Nem de algas, nem de sal, mas de sua cabeça sob a superfície, respirando a água, com os pulmões repletos do oceano. O ferro não faz efeito conforme nos aproximamos da água.

Meus dedos trabalham em sua crina, dando nós em grupos de três e sete. Eu canto em seu ouvido, e enquanto isso minha mão a conduz em círculos cada vez menores, cada vez mais distante da água. Nada é certo.

Conforme galopamos pela areia, a magia nela me chama, traiçoeira. Muito pouco de minha pele nua a toca – talvez meu pulso contra seu pescoço, já que minhas pernas estão protegidas pelas botas. Ainda assim, sua pulsação parece me atravessar. Tranquilizando-me de modo a confiar. Convencendo-me a juntar-me a ela no mar. É somente a experiência de uma década cavalgando dúzias de cavalos d'água que me permite lembrar de mim mesmo.

E, ainda assim, vagamente.

Tudo em mim me diz para abandonar a luta. Para voar com ela para a água.

Três. Sete. O ferro na minha mão.

Sussurro: "Não vai ser você quem vai conseguir me afogar".

Parece que se passam vários minutos até que eu consiga fazê-la diminuir a velocidade e levá-la de volta para Gorry, mas provavelmente são apenas alguns segundos. E, durante todo o tempo, seu pescoço ainda parece sinuoso como uma cobra, e seus dentes ainda estão à mostra de um modo que nenhum cavalo terrestre faria. Ela está tremendo sob mim.

É difícil esquecer como ela foi rápida.

– Eu não disse que ela seria a coisa mais rápida que você já montou? – pergunta Gorry.

Desmonto e entrego-lhe as rédeas. Ele as toma com uma expressão confusa no rosto já naturalmente confuso.

Eu digo:

– Esta égua vai acabar matando alguém.

– Ora, ora – Gorry protesta. – Todos esses cavalos já mataram alguém.

– Eu não quero esse animal – afirmo, mesmo que parte de mim queira.

– Outra pessoa comprará esta égua – diz Gorry. – E você vai se arrepender.

– Essa outra pessoa estará morta – respondo. – Leve-a de volta para o mar.

Eu me viro.

Atrás de mim, ouço Gorry dizer:

– Ela é mais rápida que o seu garanhão vermelho.

– Leve-a de volta – repito, sem me virar.

Eu sei que ele não vai fazer isso.

7

PUCK

Eu não imaginava que fosse tão horrível.

Mas parece que a ilha toda está amontoada aqui na praia. Finn me convenceu a pegar o Morris, que logo quebrou, e acabamos chegando praticamente depois de todo mundo. Diante de nós, há dois oceanos: um, distante, de um azul profundo, e o outro, uma massa furiosa de cavalos e homens. Todos são homens, não há uma única garota entre eles, a menos que você considere Tommy Falk, porque os lábios dele são lindos. Os homens são mil vezes mais barulhentos que o mar. Não entendo como podem treinar, ou se mover, ou respirar. Estão todos gritando com os cavalos e uns com os outros. É como uma grande discussão, mas não sei dizer quem está zangado com quem.

Finn e eu hesitamos no longo caminho em declive até a praia. O solo sobre o qual caminhamos é irregular, repleto das marcas dos cascos dos cavalos que já foram levados. Finn franze o cenho ao olhar para a reunião de homens e animais. Mas, em vez disso, o que chama minha atenção é um cavalo galopando a distância, à beira da maré que se esvazia. Ele é vermelho cor de sangue, e há um pequeno e escuro vulto em sua sela. Quando seus cascos atingem a beira da praia, espalham uma chuva de água salgada.

A visão daquele animal galopando incrivelmente rápido, cada músculo de seu corpo trabalhando, é tão linda que meus olhos ardem.

– Aquela ali parece dois cavalos presos um ao outro – diz Finn. A observação dele me faz desviar os olhos do vermelho e prestar atenção nos penhascos.

– É uma égua malhada – respondo. A égua que ele está apontando é branca como a neve e tem grandes manchas pretas. Na base de seu pescoço, há uma pequena mancha negra que parece um coração sangrando. Um homem pequenino como um gnomo, usando chapéu-coco, a conduz para longe dos outros cavalos.

– *É uma égua malhada* – zomba Finn. Dou-lhe um tapa e olho para onde estavam o cavalo vermelho e o cavaleiro há um instante, mas eles desapareceram.

Sinto-me estranhamente desapontada.

– Acho que devemos descer – digo.

– Estão todos lá embaixo hoje? – pergunta Finn.

– É o que parece.

– Como você vai arranjar um cavalo?

Como eu não tenho uma resposta, a pergunta me irrita. Fico ainda mais irritada quando percebo que nós dois estamos parados exatamente na mesma posição, logo, ou eu estou inconscientemente assumindo a postura do meu irmão, ou ele está assumindo a minha. Tiro as mãos dos bolsos e explodo.

– Hoje é dia de prova oral? Você vai me fazer perguntas o dia todo?

Finn faz uma careta, e sua boca e sobrancelhas se transformam em linhas paralelas. Ele é muito bom nisso, embora eu não saiba o que exatamente significa. Quando ele era pequeno, minha mãe costumava chamá-lo de sapinho por causa dessa careta. Agora que ele já precisa se barbear de vez em quando, não se parece tanto com um anfíbio.

De qualquer maneira, ele faz a careta de sapo e desaparece em meio à confusão. Por um momento, penso em ir atrás dele, mas subitamente me vejo presa ao solo ao ouvir um grito queixoso.

É a égua malhada. Ela está distante dos outros cavalos, olhando para trás, na direção deles ou na direção do mar. Sua cabeça está jogada para trás, mas ela não está relinchando. Está gritando.

O lamento cruza o ar e abafa o som das ondas, interrompendo toda a atividade frenética. É o grito de um predador antigo. Absurdamente diferente de qualquer som que um cavalo normal possa fazer.

E é horrível.

Tudo o que consigo pensar é: *Essa foi a última coisa que meus pais ouviram?*

Vou perder a coragem se não for para a praia agora mesmo. Sei disso. Posso sentir. Minhas pernas estão moles como algas. Estou tão hesitante que quase torço o tornozelo num dos buracos deixados pelos cascos dos cavalos. Fico aliviada quando a égua malhada para de gritar, mas não posso ignorar o fato de que os *capaill uisce* nem sequer cheiram como cavalos normais quando me aproximo deles. Dove tem um cheiro suave, de palha, grama e melaço. Os *capaill uisce* cheiram a sal, carne, fezes e peixe.

Tento respirar pela boca e não pensar nisso. Há cachorros correndo em volta de minhas pernas, e ninguém está realmente olhando para onde ele está indo. Os cavalos esperneiam, e há homens vendendo apólices de seguro e oferecendo proteção aos cavaleiros. Eles estão mais animados que cães dentro do açougue. Fico feliz por Finn ter ido embora, porque a ideia de meu irmão me ver totalmente confusa é insuportável.

A verdade é que tenho uma ideia muito vaga de como conseguir um cavalo para a corrida sem pagar adiantado, mas essa ideia é baseada nas conversas que costumávamos ter na escola, quando os meninos diziam que participariam das corridas quando crescessem. Eles nunca fizeram isso. A maioria se mudou para o continente ou foi trabalhar nas fazendas, mas seus planos mirabolantes eram uma ótima fonte de informação. Principalmente porque a minha família era uma das poucas que não acompanhavam as corridas.

– Garota! – ruge um homem segurando um cavalo que escoiceia e empina, galopando sem se mover um centímetro. – Tome cuidado com a droga do seu pé!

Olho para os meus pés e levo um segundo para perceber que há um círculo desenhado na areia e minhas botas estão desmanchando o desenho. Salto para fora do círculo.

– Não se incomode – o homem berra para mim quando tento refazer o desenho. O cavalo empina mais uma vez. Eu recuo e levo mais um grito – dois homens estão carregando um garoto mais velho. A cabeça dele está sangrando e ele me xinga. Eu me viro e quase tropeço num cachorro imundo, com o pelo cheio de areia.

– Maldito! – grito com o cachorro, só porque ele não pode me responder.

– Puck Connolly! – É Tommy Falk, com seus belos lábios. – O que você está fazendo aqui? – Pelo menos é isso que acho que ele diz. O barulho é tão grande que as conversas das outras pessoas abafam a maior parte das palavras dele, e o vento espalha o resto.

– Estou procurando por chapéus-coco – digo. Chapéus-coco pretos aqui significam negociantes – no resto da ilha, alguém que use um desses é chamado de vendedor, e o termo não tem conotação positiva. Às vezes, quando querem ser vistos como rebeldes, os rapazes usam esse tipo de chapéu. Na maior parte do tempo, isso quer dizer que são uns idiotas.

Tommy grita:

– Eu não ouvi o que você disse.

Mas eu sei que ele ouviu. Ele simplesmente não acredita no que ouviu. Papai me disse uma vez que o cérebro das pessoas tem dificuldade de ouvir. Pouco importa se o de Tommy é completamente surdo, porque de repente vislumbro um chapéu-coco, na cabeça do pequeno homem-gnomo que antes estava conduzindo a égua malhada.

– Obrigada – digo a Tommy, ainda que ele não tenha me ajudado. Deixo-o para trás e corro pela multidão atrás do gnomo. De perto, o homem não parece tão baixo, mas parece que o rosto dele foi atingido uma ou duas vezes por um tijolo, para achatá-lo, e uma última vez para completar o serviço.

Ele está discutindo com alguém.

– Sean Kendrick – cospe o vendedor, um nome que por algum motivo me parece familiar, especialmente dito naquele tom desdenhoso. O gnomo de chapéu-coco não tem voz de gnomo. Sua voz é repleta de fumaça de cigarro, e ele sibila, como se inserisse um sopro arenoso no início das palavras.

– Ah. A cabeça dele está cheia de água salgada. O que é que ele anda dizendo sobre os meus cavalos agora?

– Eu não gosto de repetir comentários – responde educadamente a outra pessoa. É o dr. Halsal, com seus brilhantes cabelos pretos perfeitamente repartidos de lado. Eu gosto do dr. Halsal. Ele é muito equilibrado, um homem bastante correto e organizado, que mais me parece um desenho de uma pessoa do que uma pessoa de verdade. Eu queria me casar com ele quando tinha seis anos.

– Ele é louco como o oceano – diz o vendedor de chapéu-coco. – Venha. Veja minha égua. Você vai se interessar, prometo.

– Mesmo assim – o dr. Halsal diz –, acho que vou ter que deixar essa passar.

– Ela é rápida como o demônio – diz o gnomo, mas o médico já está se afastando, e suas costas não têm ouvidos.

– Com licença – digo, e minha voz soa alta demais aos meus ouvidos. O gnomo se vira. Seu rosto assimétrico é assustador, quando combinado com uma expressão irritada. Tento organizar os pensamentos e formular uma pergunta respeitável. – Você trabalha com quintos?

Quintos são outra coisa que aprendi com os garotos sonhadores da escola. É um tipo de aposta. Às vezes, um negociante deixa você competir com um cavalo sem cobrar nada, com a condição de receber quatro quintos de qualquer prêmio que você venha a ganhar na corrida. Geralmente isso não significa nada, a menos que você chegue em primeiro. Então, você poderia comprar a ilha inteira se quisesse. Bem, pelo menos a maior parte de Skarmouth, exceto a que pertence a Benjamin Malvern.

O gnomo olha para mim.

– Não – ele responde. Mas sei que o que ele quer dizer é: *Não para você.*

Eu me sinto um pouco hesitante por dentro, porque não me ocorreu que ele fosse dizer não – teria tanta gente assim querendo montar *capaill uisce* para os negociantes serem tão exigentes? Ouço a minha própria voz dizendo:

– Tudo bem. Poderia me indicar alguém que faça isso? – E completo, apressada: – Senhor. – Porque meu pai me disse certa vez que dizer "senhor" transforma vigaristas em cavalheiros.

O gnomo responde:

– Os de chapéu-coco. Pergunte a eles.

Alguns vigaristas permanecem vigaristas. Se eu fosse mais nova, teria cuspido nos sapatos dele, mas minha mãe me fez perder esse costume com a ajuda de um pequeno banquinho azul e muito sabão.

Então, eu simplesmente me afasto sem agradecer – ele foi mais inútil que o lindo Tommy Falk – e atravesso a multidão procurando pelo próximo chapéu-coco, apenas para ouvir a mesma resposta. Todos dizem não para a menina de cabelos avermelhados. Eles nem ao menos levam a hipótese em consideração. Um franze a testa, outro ri, e outro nem me deixa terminar a frase.

Já está na hora do almoço e meu estômago está roncando. Há pessoas vendendo comida para os cavaleiros, mas é tudo muito caro e tudo cheira a sangue e peixe. Não tenho nem sinal de Finn. A maré está começando a subir, e algumas das almas menos corajosas já deixaram a praia. Eu me afasto um pouco, me encostando no penhasco branco, as mãos espalmadas sobre a superfície fria. Vários metros acima de minha cabeça, a pedra é mais branca, marcando o ponto até onde a água vai subir daqui a algumas horas. Imagino ficar ali até isso acontecer e deixar a água salgada me engolir aos poucos.

Lágrimas de frustração queimam em meus olhos. O pior de tudo é que estou um pouco feliz por terem me dito que não. Aqueles monstros aterrorizantes não se parecem em nada com Dove, e nem posso me imaginar montando um deles, muito menos levando um para casa e treinando-o para que coma carne sangrenta e cara, em vez de me devorar. No verão, as crianças às vezes apanham libélulas e amarram linha nelas, bem atrás dos olhos, e as levam de um lado para o outro como bichinhos de estimação. Esses homens crescidos com seus *capaill uisce* são como aquelas libélulas. Os cavalos os arrastam como se não tivessem peso algum. O que fariam comigo?

Olho para o mar. Perto da praia, a água é turquesa nos pontos onde as rochas brancas rolaram dos penhascos para a praia e negra onde as algas marrons cobrem as pedras. Em algum lugar, para além de toda aquela água, estão as cidades para as quais perderemos Gabe. Sei que nunca mais o veremos de novo. Não importa que ele esteja vivo em algum lugar; vai ser tão ruim como foi com mamãe e papai.

Minha mãe gostava de dizer que as coisas acontecem por um motivo, que às vezes os obstáculos estão ali para impedir que façamos algo estúpido. Ela me dizia muito isso. Mas, quando ela disse isso a Gabe, meu pai disse a ele que às vezes isso significa apenas que temos de nos esforçar mais.

Respiro fundo e ando na direção do único chapéu-coco que não desvia o olhar do meu. O gnomo. Ele só tem um cavalo nas mãos agora: a égua malhada que gritou mais cedo.

– Ei, você! – Ele diz isso como se eu fosse passar direto por ele.

– Acho que precisamos conversar – digo a ele. Estou hostil e confusa. Qualquer charme que eu pudesse ter quando comecei com isso está lá em casa, junto com os ingredientes para preparar um sanduíche.

– Eu estava pensando a mesma coisa. Estou indo embora. Prefiro não ter que voltar amanhã, e você prefere ter um *capall*. O que você me oferece por ela?

Minha primeira reação é pensar: *Bem, quanto eu tenho?* Então, recupero o bom-senso e me lembro de sua má vontade em me ajudar mais cedo.

– Nada adiantado – digo. Preciso ser firme. Se Gabe realmente nos deixar e tivermos de nos virar sozinhos, não teremos nada no final. – Estou apenas procurando por um quinto.

– Esta égua é incrível – diz o gnomo. – A coisa mais rápida da ilha no momento. – Ele se afasta para que eu possa vê-la, inquieta, presa pela corda; há uma corrente em torno de seu focinho, presa ao freio. Ela é linda de morrer e absolutamente enorme. Parece que eu teria de empilhar duas Doves para poder olhar nos olhos selvagens da égua castanha. Ela fede como um cadáver desovado pelo mar depois de uma tempestade. Ela olha para um dos cachorros soltos que correm pela praia. Alguma coisa em seu olhar é profundamente incômoda.

– Então, você não vai se importar de apostar nela – retruco. Estou sendo petulante, mas tento agir de modo profissional. Não é a coisa mais fácil do mundo tentar ser tratada como adulta durante uma negociação, quando a ideia de conseguir uma barganha faz seu estômago revirar.

– Não estou a fim de voltar para buscar o prêmio – diz o negociante.

Cruzo os braços. Finjo que sou Gabe. Ele tem um jeito de olhar que é ao mesmo tempo desinteressado e indiferente, quando na verdade está interessado e impressionado. Tento parecer entediada.

– Ou ela é tudo isso que você está dizendo, ou não é. Se ela for a coisa mais rápida sobre quatro patas, você não acredita que pode ganhar mais do que conseguiria se a vendesse?

O gnomo olha para mim.

– Não é nela que não confio.

Lanço um olhar furioso para ele.

– Eu estava pensando a mesma coisa.

Ele sorri de repente.

– Monte-a, então – diz o negociante. – Vamos ver do que você é capaz. – Ele faz um gesto de cabeça na direção da sela, que descansa na areia.

Respiro fundo e tento não me lembrar dos gritos da égua. Tento não me lembrar de como meus pais morreram. Preciso me lembrar de Gabe e da expressão no rosto dele quando disse que ia partir. Sinto como se minhas mãos estivessem tremendo, mas elas estão firmes ao meu lado.

Posso fazer isso.

8

PUCK

O negociante leva a égua até uma das pedras cobertas de algas, para que eu possa usá-la como apoio para montar. O animal se movimenta de um lado para o outro, nunca perto o suficiente. Ela não para de olhar para o cachorro que continua nos rodeando, interessado no café da manhã recusado por alguém, próximo aos cascos dela. O vento sopra frio em meu pescoço, e meus dedos são pequenas pedrinhas dormentes dentro de minhas botas.

– Ela não vai ficar mais quieta que isso – diz o negociante. – Vai montar ou não?

Meus punhos estão cerrados para evitar que minhas mãos me traiam. Não consigo pensar em nada além daqueles dentes enormes puxando meus pais para o oceano. Não é nem o medo que está me impedindo de agir agora. É imaginá-los me observando de onde quer que estejam – será que conseguem ver esta praia do céu? Talvez os penhascos obstruam a visão – e pensar no que diriam. Eles sempre zombaram das corridas, e os cavalos os mataram no barco deles, e agora eu montaria um desses animais para participar das corridas. Posso imaginar a expressão no rosto de meu pai, o modo como uma pequena ruga em semicírculo aparecia sobre seu lábio superior quando ele estava indignado ou decepcionado.

A égua ergue a cabeça; o gnomo quase é suspenso no ar.

Tem de haver outro modo. Tem de haver *algo* que eu possa fazer para não ter de montar este cavalo. Mas como posso participar das corridas sem ele?

Percebo, então, que Finn surgiu do nada e está parado ao lado da pedra onde estou me equilibrando. Ele não diz uma única palavra. Seus dedos estão beliscando seus próprios braços enquanto olha para mim, mas ele parece não notar.

– Pare com isso – digo, e ele para. Acho que já me decidi.

– Menininha – diz o negociante –, vamos, agora. – Os músculos da égua tremem sob sua pele.

Não é isso que eu sou.

– Sinto muito – digo a ele. – Mudei de ideia.

Só tenho tempo de vê-lo revirar os olhos antes de tudo se transformar numa grande confusão. Vejo uma explosão em preto e branco, e um empurrão me derruba da pedra. Minha respiração se torna ofegante e dou duas baforadas quando minhas costas atingem o solo. Parte do meu rosto fica quente e úmida. Enquanto a égua se empina sobre mim, percebo que alguém ou alguma coisa está gritando e, ao mesmo tempo, noto que a umidade em meu rosto é sangue, que vem do alto, não de mim. Escorre de alguma coisa presa nas mandíbulas da égua malhada.

Rolo para longe dos cascos, tirando areia dos olhos, tentando me endireitar. Tentando recuperar o fôlego. Tentando enxergar. A égua se abaixa, sacudindo alguma coisa escura entre os dentes. Ela está trucidando aquilo, segurando parte com um casco. Há uma poça de sangue na areia.

Grito o nome de Finn.

Agora, a égua lança parte de sua vítima para mim, com as orelhas esticadas para trás. Eu meio que suspiro, meio que soluço, saltando para longe da coisa ensanguentada. Tem alguma coisa grudada nela, como tentáculos de água-viva. Só quero me ajoelhar e parar de pensar.

A coisa à minha frente está coberta de pelos escuros e curtos, manchados de sangue e areia. É uma carcaça, quase irreconhecível. Estou prestes a vomitar.

É o cachorro.

As pessoas estão gritando "Sean Kendrick!", mas eu grito "Finn!", e ali está ele. É uma cópia dos estranhos entalhes na porta da igreja em Skarmouth, velhos pequeninos com grandes olhos arregalados.

Ele diz:

– Eu pensei que...

Eu sei, porque foi o que pensei também.

– Por favor, não monte essa égua – diz Finn, emocionado. Não consigo me lembrar da última vez em que ele me pediu algo que realmente queria. – Não monte nenhum desses cavalos.

– Não vou – respondo. – Vou montar Dove.

9

SEAN

À noite, muito tempo depois de todos serem obrigados a voltar para o interior da ilha por causa da maré alta, trago Corr para a praia. Nossas sombras são gigantes à nossa frente. Nesta época do ano, escurece às cinco da tarde, e a areia já está esfriando. Deixo minha sela e minhas botas no alto da rampa dos barcos, onde a grama ainda cresce por entre a areia macia. Os olhos de Corr estão fixos no oceano, enquanto a maré começa a baixar lentamente.

Nossas marcas ficam na areia compacta que a maré alta deixou para trás; o solo está frio sob meus pés descalços, especialmente quando as algas geladas tocam minha pele. As solas cheias de bolhas agradecem.

Fim do primeiro dia, o interminável primeiro dia. A praia já teve sua cota de acidentes. Um garoto levou um tombo e cortou a testa numa pedra. Um homem levou uma mordida, um ferimento impressionante, mas nada que um copo de cerveja e algumas horas de sono não pudessem curar. E então teve o cachorro. Eu não me surpreendi que ele tenha sido destroçado pela égua malhada.

No fim das contas, já houve piores começos de treinamento.

Nesta noite, as inscrições terão início na casa dos Gratton. Colocarei meu nome e o de Corr na lista, ainda que, a essa altura, tudo seja mera formalidade. Então, teremos uma semana frenética, com nativos e turistas inseguros experimentando cavalos para ver se têm coragem de competir de verdade e, se tiverem, se têm coragem de montar o mesmo cavalo no dia da corrida. Cavalos serão comprados, vendidos, negociados. Homens se tornarão proprietários, cavaleiros, quinteiros. É uma época frustrante para mim. Muitas negociações e pouco treinamento. É sempre um alívio quando a primeira semana do festival termina e os cavaleiros são forçados a declarar oficialmente suas montarias.

É então que a vida de fato começa.

Corr ergue a cabeça, as orelhas levantadas, o pescoço curvado, como se estivesse cortejando o mar de Escorpião. Sussurro para ele e puxo-o pela corda. Quero que ele preste atenção em mim, não na canção daquelas águas poderosas. Observo seus olhos, suas orelhas, a linha de seu corpo, para ver que voz será a mais potente esta noite: a minha ou a do oceano.

Ele move a cabeça em minha direção tão rapidamente que tiro um pedaço de ferro do bolso antes que ele termine de se virar. Mas ele não estava atacando, estava só se virando para me examinar com seu olho sadio.

Confio em Corr mais do que em qualquer um deles.

Eu não deveria confiar, de jeito nenhum.

Seu pescoço é macio, ainda que a pele ao redor dos olhos seja áspera, e finalmente vamos em direção à arrebentação. Solto a respiração de uma vez quando a água fria alcança meus tornozelos. E então ficamos ali, e eu o observo mais uma vez, examinando o efeito dos redemoinhos mágicos ao redor de seus tornozelos. Ele estremece, mas não fica tenso; já fizemos isso antes, e ainda estamos no começo do mês. Apanho um pouco de água salgada com as mãos e a derramo sobre seus ombros, pressionando os lábios contra seu pelo, sussurrando. Ainda assim, ele continua firme. Então fico ali com ele e deixo a água misturada aos pedregulhos acalmar meus pés cansados.

Corr, vermelho como o entardecer, olha para o oceano. A praia se abre para o leste, e ele observa a noite, azul-escura e então negra, o céu e a água como imagens num espelho. Nossas sombras repousam sobre o oceano, também mudando de cor em meio à espuma. Quando olho para a sombra de Corr, vejo um gigante elegante. Quando olho para a minha, pela primeira vez, vejo a sombra de meu pai. Não exatamente. Não tenho os ombros levemente curvados, como se estivessem se protegendo de um frio eterno. E os cabelos dele eram mais compridos. Mas ele está ali, na postura rígida, no queixo sempre erguido, um cavaleiro mesmo no solo.

Sou pego desprevenido, por isso, quando Corr se move, não faço nada. Antes que eu me dê conta, ele está meio empinado nas patas traseiras, e então leva os cascos de volta ao solo no lugar exato onde estavam antes, levantando uma imensa parede de água que espirra em meu rosto. Continuo ali, com sal na boca, e vejo que as orelhas dele estão levantadas, o pescoço arqueado.

Pela primeira vez em dias, solto uma gargalhada. Em resposta ao ruído, Corr sacode a cabeça e o pescoço como um cachorro se secando. Recuo alguns passos na água e ele me segue, então vou para atrás dele e jogo água em seu corpo. Ele recua, parecendo profundamente magoado, e agita as patas para me molhar também. Vamos para frente e para trás – nunca lhe dou as costas –, e ele me segue, e eu a ele. Ele finge beber água e sacode a cabeça, simulando aversão. Finjo beber um pouco também, e jogo água nele.

Finalmente, estou sem fôlego, meus pés doem por causa dos pedregulhos e a água está quase fria demais para suportar. Aproximo-me de Corr e ele abaixa a cabeça, pressionando-a contra meu peito. Ele está quente, e o calor atravessa minha camisa ensopada. Desenho uma letra no pelo atrás de sua orelha para acalmá-lo, e corro os dedos por sua crina para me acalmar.

Não muito longe dali, ouço um respingo distante. Pode ser um peixe, apesar de que teria que ser dos grandes para que eu ouvisse o ruído da arrebentação. Olho para o mar conforme ele se torna negro.

Não acho que seja um peixe, nem Corr, que está mais uma vez olhando para o horizonte. Agora ele treme e, quando me afasto da água, leva um longo minuto para me seguir. Ele dá um passo lento e então outro, até que a água não o toca mais, e então ele se detém, com as pernas rígidas. Ele olha de volta para o mar, ergue a cabeça e curva os lábios.

Puxo a corda com força e aperto o ferro contra seu peito, antes que ele possa fazer um chamado. Enquanto estiver em minhas mãos, ele não cantará a canção deles.

Enquanto caminho de volta pela subida até o píer, vejo silhuetas no alto da estrada que leva a Skarmouth. Estão paradas no ponto onde o solo encontra o céu, negro contra púrpura. Ainda que estejam distantes, uma delas tem a forma inconfundível e sem graça de Mutt Malvern. A postura deles demonstra inegável interesse em minha chegada, então fico desconfiado, conforme continuo meu caminho.

Não levo muito tempo para descobrir que Mutt Malvern urinou em minhas botas.

Eles estão rindo agora lá no alto. Não vou dar a Mutt a satisfação de minha irritação, então ergo as botas – esta praia é boa demais para a urina dele – e amarro os cadarços um no outro. Penduro-as nas laterais da sela, nas costas de Corr, e me ponho outra vez a subir a ladeira. Embora esteja quase escuro, ainda há muito a ser feito; preciso chegar à casa dos Gratton antes das dez. O dia se estende à minha frente, invisível na escuridão.

Voltamos para o interior da ilha.

Minhas botas cheiram a urina.

10

PUCK

Já faz muito tempo que estive em Skarmouth depois do anoitecer, e isso me faz lembrar da época em que meu pai cortou os cabelos. Durante os primeiros sete anos de minha vida, meu pai tinha cabelos cacheados escuros, parecidos com os meus. Todos os dias pela manhã, ele lhes dizia como queria que se comportassem, e então, como se tivessem vontade própria, seus cabelos faziam o que bem entendiam. De qualquer forma, quando eu tinha sete anos, meu pai um dia voltou das docas com os cabelos muito curtos, e, quando o vi entrar pela porta e beijar minha mãe na boca, me pus a chorar, porque achei que era um estranho.

E foi isto que Skarmouth fez depois do anoitecer: transformou-se numa Skarmouth totalmente diferente daquela que conheci minha vida inteira, e não estou disposta a deixá-la me beijar na boca tão cedo. A noite pintou a cidade toda de azul-escuro. Todos os prédios parecem se comprimir uns contra os outros e, agarrados nas pedras, espiam por entre o infinito cais negro lá embaixo. As luzes dos postes desenham halos brilhantes; lamparinas de papel estão penduradas nos fios atados aos postes de telefone. Parecem luzes de Natal ou vaga-lumes, espiralando na direção da sombra escura da são Columba, no alto da cidade. Há uma legião de bicicletas encostadas nos muros, e mais carros do que eu imaginava que existiam na ilha estão estacionados nas ruas, a luz dos postes refletindo nos para-brisas. Os carros expeliram homens estranhos nas ruas, e as bicicletas trouxeram garotos que me são pouco familiares. Eu só vi essa quantidade de gente na rua em dias de festa.

É mágico e aterrorizante ao mesmo tempo. Sinto-me perdida e estou apenas em Skarmouth. Não consigo imaginar Gabe partindo para o continente.

– Puck Connolly – grita uma voz que sei ser de Joseph Beringer. – Já não passou da sua hora de dormir?

Estaciono a bicicleta de Finn o mais perto possível da do açougueiro e encosto-a na grade de metal, que serve para impedir que você caia do píer, a menos que seja isso que você queira. A água tem um cheiro estranho, de peixe, e me inclino para ver se há algum barco de pesca por perto que justifique o cheiro. Não há nada além de água negra e reflexos, o que faz com que pareça existir outra Skarmouth submersa na água salgada.

Joseph resmunga alguma coisa, mas não presto atenção. De certo modo, me sinto grata por ele estar aqui agindo como um idiota, porque ele faz com que todo o resto pareça mais familiar.

Sinto minha cabeça balançar quando Joseph puxa meu rabo de cavalo. Eu me viro para encará-lo, com as mãos na cintura. Ele me dá aquele sorriso grande demais; ele tem espinhas e cabelos louros, e sua boca se abre como se estivesse impressionado por eu estar olhando para ele.

Tento pensar em algo inteligente para dizer, mas não há nada além de irritação, porque algo que era engraçado para um garoto de onze anos ainda tem graça para um de dezessete. Então, apenas digo, em tom cruel:

– Não tenho tempo para você esta noite, Joseph Beringer!

Isso é sempre verdade, mas hoje é ainda mais. Devo me inscrever como participante da corrida hoje, eu acho. Por causa de minha pressa, Finn gentilmente se ofereceu para alimentar Dove para mim. Quando saí, ele estava olhando para o balde como se aquilo fosse a invenção mais complicada que já vira.

Ao meu lado, Joseph continua falando sobre a minha hora de dormir – ele gosta de escolher um assunto e esgotá-lo, e, com ele, não há o menor risco de deixar escapar um detalhe sutil –, e eu simplesmente o ignoro e continuo meu caminho até a propriedade dos Gratton, o açougue. Conforme olho para todas aquelas pessoas, algumas delas turistas que já chegaram para a temporada, penso em como minha mãe costumava dizer que precisávamos das corridas, que esta seria uma ilha morta sem elas.

Bem, a ilha está viva esta noite.

O açougue dos Gratton é uma confusão de ruídos, com várias pessoas paradas na calçada. Preciso abrir caminho para passar pela porta. Eu não diria que as pessoas em Skarmouth são grosseiras no geral, mas a cerveja torna as pessoas surdas. Do lado de dentro, o lugar está cheio de energia e barulho. O teto parece baixo demais e um tanto opressivo, com as vigas expostas tão próximas de nossa cabeça. Nunca vi tanta gente aqui antes. Mas, de uma forma terrível, faz sentido que o açougue seja o centro não oficial das corridas, levando em conta que todos os cavaleiros compram carne aqui.

Menos eu.

Vejo Thomas Gratton imediatamente, gritando no ouvido de alguém, na parede oposta. Sua esposa, Peg, está atrás do balcão com um pedaço de giz na mão, sorrindo e conversando. Thomas pode ser dono do lugar, mas meu pai dizia que era Peg quem comandava. Todos os homens de Skarmouth são apaixonados por ela. Meu pai disse que era porque eles sabiam que Peg podia arrancar-lhes o coração com um belo corte e a amavam por isso. Certamente, não é por sua aparência. Certa vez, eu ouvira Gabe dizer que Mutt Malvern tinha peitos maiores que os de Peg. O que eu acho que é verdade, mas me lembro de ter ficado muito chocada ao ouvir meu irmão dizer algo tão grosseiro e injusto, por que o que tem a ver o valor de uma garota com o tamanho de seus seios?

Entro na fila que leva ao balcão onde Peg está escrevendo nomes num quadro. Estou parada atrás de um homem de jaqueta azul-clara e chapéu, e ele é tão alto que suas costas impedem que eu veja qualquer coisa. Eu me tornei uma criança numa sala cheia de ganchos para carne. Thomas Gratton grita para as pessoas pararem de fumar ali, e os homens riem ruidosamente, dizendo que Thomas não suporta o fogo perto da carne.

Começo a me sentir insegura, e não sei se deveria estar mesmo nesta fila. Acho que as pessoas estão olhando para mim. Ouço-as junto ao balcão fazendo apostas. Talvez eu esteja enganada, e tudo isso não tenha nada a ver com a inscrição para as corridas. Talvez eles nem sequer me deixem competir com Dove. A única coisa boa é que me livrei de Joseph Beringer.

Dou um passo para o lado, desviando do gigante à minha frente, para poder ler o quadro mais uma vez. No topo, está escrito JÓQUEIS e, do lado direito, CAPAILL. Alguém escreveu "carne" em letras pequenas ao lado de JÓQUEIS. E, abaixo de tudo, há um espaço e começam os nomes. Há mais nomes abaixo de JÓQUEIS do que de CAPAILL. Penso em perguntar para a montanha à minha frente se ele sabe por quê. Pergunto a mim mesma se Joseph sabe. Também me pergunto se Gabe já chegou em casa. E se, a essa altura, Finn já descobriu como funciona um balde. Não consigo pensar numa coisa só por muito tempo.

E então eu o vejo. Um garoto de cabelos escuros e todo anguloso. Ele é o próximo na fila, perto do balcão, calado e imóvel em sua jaqueta azul e preta, com os braços cruzados sobre o peito. Ele parece deslocado e selvagem ali: expressão atenta, o colarinho levantado para proteger o pescoço e cabelos emaranhados por causa do vento da praia. Ele não está olhando para ninguém nem evitando olhar para ninguém; está simplesmente parado olhando para o chão, com os pensamentos obviamente muito, muito longe do açougue. Todos os outros estão sendo empurrados de um lado para o outro, mas ninguém o empurra, ainda que também não pareçam evitá-lo. É como se ele não estivesse no mesmo lugar que o restante de nós.

– Ah, Puck Connolly – diz uma voz atrás de mim. Viro-me e vejo um velho, fora da fila, observando os que ali aguardam. Acho que o nome dele é Reilly, ou Thurber, ou alguma coisa assim. Reconheço-o como um velho amigo de meu pai, um daqueles antigos o bastante para ter um nome, mas que eu nunca precisei saber qual é. Ele é uma figurinha seca e encurvada, com rugas tão profundas no rosto que as gaivotas poderiam fazer seus ninhos ali. – O que você está fazendo aqui esta noite?

– Bisbilhotando – respondo, porque esta é uma resposta difícil de rebater. Olho mais uma vez para o garoto perto do balcão. Então ele se vira e fica de perfil, e de repente acho que o conheço da praia. Ele é o cavaleiro que montava o garanhão vermelho. Algo em sua expressão e em seus cabelos desalinhados pelo vento faz meu coração acelerar.

– Puck Connolly – diz o velho. – Não olhe para *ele* assim.

Essa frase é irresistível demais para ignorar.

– Quem é ele?

– Por Deus, aquele é Sean Kendrick – diz o velho, e eu ergo as sobrancelhas quando me lembro de já ter ouvido esse nome. Como acontecimentos da história que algumas vezes você ouve na escola, mas dos quais nunca tem de se lembrar. – Ninguém conhece os cavalos melhor que ele. Ele compete todos os anos, e acho que é o homem a ser vencido. Sempre é. Mas ele tem um pé na terra firme e o outro no mar. Fique longe dele.

– Claro que sim – digo, ainda que neste momento eu não saiba onde pretendo ficar. Olho outra vez para ele, guardando seu nome. Sean Kendrick.

Então o garoto se aproxima do balcão, e Peg sorri para ele, radiante – radiante demais, eu acho, como se tivesse que provar alguma coisa. Não consigo ouvir o que ela diz, mas não posso deixar de olhar quando ele se inclina levemente para ela, descruzando os braços e fazendo um pequeno gesto com os dedos conforme fala. Ele tem dois dedos erguidos e os pressiona contra a superfície do balcão, dando duas batidinhas, como se estivesse contando. Posso dizer que ele não está apaixonado por Peg Gratton. E me pergunto se é porque ele não sabe que ela poderia lhe arrancar o coração com um belo corte, ou se é porque sabe e não se impressiona com isso.

Peg se vira com o pedaço de giz na mão e se estica toda, e agora percebo que o espaço logo abaixo de JÓQUEIS foi deixado em branco intencionalmente, porque ela não hesita em escrever "Sean Kendrick" no topo da lista, acima de todos os outros nomes. Ouço alguns assobios vindos da multidão ao meu redor quando ela termina de escrever o nome dele. Sean Kendrick não sorri, mas vejo que faz um sinal com a cabeça para ela.

Um dos outros homens o puxa para o lado para conversar, e a fila anda. Estou um passo mais perto de me inscrever. Meu estômago parece dançar. Mais um passo. Eu me pergunto se é o nervosismo ou o calor de todos esses corpos juntos que está me deixando tonta. Mais um passo à frente.

Meu estômago vira de cabeça para baixo quando o homem à minha frente se inscreve. E então chega a minha vez.

Peg sorri para mim como sorri para todos. Ela não parece nada assustadora. Na verdade, parece uma mulher simples e simpática.

– Oi, querida, o que você deseja? Escolheu uma noite e tanto para aparecer.

Percebo que ela está pensando que vim comprar carne. Sinto meu rosto queimar e tento parecer firme.

– Estou aqui para me inscrever, na verdade.

O sorriso de Peg continua no lugar, mas é como se alguém tivesse pendurado a foto de um sorriso em seu rosto. Sua expressão está totalmente imóvel e seu olhar não combina com ela.

– Seu irmão me disse para não deixá-la se inscrever. Ele queria que eu achasse alguma regra que a impedisse.

Ela está falando de Gabe, obviamente. Meu estômago se revira de um jeito completamente diferente. Tento não parecer muito nervosa quando me inclino sobre o balcão manchado de sangue. E é aí que percebo que ela sabia o tempo todo por que eu estava ali, e mesmo assim me fez aquela pergunta. E acho que isso significa que preciso mudar minha opinião a seu respeito, mas não consigo, porque ela ainda parece uma mulher simples e simpática.

– Mas não há nenhuma regra, certo? Não há nada que me impeça de competir.

– Não existe nenhuma regra, e eu disse isso a ele. Mas... – O sorriso dela desaparece, e de repente *posso* imaginá-la arrancando meu coração com um golpe seco, sem nem ao menos notar o sangue. – O que seus pais pensariam? Você pensou bem nisso? Pessoas morrem, querida. Sou totalmente a favor dos direitos das mulheres, mas isso não é um jogo de mulheres.

Por algum motivo, isso me irrita mais do que qualquer outra coisa que ouvi durante o dia. Isso não é nem ao menos *relevante*. Dirijo-lhe o olhar feroz que ensaiei no espelho.

– Já pensei bem. E quero me inscrever. Por favor.

Ela olha para mim por mais alguns instantes, mas não deixo minha expressão mudar. Então suspira, apanha o pedaço de giz e se vira para o quadro.

Ela começa a escrever a letra P, mas a apaga logo em seguida com a mão. Olha novamente para mim.

– Não me lembro do seu nome de verdade, querida.

– Kate – respondo, e sinto que todas as pessoas de Skarmouth estão subitamente olhando para as minhas costas. – Kate Connolly.

Existem momentos dos quais você vai se lembrar pelo resto da vida, e existem momentos que você *pensa* que vai se lembrar pelo resto da vida, e não acontece com muita frequência que sejam os mesmos momentos. Mas, quando Peg Gratton se vira e inclui meu nome na lista, branco no preto, eu sei, sem sombra de dúvida, que essa é uma imagem da qual nunca me esquecerei.

Quando ela se vira outra vez, uma de suas sobrancelhas está erguida.

– E o nome do seu cavalo?

– Dove – respondo. O som sai baixo demais. Preciso repetir.

Ela escreve o nome sem fazer perguntas, mas é claro – por que duvidaria que Dove fosse um *capall uisce*?

Mordo meus lábios. Peg está esperando.

– Cinquenta, Puck – ela diz. – A taxa de inscrição.

Sinto-me um pouco enjoada quando tiro as moedas do bolso. Por um momento assustador, acho que não tenho o suficiente, mas então encontro o dinheiro que trouxe para comprar farinha. Eu seguro as moedas, sem colocá-las na mão ansiosa de Peg.

– Espere – digo. Eu me inclino sobre o balcão e abaixo o tom de voz. – Existe, bem, alguma regra sobre os cavalos? – Se eu for desclassificada *e* perder os cinquenta, vou ficar realmente doente. – Sobre eles... hum...?

Peg responde:

– Quer uma cópia do regulamento?

Ela precisa procurar. Sinto que todos estão olhando fixamente para meu nome no quadro enquanto ela faz isso. Quando entrega uma cópia para mim, um pedaço de papel amassado, examino a frente e o verso. Há apenas duas linhas sobre os cavalos: "Os jóqueis devem inscrever sua montaria até o fim da primeira semana, antes do desfile dos cavaleiros no Festival de Escorpião. Não é permitido trocar de montaria depois dessa data".

Procuro por alguma outra coisa, mas não há nada. Nada dizendo que não posso inscrever Dove.

Finalmente, entrego as moedas para Peg.

– Obrigada – digo.

– Quer ficar com isso? – ela pergunta, indicando a cópia do regulamento. Não me importo, na verdade, mas concordo. – Certo – diz ela. – Você está oficialmente inscrita.

Estou oficialmente inscrita.

Enquanto volto para a escuridão lá fora, respiro fundo, sorvendo o ar frio. O cheiro incômodo que sentira antes fora substituído pelo fraco odor de combustível no ar, mas, em comparação com o cheiro de suor e de carne crua do açougue, é o paraíso. Minha cabeça gira, e eu me sinto feliz e aterrorizada ao mesmo tempo e acho que posso ver cada pequena depressão na rua à minha frente, cada pedaço de ferrugem na grade do cais, cada movimento da água. Tudo é negro – desde o céu profundo até a água turbulenta – e amarelo-manteiga – as lâmpadas da rua e as luzes saindo das janelas das lojas.

Noto uma discussão a alguns metros de distância e reconheço a jaqueta de Sean Kendrick. Mutt Malvern o encara, parecendo enorme e suado comparado a Sean. Fica evidente, pelo modo como algumas pessoas pararam para observar, que as palavras trocadas entre eles não são nada agradáveis.

É como pássaros atacando um corvo. Já vi isso acontecer nos campos, quando o corvo chega muito perto do ninho ou insulta os pássaros de outra forma. Os pássaros mergulham e gritam, e o corvo simplesmente fica ali, negro, imóvel e impassível.

E é assim mesmo: Sean e Mutt, o herdeiro da fortuna da ilha, e a saliva de Mutt brilhando nas botas de Sean.

– Belas botas – diz Mutt. Ele está olhando para elas, mas Sean Kendrick não. Ele observa o rosto de Mutt com a mesma expressão, atenta e desatenta ao mesmo tempo, que ostentava no açougue. Estou meio horrorizada, meio fascinada com o que vejo no rosto de Mutt. Não é raiva, mas algo muito parecido.

Depois de um longo momento, Sean se vira, como se fosse embora.

- Ei! - Mutt diz. Ele tem um sorriso no rosto, mas significa o oposto. - Você está com tanta pressa assim para voltar para os estábulos? Só faz algumas horas que você tomou sua última dose. - Ele mexe os quadris entusiasticamente.

Eu teria me sentido mal com as provocações de Mutt se não tivesse visto o sorriso de Sean. Mal é um fio de sorriso e desaparece num segundo – sem nem sequer fazer seus lábios se moverem, apenas seus olhos se estreitam um pouco –, e é perspicaz e condescendente. E percebo que o que vejo no rosto dos dois, de formas completamente diferentes, é ódio.

– Diga alguma coisa, encantador de cavalos – rosna Mutt. – Você gostou do meu presente?

Mas seus punhos estão cerrados, e não acho que seja conversa o que ele quer com Sean Kendrick. Ainda assim, Sean não diz nada. Ele parece no máximo cansado e, quando Mutt faz menção de se aproximar, Sean simplesmente se afasta.

– Não vire as costas para mim – resmunga Mutt. Ele alcança Sean em três passos largos e, quando agarra o braço dele com sua mão enorme, o força a se virar como se fosse uma criança. – Você trabalha para mim. Não vire as costas para mim.

Sean coloca as mãos nos bolsos da jaqueta.

– Realmente, sr. Malvern – diz ele, e seu tom é tão calmo que o dr. Halsal, que estava assistindo à cena, franze o rosto e volta para dentro do açougue. – O que posso fazer pelo senhor esta noite?

A frase confunde Mutt Malvern por um momento, e acho que ele simplesmente vai esmurrar Sean Kendrick agora e pensar numa boa resposta mais tarde. Mas então algo lhe ocorre e ele diz:

– Vou pedir ao meu pai para demitir você. Por roubo. Não diga que não é verdade. Eu tinha aquele cavalo nas mãos, Kendrick, e você o soltou. Vai perder seu emprego por isso.

Dinheiro não é algo que muitas pessoas têm nesta ilha. Ameaçar o emprego de alguém não é algo que se faça sem mais nem menos. Não é nem meu emprego e já sinto uma pontada no estômago, a mesma que sinto quando abro a porta da despensa e vejo as coisas acabando.

– Vai mesmo? – responde Sean, suavemente. Há uma longa pausa, repleta do som das vozes abafadas dentro do açougue. – Vi que você se inscreveu para as corridas. Mas não há nome de cavalo ao lado do seu. Por que, Mutt?

O rosto de Mutt fica roxo.

– Eu acho – diz Sean, e, como antes, sua voz é tão calma que estamos todos prendendo a respiração para ouvi-lo – que é porque, como todos os anos, seu pai está esperando que eu escolha um cavalo para você.

– Mentira – diz Mutt. – Você não é melhor que eu. Meu pai deixa que você me dê os perdedores. Ele permite que você me dê as sobras, e você escolhe o melhor para si mesmo. Não tenho escolha, ou seria eu a montar aquele garanhão vermelho. Não vou deixar você me fazer montar um perdedor este ano.

A porta se abre, e o dr. Halsal volta, trazendo Thomas Gratton. Eles ficam parados à porta, e Thomas Gratton limpa as mãos no avental de açougueiro enquanto examina a situação. A voz baixa de Sean Kendrick, de algum modo, tornou a discussão menos barulhenta e mais impressionante – o oceano de uma noite silenciosa, cheio de força contida. O espaço que separa Sean Kendrick de Mutt Malvern parece carregado de eletricidade.

– Rapazes – diz Thomas Gratton, e, ainda que ele soe contente, posso ver que está cauteloso –, acho que já é hora de irem para casa.

Como se Thomas Gratton não tivesse dito uma única palavra, Sean se aproxima de Mutt e diz:

– Eu mantive você vivo naquela praia por cinco anos. É isso que seu pai me pede para fazer e é isso que pretendo continuar fazendo. Você vai montar o que eu disser a ele que você deve montar.

Ele se vira para Gratton e assente, subitamente envelhecido, antes de se afastar. Mutt faz um gesto obsceno às suas costas. Quando Mutt vê Gratton olhando para ele, leva algum tempo para abaixar a mão e enfiá-la no bolso.

– Matthew – diz Gratton –, já está tarde.

O dr. Halsal olha em minha direção. Seus olhos se estreitam, como se estivesse tentando convencer a si mesmo do que está vendo, e eu me apresso em ir buscar a bicicleta de Finn antes que ele possa dizer alguma coisa. Preciso voltar para casa de qualquer forma. Como Thomas Gratton disse, já está tarde. E amanhã tenho de acordar cedo.

Sean Kendrick não significa nada para mim, e não devo me importar com seus problemas. Ele é apenas mais um cavaleiro na praia.

11

PUCK

À noite, sonho com minha mãe me ensinando a cavalgar. Estou aconchegada junto dela, como se formássemos um único ser, com seus braços me envolvendo. Seus dedos são miúdos como os meus, e é fácil compará-los: minhas mãos estão cerradas na crina do pônei e as dela repousam sobre as rédeas. Não há chuva nem sol, mas alguma coisa entre os dois, como acontece com frequência em Thisby. Minhas mãos estão úmidas com o sereno.

– Não fique nervosa – ela diz. O vento chicoteia seus cabelos contra meu rosto, e os meus, contra o dela. Eles têm a mesma cor da relva avermelhada da queda do penhasco, que se inclina em direção ao solo e volta novamente. – Os pôneis de Thisby adoram correr. Mas é mais fácil arrancar uma craca da rocha que uma Keown de um cavalo. – Acredito, pois ela parece um centauro, como se fizesse parte do pônei. É impossível qualquer uma de nós cair.

Desperto de meu sonho. Tenho a lembrança da porta de casa se fechando e acredito que tenha sido isso que me acordou. Permaneço ali, olhando para o nada, porque o quarto está escuro demais para enxergar, esperando que meus olhos se ajustem à escuridão ou o sono voltar. Enxugo algumas lágrimas do rosto. Depois de alguns minutos, começo a duvidar que realmente ouvi a porta fechar.

Mas então sinto o cheiro de água salgada, aterrorizante por um momento, e vejo Gabe na porta de meu quarto, espiando. Posso ver a linha de seu pescoço enquanto ele observa. Dentro de minha cabeça, digo: *Por favor entre*, várias e várias vezes. Quero tanto que ele se sente na beirada de minha cama, como costumava fazer antes de nossos pais morrerem, e que me pergunte como foi meu dia. Quero que ele diga que mudou de ideia e que eu não preciso competir, afinal. Quero que diga onde esteve até tão tarde.

Mas, acima de tudo, quero apenas que entre e se sente.

Ele não o faz. Silenciosamente, bate o punho contra a soleira da porta, como se eu tivesse dito algo para desapontá-lo. Depois dá as costas, e eu termino por cair no sono novamente. Mas não sonho com nossa mãe outra vez.

SEAN

Os estábulos dos Malverns são assombrados durante a noite.

Apesar de já estar acordado há dezessete horas e ter de me levantar em outras cinco se quiser ter a praia só para mim pela manhã, não vou direto para o meu quarto. Em vez disso, passo um tempo no estábulo frio, caminhando de um lado para o outro nos corredores mal iluminados, me assegurando de que os tratadores tenham colocado água e comida para os puros-sangues e para os animais de tração, como deveriam. Eles limparam a maioria das baias, mas já é quase novembro, e estão com muito medo para entrar nas poucas baias ocupadas pelos *capaill uisce*, mesmo quando levo os cavalos d'água até a praia. Em parte, é pela reputação deles, imagino eu, e em parte pela reputação dos estábulos. De qualquer forma, me restam três baias nas quais não quero que os *capaill uisce* passem a noite. Como treinador-chefe, meu tempo deveria ser valioso demais para ser gasto em retirar o esterco, mas prefiro eu mesmo cuidar disso a ver um serviço malfeito dos dois novos ratinhos assustados dos Malverns.

Assim, enquanto os cavalos fazem seus lentos e suaves rumores noturnos e as paredes escuras e conhecidas do lugar me protegem, limpo as três baias. Varro a superfície do curral de alimentação. Dou aos cavalos d'água sua carne, ainda que imagine que eles estejam nervosos demais para comer. E o tempo todo imagino que este enorme estábulo é meu, que esses cavalos com os quais me importo estão em meu nome, que os compradores que os experimentarem acenarão em aprovação para mim, em vez de acenarem para Benjamin Malvern.

Os estábulos dos Malverns não são de fato estábulos dos Malverns, mas um complexo de galpões de pedra que abrigam cavalos em Thisby muito antes de o nome Malvern existir na ilha. A única construção que pode se equiparar a essas em magnitude, especialmente o estábulo principal, é são Columba, em Skarmouth. Os celeiros foram construídos com o mesmo fervor espiritual. O teto é sustentado por colunas esculpidas que retratam homens de olhos arregalados cujas mãos apoiam os pés de homens que apoiam os pés de outros e assim sucessivamente, e, acima de todos eles, há homens com cabeça de cavalo. Como a igreja em Skarmouth, o teto inclinado do celeiro principal é apoiado por vigas de pedra, e entre elas as superfícies são pintadas com animais complexos cujos membros se entrelaçam uns aos outros. As paredes também são pintadas com pequenas figuras retorcidas e rabiscadas nos mais estranhos lugares: no canto de uma baia, no centro do piso, ao longo do lado esquerdo das janelas. Homens com patas no lugar das mãos e mulheres tossindo cavalos, garanhões com tentáculos na crina e no rabo.

E a pintura mais impressionante de todas cobre a parede no fim do estábulo principal. Nela, há o mar e um homem – um esquecido deus do oceano, talvez – arrastando um cavalo para dentro dele. A água é da cor do sangue, e o cavalo é tão vermelho quanto o mar.

É um animal velho este estábulo, o mais velho da ilha.

Por todo lugar, há pistas da vida passada do estábulo. As baias são tão grandes que em todas, exceto três, Malvern colocou divisórias, de forma que o lugar pudesse acomodar mais dos cavalos esportivos que ele vende no continente. Os batentes das portas são de ferro, as maçanetas viram apenas em sentido anti-horário e há algo escrito em runas vermelhas acima de um dos umbrais. O piso da baia *teind*, a mais próxima dos penhascos, está manchado de sangue, as paredes arqueadas, salpicadas como a espuma do mar. Malvern a repintou muitas vezes, mas, quando a luz da manhã chega plena e forte, as manchas ainda são visíveis. Uma delas é uma impressão de mão humana, com os dedos espalmados perto da maçaneta da porta.

Nem sempre este estábulo foi habitado por elegantes cavalos esportivos.

Termino as baias, o curral de alimentação e todas as outras tarefas que posso pensar em realizar, então apago as luzes e fico sozinho no escuro e antigo ventre dos estábulos. Um dos *capaill uisce* nitre e outro responde. Mesmo conhecendo os animais, o som instintivamente faz os pelos de meu braço se eriçarem. Todos os outros cavalos do estábulo estão em silêncio e atentos ao barulho.

O fato é que na verdade eu não quero os estábulos dos Malverns, em nenhuma de suas formas. Não quero que seus clientes ricos venham a cada outubro para assistir às corridas e comprar puros-sangues. Não quero seu dinheiro, sua fama nem sua habilidade de ir e vir de Thisby como lhes convém. Não preciso de quarenta cabeças de cavalos para me sentir completo.

O que eu quero é isto: um teto sobre minha cabeça que seja meu, contas no Gratton's e no Hammond's em meu nome e, acima de tudo, quero Corr.

Pela primeira vez em nove anos, tranco a porta do meu quarto pensando no rosto vermelho e nos punhos cerrados de Mutt Malvern. Deito, mas fico acordado por muito tempo, escutando o oceano violento batendo contra as rochas da costa noroeste da ilha, e penso na égua malhada. Finalmente adormeço e sonho com o dia em que poderei dar as costas a Mutt Malvern e continuar caminhado.

12

PUCK

A manhã está gelada e úmida quando me dirijo até as pastagens de Dove. Fria como as tetas de uma bruxa, meu pai costumava dizer, e minha mãe diria: "É esse tipo de linguagem que você anda ensinando aos seus filhos?" Aparentemente era, porque Gabe disse exatamente isso outro dia. Porém não está frio o bastante para congelar a lama – só em alguns anos fica frio o suficiente para isso –, então deslizo, sapateio e tremo pelo caminho ao longo do jardim enlameado. Estou tentando não notar meu nervosismo. Está quase funcionando.

Chamo Dove e bato a lata de café cheia de ração contra um dos postes que sustentam a cerca. Não é muito, vou alimentá-la mais depois que trabalharmos, mas é o suficiente para chamar sua atenção. Posso ver seu traseiro enlameado despontando no barracão. Seu rabo nem se move quando sacudo a lata outra vez. Dou um pulo quando Finn surge logo atrás de mim dizendo:

– Ela sabe que você está mal-humorada, é por isso que não quer vir.

Lanço um olhar furioso para ele. Em algum lugar, alguém em Skarmouth está preparando tortas de carne, porque posso sentir o cheiro trazido pelo vento, e meu estômago resmunga conforme indica a direção do aroma.

– Eu não estou mal-humorada. Você não deveria estar limpando a cozinha ou algo assim?

Finn se encolhe e fica no nível mais baixo da cerca. Parece nem se importar com o frio.

– Dove! – ele chama, alegremente. Fico satisfeita ao ver que ela não se move nem um centímetro para ele também.

– Bem – diz ele –, ela é uma mula inútil. O que você vai fazer hoje?

– Vou levar Dove até a praia – digo. Toco meu nariz com o dorso da mão; está aquele frio que dá a impressão de que o nariz vai escorrer, ainda que isso não aconteça.

– À *praia*? – repete Finn. – Por quê?

A ideia de responder à sua pergunta me irrita tanto quanto a resposta, então tiro a folha com as regras do bolso de meu casaco de lã e lhe entrego. Ele desdobra o papel, e eu chacoalho a lata e tento não sentir pena de mim mesma enquanto ele lê. Demora um pouco até que ele chegue à regra que responde à sua pergunta. Posso dizer exatamente o momento em que ele chega ali, porque ele aperta os lábios. Quando tomei a decisão de montar Dove para as corridas, pensei que seria capaz de exercitá-la longe da praia e que iria até ali apenas para a corrida. Mas as regras que Peg Gratton me entregou afirmam que não posso. Todos os inscritos precisam treinar dentro da faixa da costa. Penalidade: desclassificação, sem reembolso da taxa de inscrição. Essa regra parece ter sido feita especificamente para me contrariar, ainda que eu saiba que há uma boa razão para isso. Ninguém quer os cavalos d'água correndo desembestados pela ilha conforme novembro se aproxima.

– Talvez você possa pedir que abram uma exceção – diz Finn.

– Eu não quero nem que reparem em mim – digo. Se me dirigisse aos funcionários e fizesse menção a Dove, eles poderiam acabar me desclassificando, no fim das contas. Meu plano parece assustadoramente frágil nesse momento. Tudo por um irmão que saiu pela manhã antes de qualquer um de nós se levantar.

Finn e eu nos sobressaltamos com o barulho de um carro subindo a estrada em direção à casa. Carros não são bom sinal. Poucas pessoas na ilha têm, e menos gente ainda tem motivo para vir até aqui. Normalmente, os únicos que vêm aqui desse jeito são os homens que não tiram o chapéu conforme entregam faturas em atraso.

Finn, alma valente que é, desaparece, me deixando a cargo disso. O dinheiro deve ser entregue de qualquer jeito, mas é menos doloroso se não for você quem tiver de contá-lo para eles.

Mas não é um cobrador. É um carro muito elegante, do tamanho de nossa cozinha, com uma grade no radiador tão grande quanto uma lata de lixo e muito chique. Tem olhos redondos e amistosos com sobrancelhas cromadas. O escapamento solta baforadas que se arrastam ao redor dos pneus. E é vermelho – não o vermelho do cavalo que vi ontem na praia, mas vermelho como só humanos podem imaginar. Vermelho como doce. Vermelho que dá vontade de provar ou passar nos lábios.

Vermelho, o padre Mooneyham sempre observava com tristeza, como o pecado.

Conheço o carro. Pertence oficialmente à são Columba, doado ao padre Mooneyham para suas visitas a residências por um bem-intencionado paroquiano que viera do continente e passara por uma espécie de conversão espiritual nas águas próximas a Skarmouth. E é verdade que o padre Mooneyham viaja por toda a ilha no carro, visitando os habitantes e ministrando os últimos e os primeiros ritos e aqueles intermediários. Mas ele nunca sai do assento do passageiro. Se não encontra alguém disposto a dirigir, usa sua bicicleta, como fazia antes, sem dar a mínima para a idade que tem.

Sinto-me um pouco mal por Finn ter se escondido na casa, porque ele teria gostado do enorme carro vermelho do padre. Digo a mim mesma que é bem feito para ele, por ser covarde.

Antes que eu consiga imaginar devidamente o motivo de o padre Mooneyham ter vindo até aqui, a porta do motorista se abre e Peg Gratton sai dali. Seus pés estão protegidos por botas de borracha verde-escuras que não se impressionam com a nossa lama. Vejo o padre Mooneyham preocupado com alguma coisa no banco do passageiro, mas ele permanece no carro. É Peg quem tem assuntos a tratar comigo, e essa é uma ideia preocupante.

– Puck – diz ela. Seu cabelo curto é cacheado e ruivo, não do mesmo tom de vermelho do carro ou do cavalo da praia, e atraentemente bagunçado, de um jeito que me dá alguma esperança para o meu. – Bom dia. Você tem um minuto?

É inteligente a forma como ela diz isso, não é como uma pergunta. Eu teria de me opor para ter meu minuto de volta. Faço uma anotação mental para usar o método no futuro.

– Sim – digo, e então acrescento, embora me seja doloroso acrescentar isso, porque é como se fadas tivessem usado a cozinha para praticar magia negra a noite toda: – Aceita um pouco de chá?

– Não quero fazer o padre esperar – Peg diz rapidamente. – Ele já foi muito gentil me trazendo até aqui.

Isso, é claro, não é verdade, já que era justamente o contrário. Aperto meus olhos para ela. Ver o carro vermelho me faz lembrar que não me confesso há muito tempo e que andei fazendo muitas coisas que deveria confessar. Não é um sentimento agradável.

Agora Peg hesita. Ela olha ao redor do quintal. É uma visão um tanto patética. De vez em quando, arranco as ervas daninhas maiores das cercas e da casa, mas ainda há invasores escuros e cheios de folhas por todo canto onde as coisas se juntam. Não há muita grama nos trechos da passagem, apenas lama. Devo dizer a Finn para consertar o carrinho de mão tombado no canto do quintal. Mas não é na bagunça que os olhos de Peg repousam, e sim na sela que pus sobre a cerca, perto de minhas escovas. E na lata de café com os grãos na minha mão.

– Meu marido e eu estávamos falando de você ontem à noite, um pouco antes de irmos dormir – diz ela, e por alguma razão me sinto esquisita ao pensar nela e no corado Thomas Gratton juntos na cama, e ainda por cima falando de mim. Imagino sobre o que falam quando não sou eu o assunto. O clima, talvez, ou o preço do tutano, ou como os turistas parecem usar sempre sapatos brancos na chuva. Acho que eu conversaria sobre essas coisas se tivesse um marido açougueiro. Peg continua: – E ele pareceu achar que você não vai montar um dos *capaill uisce*. Eu disse que não, que isso é impossível. Já é ruim o suficiente a decisão de participar das corridas sem deixar tudo mais complicado.

– E o que ele disse?

– Ele disse que se lembrava – diz Peg, olhando para o rabo lamacento de Dove – de que os Connollys tinham uma pequena égua parda chamada Dove, e eu disse que achava que era esse o nome que você havia me feito anotar na lista ontem à noite.

Seguro firmemente a lata de café com os grãos.

– É verdade – digo. – As duas coisas são verdadeiras.

– Foi o que pensei. Então eu disse a ele que viria aqui convencê-la a desistir. – Ela não parecia nada satisfeita com a ideia. Pensei que provavelmente era uma daquelas ideias que soavam melhor quando se estava deitada na cama com seu marido corado do que quando se estava de pé numa manhã fria e nublada encarando a realidade.

– Sinto muito que você tenha vindo até aqui – eu digo, ainda que não sinta, e não costumo mentir antes de tomar o café da manhã –, porque não existe a menor chance de me convencer a desistir.

Ela coloca uma das mãos no quadril e a outra atrás da cabeça, esmagando o cabelo encaracolado. É uma postura que demonstra tanta frustração que me sinto um pouco mal por ser a causadora disso.

– É o dinheiro? – pergunta ela, finalmente.

Não estou certa se me sinto ofendida ou não. Quer dizer, é óbvio que sim, que precisamos do dinheiro, mas eu teria de ser a maior tola da ilha para acreditar que tenho alguma chance de vencer aqueles cavalos enormes.

Parte de mim se ressente disso e, culpada, percebo que uma parte ínfima de mim, pequena o suficiente para se dissolver numa xícara de chá ou criar uma bolha no calcanhar, deve estar sonhando com essa possibilidade. Derrotar os cavalos que mataram meus pais num pônei sobre o qual eu cresci. Devo ser a maior tola da ilha, no fim das contas.

– São motivos pessoais – digo rigidamente. Que é o que minha mãe sempre me falou para dizer sobre as coisas que têm a ver com brigar com irmãos, pegar qualquer tipo de doença com implicações intestinais, começar a menstruar e dinheiro. E essa decisão cobria duas das quatro, então achei que a declaração era mais que justa.

Peg olha para mim, e posso dizer que ela está tentando ler as entrelinhas. Finalmente, ela diz:

– Acho que você não sabe no que está se metendo. Aquilo é uma guerra.

Encolho os ombros, o que faz com que eu me sinta como Finn, o que me faz desejar não ter feito isso.

– Você pode morrer.

Agora percebo que ela está tentando me abalar. No entanto, essa é a coisa menos chocante que ela poderia dizer.

– Tenho que competir – digo a ela.

Dove escolhe esse momento para aparecer, e ela está suja de lama, pequena e ligeiramente decepcionante. Ela se aproxima da cerca e tenta morder a sela. Lanço-lhe um olhar de bronca. Ela é musculosa e está em boa forma, mas, em comparação ao *capaill uisce* que vi ontem, parece um brinquedo.

Peg suspira e acena com a cabeça, mas não para mim. É um aceno de "bem, pelo menos eu tentei". Ela volta hesitante pela lama e bate as botas na beirada da porta do carro, para evitar levar tanta sujeira para dentro do belo automóvel vermelho. Esfrego o nariz de Dove e me sinto mal em desapontar a feroz Peg Gratton.

Depois de um momento, ouço meu nome e vejo que o padre Mooneyham está me chamando. Não posso acreditar que Peg convenceu o padre de que minha ida à praia é uma questão espiritual, e meu caminho até a janela do lado do passageiro é obediente em vez de feliz.

– Kate Connolly – diz o padre Mooneyham. Ele é um homem todo enorme, com saliências no queixo, nas maçãs do rosto e na ponta do nariz. Cada saliência é um pouco avermelhada. Também há uma no pomo de adão, que vi uma vez, quando ele caiu da bicicleta e seu colarinho entortou. Não era avermelhada.

– Padre – digo.

Ele olha para mim e com o polegar desenha uma pequena cruz em minha testa, como costumava fazer quando eu era pequena e ainda cuspia quando estava na igreja.

– Venha à confissão. Faz muito tempo.

Peg e eu esperamos que ele diga mais alguma coisa. Mas ele apenas fecha a janela e sinaliza a Peg para voltar pelo quintal. Enquanto fazem isso, vejo o rosto de Finn esmagado contra a janela do quarto, olhando de relance o carro maravilhoso conforme ele se afasta.

13

SEAN

Estou num curral circular no Haras Malvern com um americano em meu encalço, ambos observando Corr trotar ao nosso redor. É uma pálida manhã azul, que precisa de tempo para se tornar agradável. Eu planejava passar a manhã toda na praia antes que os outros chegassem por lá, mas Malvern me pegou e me empurrou o comprador antes que eu pudesse me livrar. Não achei que levar um estrangeiro até a praia fosse uma boa ideia, então me dirigi ao curral para treinar até que meu visitante ficasse entediado. A regra que diz que os *capaill* devem treinar na praia só vale se estiverem selados, algo de que sempre quis me aproveitar. Não há muito que possa ser feito num curral que prepare você para a coisa nas praias.

Corr já está andando em círculos na ponta da corda presa a seu cabresto há vinte minutos. O americano está empolgado, mas reverente, acho que mais admirado comigo do que com Corr. Nossos sotaques fazem com que sejamos cautelosos um com o outro.

– Uma estrutura bastante notável. Isto foi construído apenas para os *capaill uisce*? – ele pergunta. É muito cuidadoso com as últimas palavras, mas sua pronúncia é boa. *Copple ooshka.*

Assinto com a cabeça. Do outro lado dos estábulos fica o curral onde treino os cavalos esportivos, quinze metros de diâmetro com paredes altas que mais parecem cercas feitas de leves tubos de metal. Corr não toleraria o metal por muito tempo, e, mesmo que o fizesse, todos morrem de medo de colocar um *capall uisce* em algo que aparentemente se desmancha com um sopro. Então, em vez disso, estamos nesta arena incrivelmente assustadora que Malvern desenvolveu em algum momento antes de minha chegada, cavada dois metros e meio na encosta de uma colina, de modo que a terra cria uma sólida muralha ao seu redor. A única entrada é uma alta trincheira poeirenta que termina numa porta de carvalho, que serve como parte da muralha da arena. Gosto bastante dela, menos quando inunda.

– *Capaill uisce? Capall uisce?* – O americano agora franze o cenho, sem saber quando usar as palavras.

– *Capaill* é plural. *Capall* é singular.

– Entendido. Nunca se sabe se vai chover ou não por aqui, não é? – pergunta o americano. Ele é muito elegante, perto dos quarenta anos, vestindo boina azul-marinho, suéter branco com decote em V e calças que não ficarão tão lisas por muito tempo nesta umidade. O céu cospe sobre nós, mas não está chovendo de verdade. Vai ter passado antes que eu me dirija à praia com os outros. – Por quanto tempo você o manterá trotando?

Corr já está irritado com essa marcha. Meu pai uma vez disse que nenhum cavalo d'água foi feito para trotar. Todo cavalo tem quatro marchas naturais – caminhada, trote, meio-galope e galope – e não há razão para uma ser preferível à outra. Mas Corr preferia galopar até que estivesse espumando como a arrebentação, em vez de trotar pela metade do tempo. Minha mãe disse certa vez que eu também não havia sido feito para trotar, e isso também é verdade. É lento demais para ser empolgante, e balança demais para ser confortável. Estou perfeitamente satisfeito em permitir que Corr faça sua própria marcha agora, sem que eu esteja em seu dorso.

No momento, porém, ele pode sentir que está sendo vigiado por um estranho, então levanta as patas e balança a crina um pouco mais que o habitual. Eu deixo que se exiba. Há falhas mais graves que a vaidade num cavalo.

O americano ainda está olhando para mim, então digo:

– Apenas explorando os limites. A praia vai estar cheia hoje de novo, e eu não quero levar três cavalos viçosos para lá.

– Bem, ele é uma beleza – diz o americano. Isso é para me bajular, e funciona. Ele acrescenta: – Vejo pelo seu sorriso que já sabe disso.

Não pensei que eu estivesse sorrindo, mas já sabia sim.

– A propósito, sou George Holly – diz o americano. – Eu lhe daria um aperto de mão se você não estivesse ocupado.

– Sean Kendrick.

– Eu sei. Vim por sua causa. Disseram que não há corrida a menos que você esteja nela.

Minha boca se retorce.

– Malvern disse que você estava de olho em alguns potros.

– Bem, eu vim por causa deles também – Holly desanuvia as sobrancelhas. – Mas poderia ter enviado meu agente para isso. Quantas vezes você já venceu?

– Quatro.

– Quatro! Você é o homem a derrotar. Um tesouro nacional. Tesouro regional, talvez. Thisby tem regras próprias? Por que você não compete no continente? Ou talvez tenha competido e eu deixei passar. As notícias sobre você chegam devagar, não é?

George Holly não sabia, mas eu estivera no continente uma vez com meu pai, para uma das corridas de lá. Eram coletes, boinas e capacetes, chicotes, cavalos com freios, jóqueis com roupas de seda, uma pista encerrada por cerca branca e esposas parecidas com bonecas. Colinas generosas se estendiam suavemente de cada lado das arquibancadas. O sol brilhara, as apostas haviam sido feitas, o favorito venceu por dois corpos. Voltamos para casa e eu nunca mais retornei.

– Não sou jóquei – digo. Corr começa a vir em nossa direção, e eu o empurro de volta para a parede agitando meu bastão. O bastão não é longo o bastante para tocá-lo, mas tem um pedaço de couro vermelho preso na ponta e estala para lembrá-lo de seu lugar.

– Nem eu – anuncia Holly em termos gerais, colocando as mãos nos bolsos como um garoto. Ele gira sobre os calcanhares enquanto me viro, observando Corr a nos rodear. – Apenas um amante de cavalos.

Agora que ele disse seu nome, sei exatamente quem é. Não o conheci antes, mas conheço seu agente, que vem todo ano buscar um, dois ou três potros. Holly é o equivalente americano de Malvern, proprietário de uma enorme fazenda de criação, é conhecido por exibir saltadores e caçadores, rico e excêntrico o suficiente para vir a Thisby por uma oportunidade de aprimorar sua coleção. "Amante de cavalos" é um enorme eufemismo, ainda que faça crescer minha empatia por ele.

E estou pajeando o homem para Malvern. Eu deveria estar lisonjeado. Mas ainda assim me pergunto se será difícil me livrar dele para que eu possa descer até as praias.

– Você acha que Benjamin Malvern se separaria deste animal? – pergunta Holly. Ele está assistindo ao passo incansável de Corr e imaginando, penso eu, como ele ficaria em sua terra natal.

Minha respiração é instável. Pela primeira vez, estou aliviado pela resposta a essa pergunta, embora ela tenha me causado insônia antes.

– Malvern não vende seus cavalos d'água para ninguém.

Além disso, é ilegal transportar os *capaill uisce* para fora da ilha, mas isso não parece um empecilho para alguém como Holly. Se ele fosse um cavalo, acho que teria de fazê-lo trotar em torno deste curral por muito tempo para amansá-lo.

– Talvez ele não tenha recebido uma oferta justa.

Meus dedos se apertam na corda, o suficiente para que Corr sinta a tensão e dobre uma orelha em minha direção, sempre sensível ao meu humor.

– Ele recebeu boas ofertas.

Pelo menos uma oferta muito boa. Tudo o que eu havia economizado ao longo dos anos, toda a minha parte dos prêmios. Eu poderia comprar dez dos potros de Malvern, dez de quaisquer de seus outros cavalos. Só não o que eu quero.

– Eu esperava que você soubesse – diz Holly. – Às vezes não é dinheiro que estão procurando. – Ele não parece aborrecido; é um homem tão acostumado às duas coisas, a comprar cavalos e a ser recusado, que nenhuma das situações o surpreende. – Eu gosto muito da aparência dele. Cavalos Malvern! *Mer-da.*

Ele está tão claramente encantado com tudo isso que é difícil culpá-lo. Eu pergunto:

– Quanto tempo ficará aqui?

– Faço a travessia um dia depois da corrida com o que quer que Benjamin Malvern tenha me convencido de que não posso viver sem. Quer vir comigo? Preciso de um garoto como você. Não um jóquei, mas o que quer que você se intitule.

Deixo escapar um pequeno sorriso, que revela a impossibilidade de uma coisa dessas.

– Sei como é – responde Holly. Ele aponta o queixo na direção de Corr. – Posso segurá-lo por um momento? Ele vai permitir?

Ele é tão educado que eu lhe entrego a corda presa ao cabresto e meu bastão. Holly os toma com delicadeza, seus pés automaticamente se afastando para lhe dar uma maior base de apoio. O bastão repousa suavemente em sua mão direita, uma extensão de seu braço. O homem já deve ter conduzido centenas de cavalos.

Ainda assim, Corr imediatamente o testa. Joga a cabeça para cima e move-se adiante, e Holly tem de agitar o bastão imediatamente. Corr continua o forçando para frente.

– Estale – digo. Estou pronto para pegá-lo de volta se preciso. – Precisa estalar.

Holly agita o bastão de novo, dessa vez com força suficiente para estalar o couro de forma que o cavalo ouça, e Corr gira a cabeça, mais conciliador que mal-humorado, antes de trotar de volta à parede. Holly abre um grande sorriso, satisfeito.

– Quanto tempo levou para que você conseguisse deixá-lo assim?

– Seis anos.

– Você pode fazer o mesmo com as outras duas éguas que vi?

Na verdade, eu já havia tentado usar a corda no cabresto com a égua baia puro-sangue, e, ainda que não tenha sido um desastre, também não foi nada bonito. Certamente eu não teria desejado ter Holly ou qualquer outra pessoa comigo no curral aquele dia. Não estou completamente certo de que seis anos com qualquer uma das éguas resultariam no mesmo que os seis anos com Corr. Não estou certo, depois de todo esse tempo, se é porque ele me entende melhor que elas, ou simplesmente porque eu o entendo melhor que a elas.

– Quem lhe ensinou? Com certeza não foi Malvern. – Holly me encara.

Naquele breve momento de distração, o simples segundo que leva para que Holly olhe em minha direção, Corr se afasta da parede e vem em nossa direção. Ligeiro e silencioso.

Não espero a reação de Holly. Pego o bastão de sua mão e pulo em direção a Corr, prensando a ponta do bastão contra seu ombro. Corr se levanta para desviar da pressão, mas eu o acompanho. Enquanto ele se afasta, apoio o couro vermelho contra seu queixo, desafiando-o a me testar como testara Holly.

Já jogamos esse jogo antes e ambos sabemos o que acontece.

Corr abaixa-se no chão.

Holly ergue as sobrancelhas. Ele me entrega a corda do cabresto e limpa as palmas das mãos nas calças.

– Primeira vez na direção. Pelo menos não abracei uma árvore.

Ele não se sente intimidado, no fim das contas.

– Bem-vindo a Thisby – digo.

14

PUCK

Depois que Peg Gratton partiu, Finn e eu arrumamos as coisas para ir a Skarmouth. Acho isso muito desagradável, ter negada mais uma vez a entrada orgulhosa e solitária sobre Dove, mas precisamos levar todos os bules para a cidade e o Morris não pega. Então, na mais desanimadora reviravolta até o momento, tenho de engatar Dove em nossa pequena carroça. Meu futuro constrangimento me irrita, e faço muito barulho enquanto carrego a cerâmica.

Tenho um pensamento repentino.

– Como você vai trazer a carroça de volta? – pergunto a Finn, que está organizando cuidadosamente as caixas na carroça para que os cantos se alinhem perfeitamente. Seu lado do carregamento se parece com tijolos empilhados, mas leva muito tempo para essa organização. Não me importo se as caixas maiores ficam embaixo ou em cima, desde que nada se quebre. – Vou levar Dove até a praia e a carroça *não* vai.

– Eu mesmo a trago de volta – Finn diz gentilmente. Com dois dedos, ele alisa a borda de uma caixa para movê-la na distância de um fio de cabelo.

– *Você mesmo?*

– Claro – diz Finn. – Ela estará *vazia*.

Tenho uma visão repentina de meu irmão saindo de Skarmouth com uma carroça de pônei atrás de si, um *troll* macilento num suéter gigantesco, e desejo também poder fugir para o continente, onde ninguém saiba meu nome. Mas é isso ou chegar à praia depois da maré cheia. A neblina ainda nos molha, mas está começando a clarear, lembrando-me de que o tempo está passando.

– Talvez Dory nos deixe estacioná-la atrás da loja – digo. – Eu a pegarei de volta com Dove quando tiver terminado.

Finn coça a anca de Dove com um dedo, o que faz com que ela bata o casco traseiro como se ele fosse uma mosca. Ele diz:

– Dove diz que não quer puxar uma carroça depois que você a fizer correr dos monstros marinhos.

– Dove diz que você vai parecer um idiota puxando uma carroça de pônei.

Ele sorri vagamente diante de sua pilha de caixas de cerâmica.

– Não me importo.

– Obviamente! – disparo.

Não chegamos a um acordo até o momento em que terminamos de carregar as coisas, mas não temos mais tempo, então lá vamos nós, eu conduzindo Dove e Finn seguindo atrás. Puffin, a gata, segue conosco por um tempo, e Finn a enxota de vez em quando, o que só torna mais intenso seu desejo de juntar-se a nós.

Numa parte do caminho para a cidade, sinto o cheiro de algo como carne podre trazido pelo vento, e Finn e eu trocamos olhares. A ilha não é estranha a cheiros terríveis – tempestades atiram peixes enormes nas praias para apodrecer, as sobras dos pescadores estragam nos dias quentes, um vento torto traz cheiro de salmoura e de coisas molhadas durante a noite –, mas esse não é um cheiro do mar. Algo morreu sem necessidade e foi abandonado onde não deveria. Não quero parar, mas pode ser uma pessoa, então faço Finn ficar ao lado da cabeça de Dove enquanto escalo a muralha de pedra em direção ao cheiro.

O vento está vindo diretamente em mim – ele dá um jeito de cortar a neblina, em vez de afastá-la do caminho –, e eu me encolho para permanecer aquecida enquanto desvio das fezes das ovelhas. Durante todo o tempo, desejo que tivesse mandado Finn investigar o cheiro, mas ele é enjoado e não suporta ver sangue. Então, sou eu a sortuda a descobrir a fonte, que é uma pilha despedaçada do que costumava ser uma ovelha. Não resta muito além dos cascos, um pedaço do curto rabo, um tanto de suas entranhas, que é o que fede, e o crânio peludo, deformado e esmagado em torno da órbita ocular. O que resta de lã na parte de trás do pescoço está pintado com tinta spray azul, para marcá-la como parte do rebanho de Hammond. De qualquer forma, não resta muito da parte de trás do pescoço a ser pintando. Minha pele se arrepia automaticamente de medo, ainda que eu duvide que o *capall uisce* responsável esteja por perto. Mas estamos longe demais da costa para que um dos cavalos tivesse vindo até aqui.

Volto para Finn e Dove. Eles estão brincando de um jogo que tem a ver com ele tocar o focinho dela e ela ficar rabugenta. Finn olha para cima e eu digo:

– Ovelha.

Ele diz:

– Eu sabia que era uma ovelha.

Respondo:

– Da próxima vez, você pode adivinhar o que há no pasto antes de eu entrar no meio da lama.

– Você não pediu.

E retomamos o caminho para Skarmouth.

Vamos direto para a loja de Dory Maud, que se chama Fathom & Sons por alguma razão que não consigo imaginar, já que Dory não tem filhos nem marido. Ela vive com suas duas irmãs, nenhuma das duas se chama Fathom ou tem filhos, e ela coleciona coisas antigas para vender aos turistas durante outubro e novembro. Quando eu era criança, a principal coisa que reparava em Dory era que ela sempre estava usando um par de sapatos diferente, algo estranho e extravagante na ilha. Agora o que eu mais reparava mesmo era no fato de ela e suas irmãs não terem sobrenome, algo estranho e extravagante em qualquer lugar.

Fathom & Sons fica no fim de uma estreita rua lateral em Skarmouth, uma trilha de pedras alinhadas ampla o suficiente apenas para Dove e sua carroça de pônei. Nem a neblina ou o sol conseguem penetrar neste beco, e trememos de frio enquanto os cascos de Dove batem e ecoam nas laterais das construções.

Em pé nas sombras da manhã azul, algumas casas adiante, está Jonathan Carroll, jogando pedaços de biscoito para um collie. Ambos os irmãos Carroll têm cabelos escuros e encaracolados, mas um deles tem um pedaço de massa crua no lugar do cérebro e o outro tem um pedaço de massa crua no lugar dos pulmões. Uma vez, quando vim à cidade com minha mãe, passamos por Brian, o que tem massa nos pulmões, agachado no paralelepípedo, tremendo e sofrendo com a falta de ar. Minha mãe lhe dissera para expelir todo o ar ruim antes de tentar inspirar mais, e então me deixou vigiando o garoto enquanto ia comprar café preto para ele. Fiquei muito irritada, porque ela me prometera uma das rosquinhas de canela da Palsson's, que esgotaram mais rápido do que pensava. Estou um pouco envergonhada de lembrar que eu disse a Brian que, se ele morresse e me impedisse de conseguir minha rosquinha de canela, eu cuspiria em seu túmulo. Não sei se ele se lembra disso, já que parecia muito concentrado em respirar na concha formada por suas mãos. Espero que não se lembre, porque meu caráter melhorou muito desde então. Hoje em dia, eu teria apenas *pensado* nessa coisa de cuspir em vez de dizer isso bem na sua cara.

Mas, independentemente disso, não é Brian, e sim Jonathan quem está jogando os biscoitos. Ele olha para mim, para Dove e Finn e diz apenas "Oi, pônei", o que só confirma que ele é o que tem massa no lugar do cérebro.

– Espere aqui – digo a Finn. – Comece a descarregar. Vou perguntar sobre a carroça.

Fathom & Sons é uma loja num corredor estreito e escuro, estufado como uma galinha recheada, repleto de miudezas rotuladas com pequenas etiquetas de preços que brilham como dentes brancos na luz fraca. Sempre cheira um pouco à manteiga dourando na panela – ou seja, como o céu. Não estou certa sobre quantos clientes realmente entram propriamente na loja para comprar; acho que a maior parte dos negócios é feito sob uma tenda nos fins de semana e durante o fervor das corridas. Assim, tanto as etiquetas de preço quanto o delicioso cheiro de manteiga provavelmente são desnecessários na maior parte do ano.

Hoje não é exceção; respiro fundo, uma respiração ligeiramente faminta, conforme abro a porta. Dentro da loja, as irmãs estão brigando, como de costume. Mal passei pela porta em direção ao cubículo escuro, e Dory Maud lança um catálogo em minhas mãos.

– Pronto – diz ela. – Aí está. Você compraria por ele, não compraria, Puck? – as irmãs me chamam de Puck em vez de Kate, porque as três concordam que se deve chamar alguém pelo que ela deseja no lugar de simplesmente recorrer a seu nome de batismo. Eu não me lembro de ter alguma vez pedido a elas para ser chamada de Puck, e não de Kate – ambos são meus nomes –, mas ainda assim não me importo.

– Ela nem tem dinheiro – desdenha Elizabeth das escadas na parte de trás da loja. A escadaria leva ao segundo andar, que as irmãs compartilham. Nunca estive lá em cima e tenho um desejo secreto de fazer isso. Acho que deve ser cheio de sapatos e camas. E manteiga.

Elizabeth continua:

– É claro que vai parecer bom para ela.

Dou uma olhada no que Dory Maud lançou em minhas mãos. Para minha surpresa, trata-se de um catálogo cuidadosamente impresso para a Fathom & Sons. Quando afasto minhas mãos, ele se abre numa página aleatória, com estilosas ilustrações em preto e branco de uma mulher num suéter de tricô, mãos usando luvas de crochê e um pescoço sem o resto do corpo exibindo um dos colares de cruz feita de pedra que os turistas adoram. As letras arrumadas descrevem cada item em vagos detalhes, enquanto uma faixa diz: "Aproveite o que você tem! Faça seu dinheiro render com a moda que dura!" Parece mesmo um catálogo de verdade, como os que o barco postal traz, a diferença é que tem todas as coisas da loja nele. Meu mau humor desaparece.

– Isso é incrível! – digo. Eu me movo ligeiramente para que a antiga estátua da fertilidade ao lado da porta pare de tocar meu ombro com seus dedos de pedra. Ela está à venda há muito tempo. – Como vocês fizeram? Olhem as letras! São tão perfeitas.

– Foi o tipógrafo, sr. Davidge, quem fez – responde Dory Maud, satisfeita, olhando por cima de meu outro ombro.

– Porque Dory Maud o obrigou – diz Elizabeth das escadas. Ela ainda está de camisola, e seus falsos cachos são de dois dias atrás.

– Ah, volte para a cama – replica Dory, serena. Não quero pensar muito a respeito. Dory é o que minha mãe chamava de "mulher de aparência forte", o que significava que, de costas, ela parecia um homem, e, de frente, você preferiria as costas. Elizabeth é a irmã bonita, com longos cabelos cor de palha e nariz empinado pela linhagem e pelo hábito. Ninguém nota a aparência da terceira irmã, Annie, porque ela é cega.

Folheio as páginas do catálogo. Sei que estou num impasse, mas descubro que estou um pouco feliz por estar num impasse.

– Nossos bules estão aqui? Quem vai ver isto?

– Ah, as três pessoas que leem os anúncios no fim do *Post* – diz Elizabeth. Ela subiu mais dois degraus, mas está longe de voltar para a cama. – E quem mais estiver disposto a esperar alguns anos pela travessia.

– O *Post*? No continente! – exclamo. Encontrei nossos bules. Há uma ilustração à pena muito precisa de um dos bules mais robustos com minhas peças mais utilitários ao lado, e agora posso ver que as ilustrações foram feitas pela mesma mão que desenha os anúncios na contracapa de nosso próprio jornalzinho de Skarmouth, que sai toda quarta-feira. O impresso diz que a figura do bule de chá é um "desenho representativo" e que "o material é limitado". Também diz que são assinados e numerados, o que não é verdade. É estranho pensar em algo meu cruzando o oceano sem mim. Aponto para o trecho que diz assinado e pergunto:

– O que é isso?

Dory Maud lê a descrição.

– Isso os torna mais valiosos. Não levará mais de um instante para que você os assine e os numere. Entre e tome um chá. Elizabeth vai parar de resmungar. Onde está seu irmão?

– Não posso ficar – digo pesarosa. – Preciso levar Dove até a praia. Você acha que Finn pode deixar a carroça atrás da loja até acabar de descarregar? – Despejo todas as palavras de uma vez para evitar qualquer pergunta, mas as irmãs não estão prestando atenção, então eu nem precisava ter me incomodado. Dory Maud abriu a porta dos fundos e encontrou Finn segurando Puffin, que nos seguiu por todo o caminho até Skarmouth.

– Espero que aproveite o gosto da pobreza em sua tigela – Elizabeth está dizendo. – O preço daquele anúncio já era caro o bastante, mas já pensou no custo de enviar esses catálogos para as donas de casa no continente?

Dory Maud diz:

– Elas pagarão pelo catálogo. Isso está bem claro no anúncio que lhe mostrei há uma hora. Se você não tem bolhas nos olhos, deve ter visto. Finn Connolly, entre aqui. Por que está com essa gata? Ela também está à venda? Chegou a esse ponto?

Finn diz:

– Nao, senhora. – Conforme ele entra na loja, é cutucado diretamente no peito pela deusa da fertilidade. Dou um passo para trás, para que ele possa se afastar, porque a última coisa que preciso é Finn subitamente decidindo se tornar fértil.

– Eu preciso mesmo ir – digo. Não quero parecer rude.

– Aonde você vai mesmo? – me pergunta Dory Maud.

– Talvez eu deva ligar para o sr. Davidge também – Elizabeth diz das escadas. – Assim eu também poderia não me importar com as contas. Como se diz, irmã? "Sr. Davidge, o senhor escolheu meu tipo?"

Dory Maud se vira para ela e esbraveja com uma certa agradabilidade na voz:

– Cale a boca, sua vaca.

Finn arregala os olhos. Puffin também. Dory Maud agarra o braço dele com grande entusiasmo e começa a empurrá-lo em direção aos fundos da loja, onde os bules esperam.

– Adeus – sussurro para ele. Sinto-me um pouco mal por abandoná-lo nas garras daquelas mulheres, mas pelo menos ele vai conseguir tomar um chá.

Deixo a porta se fechar atrás de mim.

Dove, esperando pacientemente perto da porta, ergue a cabeça conforme eu saio. Finn a soltou da carroça, mas ela ainda está com a sela. Ela não se parece muito com um cavalo de corrida.

Puxo o cabelo num novo rabo de cavalo; duas ou três dúzias de fios já começavam a escapar.

É bem provável que eu também não me pareça muito com um jóquei.

15

SEAN

Há uma garota na praia.

O vento despedaça a neblina aqui à beira-mar, de modo que, ao contrário do restante da ilha, os cavalos e seus cavaleiros parecem estar em evidência. Posso ver a fivela em cada freio, o pendão em cada rédea, o tremor em cada mão. É o segundo dia de treinamento, e o primeiro em que não é um jogo. A primeira semana de treinamento é uma dança elaborada e complicada, na qual os parceiros determinam a força de seus adversários. É quando os cavaleiros ficam sabendo se os encantos vão funcionar com sua montaria, quão perto do mar devem se aventurar, como podem começar a convencer seu cavalo d'água a galopar em linha reta. Quanto tempo têm entre cair do cavalo e ser atacado. Esse tenso namoro não se parece em nada com uma corrida.

A princípio, não vejo nada de anormal. Há o irmão Privett sobrevivente batendo em seu *capall* cinza com um chicote, e Hale desperdiçando truques que não vão salvá-lo, e há ainda Tommy Falk, sacudindo a ponta da rédea enquanto sua égua negra luta para ir até a água salgada.

E há essa garota. Quando a vi pela primeira vez com sua égua parda do meu ponto de vista avantajado da estrada no penhasco, fiquei impressionado não pelo fato de ser uma garota, mas por ela estar no mar. É o temido segundo dia, aquele no qual as pessoas começam a morrer, e ninguém chega perto da arrebentação. Mas ali está ela, trotando com a água até os joelhos. Destemida.

Desço lentamente a estrada do penhasco até a areia. Quaisquer pensamentos mal-intencionados que Corr pudesse ter tido esta manhã foram sacudidos por seu trote. Mas as duas éguas não estão nem tão cansadas nem tão mansas como Corr. Seus cascos ecoam toda vez que dançam para os lados. Amarrei sinos em torno de suas patas, que me lembram a todo instante que não posso baixar a guarda. A pior das duas tem um pano preto sobre as coxas. O pano, herança do meu pai, é feito de uma trama de centenas de estreitos ilhoses de ferro, parte pano fúnebre, parte cota de malha. Espero que isso a mantenha no chão. É o tipo de coisa que eu nunca usaria em Corr – só o deixaria irritado e inseguro, e, de qualquer forma, nos conhecemos melhor que isso.

Agora, mais próximo à arrebentação, vejo por que a garota é tão corajosa. Seu cavalo é apenas um pequeno cavalo da ilha, com o lombo da cor da areia e patas pretas, como que encharcadas de algas. Noto por sua barriga que a pobre grama de Thisby a tem estufado, mas não a nutrido.

Quero saber por que ela está na minha praia. E quero saber por que ninguém a confronta. Todos os cavalos estão cientes dela, no entanto. Orelhas eretas, pescoços arqueados, lábios contraídos em sua direção. E é claro que a égua malhada está entre eles, lamentando sua fome e seu desejo. Eu deveria saber que Gorry não a deixaria partir.

Ao ouvir o som da *capall* malhada, a égua baia da ilha abaixa as orelhas para trás, com medo. Ela sabe que é uma refeição aqui, que o som que a malhada solta é um apelo por sua morte. A garota se inclina e dá um tapinha no pescoço de seu animal, acalmando-o.

Relutantemente, eu me viro para cuidar da minha vida. Minha boca tem gosto de sal, e o vento me encontra onde quer que eu leve os cavalos. Hoje é um daqueles dias em que ninguém vai ficar aquecido. Encontro uma fenda nos penhascos, marca de um machado gigante, e conduzo as éguas e Corr até ali. O vento dá um grito abafado no pico da fenda, como se alguém estivesse morrendo sem que ninguém visse. Desenho um círculo na areia e cuspo dentro dele.

Corr me observa. As éguas observam o oceano. Eu observo a garota.

Meus pensamentos se voltam várias e várias vezes para sua misteriosa presença, enquanto abro minha bolsa de couro e tiro a pilha de papel encerado que guardei ali. Jogo pedaços de carne dentro do círculo, mas as éguas não tocam na comida. Elas estão observando o cavalo e a garota no mar, uma refeição mais interessante.

Com a bolsa sobre o ombro, volto para a entrada da fenda e cruzo os braços, esperando uma brecha entre o assassinato de cavalos e homens se abrir para que eu possa ver a égua e a garota outra vez. Não há nada de especial na égua, nada mesmo. Uma cabeça boa o bastante, ossos bons o suficiente. Como cavalo pequeno, é uma beleza. Como *capall uisce*, não é nada.

A garota também não é nada especial – frágil, com um rabo de cavalo ruivo. Ela parece menos assustada que a égua, mas está em maior perigo.

Ouço uma de minhas éguas gritar e viro o suficiente para abrir a bolsa e jogar um punhado de sal em sua direção. Ela puxa a cabeça para cima quando um tanto polvilha sua cara. Está ofendida, mas não machucada. Olho-a nos olhos por tempo o bastante para que ela saiba que há mais de onde veio isso. Ela é baia, nenhuma marca branca em lugar nenhum, o que supostamente expressa sua velocidade, mas ainda tenho de conduzi-la por uma linha reta o suficiente para descobrir.

Volto-me para o oceano, e o vento lança areia em meu rosto, forte o bastante para ofender, mas não para machucar. Esboço um pequeno sorriso diante da ironia e levanto minha gola. A garota circula com seu pônei pela água outra vez. Tenho de reconhecer que ela escolheu o único lugar no qual pode ter certeza de que ninguém se aproximará hoje. Claro, não é só com os *capaill uisce* na praia que ela tem de se preocupar, mas posso ver que já levou isso em conta. Ela olha na direção da curva da onda que de vez em quando se aproxima. Não posso imaginar que ela conseguiria ver um *capall uisce* à caça – quando eles nadam em paralelo às rebentações, rápidos e sombrios sob a superfície, são quase impossíveis de se ver –, mas também não posso imaginá-la não olhando.

Em algum lugar por ali, um homem está gemendo; ele foi pisoteado, ou arremessado, ou mordido. Parece ressentido ou surpreso. Ninguém lhe contou que a dor vive nestas areias, cavada e regada com nosso sangue?

Observo as mãos da garota nas rédeas, a certeza em sua pose. Ela é capaz de montar, mas todos em Thisby são.

– Aposto que você nunca viu isso antes – diz a voz rouca de Gorry. – As roupas dela não saem com os olhos, Sean Kendrick.

Olho para ele apenas por tempo suficiente para ver que ainda tem a égua malhada, e depois mais um segundo, para que veja que eu vi que ele ainda tem a égua malhada, e então olho novamente para o mar. Há um emaranhado de cavalos lutando à nossa frente, rosnando e batendo as patas como gatos. Sinos tocam, e o som é agudo. Cada cavalo d'água nesta praia está faminto pelo mar, faminto pela caçada.

Olho para a égua malhada outra vez. Gorry atou seu cabresto com fios de cobre, que não têm nenhuma utilidade a não ser impressionar.

– Ela está na corrida – diz Gorry. Ele fuma e gesticula com seu cigarro na direção da garota. – Naquele pônei. É o que estão dizendo.

O cheiro do cigarro fere mais que o vento. Ela espera competir naquele pônei? Estará morta em uma semana. A égua malhada pisa na areia. Com o canto do olho, eu a vejo cavando e a ouço rangendo os dentes. O freio, sua maldição, a ilha, sua prisão. Ela ainda cheira a algo podre.

– Não consigo vender esta égua, e lhe agradeço por isso – diz Gorry. – Sua opinião de especialista, hein?

Não sei o que dizer a ele.

É esse o risco que se corre quando se traficam monstros, que você venha a encontrar um monstruoso demais para suportar.

Os sinos repicam outra vez, e olho para além da praia, tentando encontrar o som com meus olhos. Não são minhas éguas; não é a malhada. É apenas um cavalo numa multidão de cavalos, mas há uma urgência aguda naquele som que me chama. O perigo canta na brisa, lança ecos nos penhascos brancos. Há gente demais cavalgando hoje e tentando colocar-se à prova, tentando se preparar, diminuir seu tempo. Eles ainda não descobriram que não é o mais rápido que vence no dia da corrida.

Você tem apenas de ser o mais rápido entre os que restarem.

De repente, há um grito e um relincho alto e terrível, e me viro a tempo de ver Jimmy Blackwell se jogando de seu garanhão branco acinzentado, enquanto o animal salta nas ondas pulsantes. Blackwell rola por pouco para fora do caminho de outro par de éguas *uisce*. Ele é mais velho, mais hábil. Sobreviveu a meia dúzia de Corridas de Escorpião.

– E você achou que esta égua seria problema – diz Gorry. Ele ri.

Estou ouvindo, mas estou assistindo também. Blackwell ainda está se livrando das éguas rebeldes. Trata-se apenas de um pequeno desacordo entre dois cavalos selvagens, mas eles estão engalfinhados. Um dos homens tenta apartá-los, mas ele é arrogante demais. Há um estalo de dentes e num instante seus dedos se foram. Alguém grita "Ei!" e nada mais, movido pela necessidade de falar, mas não tendo mais nada a dizer.

Meus olhos se agitam para além de todos eles, em direção à água, onde o garanhão de Blackwell meio que salta, meio que nada, a água espumando branca debaixo dele. Seus olhos estão naquele pequeno cavalo baio da ilha e na garota em seu dorso.

Ouço um lamento e, a princípio, penso ser um grito, mas então ouço meu nome.

– *Onde está Kendrick?*

Alguém está prestes a morrer.

Deixo minha bolsa perto dos penhascos, fora do caminho, e começo a correr, os calcanhares afundando na areia. Só consigo estar em um lugar de cada vez, e a luta na praia está fora de meu controle. Na arrebentação, o pônei baio está submerso até o peito, e o garanhão branco segue atrás dele, cascos cortando em direção à garota. Ela desequilibra a égua baia com seus solavancos, livrando as duas dos cascos, mas fazendo-a cair na água gelada.

E isso era o que queria aquele *capall uisce*, um temível e estúpido Pegasus com asas que se desmancham na espuma do mar. Seus dentes brilham, da cor de coral morto, e sua enorme cabeça bate contra a garota assim que a cabeça dela emerge da água. Dentes grampeiam o capuz de sua blusa; as patas chutam em preparação para o mergulho. Já estou na água, meus dedos dormem com o frio, e nado até ele através dessas águas perigosas, meu progresso agonizantemente lento. A garota continua afundando e lutando para subir.

Eu me arrasto para mais perto dos pelos do rabo dele, que flutuam. Eu me escarrancho sobre seu dorso e agarro um punhado de sua crina, enquanto encontro o caminho até seu pescoço. Não há tempo de usar ferros ou fazê-lo voltar. Ele está além de qualquer coisa que eu possa sussurrar em seu ouvido. Só tenho tempo de segurar um punhado de frutinhas vermelhas mortais de azevinho que estão no bolso do meu casaco e pressioná-las em suas narinas dilatadas.

Suas patas gigantescas golpeiam convulsivamente pela água, e vejo um de seus joelhos perto da cabeça da garota. Mas não consigo ver se ela fica acima da água, porque agora o garanhão está bufando, algas e águas-vivas e pedaços de coral saem por suas narinas ao redor das frutinhas vermelhas, e, em seu afogamento e na agonia de sua morte, preciso de toda a minha energia para não afundar com ele.

A mandíbula do garanhão balança aberta em minha direção, e de repente, num momento congelado no tempo, vejo a aspereza de seus pelos e a forma como estão pontilhados pela água salgada.

Minha visão explode em mil cores, nenhuma delas igual à do céu.

E então, numa rajada de som, minha visão retorna e, com ela, uma sensação: a mão da garota puxando minha cabeça para fora da água e o mar ferindo minhas narinas. O *capall* branco não é nada além de sua crina flutuando, a arrebentação chutando seu corpo na direção da praia. O pônei baio fica na areia e relincha para a garota, um som alto e ansioso. Há sangue na água e também na areia, onde o homem perdeu seus dedos. Ainda estão chamando meu nome na praia, porém não sei dizer se é para pedir a minha ajuda ou pedir ajuda para mim. A garota tosse, mas não expele água. Ela está tremendo, embora seus olhos estejam firmes.

Matei um dos belos e letais *capaill uisce* que amo e quase morri, e uma febre corre pelas minhas veias, mas tudo o que consigo dizer para a garota é:

– Mantenha seu pônei fora desta praia.

16

PUCK

Ainda estou tremendo e tossindo quando entro no jardim. Dove se assusta com qualquer sombra, cada movimento seu é incerto como o de um fantoche. Até mesmo o som do portão se fechando atrás dela faz com que corra mais para dentro do pasto, os quadris dobrados debaixo de si. Tenho sorte de ela não estar coxa.

Fecho os olhos. Tenho sorte de ela não estar *morta*.

Só levou alguns instantes para que o garanhão nos dominasse, e em mais um instante eu estaria debaixo d'água para sempre.

Inclino-me sobre o portão, esperando que Dove se acalme o suficiente para deitar no feno – o que ela não faz –, até me sentir gelada demais em minhas roupas molhadas. Dentro de casa, eu me dispo e coloco outras roupas, mais ainda estou gelada.

Ela poderia ter morrido.

Na cozinha, eu como uma laranja inteira e um pedaço de pão besuntado com um pouco da nossa manteiga preciosa. O preço de uma laranja é tão alto que normalmente eu teria lançado mão de uma das técnicas da minha mãe para tirar o máximo de proveito de cada fruta. Com algumas laranjas, ela teria feito um bolo de laranja, dado sabor à manteiga ou feito cobertura para um doce, e ainda teria fervido uma geleia com o resto. Se comíamos uma laranja apenas como laranja, partilhávamos os gomos entre nós.

Mas eu comi tudo e, assim que terminei, parei de tremer. Minha cabeça ainda dói no ponto onde o *capall uisce* a atingiu.

Chupo o dedo indicador para aproveitar ao máximo o sabor da fruta, mas tudo que sinto é o sal do oceano, o que me deixa ainda mais irritada. Meu primeiro dia na praia com Dove e tudo que tenho como resultado é areia em cada fenda de minha pele e um coice na cabeça.

Não conseguiria sobreviver nem um dia sem ser resgatada.

Fico tentando tirar Sean Kendrick da cabeça, mas minha mente continua evocando as imagens de seu rosto pontudo e o som de sua voz, rouca pela água do mar. E toda vez que revivo o momento, meu rosto cora e se esquenta de vergonha.

Passo a mão na testa, áspera com o sal, e dou um longo e trêmulo suspiro.

Mantenha seu pônei fora desta praia.

Quero desistir. Estou fazendo isso tudo apenas para ganhar algumas poucas semanas com Gabriel na ilha. E para quê? Não vi um fio de cabelo seu desde que anunciei que competiria. Meu plano parece subitamente bobo. Então vou me fazer de idiota diante da ilha toda e possivelmente matar a mim e a Dove por um irmão que nem se importa em voltar para casa.

A ideia de jogar a toalha é ao mesmo tempo desconcertante e um alívio. Não posso suportar o pensamento de voltar para a praia. Mas não posso nem me imaginar dizendo a Gabe que mudei de ideia. É difícil acreditar que ainda tenho orgulho o bastante para causar danos, mas é a verdade.

Há uma batida na porta. Não tenho tempo de melhorar a aparência do meu cabelo – na verdade, não acho que exista um jeito de melhorá-lo. Ele está com aquele aspecto grosso e gorduroso de cabelo banhado na água salgada. Meu coração pesa como chumbo. Não consigo pensar em ninguém conveniente que possa estar batendo à porta.

A porta se abre e é Benjamin Malvern. Sei que é Benjamin Malvern porque há uma fotografia autografada dele na parede atrás do balcão do Black-Eyed Girl. Uma vez eu perguntei ao meu pai por que ela estava ali, e ele disse que era porque Benjamin Malvern dera muito dinheiro para que o *pub* pudesse abrir. Mas ainda assim não vi por que isso seria uma boa razão para ter a assinatura de alguém na parede.

– Gabriel Connolly está? – pergunta Malvern conforme entra na cozinha. Eu fico segurando a porta aberta. O homem mais rico de Thisby está em nossa casa com os braços cruzados, seu olhar passa da mesa da bagunçada cozinha para ir ao encontro da pilha desarrumada de madeira e turfa ao lado da lareira da sala de estar e para a sela no encosto da poltrona do meu pai. Ele usa um suéter de lã com decote em V e gravata. Tem cabelos grisalhos e não é bonito. Ele tem um cheiro bom, o que me deixa ressentida.

Não fecho a porta. Parece que fechá-la seria como dizer que o convidei a entrar, o que eu não fiz.

– Não no momento – digo.

– Ah – Malvern diz. Ele ainda está olhando ao redor. – E você é a irmã.

– Kate Connolly – esclareço, com o máximo de irritação que consigo.

– Sim. Acho que devemos tomar um chá.

Ele se senta à nossa mesa.

– Sr. Malvern – começo, séria.

– Bom, você sabe quem eu sou. Isso nos poupa alguns problemas. Agora, não tenho a intenção de lhe dizer como você deve cuidar das coisas, mas está frio lá fora e uma porta aberta é muito pouco para deter uma ventania.

Eu a fecho. Fecho a boca também. Começo a preparar chá. Estou igualmente ofendida e curiosa.

– O que o traz aqui? – pergunto. Fico descontente com o modo como soei educada.

Seus olhos estão em minha sela, mas recaem sobre mim assim que falo. Estou um pouco intimidada. O resto do corpo dele parece de um velho endinheirado, mas seus olhos são espertos.

– Negócios desagradáveis. – Mas ele diz isso de maneira agradável.

– Achei que tivesse gente para fazer os negócios desagradáveis por você – digo, e me sinto atrevida. – Açúcar ou leite?

– Manteiga, leite e sal, por favor.

Viro-me para Malvern, certa de que verei deboche em seu rosto. Mas não há. Não tenho certeza, agora que pensei nisso, que se trata de um rosto no qual eu poderia imaginar humor. Está mais para um rosto que eu poderia imaginar numa nota de libra. Passo-lhe a xícara de chá, o saleiro e nossa pequena tigela de manteiga. Pousando a jarra de leite do lado oposto, eu o observo cortar um pequeno pedaço de manteiga e colocá-lo em seu chá, adicionar uma generosa porção de sal e cobrir tudo com leite, antes de mexer. O líquido tem uma espuma na superfície. Parece algo que uma vez eu vi sair de uma vaca. Não acredito que ele vai beber, mas bebe.

Malvern pressiona os dedos na borda da xícara.

– Aquele pônei lá fora é seu?

– Cavalo – digo. – Ela tem quinze palmos.

– Você conseguiria mais dela se a alimentasse melhor – Malvern diz. – Troque aquele feno vagabundo e ela terá mais energia. E menos barriga de feno.

É claro que ela teria mais energia com feno e grãos melhores. Eu também teria mais energia se comesse alguma coisa além de feijões e bolo de maçã, mas nós duas vamos ficar sem o melhor pela mesma razão.

Bebemos nosso chá. Imagino Finn chegando em casa bem agora e encontrando Malvern à nossa mesa na cozinha. Junto algumas migalhas numa pirâmide, atrás da tigela de manteiga.

– Então seus pais morreram – diz Benjamin Malvern.

Pouso minha xícara sobre a mesa.

– Sr. Malvern.

– Já conheço a história – ele me interrompe. – Não quero falar sobre isso. Quero saber o que vem depois disso. O que vocês três... são três, não são?... estão fazendo?

Tento imaginar como meus pais lidariam com essa situação. Eles eram infalivelmente educados e reservados. Sou boa em uma dessas coisas. Sentindo-me desconfortável, digo:

– Estamos dando um jeito. Gabe trabalha no hotel. Finn e eu fazemos bicos. Pintamos coisas para os turistas.

– Ganham o suficiente para o chá – diz Malvern, mas seus olhos estão na porta da despensa. Sei que ele viu que não há nada ali quando a abri para pegar a tigela de manteiga.

– Estamos dando um jeito – repito.

Malvern engole o restante de seu chá – como ele consegue beber essa poção tão rapidamente e sem tapar o nariz está além de meu entendimento – e descansa os braços cruzados sobre a mesa. Ele se inclina em minha direção e sinto o cheiro de sua colônia.

– Estou aqui para despejar vocês.

Por um momento, isso não parece significar nada, e então eu me levanto atrapalhada. Minha cabeça pulsa como a arrebentação, bem onde o cavalo d'água a atingiu. Continuo reproduzindo essa frase em minha mente.

Ele prossegue:

– Ninguém tem feito os pagamentos desta casa há um ano, e eu queria ver quem vivia aqui. Queria ver o rosto de vocês quando eu contasse.

Só então penso que, numa ilha habitada por monstros, ele é o mais monstruoso de todos. Minha língua demora algum tempo para desgrudar.

– Pensei que a casa estava paga. Eu não sabia.

– Gabriel Connolly sabe, e já faz algum tempo – diz Malvern. Sua voz está calma. Ele está observando cuidadosamente a minha reação. Não acredito que servi chá para esse cara. Olho para ele e aperto os lábios. Quero ter certeza de que não direi alguma coisa da qual possa me arrepender. Estou chocada, acima de tudo, pelo sentimento de traição: Gabe sabia que estávamos vivendo numa bomba-relógio e não nos disse nada. Finalmente, consigo dizer:

– E o que você está vendo no meu rosto agora? É o que veio para ver?

Soa como um desafio, mas Malvern parece imperturbável. Ele apenas dá um leve aceno.

– Sim. Sim, acho que sim. Agora me diga: o que você e seus irmãos estão dispostos a fazer para salvar esta casa?

Houve um problema com rinhas de cães na ilha há alguns anos. Entediados, pescadores bêbados criaram cães da ilha para arrebentarem uns aos outros. Sinto-me como um desses cães agora. Malvern me jogou no poço e agora está olhando da beirada para ver o que eu vou fazer. Ele quer saber se vou me encolher ou se vou lutar.

Não lhe dou a satisfação de me ver desistir. Meu futuro se consolida repentinamente.

– Me dê três semanas – digo.

Malvern não faz rodeios.

– Depois das corridas.

Imagino se ele está pensando que é loucura uma garota como eu competir nas corridas e que não faz sentido esperar até o fim do mês porque não haverá dinheiro, pois ficarei em último lugar ou estarei simplesmente morta.

Mantenha seu pônei fora desta praia.

Apenas assinto com a cabeça.

– Você não tem a menor chance – diz Malvern, mas sem malícia. – Naquele pônei. Por que ele?

Cavalo, eu penso.

– Os *capaill uisce* mataram meus pais. Não vou desonrá-los montando um dos cavalos d'água.

Malvern não sorri, mas seus olhos se desanuviam como se ele estivesse levando isso em consideração.

– É nobre. Não é porque ninguém lhe daria uma chance num dos *capaill*?

– Tive a chance de ser uma quinta – devolvo. – Recusei.

Malvern leva tudo isso em conta.

– Só haverá dinheiro se você vencer.

– Eu sei – digo.

– E você realmente espera que eu aposte na ideia de que você e esse pônei da ilha cruzarão aquela linha de chegada antes de todos os outros?

Olho para a sua estúpida xícara de chá, com seu estúpido chá dentro. Chá normal não era interessante o bastante? Quem bebe chá com manteiga e sal? Ninguém além de velhos entediados que correm pela ilha como num jogo de xadrez. Digo:

– Acho que você está interessado em ver o que vai acontecer. E você já esperou doze meses.

Malvern afasta a cadeira e se levanta. Do bolso, tira um pedaço de papel, desdobra-o e o coloca sobre a mesa. É um documento oficial. Reconheço sua assinatura no rodapé. A de meu pai também. Ele diz:

– Não sou uma pessoa generosa, Kate Connolly.

Não respondo. Nós nos olhamos.

Ele empurra o documento sobre a mesa com dois dedos.

– Mostre isso ao seu irmão mais velho. Voltarei para buscá-lo quando você estiver morta.

17

SEAN

Estão todos com medo.

Sento-me num barco, meio de lado, observando minha carga. A embarcação tem as palavras *Negro como o Oceano* pintadas em branco no casco negro. Atrás dele, Fundamental nada, um potro baio cheio de promessas e esperança, um jovem cavalo esportivo pronto para ser vendido por muito, muito dinheiro no continente. Um dos potros com o qual, tenho certeza, Malvern quer seduzir George Holly. O pelo de Fundamental se torna escuro em contato com a água. Ele bufa espirrando água e ar a cada investida, mas não dá nenhum sinal de cansaço. Barco e cavalo abrem caminho lentamente através da enseada protegida. Os penhascos aqui são inclinados, como se uma criança os tivesse empurrado, e bloqueiam a maior parte do vento e todas as ondas. O som do motor do barco ressoa de volta para mim.

Normalmente, eu acharia esse treinamento regular uma chatice sem tamanho durante o mês de corrida. Mas, depois da manhã estranha, sinto-me aliviado por ter um tempo para me sentar e deixar minha mente passear pelos eventos. Eu ainda não consigo imaginar o que passava na cabeça daquela garota.

Dou uma olhada para cima, para a entrada da enseada. Um dos novos homens, Daly, vigia. Com o barulho do motor e a ondulação da respiração de Fundamental, sou incapaz de desviar os olhos e caçar *capaill uisce*. Esta enseada é fácil de proteger, sua estreita entrada significa que um pode ficar vigiando enquanto o outro treina. A natação é uma forma de tão baixo impacto para aumentar a força que vale o risco. Daly tem uma espingarda, mas também tem um par de pulmões, o que deve me dar tempo suficiente para tirar Fundamental da água.

Daly é do continente. Ele é jovem e nervoso. Eu prefiro os nervosos aos arrogantes. Ele tem de ser os meus olhos, e os meus estariam fixos naquela estreita passagem na enseada.

Fundamental continua nadando. Eu estava presente quando ele nasceu, apenas um conjunto de articulações salientes e olhos enormes. Ele não olha para mim enquanto nada. Atrás do barco, nadar é seu único objetivo. Ele tem bastante sangue *capall uisce* para lhe dar determinação. Tenho de vigiá-lo com tanta atenção quanto Daly vigia a entrada da enseada. Fundamental nadaria até afundar.

Amanhã Malvern vai querer que eu designe um cavalo a Mutt. Todo ano, no terceiro dia, ele me pede para decidir, e a cada ano temo que ele me peça para colocar Mutt sobre Corr.

Mal posso suportar a ideia de uma coisa dessas.

Fundamental balança a cabeça, como se quisesse desgrudar a crina molhada de seu pescoço. Eu me inclino para me certificar que ele não está se cansando. O exercício na água é de menor impacto do que na terra, mas não quero que ele fique exausto. Disseram-me que amanhã virão compradores para dar uma olhada nele.

Estou inquieto. Não tenho certeza por quê. Se é por causa da garota, que interrompeu a rotina que tenha seguido há anos. Ou se é por causa da urina de Mutt em minhas botas. Ou se é porque, à medida que voltamos pela enseada, o nível da água nos penhascos me parece ligeiramente errado. Talvez alto demais. O céu brilha e está repleto de nuvens macias; se vai haver uma tempestade, ela está a dias de distância.

Mas não consigo me acalmar.

– Kendrick! Kendrick!

Meu nome, um grito fino por causa do motor do barco.

Tenho segundos para ver a cena:

Daly está em pé na pequena praia em forma de arco atrás do barco, longe da entrada da enseada. Não tenho tempo para pensar por que ele foi até ali. O grito é dele.

Há uma silhueta no ponto da enseada onde Daly estivera. Mutt Malvern. Apenas me observando. Não, observando um ponto na água bem à minha frente.

Uma ligeira depressão na água a apenas dez metros de nós.

Conheço bem aquela depressão, aquela fenda artificial no mar. Não parece nada, mas é o que acontece à água salgada quando um corpo pesado se movimenta rapidamente logo abaixo da superfície.

Não temos tempo para chegar à praia.

Fundamental dá coices com as patas traseiras, a cabeça lançada para trás.

Então ele afunda.

Mutt Malvern permanece imóvel no ponto da enseada.

Eu mergulho na água.

18

SEAN

Não estou nadando em água. Estou nadando em sangue. Ele ondula em torno de mim em grandes e carregadas nuvens subaquáticas à medida que uma de minhas mãos encontra a coluna vertebral de Fundamental. Em minha outra mão, tenho um punhado de bagas de azevinho. Passei anos sem usá-las para matar cavalos d'água, e agora as tenho na palma da mão duas vezes no mesmo dia.

A coluna vertebral de Fundamental se contorce. Tenho uma estranha sensação de sucção logo abaixo de mim quando uma de suas patas corta a água sob meus pés, a corrente me arrastando. Apalpo à frente, para além de sua crina. Meus pulmões estão comprimidos no peito.

Não consigo enxergar e de repente consigo.

Os olhos de Fundamental estão arregalados, brancos, mas ele não pode me ver. Um *capall uisce* escorregadio, escuro, mantém a rédea de Fundamental em suas mandíbulas. O sangue flutua como vapor, saindo de um corte irregular. As patas do *uisce* cortam a água salgada, de maneira suave e determinada. Ele não me dá atenção. O *capall uisce* tem o potro num controle de aço, e eu, um pequeno, vulnerável estranho nesse mundo, não sou uma ameaça.

Preciso tomar fôlego. Preciso de mais do que isso. Preciso de uma respiração profunda e outra e mais outra. Mas, à minha frente, vejo as narinas do *capall*, longas e finas. As bagas estão duras e mortais na minha mão. Eu poderia vê-lo se afogar.

Mas estou ao lado da cabeça dos animais e vejo a borda da ferida de Fundamental. O imenso e corajoso coração do potro bombeia sua vida no compasso das marteladas de meu pulso.

Não há como livrá-lo disso.

Eu o vi nascendo. Fundamental, potro raro, tão próximo dos cavalos d'água que ama o oceano como eu.

Cores sem nome piscam no canto de meu campo de visão.

Tenho de deixá-lo para trás.

19

PUCK

Finn e eu esperamos por Gabe naquela noite. Fervo feijões – feijões infernais, parece que é a única coisa que comemos por aqui – e também fervo por dentro, planejando o que vou lhe dizer quando ele chegar. Finn se enfia pela janela enquanto cozinho, e, quando lhe pergunto o que está fazendo, ele diz algo sobre uma tempestade. Lá fora, o céu escurecendo é evidente, exceto por algumas nuvens altas e frágeis, finas o bastante para se enxergar através delas, lá longe, o horizonte. Não há sinal de mau tempo. Quem sabe por que Finn faz quaisquer das coisas que faz. Eu nem ao menos vou tentar tirá-lo de sua brincadeira.

Esperamos e esperamos por Gabe, meu sentimento de traição fervendo lentamente e então borbulhando e depois fervendo lentamente de novo. É impossível ficar brava por tanto tempo. Eu gostaria de poder dizer a Finn o que está me comendo por dentro, mas não posso lhe contar sobre Malvern. Isso só vai fazer com que ele comece a beliscar os próprios braços e se torne ainda mais obcecado por seus rituais matinais que o habitual.

– O que você acha – pergunto casualmente, girando e girando a pequena tigela até que a coruja pintada na lateral olhe para mim e então para Finn e de novo para mim – de vendermos o Morris? Por que está rindo?

Ele chacoalha uma das vidraças para testar.

– Ela nem está se mexendo.

– Ela *estava* se mexendo?

– Posso consertar amanhã. – Finn diz de forma um pouco vaga. Penso agora que ele está usando as janelas como desculpa para olhar para fora procurando sinais de Gabe. – Não quero que caia quando a tempestade piorar.

– Ah, claro, a chuva – digo. – Vender o Morris. O que você acha?

– Bem, eu acho que depende do motivo pelo qual vamos vendê-lo.

– Para comprar uma comida melhor para Dove durante o treinamento.

Há uma dolorosa pausa antes que Finn responda. Durante esse tempo, ele bate o dedo ao longo de toda a borda de uma vidraça antes de se inclinar para espiar a junta entre o vidro e a madeira, a uma polegada de distância. Ele parece bastante satisfeito em terminar de experimentar sua impermeabilização antes de continuar a conversa.

Finalmente diz:

– Uma comida melhor é tão cara?

– Você vê alfafa crescendo nesta ilha?

– Depende – Finn diz. – Eu não sei com o que alfafa se parece.

– Parece com o lado de dentro da sua cabeça empoeirada. Sim, é caro. Vem do continente. – Eu me sinto um pouco mal sendo ríspida com ele. Não é culpa dele se estou mal-humorada, mas de Gabe. Não posso acreditar que talvez eu não o confronte esta noite sobre a visita de Malvern. Não posso ficar acordada para esperá-lo. Tenho de estar em pé bem cedo amanhã se for voltar para a praia mais uma vez.

Finn parece triste. Eu me sinto horrível. Talvez haja outra coisa que possamos vender, como as inúteis galinhas, que na maioria das vezes morrem antes que possamos matá-las para o jantar. O lote todo daria para comprar um fardo de feno e nem um punhado de grão bom.

– Isso fará com que ela fique mais rápida? – Finn pergunta.

– Cavalos de corrida devem comer comida de cavalos de corrida.

Finn dá uma olhada em direção ao nosso jantar, feijões com um pouco de bacon doado por Dory Maud.

– Bem, se for mesmo preciso.

Ele fala como se eu tivesse pedido para que serrasse sua perna esquerda. Mas eu sei como ele se sente. Ele ama o Morris como eu amo

Dove, e o que restaria se ele não tivesse mais aquele carro para mexer? Apenas as janelas, e nós só tínhamos cinco na casa.

– Se eu vencer – digo –, teremos dinheiro suficiente para comprá-lo de volta. – Ele ainda parece triste, então continuo: – Teremos dinheiro para comprar dois deles. Um carro para puxar o outro quando o motor do primeiro parar.

Agora ele tem uma sombra de sorriso. Nós nos sentamos e comemos nossos feijões com um punhado de bacon. Sem falar nada sobre o que estamos fazendo, comemos o restante do bolo de maçã sem deixar nada para Gabe. Duas pessoas numa mesa que era para cinco. Não sei como serei capaz de dormir com esse nó de raiva dentro de mim. Onde ele está?

Penso naquela ovelha decapitada que Finn e eu encontramos no caminho para Skarmouth. Como podemos saber se Gabe está trabalhando até tarde ou se está morto na beira da estrada? Aliás, como ele pode saber que estamos em casa, em segurança, ou mortos na beira da estrada?

Finn é quem finalmente diz:

– É como se ele já tivesse partido.

20

SEAN

À noite, em vez de sonhar, fico deitado na cama e encaro o pequeno quadrado de céu negro que posso ver através da janela do meu dormitório. Apesar de estar seco agora, sinto frio até em meus ossos, como se tivesse engolido o mar e ele agora morasse dentro de mim. Meus braços doem. Estou erguendo os penhascos.

Penso em Fundamental nadando com determinação atrás do barco. Não, não é nisso que penso. Penso na cabeça de Fundamental jogada para trás, no branco de seus olhos, no desaparecimento sob as águas agitadas num nevoeiro à minha volta.

Muitas e muitas vezes, mergulho na água. E muitas e muitas vezes é escuro demais, frio demais, rápido demais, tarde demais.

Muitas e muitas vezes, vejo Mutt Malvern de pé no ponto da enseada, observando.

Eu ainda não ouvi nada de Benjamin Malvern, mas sei que vou. É só questão de tempo.

– *Kendrick!* – a voz de Daly me avisando, tarde demais.

Não posso mais ficar na cama. Eu me levanto. Minha jaqueta ainda está molhada e com areia grudada no tecido onde a pendurei sobre a ondulação de ferro do aquecedor. Sem acender a luz, encontro minhas calças e meu suéter de lã, e trilho meu caminho descendo as estreitas escadas até os estábulos.

As três lâmpadas instaladas no corredor principal iluminam círculos bem abaixo delas. Todo o restante está na sombra; o modo como o som de minha respiração desaparece faz a escuridão parecer vasta. Conforme os puros-sangues e os cavalos de carga ouvem meus passos pelo corredor, relincham baixinho de modo esperançoso. Depois do que aconteceu à tarde, não consigo olhar para eles. Eu os vi nascer, todos eles, assim como vi Fundamental nascer.

Mas não posso bloquear os sons que fazem quando passo. Lentamente mastigam feno e batem seus cascos à medida que uma coceira lhes sobe pelas patas. Palha sussurra contra palha. Reconfortantes sons de cavalos.

Passo caminhando por eles em direção à baia no fim do corredor, e ali está Corr. Precisamente fora do alcance da luz, ele é da cor de sangue velho, seco. Inclino-me na beirada da baia, olhando para dentro. Diferentemente dos cavalos de terra, Corr não fica ocioso sobre a palha a noite toda ou suspirando com os lábios. Em vez disso, permanece no centro da baia, absolutamente imóvel, as orelhas eretas. Tem alguma coisa em seus olhos que os puros-sangues nunca terão: algo intenso e predatório.

Ele me olha com seu olho esquerdo e, em seguida, olha para além de mim, ouvindo. Não há nenhum jeito de ele relaxar com o som da maré subindo, com o cheiro de sangue em minhas mãos, comigo inquieto diante dele.

Não sei por que Mutt Malvern estava no lugar de Daly, e não sei como ele pensa que seu pai, aquele velho astuto, não vai perceber que ele estava no ponto certo de observação quando o *capall uisce* entrou na enseada. Penso mais uma vez em Fundamental, em seus grandes e agitados olhos. Mutt estava disposto a sacrificá-lo pela chance de me ferir. Pela chance de conseguir o que queria.

O que eu estou disposto a sacrificar pela possibilidade de conseguir o que quero?

– Corr – sussurro.

Imediatamente as orelhas do garanhão vermelho se voltam para mim. Seus olhos são negros e misteriosos, pedaços do oceano. Ele está mais perigoso a cada dia. Nós estamos mais perigosos a cada dia.

Não posso suportar a ideia de que Mutt Malvern o montaria se eu deixasse.

Mutt pensa que Benjamin Malvern vai me demitir por causa do que aconteceu hoje. Em vez disso, eu poderia simplesmente ir embora. Penso na satisfação dessa possibilidade, de pegar o dinheiro que tenho guardado e deixar os Malverns e tudo o que possuem para trás.

Corr faz um ruído noturno – um lamento quase inaudível, decrescente. É o som de um grito submerso. Mas, vindo de Corr, é um sinal. Uma confirmação que aguarda uma resposta.

Estalo a língua uma vez, ele imediatamente se aquieta. Nenhum de nós se move em direção ao outro, mas nós dois, ao mesmo tempo, relaxamos o peso do corpo sobre um pé. Eu suspiro, e ele também.

Não posso ir sem Corr.

21

PUCK

Com base em minha experiência na praia no dia anterior, traço um novo plano. Enfrentar a maré alta, com a possibilidade de haver cavalos d'água nadando vindos do oceano, em vez de montar mais tarde, com a maré baixa, com a certeza dos cavalos d'água me ameaçando na praia. Então, programo meu despertador para as cinco e selo Dove antes de ela estar devidamente acordada.

Gabe já saiu. Eu nem tenho certeza se ele veio para casa. Estou um pouco contente com a traiçoeira inclinação escura, porque ela não deixa meus pensamentos se prolongarem a respeito do que a ausência dele significa para nós.

Uma vez na base dos penhascos, tenho de me mover lentamente, tentando não levar Dove para qualquer uma das rochas espalhadas acima da linha-d'água. A pouca luz reflete a respiração de Dove, transformando-a em branca e sólida. Está tão escuro que posso ouvir o mar melhor que vê-lo. *Shhhhh, shhhhhh*, ele diz, como se eu fosse uma criança impaciente, e ele, minha mãe. De qualquer forma, se o mar fosse minha mãe, eu preferiria ser órfã.

Dove está alerta, com os olhos pinicados pela maré, que ainda está um pouco alta demais para um treinamento apropriado. Quando finalmente a boa e velha alvorada surgir, o mar, a contragosto, vai abrir mão de várias dezenas de metros de areia compacta para os cavaleiros treinarem, dando-lhes mais espaço para escaparem do oceano. Mas agora a espuma das ondas ainda está selvagem e fechada, me limitando às paredes do penhasco.

Não me sinto corajosa.

A maré alta, a escuridão completa, sob um céu quase de novembro – o oceano perto de Thisby conta com muitos *capaill uisce* agora. Sei que Dove e eu estamos vulneráveis nesta praia escura. Pode ter um cavalo d'água nas espumas das ondas agora mesmo.

Meu coração é um baixo palpitar em meus ouvidos. *Shhhhhh, shhhhhh,* diz o mar, mas não acredito nele. Ajusto meus estribos. Dove não tira os ouvidos da arrebentação. Não monto. Volto meus ouvidos para quaisquer sons de vida. Há apenas o oceano. O mar de repente cintila, como um sorriso ardiloso. Aquilo poderia ser um reflexo da sinuosa coluna vertebral de um *capall uisce*.

Dove saberia. Tenho de confiar nela. Suas orelhas ainda estão eretas. Ela está atenta, mas não desconfiada. Beijo seu pescoço cheio de pó para dar sorte e monto. Eu a guio para o mais distante possível da maré. Muito longe, em direção ao topo, e a areia dá lugar a cascalhos e rochas, impossível cavalgar sobre eles. Muito longe, para baixo, e *shhhhhhhh, shhhhhh*.

Aqueço Dove em fáceis trotes circulares. Continuo esperando meu corpo relaxar, esquecer onde estou, mas não consigo. Cada reflexo na água me sacode. Meu corpo está gritando para mim a ameaça daquele mar negro. Lembro-me da história que nos contaram assim que deixamos de ser crianças, sobre dois jovens amantes que se encontraram ilicitamente na praia, apenas para serem arrastados para dentro das ondas por um cavalo d'água à espreita. A história era considerada uma boa fábula moral para todos os jovens de Skarmouth: aquilo nos ensinaria o que pode acontecer com quem fica trocando beijos na beira da praia.

Mas essa história nunca pareceu real, fosse contada em sala de aula ou relatada sobre um balcão. Aqui na praia, ela parece uma promessa. Mas pensar nisso não ajuda em nada. Preciso usar meu tempo com sabedoria. Tento fingir que estou lá em cima, no pasto lamacento. Por minutos intermináveis, Dove e eu nos exercitamos assim, trotando de um modo e depois de outro, então galopando de um modo e depois de outro. Eu me detenho entre um e outro e ouço. Para procurar na escuridão por algo mais misterioso. Dove está se acalmando, mas eu não consigo parar de tremer. Tanto por causa do frio como por causa do machucado, tão estanque.

Há apenas um pouco mais que um pedaço de amanhecer distante no horizonte. Os outros logo estarão aqui.

Interrompo Dove e escuto. Nada além de *shhhhhh, shhhhhh*.

Espero por um longo instante. Apenas o oceano.

E então eu a lanço em um galope.

Alegremente, ela salta para frente, movendo o rabo bem rápido, na emoção do momento. As ondas se tornam uma longa mancha escura ao nosso lado, e os penhascos se transformam numa disforme parede cinzenta. Agora eu não consigo ouvir o sussurro do oceano, apenas os golpes dos cascos de Dove e sua ofegante respiração.

Meu cabelo escapa do rabo de cavalo e açoita meu rosto, minúsculas chicotadas de chicotes minúsculos. Dove salta uma, duas vezes, de pura emoção da corrida, e dou risada dela. Paramos de repente e corremos de volta pelo caminho pelo qual viemos.

Eu acho que vi alguém de pé em cima dos penhascos nos observando, mas, quando olho de novo, não vejo nada.

Avalio o trabalho da manhã. Dove está sem fôlego e eu também, e o mar está recuando. Os outros cavaleiros ainda estão por vir à praia e nós já fizemos o trabalho do dia.

Isso deve funcionar.

Eu não sei em que velocidade estávamos, mas agora isso não importa. Uma vitória de cada vez.

22

SEAN

Não há ninguém no segundo andar da casa de chá a esta hora do dia. Somos apenas eu e um bando de pequenas mesas cobertas de pano, cada uma com uma flor de cardo roxa num vaso. O salão é comprido e estreito, com o teto baixo; parece um agradável caixão ou uma igreja sufocante. Tudo brilha em tons de rosa por causa das cortinas rendadas dessa cor diante das pequenas janelas atrás de mim. Sou a coisa mais escura da sala.

Evelyn Carrick, a jovem filha do proprietário, permanece em pé ao lado da mesa na qual estou sentado e me pergunta o que eu gostaria. Ela não olha para mim, o que está certo, porque eu também não olho para ela. Olho para o pequeno cartão impresso na toalha de mesa diante de mim.

Há algumas palavras em francês no cardápio. Os itens em inglês são longos e descritivos. Mesmo que eu quisesse pedir chá, não tenho certeza de que o reconheceria.

– Vou esperar – digo.

Ela hesita. Seus olhos piscam para mim e se voltam para longe, como um cavalo incerto sobre um objeto desconhecido.

– Posso guardar seu casaco?

– Vou ficar com ele. – Como ficou a noite toda sobre o aquecedor, minha jaqueta está enrugada, com água salgada e manchada de lama e sangue. Cada dia que estive na praia está escrito nela. Eu não consigo imaginá-la tocando em minha jaqueta suja com suas pequenas mãos brancas.

Evelyn faz algo complicado e útil com o guardanapo e o pires do outro lado da mesa, e então desliza, descendo mais uma vez as escadas estreitas. Ouço o rangido de seus passos; cada passo estala e geme. A alta e estreita casa de chá é uma das construções mais antigas de Skarmouth, diretamente prensada entre a mercearia e o correio. Eu me pergunto o que era antes de vender docinhos.

Malvern está atrasado para o encontro que ele mesmo marcou, um encontro cuja hora eu estava esperando, ainda que não o local. Viro-me para olhar a rua ali embaixo através da janela com cortinas cor-de-rosa. Já há alguns turistas de pescoço alongado lá embaixo, adiantados em relação ao festival, e posso ouvir o treinamento dos tambores algumas ruas adiante. Em alguns dias, acredito que as mesas neste andar da casa de chá estarão cheias, assim como as ruas. No fim do festival, os outros cavaleiros e eu seremos exibidos no meio da multidão. Se eu ainda tiver emprego.

Puxo um pouco para cima a manga da minha camisa para dar uma olhada em meu pulso; a jaqueta rígida raspou minha pele durante o treino da manhã. Houve briga entre os cavalos e tive de intervir. Eu desejo que Gorry desista de tentar vender a égua malhada; ela não é boa influência para os outros.

Os degraus da escada estalam e resmungam à medida que alguém mais pesado que Evelyn sobe por eles. Benjamin Malvern avança pelo salão e então se detém ao lado de minha mesa até que eu me levanto para saudá-lo. Malvern, que sempre foi rico, tem aquele ar de feiura bem cuidada, como um cavalo de corrida caro com uma cabeça horrível. A pelagem sedosa, o olho brilhante e o focinho avantajado sobre lábios carnudos demais.

– Sean Kendrick – diz. – Como você está?

– Indo – respondo.

– Como está o mar? – É neste momento que ele faz uma piada para demonstrar empatia, e é aqui que finjo achar graça para mostrar que aprecio meu salário.

Esboço um fino sorriso.

– Bem como sempre.

– Podemos nos sentar?

Eu espero ele se sentar e depois me acomodo. Ele pega o cardápio, mas não lê.

– Então, você está pronto para o festival neste fim de semana?

Os degraus da escada rangem outra vez, e é Evelyn. Ela coloca uma xícara cheia de um líquido espumante diante de Malvern.

– Você gostaria de alguma coisa? – ela me pergunta de novo.

– Estou bem.

– Ele não vai abusar de sua hospitalidade, querida – Malvern diz a ela. – Traga uma xícara de chá para ele.

Assinto com um gesto de cabeça para Evelyn. Malvern não parece notar que a garota se afasta.

– Não faz sentido continuar sem chá quando há um negócio desagradável tornando esta situação mais desagradável – diz Malvern. Ele bebe seu estranho chá espumante.

Eu estou imóvel e em silêncio.

– Você não é um homem de muitas palavras, Sean Kendrick – diz ele. Lá fora, os percursionistas de Escorpião praticam sua batida curta e ascendente, um estranho contraste com o mundo rosa e suave no qual nós estamos. Ele se inclina para frente, os cotovelos sobre a mesa. – Acho que nunca lhe contei a história de como entrei no mundo dos cavalos, contei?

Meus olhos encontram os dele.

Ele continua.

– Eu era muito jovem, pobre, um ilhéu, mas não nesta ilha. Eu não tinha nada em meu nome além de sapatos e ferimentos na pele. Havia um homem que vendia cavalos mais abaixo na estrada. Cavalos reais e velhos, cavalos de salto e cavalos d'água. Todo mês havia um leilão, e as pessoas vinham de localidades mais distantes do que você já esteve na sua vida para vê-los.

Ele faz uma pausa, apenas para checar se estou triste pelo fato de minhas pernas terem crescido nesta ilha. Quando não encontra o que procura, Malvern continua:

– Ele tinha um garanhão dourado, que era como se Midas houvesse tocado nele. Dezessete, dezoito palmos de altura, crina e rabo de leão.

Vê-lo no cercado era saber como um cavalo deveria ser, mas tinha um problema: ninguém conseguia montá-lo. Ele lançara de cima de si quatro homens e matara outro, e comia de quatro a oito fardos de feno por dia. Ninguém tocaria num cavalo assassino impossível de ser montado naquele leilão. Então eu disse ao homem que gostaria de domá-lo e que, se o fizesse, ele teria de me dar um emprego e eu nunca mais seria pobre. O vendedor de cavalos disse que não poderia prometer que eu nunca mais seria pobre, mas disse que eu teria um emprego com ele enquanto ele estivesse vivo. Então, peguei o garanhão dourado e coloquei os arreios nele. Cortei uma venda do tecido do vestido de uma virgem e cobri seus olhos. E, então, o montei. Nós galopamos por todo o campo, ele cego e eu, um rei. Quando eu o levei de volta, ele estava domado e eu tinha um emprego. O que acha disso?

Olho para Malvern. Ele vira seu chá exótico contra os lábios. Posso sentir o cheiro da manteiga de onde estou.

– Não acredito em você – digo. Quando Malvern ergue uma sobrancelha, complemento: – Você nunca foi jovem.

– E eu pensava que você não tinha senso de humor, sr. Kendrick. – Ele faz uma pausa quando Evelyn coloca minha xícara de chá diante de mim. Ela me oferece leite e açúcar, e eu balanço a cabeça. Malvern espera até que ela tenha voltado para as escadas antes de falar de novo.

Ele coloca um guardanapo sobre sua xícara de chá, como se ela fosse um cadáver em vez de uma xícara vazia.

– Meu filho diz que você matou um dos meus cavalos.

A raiva toca o céu da minha boca, meu peito, como a mão quente de alguém.

– Você não parece surpreso – Malvern acrescenta.

– Não estou surpreso – digo.

Lá fora, os tocadores de tambor de Escorpião batem mais próximos, mais alto, e há riso entre eles. Um dos risos em especial é baixo, irônico, do tipo que provoca uma carranca naqueles que não estão na brincadeira. As sobrancelhas de Malvern se curvam para baixo e sua cabeça está inclinada, como se ele pudesse imaginar a cena ali fora de maneira mais clara que meu rosto. Os tambores agora soam quase que intencionalmente como batidas de casco de cavalo, e eu me pergunto se ele está vendo outra vez o garanhão dourado do tamanho de um estábulo galopando pelo campo em alguma ilha exótica.

– Quinn Daly me contou o que viu diz Malvern. – Ele me disse que você estava exercitando Fundamental na enseada. Disse que você parecia distraído, que sua mente estava longe do trabalho e que você nunca teria visto uma ameaça na água.

Claro que eu estava distraído. Aquela garota ruiva e seu cavalo de corrida da ilha e as manchas de sangue das éguas selvagens na areia. Não consigo imaginar que Malvern vai me demitir por isso, não consigo imaginar que me demitiria por coisa alguma, mas então, mais uma vez, eu consigo. Eu caminho no fio da navalha.

Meus olhos encontram os de Malvern.

– O que mais Quinn Daly lhe contou?

– Que Matthew disse a ele que o substituiria em seu posto e vigiaria a enseada. Que a próxima coisa que viu foi Fundamental afundando e você mergulhando atrás dele – Malvern cruza as mãos sobre a mesa diante dele. – Mas não é isso que meu filho diz. É a palavra de um contra a do outro. O que você tem a dizer?

Cerro os dentes. Este é um jogo impossível de vencer. Arrasto as palavras para fora.

– Não posso falar nada contra seu filho.

– Você não precisa fazer isso – Malvern responde. – Sua jaqueta me diz qual é a história verdadeira.

Nós dois estamos em silêncio.

Finalmente, Malvern diz:

– Gostaria de saber o que se passa em sua mente O que quer da vida?

A pergunta me pega desprevenido. Pode haver uma pessoa para quem eu reviraria os bolsos do meu coração para que ela os visse, mas nunca houve um momento em que eu acreditasse que Benjamin Malvern era essa pessoa. Não consigo me imaginar lhe confessando meus desejos mais do que consigo imaginá-lo me confessando os seus.

Com seu olhar sobre mim, digo:

– Um teto sobre minha cabeça, rédeas em minhas mãos e a areia sob os meus pés. – Uma verdade fraca e abreviada.

– Ah, então você já tem o que deseja.

Não posso simplesmente me sentar aqui bebendo este chá e dizer que o que quero é me ver livre dele.

– Faz muito tempo desde que domei aquele primeiro garanhão – diz Malvern. – Não sei o que o caminho que tomei para chegar a esta ilha arruinada no meio do oceano parecia ser do lado de fora. Não posso compará-lo com o caminho de Matthew para saber aonde ele está indo.

Existem muitos caminhos nos quais Mutt Malvern pode estar, mas acho que nós dois sabemos que nenhum deles termina como o magnata de um haras de reprodução internacionalmente famoso.

– Hum, bem. Você está nesse ramo tempo o suficiente para saber como os cavalos se sairão? – Malvern quer dizer qual de seus cavalos d'água é o mais rápido.

– Eu soube isso no primeiro dia.

Malvern sorri. Não é um sorriso agradável, mas seu desagrado não é dirigido a mim.

– Então qual é o mais lento deles?

– A égua baia sem branco – digo, sem pausa. Ainda não lhe dei um nome porque ela ainda tem de ganhar um. Ela é volúvel e selvagem com o mar; ela não é rápida porque não tem prazer no que o cavaleiro deseja.

Malvern pergunta:

– E qual é o mais rápido?

Faço uma pausa antes de responder. Sei que o que eu disser decidirá sobre qual deles ele colocará Mutt neste novembro. Não quero responder a verdade, mas não há razão para mentir, já que no fim das contas ele vai descobrir.

– Corr. O garanhão vermelho.

Malvern diz:

– E o mais seguro?

– Edana. A baia com a faixa branca.

Malvern então olha para mim. Realmente olha para mim, pela primeira vez. Ele franze a testa como se estivesse me vendo sob um novo ângulo, o menino que passou anos crescendo sobre sua estrebaria, cuidando de seus cavalos. Eu olho para minha xícara de chá. Ele pergunta:

- Por que você pulou no mar atrás de Fundamental?

- Ele estava sob minha responsabilidade.

- Sua responsabilidade, mas um cavalo Malvern. Meu filho era o dono daquele cavalo. - Benjamin Malvern empurra sua cadeira para trás e levanta. - Matthew vai montar Edana. Solte a outra baia, a menos que você ache que ela se adequará para o próximo ano.

Ele olha para mim para verificar minha resposta. Eu balanço a cabeça.

- Solte o animal, então. E você vai... - ele enfia algumas moedas sob a beirada de sua xícara de chá - ... você vai montar Corr.

Todo ano eu espero que ele diga isso. Todo ano, quando ele toma sua decisão, ela tranquiliza meu coração.

Mas, este ano, sinto como se ainda estivesse esperando.

23

PUCK

Na hora do almoço do dia seguinte, estou deprimida. Quando descubro que Gabe ainda está desaparecido na hora em que me levanto, decido tomar conta do assunto e ir ao Hotel Skarmouth para encontrá-lo. Ali, me dizem que ele está no cais, e no cais me dizem que ele saiu num barco, e, quando pergunto em qual barco, eles riem e dizem que talvez naquele que tinha bebida no fundo do copo.

Às vezes, eu odeio os homens.

Ao voltar, reclamo com Finn sobre como nunca mais falamos com Gabe.

– Eu falei com ele esta manhã – Finn me conta. – Antes de ele partir. Sobre o peixe.

Dou um jeito de conter minha fúria, mas muito mal.

– Da próxima vez que o vir, fale que preciso conversar com ele – digo a Finn. – Que peixe?

– O quê? – Finn responde. Ele está sorrindo de forma distante para uma cabeça de cachorro de porcelana.

– Não importa – digo.

Então levo Dove até a praia, para a maré alta da tarde, e ela está nervosa e preguiçosa, sem vontade de trabalhar. Ela já teve muitos dias assim, claro, mas nunca foram importantes. Não que isso importe hoje, mas, se ela estiver assim no dia da corrida, posso muito bem nem sair da cama.

Quando a levo de volta para casa, eu a solto em seu pasto e lanço uma camada de feno por sobre a cerca. O feno da ilha é nojento, eu sei, embora eu nunca tenha me incomodado com isso até agora. Olho furiosamente para a barriga de Dove e abro a porta da casa.

– Finn?

Ele não está. Espero que esteja consertando aquele Morris estúpido. Alguma coisa nessa ilha precisa funcionar.

– Finn? – chamo outra vez. Sem resposta. Sinto-me culpada, vou até a lata de biscoitos no balcão e agito as moedas que guardamos ali dentro. Eu as conto e então as coloco de volta na lata. Imagino o que Dove poderia fazer com uma alimentação melhor. Eu as tiro da lata mais uma vez. Acho que isso comprará apenas o suficiente para uma semana de alimentação melhor para ela, e eu usarei todo o nosso dinheiro.

Vamos perder a casa de qualquer forma, a menos que eu faça algo.

Fecho as mãos e encaro a lata.

Vou conseguir um adiantamento de Dory Maud pelos bules.

Deixando um pouco das moedas na lata, coloco o restante no bolso. Sem Finn ou o Morris aqui, provavelmente ainda morto, não há chance de conseguir uma carona para Colborne & Hammond, o fornecedor dos fazendeiros, então o jeito é ir até o alpendre, empurrando Dove para sair do meu caminho, para alcançar a bicicleta da minha mãe. Verifico a pressão nos pneus e oscilo pela estrada, evitando os buracos. Estou contente que a previsão de tempestade de Finn ainda não se concretizou, porque Colborne & Hammond é em Hastoway, bem adiante de Skarmouth. Minhas canelas já vão se ressentir o suficiente deste passeio forçado sem que eu tenha de encharcá-las com água de chuva também.

Pedalo para fora da estrada de cascalho e entro no asfalto, olhando para trás para ter certeza de que não vem nenhum carro. Eles raramente passam por aqui, mas, desde que o padre Mooneyham foi jogado no barranco pela caminhonete de Martin Bird, tomo o cuidado de olhar.

O vento vem direto das colinas conforme pedalo. Preciso me inclinar contra ele para evitar que a bicicleta tombe. À minha frente, a estrada serpenteia para evitar as mais formidáveis escarpas. Meu pai disse que quando pavimentaram a estrada ela se parecia com uma cicatriz ou um zíper, preta contra as colinas marrons e verdes emudecidas ao seu redor. Mas agora o asfalto e as linhas pintadas nele desapareceram, de modo que a estrada parece apenas mais uma parte torta da paisagem angular. Há remendos na estrada também, em que crateras se abriram e foram fechadas com piche mais escuro. É como camuflagem. À noite, é quase impossível permanecer fiel a ela.

Atrás de mim, ouço o som de um motor se separando do som do vento, e me dirijo ao acostamento para deixá-lo passar. Mas, em vez de passar, o veículo para. É Thomas Gratton em sua grande caminhonete de transportar ovelhas, um Bedford cujos faróis e grade tornam o carro parecido com Finn quando ele está fazendo sua cara de sapo.

– Puck Connolly – diz Thomas Gratton, o rosto corado como sempre, através da janela aberta. Ele já está abrindo a porta. – Aonde você vai?

– Hastoway.

Eu nem sei como desci da bicicleta, mas a próxima coisa que vejo é Gratton erguendo-a sobre a lateral da carroceria da caminhonete e dizendo:

– Eu também estou indo para lá.

Reconheço a sorte quando a vejo, então subo no lado do passageiro, empurrando uma lata, um jornal e um border collie para o lado antes de me acomodar.

– Além disso – diz Thomas Gratton, voltando para a caminhonete com um suspiro, como se fosse difícil fazer aquilo –, pegue alguns biscoitos. Assim eu não como tudo sozinho.

Conforme descemos a estrada, como um e dou um à cachorra dele. Dou uma olhada discreta para ver se Thomas Gratton notou – se notou, para ver se se incomoda –, mas ele está cantarolando e agarrando o volante como se ele pudesse fugir. Penso nele e em Peg falando sobre mim e imagino se cometi um erro me prendendo aqui na cabine com ele.

Por um momento, seguimos em silêncio, enquanto a caminhonete chacoalha como se o motor estivesse saltando para fora do compartimento, então *silencioso* não é exatamente sua qualidade. Estou contente em ver que a cabine está repleta de papéis de pastilhas para tosse, garrafas de leite vazias e pedaços de jornais sujos de lama, que ficaram quebradiços pelo tempo. Asseio faz com que eu sinta que deva lançar mão do meu melhor comportamento. A desordem é meu habitat.

– Como vai aquele seu irmão? – Gratton me pergunta.

– Qual?

– O herói com a carroça.

Suspiro tão profundamente que o collie lambe meu rosto para me consolar.

– Ah, Finn.

– Ele é dedicado. Você acha que ele está pronto para se tornar aprendiz?

Ser aprendiz de açougueiro seria uma coisa realmente maravilhosa. E me dói muito responder:

– Ele não aguenta ver sangue.

Thomas Gratton ri.

– Ele escolheu a ilha errada.

Penso, não de maneira afetuosa, na ovelha morta que encontrei no dia anterior. E também penso em Finn assombrando a padaria de Palsson. Se ele pudesse ser aprendiz em algum lugar, tenho certeza de que seria ali. Onde ele poderia colocar sal em seu chocolate quente. Mas eles teriam de ter outra pessoa como aprendiz para cuidar da cozinha depois que ele passasse por lá.

– Ah, o que temos aqui? – diz Thomas Gratton. Levo um momento para perceber que ele está falando de uma sombria figura solitária caminhando na beira da estrada. Gratton para a caminhonete e abaixa o vidro.

– Sean Kendrick! – ele chama, e aí me dou conta. E *é* Sean Kendrick, os ombros arqueados contra o frio, a gola escura levantada protegendo-o do vento. – O que está fazendo que não está montado num cavalo?

Sean não responde imediatamente. A expressão dele não se altera, mas algo em seu rosto sim, como se estivesse mudando para uma engrenagem diferente.

– Apenas organizando meus pensamentos.

Gratton diz:

– E aonde você está indo para organizá-los?

– Não sei. Hastoway.

– Bem, você pode organizar seus pensamentos na caminhonete. Estamos indo para o mesmo lugar.

Por um momento, sinto-me completamente assolada pela injustiça da situação. Ofereceram-me uma carona e agora tenho de, entre todo mundo, compartilhá-la com Sean "Mantenha Seu Pônei Fora Desta Praia" Kendrick. E então vejo que Kendrick também me viu, e não tem certeza sobre subir na caminhonete, o que me agrada. Eu gostaria de ser aterrorizante. Olho furiosamente para ele.

Mas a expressão de Gratton deve estar contrariando a minha, porque Sean Kendrick dá uma olhada para o caminho de onde veio e então começa a dar a volta, em direção ao outro lado da caminhonete. O meu. Gratton abre sua porta e diz para a cachorra ir para trás, o que ela faz, nos lançando um olhar obsceno. Eu me movo no assento em direção ao lado que ela estava ocupando – agora que estou sentada bem próxima a Gratton, percebo que ele cheira como os losangos de pastilha para garganta de limão cujos papéis estão espalhados pelo assoalho. O tempo todo, estou tentando alucinadamente descobrir algo interessante para dizer quando Sean abre a porta do lado do passageiro, algo que indique imediatamente que eu me lembro do que ele disse na praia e também que mostre que não estou impressionada, ou intimidada e possivelmente que também passe a mensagem de que sou mais inteligente do que ele pensa.

Sean Kendrick abre a porta.

Ele olha para mim.

Eu olho para ele.

Assim de perto, ele é quase sério demais para ser bonito: maçãs do rosto muito salientes, nariz com ponta de navalha e sobrancelhas escuras. Suas mãos estão machucadas por causa do seu tempo com os *capaill uisce*. Como os pescadores da ilha, seus olhos estão permanentemente cerrados contra o sol e o mar. Ele parece um animal selvagem. Não um afável.

Não digo nada.

Ele entra na caminhonete.

Quando ele fecha a porta, estou espremida entre a perna grande de Thomas Gratton, que imagino ser rosada como o restante dele, e a perna rígida de Sean Kendrick. Nossos ombros estão colados por causa do tamanho da cabine, e, se Gratton é feito de farinha e batata, Sean é feito de pedra e madeira flutuante e possivelmente daquelas anêmonas espinhosas que às vezes são levadas para a costa.

Eu me inclino para longe dele. Ele olha para fora através da janela.

Gratton cantarola para si mesmo.

Da parte de trás, o border collie lamenta. A vibração da caminhonete faz do lamento um assobio quebrado, intermitente.

– Eu ouvi dizer que Mutt, Matthew, está um tanto insatisfeito com o cavalo que você escolheu para ele – Gratton diz de maneira agradável.

Sean Kendrick olha para ele intensamente.

– E quem está dizendo tais coisas?

Eu fico surpresa com a voz dele por alguma razão, a maneira como ela soa quando ele está falando em vez de gritando sobre o vento. Ela faz com que ele pareça menos duro. Noto que ele cheira a feno e a cavalos, e aquilo faz com que eu goste um pouquinho mais dele.

– Ah, ele mesmo – diz Gratton. – Ele teve um ataque de birra bem na frente da loja hoje cedo. Diz que você quer que ele perca e que você não aguenta a concorrência.

– Ah, é isso – Sean responde com desdém. Ele olha outra vez pela janela. Estamos passando por uma das pastagens de Malvern, e há uma esplendida exibição de éguas reprodutoras pastando pelo verde.

Gratton bate com os dedos no volante.

– E depois, claro, Peg partiu para cima dele.

Sean olha de volta outra vez. Ele não diz nada, apenas espera. E eu vejo como isso arranca as palavras de Gratton e dá a Sean uma sutil vantagem, e prometo a mim mesma aprender como usar essa técnica.

– Bem, ele estava dizendo que, se estivesse sobre aquele seu garanhão vermelho, também ganharia quatro vezes. Então Peg lhe disse que ele não entendia nada de cavalos se achava que tudo o que bastava numa corrida era o cavalo sob você. Ela estava com o pavio curto hoje de manhã, porque é um dia que termina com "feira", sabe?

Eu rio, o que lembra a Gratton que estou aqui, porque ele diz:

– E, claro, você não precisa de Mutt Malvern como adversário. Você tem muito com o que se ocupar com a Puck aqui.

Prometo envenenar Thomas Gratton lentamente mais tarde. Quero me afundar no assento e desaparecer. Mas, em vez disso, encaro Sean, desafiando-o a dizer alguma coisa.

Mas ele não diz. Apenas olha para o meu rosto, franzindo um pouco a testa, como se de alguma forma minhas razões para interromper seu treino se revelarão por si mesmas. Então, olha pela janela.

Não consigo decidir se me sinto ofendida ou não. Não dizer absolutamente nada parece pior do que dizer algo horrível. Viro-me para Thomas Gratton, ignorando Sean Kendrick.

– Você disse que estava procurando um aprendiz?

– É verdade.

– E Beech?

Gratton diz:

– Beech vai para o continente depois das corridas.

Eu abro a boca, mas não sai som nenhum.

– Ele, Tommy Falk e seu irmão Gabriel estão indo ao mesmo tempo. Eu devo lhe agradecer, Puck, por nos dar mais algumas semanas com ele. Eu ouvi dizer que seu irmão vai ficar até depois da corrida porque você vai participar, e isso segurou os outros garotos.

Às vezes, sinto como se o restante de Thisby soubesse mais sobre minha vida que eu mesma.

– Isso é verdade – digo, repetindo o que ele disse. Por alguma razão, me sinto mais desconsolada agora que sei que Gabe não está indo sozinho. – Mas Tommy vai correr, não vai?

– Sim, ele decidiu participar, já que estará aqui.

– Você está chateado por causa de Beech? – depois que digo isso, percebo que não era a coisa mais delicada a se perguntar, mas eu não tinha como voltar atrás.

– Ah, é assim que as coisas funcionam nesta ilha. Nem todo mundo pode ficar, ou estaríamos despencando pelas beiradas, não é? – A voz de Thomas Gratton, no entanto, não combina com suas palavras despreocupadas. – E nem todo mundo pertence a esta ilha. Posso dizer que você pertence, não posso?

– Eu nunca iria embora daqui! – digo fervorosamente. – Ela é... é como o meu coração, ou algo assim.

Sinto-me uma imbecil por ser tão sentimental. Lá fora, do outro lado da água, posso ver uma das minúsculas ilhas rochosas próximas a nós, uma pequena silhueta azul, pequena demais para ser habitada. É lindo de um modo que você nunca se cansa.

Estamos todos em silêncio, e então Sean Kendrick diz:

– Tenho outro cavalo, Kate Connolly, se quiser montar um dos *capaill uisce*.

24

PUCK

Finn me observa enquanto esmigalha lentamente um biscoito com os dedos.

– Então, Sean Kendrick vai vender um dos cavalos d'água para você?

Estamos sentados na sala dos fundos da Fathom & Sons. É um cômodo claustrofóbico. As paredes estão forradas de prateleiras cheias de caixas marrons e há uma enorme mesa de madeira riscada que mal cabe no ambiente. Cheira menos ao odor de manteiga do restante do edifício e mais a papelão mofado e queijo velho. Quando éramos pequenos, minha mãe nos deixava aqui com alguns biscoitos enquanto conversava com Dory Maud do lado de fora, na parte da frente do prédio. Finn e eu nos revezávamos tentando adivinhar o que havia nas caixas marrons. Peças de computador. Bolachas. Pés de coelho. Partes íntimas dos amantes invisíveis de Dory Maud.

– Não necessariamente – digo, sem desviar os olhos do meu trabalho. Estou assinando e numerando bules enquanto tomo uma xícara de chá que infelizmente está ficando frio. – Estou apenas analisando. Ele não disse que vai *vender*, na verdade.

Finn olha para mim.

– Eu também não disse que vou *comprar* – disparo de volta para ele.

– Pensei que você ia montar Dove.

Assino meu nome no fundo de um bule. *Kate Connolly*. Parece que estou assinando um trabalho escolar. O que eu preciso é de mais enfeite. Acrescento uma onda na parte inferior do *y*.

– Provavelmente ainda vou – digo. – Só estou pensando no caso!

Meu rosto está ficando vermelho e eu não sei por quê, o que me irrita. Espero que a luz fraca da lâmpada acima de nós e as janelas estreitas sobre as prateleiras não revelem. Acrescento:

– Só tenho mais dois dias para trocar de cavalo. Preciso pensar bem no que fazer.

– Você vai estar no desfile de cavaleiros? – pergunta Finn.

Agora ele não está olhando para mim. Depois de esfarelar completamente o biscoito, ele começou a juntar e esmagar as migalhas, moldando tudo numa massa menor.

Todos os anos, o Festival de Escorpião acontece uma semana depois que os cavalos emergem. Eu só fui uma vez, e mesmo assim não ficamos tempo suficiente para ver o desfile de cavaleiros, que é o principal evento da noite, quando eles anunciam suas montarias oficiais e os apostadores enlouquecem.

Há um buraco em meu estômago, fico nervosa só de pensar nisso.

– É, você vai? – a voz de Dory Maud ecoa pela sala.

Ela para na porta, com uma das sobrancelhas arqueada. Está usando um vestido que parece roubado. Ele tem mangas de renda, e Dory Maud não tem braços de mangas de renda.

Franzo a testa para ela, mal-humorada.

– Você não vai tentar me convencer a ficar de fora, vai?

– Do desfile ou da corrida? – Dory Maud puxa a terceira cadeira da mesa e se senta. – O que eu não entendo – diz ela – é por que uma menina tão inteligente e habilidosa como você, Puck, perderia tanto tempo bancando a idiota ou morrendo.

Finn sorri para seu biscoito.

– Tenho minhas razões – digo de um golpe. – E não me diga que meus pais ficariam muito tristes com isso também. Eu já ouvi isso. Já ouvi de *tudo*.

– Ela tem sido grosseira assim a semana inteira? – Dory Maud pergunta a Finn, que concorda com a cabeça. Para mim, ela acrescenta: – Seu pai não estaria nada contente, mas sua mãe não poderia dizer nada. Ela era um diabinho, e a única coisa que não fez nesta ilha foi participar das corridas.

– Sério? – pergunto, ansiosa por mais informações.

– Provavelmente – responde Dory Maud. – Finn, por que você está comendo isso? Parece comida de gato.

– Eu trouxe de casa – ele suspira fundo. – Na Palsson's, estavam servindo rosquinhas de canela.

– Ah, sim – Dory Maud começa a rabiscar alguma coisa num pedaço de papel. Sua letra é tão ilegível que prefiro acreditar que ela está se esforçando para conseguir escrever. – Até os anjos poderiam sentir o cheiro delas.

A expressão de Finn é melancólica.

Eu me sinto culpada pela carga de feno e grãos que acabei de comprar. Não tenho certeza se foi um investimento melhor do que teriam sido as rosquinhas de canela.

– Eu poderia receber um adiantamento por alguns bules, Dory Maud? – pergunto. Empurro um dos bules assinados e numerados em sua direção para que ela se convença de minha dedicação. – Comida de cavalo é cara.

– Eu não sou banco. Se me ajudar a arrumar o estande do festival na sexta à tarde, eu faço isso.

– Obrigada – digo, sem me sentir muito grata.

Depois de um momento, Finn diz:

– Não sei por que você simplesmente não monta Dove.

– Finn.

– Bem, foi isso que você *disse.*

– Eu gostaria de ter uma chance de ganhar dinheiro – digo. – Pensei que montar, você sabe, um cavalo d'água numa corrida para, você sabe, cavalos d'água pudesse realmente ajudar.

– Hum – murmura Dory Maud.

– Exatamente – diz Finn. – Como você sabe que eles são mais rápidos?

– Ah, *por favor*!

– Bem, foi você quem me disse que nem sempre eles correm em linha reta. Só não entendo por que você está mudando de ideia agora, só porque um especialista lhe disse outra coisa.

Sinto meu rosto queimar outra vez.

– Ele não é especialista. E não me disse nada. Só estou analisando.

Finn pressiona o polegar com força em sua pilha de migalhas, até a ponta do dedo ficar branca.

– Você disse que não montaria um deles por uma questão de princípios. Por causa da mamãe e do papai.

Sua voz é serena porque Dory Maud está ali e porque é Finn, mas percebo que ele está agitado.

Eu digo:

– Bem, princípios não vão pagar as contas.

– Não se pode chamar isso de princípio, quando você simplesmente muda de ideia como... como nesse caso. Da noite para o dia. Como... – Mas ele não deve ser capaz de pensar no que isso parece, pois se levanta, passa feito um foguete pela cadeira de Dory Maud e sai da sala.

Eu pisco às suas costas.

– O quê? *O quê?*

Acho que irmãos são a espécie mais inexplicável do planeta.

Dory Maud varre migalhas invisíveis de seu papel e examina o que escreveu.

– Meninos – diz ela – simplesmente não são muito bons em lidar com o medo.

25

SEAN

À noite, selei uma potra chamada Pequeno Milagre do Malvern, assim nomeada porque estava tão imóvel e quieta quando nasceu que todos pensaram que estava morta.

Estou cansado e acabado. Há algo errado com meu braço direito, onde um dos cavalos o prensou hoje cedo, e só quero me arrastar até a cama para pensar se minha reunião amanhã com Kate Connolly é ou não uma boa ideia. Mas há dois compradores aqui, acabaram de sair do barco, e tenho de lhes mostrar dois potros com três anos de idade enquanto ainda há luz. Por que não dá para esperar até amanhã, eu não sei.

Quando saio para o quintal dourado de fim de tarde, para atender os compradores, fico surpreso ao descobrir que a outra potra, uma cinza chamada Sweeter, já está ali fora, com alguém em suas costas. Levei apenas um instante para reconhecer a silhueta de Mutt Malvern, e algo em meu intestino rosna e se revira. Três homens estão parados ao lado dos ombros dela, com a atenção voltada para Mutt. Ele vira a cabeça em minha direção, o rosto na sombra, e sei que ele faz questão que eu veja que é ele. Mutt pensa que exibir Sweeter como parte de seu negócio me ofende brutalmente, mas, quando o ouço dizer a um dos compradores o quanto ele ama essa potranca, tudo o que consigo pensar é nele parado no alto da enseada, esperando Fundamental ser puxado para baixo.

Milagre está agitada. Ela se move para as laterais e, em seguida, dispara atravessando o quintal até onde Mutt está, tão determinada que faz Sweeter sair de seu caminho. Nossas sombras azuis permanecem embaixo de nós.

– Sean Kendrick – diz George Holly alegremente. Ao ouvir meu nome, os outros dois compradores se viram para me observar. Não reconheço nenhum deles. Sangue novo, talvez.

– Sean montará a outra potra – Mutt diz a eles, com uma expressão paternal. Ele sorri. – Já que não posso montar duas ao mesmo tempo.

Não tenho certeza se ele é capaz de montar ao menos uma. Não consigo me lembrar da última vez que o vi galopando.

Um dos compradores murmura meu nome para o outro, e Mutt se inclina em direção a eles para perguntar:

– O que foi?

– Kendrick. O nome soa familiar.

Mutt olha para mim.

– Acabei de montar os cavalos – digo.

O sorriso de George Holly é luz na escuridão.

– Você vai participar da corrida também? – pergunta um comprador. Faço que sim com a cabeça.

– Com o garanhão vermelho – Holly diz a ele. – Aquele que você viu antes.

Eles murmuram seu apreço e perguntam a Mutt quem ele vai montar nas corridas.

Mutt fica em silêncio. Acho que ele nem se lembra do nome de Edana. Ele ainda tem de montá-la.

Sei que este é o momento em que esperam que eu, a serviço dos Malverns, interceda e seja útil e humilde para salvar a pele de Mutt. Foi o que fiz durante a maior parte da vida, e posso sentir em meus lábios as palavras que farão Mutt se sair bem da situação. As palavras que farão os clientes se lembrarem da minha posição no Haras Malvern.

Mas, em vez disso, digo:

– Escolhi a égua baia de focinho branco, Edana, para ele. Acho que vai ser um bom páreo.

O haras está em silêncio. Há algo de perturbador e repugnante na postura de Mutt quando ele fixa os olhos em mim. Os compradores trocam olhares enquanto Holly fica confuso.

Posso ver minhas palavras se embrenhando sob a pele de Mutt. Sinto-me descontrolado e perigoso.

Milagre recua diante de nada em particular, dançando no lugar. Seus cascos batem e ecoam nas pedras. Eu me viro para Mutt. Eu o imagino sendo puxado para as profundezas em vez de Fundamental. Nas garras de Corr. Debaixo de cascos no lugar do meu pai.

– A luz está acabando. Vamos levar suas potras então?

Mutt vira Sweeter para o lado sem uma palavra.

A raia tem cerca de 1.400 metros e é reta como uma seta. Os cavalos ficam animados quando pisam nela, cientes do que vem a seguir. Sinto o olhar de Mutt sobre mim e, quando o encontro, sua boca se retorce. Isto aqui não era para ser uma corrida entre Milagre e Sweeter, mas agora vejo que não há nenhuma maneira de fazer com que não seja.

Sweeter dispara. Milagre está apenas alguns segundos atrás quando lhe dou mais rédea. Corremos ao longo da raia cercada, sua superfície listrada com sombras azuis. O ar grita em meus ouvidos, frio e doloroso. As sombras são tão pesadas que as duas potrancas as confundem com coisas reais e erguem os joelhos, saltando obstáculos invisíveis.

Mutt olha para mim para conferir a distância entre nós, mas ele não precisa se incomodar. Estamos bem junto dele. Ombro a ombro, as potrancas surgem na pista. Em relação à velocidade, sei que as potras estão equilibradas no páreo, mas também sei que apenas metade das corridas depende da rapidez do cavalo. Estive nesta raia centenas de vezes em centenas de cavalos, e sei onde a inclinação começa, sei onde o solo é macio perto do cercado e sei onde os animais diminuem a velocidade e olham para o trator estacionado perto da estrada. Também sei tudo o que é preciso saber sobre Milagre, como ela gosta de correr sozinha se você não a mantiver sob controle, quanto tenho de atiçá-la para manter sua força na inclinação, como agitar meu chicote para manter sua atenção na corrida, e não no trator.

Tudo o que Mutt sabe é como bater em sua montaria quando está perdendo.

Eu sei que deveria manter Milagre para trás. Sei que deveria deixar Mutt e Sweeter chegarem em primeiro.

Sinto os olhos dos compradores em mim.

Inclino-me para frente e sussurro algo para Milagre. Sua orelha tomba para trás e bate em mim, e eu solto as rédeas.

Não é nem ao menos uma competição.

Milagre se afasta de Sweeter com um corpo de vantagem, dois, três corpos, quatro, sem nem ao menos resfolegar. Mutt está encalhado em algum lugar no chão molhado perto da cerca, conduzindo uma lerda e desatenta Sweeter.

Eu me viro, em pé nos meus estribos, e saúdo Mutt Malvern com meu chicote.

Sei que é um jogo muito, muito perigoso.

– Você não é jóquei? – me pergunta Holly enquanto levo Milagre de volta para o haras.

– Apenas um apaixonado por cavalos – respondo.

26

PUCK

Sean Kendrick me disse para encontrá-lo no ponto dos penhascos acima de Fell Cove, mas não há sinal dele quando chego lá.

Os penhascos aqui não são tão altos quanto os que cercam a praia e nem tão brancos. A costa ao lado da enseada é um lugar esquisito, difícil de chegar, e, uma vez que Dove e eu tivemos praticamente de nos arrastar pelo caminho estreito e desigual até a praia, acho que não é o melhor lugar para se cavalgar. A praia aqui é rochosa e irregular, e o mar a abraça de perto. A maré está baixa e calma, e há só cinco metros de rochas antes que o mar rebelde se arrebente contra elas. É o tipo de lugar que sempre fomos alertados a evitar, porque entre uma onda e outra um cavalo poderia sair deste oceano e nos levar para o fundo.

De repente, me pergunto se Sean Kendrick me mandou vir até aqui para me pregar uma peça.

Antes que eu tivesse tempo de avaliar se ele parecia esse tipo de pessoa e pensasse algo verdadeiramente ruim a seu respeito, ouço o barulho de cascos. Não sei dizer de imediato de que direção vem, e então percebo que vem de cima de mim. Ergo a cabeça para olhar.

Vejo um cavalo solitário, esticado ao máximo, galopando ao longo da beirada do penhasco. Pedaços de relva saltam sob seus cascos. Reconheço-o um instante antes de reconhecer o cavaleiro. É Sean Kendrick, firmemente curvado sobre o dorso do garanhão, movendo-se junto com ele. À medida que o sanguinário *capall uisce* vermelho passava por cima de minha cabeça, vejo que Sean está cavalgando sem sela, a forma mais perigosa de todas. Pele com pele, pulsação com pulsação, nada para proteger além da magia do cavalo segurando o cavaleiro.

Não quero admirar, admitir que os dois juntos são completamente diferente de tudo que já vi, mas não consigo evitar. O garanhão vermelho é tão rápido que rouba minha respiração e faz meu coração acelerar de emoção. Achei que os cavalos que vira no primeiro dia de treinamento fossem rápidos, mas eu nunca tinha visto um cavalo se mover assim antes. E Sean Kendrick sobre ele, sem sela. Ele é um idiota, com certeza, mas o velho que conheci no açougue está certo: ele tem um dom. Conhece seus cavalos, mas não é só isso.

Penso em seu rosto em minhas mãos quando o puxei para fora da água.

Imagino também como seria montar um cavalo daquele jeito. Uma ponta de culpa me apunhala as costelas quando me lembro de Finn e seus princípios, ou melhor, meus princípios, aqueles que começaram a desmoronar quando descobri que nossa casa estava em jogo. Eu gostaria que essa ideia fosse mais fácil para mim.

Voltamos para o topo do penhasco, Dove empinando um pouco. Mesmo na subida, e depois de ter cavalgado bastante nos últimos dias, ela ainda está animada para correr. Ouço a voz de Finn sussurrando em meu ouvido enquanto ela chicoteia o rabo para os lados.

Assim que chegar ao topo da trilha do penhasco, eu sei o que vou pedir a Sean.

SEAN

Não há sinal de Kate Connolly quando chego ao topo do penhasco, mesmo eu tendo esperado muito tempo – tempo que não posso desperdiçar. Amarro a égua baia, desenho um círculo em volta dela e cuspo nele, e levo Corr para dar uma volta. Se Kate não aparecer, ao menos terei feito com que ele se exercite. Hoje ele está entusiasmado e ávido, tão feliz quanto eu pelo passeio.

Galopar no topo deste penhasco requer coração de gaivota e nervos de tubarão. Não é tão alto como os penhascos ao longo da praia, com certeza, mas cair daqui mataria você do mesmo jeito. E para um *capall uisce*, o apelo do mar é quase tão poderoso centenas de metros acima de seu nível quanto a cem metros da praia. Mais de um homem cavalgou por aquele navio naufragado, sobre a margem e acima das rochas, desconfiado do oceano.

Mas estes penhascos baixos foram o primeiro lugar no qual meu pai me colocou sobre um dos *capaill uisce*. Não na praia onde ele aprendeu. Porque sempre, sempre, meu pai temia mais o mar que as alturas.

Acredito que ambos são mortais, o que não é o mesmo que ter medo.

Quando o puxo para trás, Corr empina sobre a comprida grama do penhasco, e vejo Kate Connolly em pé, ao lado de seu pequeno pônei baio. O cabelo de Kate é da cor da grama do penhasco, avermelhada pelo outono, e ela tem algumas sardas salpicadas pelo rosto, que, à primeira vista, a fazem parecer muito mais jovem. É uma estranha magia: ela parece criança, mas também mais velha e selvagem, como algo surgido do áspero solo desta ilha. Ela está olhando para as minhas coisas – minha sela apoiada no cabeçote, minha mochila, minha garrafa térmica, meus sinos –, onde eu os deixei, e, por alguma razão, aquilo faz com que eu me sinta estranho, como quando a pele é roçada pela areia ao vento.

Quando Kate me vê, franze a testa, ou ao menos estreita os olhos. Eu não a conheço para poder dizer a diferença. Sinto aquela mesma inquietação que tive na enseada. Mais uma vez, Fundamental vai para debaixo da água, e eu com ele. Mas agora eu não estou me afogando; deixo o ar sair.

Corr está animado com o aparecimento da égua; em vez de desacelerar para um passeio, ele trota quase no lugar, tremendo em sua excitação. Não me atrevo a me aproximar dela mais do que pede a polidez, então, a quase cinco metros de distância, com Corr dançando debaixo de mim, digo, elevando minha voz para ser ouvido sobre o vento:

– Do que devo chamá-la?

– O quê?

– O seu nome é Kate ou não? – pergunto.

– Poderia repetir?

– Está escrito "Kate" no quadro de Gratton, mas não foi assim que Thomas Gratton a chamou.

– Puck – diz ela, com a voz azeda. – É um apelido. Algumas pessoas me chamam assim. – Ela não me convida para ser uma delas. O vento suspira, longa e lentamente, em torno de nossos pés, achatando a grama e emaranhando a crina dos cavalos. Aqui em cima, por alguma razão, há sempre um cheiro mais forte de peixe. Depois de um momento, ela acrescenta: – Pensei que as regras diziam que você deve treinar na praia.

Eu não a entendo por um momento, então esclareço:

– No espaço de cento e quarenta metros da costa.

Algo desponta em seu rosto, e, por um momento, é como se eu não estivesse ali. Naquele instante, são apenas ela e seus pensamentos. Olho para o relógio.

– Onde está o outro cavalo? – pergunta ela. A égua tenta morder seu cabelo, e Kate lhe dá um tapa, inconscientemente. O pônei joga a cabeça para trás, fingindo desagrado. É um jogo de familiaridade, o que me deixa mais interessado nelas.

– Um pouco mais afastado da praia.

Kate nos olha.

– Ele sempre faz isso?

Corr não parou de se mover. Seu pescoço também está arqueado. Tenho certeza de que ele parece ridículo enquanto se enfeita para elas. Garanhões *uisce* geralmente preferem cavalos da ilha como refeição, não como companheiros, mas às vezes uma égua em especial chama a atenção de um garanhão e ele banca o idiota.

– A égua baia está pior – digo.

Kate faz uma cara que eu acredito que possa ser de deboche.

– Fale dela.

– Ela é temperamental, arisca e apaixonada pelo oceano – respondo. Eu a peguei durante uma tempestade, a água salgada estava deixando todas as rédeas escorregadias demais para segurar, as nuvens transformavam o céu em mar e vice-versa, e o frio enfraquecia meus dedos. Ela surgiu numa rede atrás do barco enquanto eu lutava contra as ondas gigantescas ao longo da costa. A crença local diz que um *capall uisce* pego na chuva quer ficar sempre molhado, mas eu não acreditava nisso até ver com meus próprios olhos.

– Parece algo ruim – diz Kate.

– E é.

– Então por que estou aqui?

Eu a analiso. É uma pergunta que tenho feito a mim mesmo desde o primeiro momento em que a avistei na praia.

– Porque ela seria uma *capall uisce* numa corrida de *capaill uisce*.

Ela olha para além de mim, para a beirada do penhasco, e em seguida suas sobrancelhas se juntam e sua boca se comprime. Há algo de intransigente nela, uma fúria que associo à juventude.

– Não quero nem pensar nisso a menos que eu tenha certeza de que ela pode ser uma aposta melhor que Dove – diz a garota. Não percebo que ela quer que eu concorde ou discorde até ela ficar calada e olhando para mim por um longo instante.

Não tenho certeza sobre o que ela espera que eu diga. Ela deve saber de tudo isso, mas ainda assim digo:

– Não há nada mais veloz que um *capall uisce*. Ponto final. Não importa que tipo de treinamento você esteja fazendo, círculos na arrebentação, ou alguma coisa assim. Eles são mais fortes que sua égua, e mais altos que ela, e sua égua corre na grama. Os *capaill uisce* correm no sangue, Kate Connolly. Você não tem a menor chance.

Isso parece confirmar sua opinião, porque ela concorda com a cabeça, uma vez, bruscamente.

– Ok. Então, você vai competir comigo agora, não vai?

Ela se expressa de maneira curiosa. O "não vai?" significa que terei de discordar dela apenas para manter as coisas normais.

– Competir? Eu na égua, e você em Dove?

Kate concorda.

O vento nos envolve de novo, finalmente acalmando Corr quando ele para de sentir seu cheiro. Posso sentir o cheiro da chuva na brisa, vindo de muito longe.

– Eu não entendo o propósito.

Ela apenas me olha.

Lá no haras, ainda tenho dois lotes de cavalos para levar para galopar. Tenho George Holly e pelo menos dois outros compradores bisbilhotando os celeiros, procurando o cavalo que vai tornar famosos seus criadouros continentais, ao menos famosos por um ano. Tenho muita coisa para fazer em pouquíssimas horas, antes que a noite de outubro chegue. Não tenho tempo para uma corrida tola, um *capall uisce* contra um pônei que mal consegue encarar Corr.

– Não levaria mais tempo do que para eu experimentar a nova montaria – diz Kate. Então, se disser que não, é simplesmente porque a ideia o ofende.

E é assim que acabamos competindo.

Monto a égua baia, deixando Corr no lugar dela com um pedaço de coração de boi que estava em minha mochila, e vejo Kate ajustando seus estribos na parte de trás de seu pônei, com uma perna cruzada sobre a sela. É algo que você não pode fazer num cavalo no qual não confie, algo que não sei se um dia vou conseguir fazer em um dos *capaill uisce*.

Sob mim, a égua baia se retorce, ansiosa. Ela é tão difícil de segurar quanto a malhada, mas menos agressiva. Ela afogaria você, em vez de devorá-lo.

– Você está pronto? – pergunta Kate, apesar de eu achar que essa é uma pergunta que eu deveria estar fazendo. Acho que não há a menor chance de ela querer a égua na qual estou. – Até aquele grande afloramento ali em cima?

Faço que sim com a cabeça.

Penso comigo mesmo: *Isto não precisa ser um completo desperdício*. Se eu conseguir fazer a égua baia correr de verdade em linha reta em cinco minutos, então vou reconsiderar o que disse a Malvern. Odeio abrir mão de um cavalo depois de ter investido tempo nele, e, no caso dela, dediquei bastante tempo. Talvez eu esteja errado e ela esteja em forma para o próximo ano. Corr levou anos para ficar pronto.

– Por acaso estamos esperando um sinal? – diz Kate, movendo-se pelo campo.

A égua baia está logo atrás dela, rápida como um predador, e eu deixo que ela tenha uma cabeça de vantagem até emparelharmos. Kate está agarrada às crinas de Dove, o que a princípio penso que é para manter o equilíbrio, até perceber que é para evitar que os fios batam em suas mãos e em seu rosto, devido ao comprimento deles. Não preciso me preocupar com isso em relação à égua baia; ela arrancou a maior parte de sua crina se esfregando no batente da porta de sua cocheira, ansiando pelo mar.

Os dois cavalos galopam pela grama no penhasco, ambos velozes sobre a superfície irregular.

A égua baia não está nem se esforçando de verdade. Eu a atiço na tentativa de conseguir um pouco mais de velocidade, para me afastar de Dove e acabar logo com isso. Mas a égua curva o corpo em torno de minha perna, em vez de se afastar dela. Ela arranca em direção à beirada do penhasco, se movendo mais para o lado que para frente.

E é claro que aquele pônei da ilha segue direto à nossa frente.

Levo vários longos segundos para decifrar minha égua baia outra vez, mas, quando ela decide correr, alcança a outra com facilidade. O pônei pardo de Kate galopa junto, alegremente. Suas orelhas estão eretas com a alegria da corrida, o rabo balançando de vez em quando conforme salta e arqueia com entusiasmo. Se minha égua não está focada, a dela também não está.

Kate olha para mim, e eu atiço a égua baia. Sussurro para que ela aumente a velocidade, e ela dispara na frente, obedecendo. Dove não tem a menor chance.

Ouço um estrondo sobre o som do vento em meus ouvidos e me viro a tempo de ver que Kate está atrás dela, batendo forte, com a palma da mão, nas ancas de sua égua. Isso despertou a atenção de seu pônei, e Dove arranca, dando tudo de si.

No entanto, não é o suficiente. Meu *capall uisce* tem mais velocidade que qualquer pônei da ilha já sonhou em ter, e estamos nos afastando rápido. Teremos trinta metros de distância entre nós no momento em que chegarmos ao afloramento.

A égua baia tropeça, mas não perde o ritmo. Meus braços são pulverizados por pedaços de lama. Olho por cima do ombro para ver onde Kate está. Ela e seu pônei estão muito, muito atrás. Não há emoção nesta corrida. Não há prazer numa vitória tão fácil. Acima de tudo, nenhuma alegria numa vitória em que o cavalo não tem o menor interesse.

E então o vento nos lança o cheiro do mar. A égua baia fraqueja e, em seguida, se retorce, jogando a cabeça para cima, com as narinas em brasa. Sussurro para ela e traço letras em seu ombro, mas ela não para.

Ela quer a beirada do penhasco. O oceano está agitado com o vento, e ela não tem como se dar conta disso. Tiro do bolso o ferro, que passo ao longo de suas veias, mas nada adianta. Ela empina, pateando o ar, e, ao ver que isso não me derruba, decide me levar com ela. Sua pele é quente e arrepia onde minha perna a toca. Nada do que eu faça vai virar sua cabeça.

Diante de nós, vejo a grama do penhasco, e mais grama do penhasco e, em seguida, além dela, nada mais que o céu. Puxo uma rédea para cima, uma forma perigosa de parar um cavalo normal, já que você pode acabar puxando o animal para cima de você, mas isso não faz diferença para a égua baia. Ela tem a ponta da rédea presa solidamente entre os dentes e o mar nos pulmões.

Seis metros até a beirada.

Tenho meio batimento cardíaco para tomar uma decisão.

Eu me jogo de cima dela, batendo forte o ombro no chão e rolando para distribuir o impacto. Vejo a grama castanha, e em seguida o céu azul, e então a grama castanha de novo. Apoiando meu peso no cotovelo, avisto a égua a tempo de vê-la contrair os músculos e saltar.

Eu cambaleio até o mais próximo que ouso chegar da beirada do penhasco. Não tenho certeza se aguento vê-la se espatifar nas rochas lá embaixo, mas também posso deixar de olhar.

A égua baia parece não ter medo enquanto desliza pelo ar, como se não fosse nada além de mais um salto ocasional sobre um obstáculo. E parece menos equina, com seu corpo totalmente esticado.

Não posso olhar.

Ouço um estrondo terrível. Ela desaparece na arrebentação, e seu rabo é a última coisa que vejo.

Suspiro e ponho as mãos nos bolsos. Não tenho como dizer se ela sobreviveu ou não ao mergulho. De qualquer forma, minha sela se foi.

Fico feliz que não tenha sido a do meu pai, que está no celeiro, mas aquela era uma das minhas favoritas; foi feita para mim há dois anos, um presente extraordinário. Eu não praguejo, mas é por pouco.

Um hálito quente sopra em meu ombro. É Dove, com Kate em pé do lado dela, o cabelo ruivo todo desprendido do rabo de cavalo. Dove está exausta, mas não tanto quanto eu esperava.

Kate olha para o penhasco e franze a testa por um momento e, em seguida, aponta. Sigo seu olhar até um dorso escuro brilhante nadando em direção ao mar. Minha boca se retorce.

– Parece que você ganhou, Kate Connolly.

Ela dá um tapinha no lombo de Dove e diz:

– Pode me chamar de Puck.

27

SEAN

Volto para o haras e o encontro bagunçado. Metade dos cavalos não saiu para se exercitar no horário. Mettle está na pastagem ao lado do estábulo, mastigando e chupando repetidamente a parte de cima da cerca. Edana recusou-se terminantemente a sair, e não havia nem sinal de Mutt. Se ele está pensando que pode desafiar a mim e a Corr nas corridas deste ano, ele está muito enganado.

Continuo sentindo que esqueci de fazer alguma coisa, até perceber que estou desconcertado por ter saído com dois cavalos e retornado apenas com um. Não tenho animal para desarrear, nem sela para retirar.

George Holly me encontra no momento em que estou caminhando de volta para o haras, com um balde lambuzado de sangue na mão por alimentar os *capaill uisce*. Ele está com uma boina vermelha berrante prendendo seu cabelo e um sorriso estampado no rosto.

– Olá, sr. Kendrick – ele me cumprimenta calorosamente, caminhando ao meu lado pelas pedras do pátio. – Você parece de bom humor.

– Eu?

– Bem, seu rosto parece capaz de deixar um sorriso escapar a qualquer momento – diz Holly. Ele olha para a minha roupa; estou com pedaços da ilha por todo o meu lado esquerdo.

Chuto a bomba-d'água com o joelho e começo a enxaguar o balde com seu jato d'água.

– Perdi um cavalo hoje.

– Parece ter sido um descuido. O que aconteceu?

– Ela pulou de um penhasco.

– Um penhasco! Isso é normal?

No celeiro, Edana solta um lamento impaciente e ansioso pelo mar. A esta hora, no ano passado, Mutt já estava pela praia atiçando a montaria que lhe havia sido escolhida. Neste momento, o haras parece quieto sem ele, como o azul do céu antes de uma tempestade. Penso no Festival de Escorpião amanhã, como será o desfile dos cavaleiros deste ano com Mutt, a maluca Kate Connolly e eu.

Desligo a bomba-d'água e olho para ele.

– Sr. Holly, nada neste mês vai ser normal.

28

PUCK

Então hoje é a noite do grande Festival de Escorpião.

Só fui ao festival uma vez. Mamãe nos levou num ano em que que meu pai saíra de barco. Ele não aprovava nem o festival nem as corridas de maneira geral. Dizia que uma coisa gerava vândalos e a outra lhes dava duas pernas a mais do que eram capazes de usar. Pensávamos que minha mãe também não aprovava. Mas naquele ano, quando ficou claro que meu pai não voltaria aquela noite, minha mãe nos disse para pegarmos chapéus e casacos e pediu a Gabe para ressuscitar o Morris com um chute (o carro já era instável naquela época). Com um entusiasmo ilícito, nos acomodamos: Gabe ocupou o cobiçado assento do passageiro, enquanto Finn e eu lutávamos no banco traseiro. Minha mãe gritou conosco e arrancou pela estradinha que levava a Skarmouth, inclinada sobre o volante como se ele fosse um cavalo arisco.

E então Skarmouth! Por toda parte era possível ver os trajes típicos, os percursionistas do festival e o lamento dos cantores. Minha mãe comprou sinos, fitas e bolos de novembro, que deixaram minhas mãos grudentas por dias. Por todo lado, barulho, barulho, barulho, até que Finn, que na época era apenas um molequinho, começou a chorar. Dory Maud apareceu sabe-se lá de onde com uma das apavorantes máscaras e a colocou em Finn. Escondido atrás da máscara de monstro dentuço, ele ficou tão feroz quanto minha mãe.

Ao longo dos anos em que convivi com minha mãe, ela estava sempre limpando a baia de Dove, lavando panelas, pintando cerâmica ou subindo no teto para martelar uma telha que se desprendera. Mas, por alguma razão, quando penso nela agora, lembro-me daquela noite no festival, ela dançando loucamente num círculo conosco, a boca cheia de dentes reluzentes, o rosto estranho à luz do fogo, cantando as canções de novembro.

E agora isso já faz anos, e é dia do festival, e podemos ir se quisermos, porque ninguém está vivo para nos impedir. É um sentimento estranho e vazio.

– Fiz o Morris pegar – diz Finn, entrando em casa. Ele me observa lavando a louça com mais interesse do que a atividade merece. – Demorou um pouco.

Acredito nele. Finn está imundo e preto.

– Você está parecendo o demônio – digo. – O que está fazendo?

Em vez de se dirigir ao banheiro para se limpar, Finn está pegando seu casaco, que caiu no chão atrás da cadeira do meu pai, perto da lareira. Ele esfrega a mão na testa, deixando ali um borrão preto.

– Estou com medo de desligar o Morris e ele não pegar mais.

– Você não pode deixá-lo ligado a noite toda.

Meu irmão coloca seu gorro de lã.

– Não posso acreditar que a mamãe dizia que você era a mais inteligente.

– Não mesmo. Ela dizia isso de Gabe – falei. Quando ele põe a mão na porta, me dou conta de onde ele pensa que está indo. – Espere aí, você acha que vai ao festival?

Finn simplesmente vira e me olha.

– Gabe nem está aqui. Por que você acha que vamos? Tenho de acordar cedo.

– Porque você precisa finalizar sua inscrição – diz Finn. – É o que diz a *sua* ficha.

Claro que ele está certo. Sinto-me uma tola por não ter lembrado, e então sinto como se meu estômago despencasse sobre meus pés. Antes, eu tinha alguns metros de água do mar entre mim e qualquer um que pudesse dizer algo sobre minha participação nas corridas. Agora, a única coisa entre mim e o resto do mundo será alguns litros de cerveja.

Mas não tem outro jeito. E talvez, quem sabe, Gabe esteja lá. O restante da ilha vai estar.

Sem relutar, abandono a louça e, relutantemente, encontro meu surrado casaco verde e pego meu chapéu enquanto Finn abre a porta. Agora que sei do que se trata, vejo que ele mal consegue se conter de tanta empolgação. Finn nunca pareceu tão empolgado – ele simplesmente fica mais rápido. Finns geralmente são criaturas lentas.

O Morris está sinistro sob o céu cor-de-rosa que vai escurecendo, as mãos negras das nuvens se esticando e se espalhando pelo pôr do sol, mas o rosto de Finn é um farol brilhante enquanto espera por mim no assento do motorista. Penso nele atrás da temível máscara de Dory Maud e imagino-o feliz como naquele dia, com seus dedos grudentos por dias.

– Espere – digo, e corro para dentro de novo para pegar algumas moedinhas da coleção progressivamente menor na lata de biscoitos da bancada. Vou dar um jeito de ganhar as moedas de volta. Mesmo que tenhamos de comer apenas bolos de novembro esta semana. Corro de volta para o carro e me acomodo. O assento consertado por Finn espeta minha coxa. – Esse troço vai nos deixar na mão? Não quero ficar presa no meio de um descampado à noite com um cavalo d'água à espreita.

– É só não ligar o aquecedor – diz Finn.

Não quero saber como ele fez o carro pegar. Da última vez, foi preciso que dois homens o empurrassem enquanto Finn ficava ao volante. Enquanto sacolejamos pela estrada, ele acrescenta:

– Aposto que Gabe está lá. Aposto que está no festival.

E com isso, eu sinto um arrepio ainda mais forte, porque a ideia de confrontar Gabe sobre a ameaça de despejo de Malvern vem me perseguindo. Se ele estiver no festival, não terá como me evitar.

– Ei!

Primeiro acho que foi Finn quem falou isso, apesar de não ser a voz dele, e acho que Finn nunca disse "Ei!" em toda sua vida. Então vejo que são os irmãos Carroll. Estão ambos mancando como dois pinguins no crepúsculo, e Jonathan gritou para chamar nossa atenção.

Finn para o Morris e eu abro a janela.

– Vocês nos dão uma carona até a cidade? – pergunta Jonathan.

Em resposta, Finn puxa o freio de mão. Fico de certa forma surpresa por sua coragem. Eu teria deixado os irmãos Carroll virem com a gente, obviamente, mas, na minha cabeça, Finn é mais tímido que isso. Ele continua crescendo enquanto não estou prestando atenção.

Tenho de sair para deixar os dois entrarem. Jonathan entra primeiro e chuta o encosto do banco de Finn, que olha de modo afável pelo retrovisor. Brian me agradece. Não sei se pela carona ou por ter saído para deixá-lo entrar. O carro parece lotado, como se tivéssemos aumentado nosso número em cinco em vez de dois.

Quando paramos de novo, Jonathan se inclina para frente e agarra as laterais do banco do motorista para perguntar:

– Quando a fogueira será acesa, vocês sabem?

– Não sei – responde Finn.

Estremeço quando uma mão agarra o encosto de meu banco. Um cheiro de peixe a acompanha. Ouço:

– Boa noite, Kate.

Olho para a mão; é bonita e benfeita, mesmo que cheire a peixe.

– Boa noite.

Jonathan sacode o banco de Finn.

– Acho que posso apostar este ano. Você sabe se é dezesseis ou dezessete? A idade para apostar?

– Não sei – responde Finn.

– Bem – diz Jonathan, animado –, você é um inútil. Vi você arrumando o estande de Dory Maud ontem de manhã, Puck. O que ela está vendendo desta vez? Coisas.

Não sei por que ele fez a pergunta se iria respondê-la para si mesmo.

Brian se inclina sobre a janela e sobre mim, e sua voz chega um pouco mais perto. É bonita e benfeita, como sua mão, um daqueles sotaques antigos da ilha que soa bem ao falar sobre o tempo ou sobre quantos albatrozes havia nas rochas outro dia. Quando eu era mais jovem, costumava ficar na banheira, onde fazia eco, e tentava imitar esse sotaque. É alguma coisa no r que é bem diferente do jeito que meus pais falavam.

– Ouvi dizer que você vai competir. É verdade?

Finn liga os faróis enquanto Jonathan continua conversando com ele. A noite está chegando rápido sob a fina gaze de nuvens. Algo cheira a queimado. Espero que não seja o Morris.

Digo:

– É verdade.

Ele não diz nada, apenas dá um assobio fraco e desafinado para indicar surpresa ou admiração e em seguida se recosta em seu banco. Enquanto isso, Jonathan Carroll mantém um diálogo consigo mesmo. Ele só precisa ver a cabeça de Finn se inclinar levemente para se sentir encorajado a começar de novo. Não sei nem se Finn está fazendo que sim com a cabeça; acho que são apenas os buracos na estrada. Quando chegamos à parte alta do caminho, até Jonathan fica em silêncio. Daqui, se vê o oceano por apenas alguns instantes. Ele é cinzento e vasto sob um céu igualmente vasto, e, mesmo a essa distância, vejo como as ondas rasgam umas às outras. Temos bastante chuva e, frequentemente, tempestades, mas nosso clima não é de extremos. Ainda assim, alguma coisa no branco se agitando contra as rochas não é reconfortante.

– Ei! – diz Jonathan de novo. – Olhem! Olhem ali! Uma cabeça!

E, sem poder evitar, todos nós olhamos. A água se mexe, negra e depois cinza-azulada e depois negra de novo, a espuma como um colarinho de babados branco, e então, saindo da espuma, todos nós vemos. A cabeça de um cavalo escuro emerge da água, a mandíbula bem aberta. E então, antes que o mar o engula, vemos uma crina castanha irromper na superfície, e um rápido vislumbre de um dorso marrom se curvando na água ao seu lado. Então, tudo desaparece e sinto arrepios percorrendo meus braços.

– É uma boa noite para estar em terra firme – diz Brian Carroll. Não levianamente, como seu irmão teria dito. Penso no cheiro de peixe que ele trouxe e na forma direta como perguntou se eu competiria. Participar da corrida poderia não parecer tão impossivelmente corajoso para alguém que pesca no mar de novembro para ganhar a vida.

– Se eu fosse pegar um, pegaria o castanho – diz Jonathan. – Os ruivos sempre ganham.

Brian diz:

– Você quer dizer que Sean Kendrick sempre ganha.

Jonathan se remexe em seu assento.

– Acho que os castanhos parecem mais rápidos.

– Eu acho – diz Brian – que Sean Kendrick faz com que pareçam mais rápidos. Você o conhece, Kate?

Finn parece ter considerado o "Kate" divertido, provavelmente porque, quando Brian o diz, dá impressão de que sou mais responsável do que realmente sou.

– Sim – resmungo. Eu o encontrei duas vezes depois que competimos, mas ele não demonstrou que queria falar comigo. Muito pelo contrário. Ele não é do tipo que diz "Ei!".

– Um tipo meio fresco – Jonathan diz.

– Só os cavalos d'água entendem mais de *capaill uisce* do que ele – a voz de Brian Carroll é repleta de admiração. – Você poderia fazer amigos piores que ele, Kate, agora mesmo. Mas suspeito que já saiba disso.

Tudo que sei é que Sean Kendrick cavalgou aquela égua baia e esperou quase até chegar à beira do precipício para se salvar, e também que deve haver defuntos por aí que falam mais que ele.

– Eu apostaria em você – diz Jonathan generosamente –, se não estivesse apostando nele.

– Jonathan. – Este é Brian, em tom reprovador. Como se eu me importasse em quem seu irmão estúpido está apostando.

– Ou em Ian Privett – admite Jonathan. – Ele está com aquele cavalo cinza perverso do ano passado. – Jonathan faz uma batida, como a dos tambores do festival, no encosto do assento de Finn e então se inclina para frente para falar comigo. – Estão apostando em você no bar que nem loucos. Se você vai aparecer no desfile de hoje. Gerry Old diz que você não vai à praia há dias e que desistiu. Um fulano diz que você está morta, mas obviamente isso não é verdade. Então o que você acha, Kate, você é uma boa aposta?

Brian suspira ruidosamente.

Digo:

– Se fosse meu cavalo contra a sua boca, eu não teria a menor chance.

Brian e Finn riem. Jonathan me diz que sou feita de mijo. Acho que é um elogio.

Olho pela janela. O céu está escurecendo rápido sob as listras de nuvens. Há um brilho vermelho ao longe, onde fica Skarmouth, mas o restante da ilha está negro e misterioso. Na escuridão, não há diferença entre terra e mar. Lembro-me de cavalgar Dove no topo do penhasco hoje pela manhã. O modo como o ar mordeu meu rosto e o cheiro do mar fez meu coração bater mais forte. Sei que deveria estar aterrorizada pela noite de hoje e de amanhã e do dia seguinte, e eu estou, mas também posso sentir outra coisa: entusiasmo.

29

PUCK

– O desfile dos cavaleiros será às onze – diz Brian Carroll. – Suponho que você já saiba disso.

Não sabia, mas agora sei. Às onze parece estar muito, muito longe, horas preenchidas com o barulho do festival.

– Preciso encontrar meu irmão – digo a Brian. – Meu outro irmão.

Na verdade, o que preciso encontrar é minha base. Estou aqui neste festival de minha mãe, mas ela não está mais comigo. Finn e Jonathan Carroll desapareceram na multidão, me deixando com Brian, cujos pulmões conheço melhor que o restante dele, e um ninho de nervos movendo-se como cobras em meu estômago.

Pensei que minha declaração fosse um adeus, mas Brian diz:

– Tudo bem. Onde você acha que ele vai estar?

Se eu soubesse a resposta, teria falado com ele três dias atrás. A verdade é que ultimamente não sei nada sobre meu irmão mais velho. Brian estica o pescoço para olhar sobre a multidão, rastreando rostos em busca de Gabe. Estamos no início da rua principal de Skarmouth, e posso enxergar claramente até o píer. Há pessoas tomando cada centímetro. O único pedaço vazio é onde os tocadores de tambor do festival abrem caminho lá longe, perto da água. Algo cheira muito bem, e meu estômago ronca.

Digo:

– Em algum lugar que não vou pensar em procurar, provavelmente. Você tem outros irmãos?

- Irmãs - diz Brian. - Três.

- Onde elas estão hoje?

- No continente.

Ele diz isso sem esforço, e eu me pergunto se parou de doer ou se nunca doeu.

- Certo, se elas estivessem aqui esta noite, onde estariam?

- Bem - diz Brian, pensativo e lento, difícil de ouvir com os gritos à nossa volta -, no cais ou no bar. Vamos dar uma olhada?

De repente, sinto-me estranha tendo esta conversa com Brian Carroll. Ele está suficientemente perto para ser ouvido, olhando para mim, e parece enorme, arrumado, adulto com seus cachos e músculos de pescador, e não estou acostumada com seu olhar fixo em mim. Parte de mim acha que ele está apenas tirando sarro, eu uma criança, ele quase um homem, mas então parte de mim vê minhas mãos à minha frente. São as mãos de minha mãe, não as mãos de uma garotinha, e eu sei que tenho o rosto dela também. Eu me pergunto quanto tempo vai levar até que eu me sinta uma adulta por dentro, assim como pareço por fora.

- Tudo bem - concordo.

Saímos pela rua. Os largos ombros de Brian abrem caminho pelo povo. Turistas, muitos deles, com expressões não familiares. Há algo sutilmente *diferente* neles, como se fossem de uma espécie diferente. Seu nariz é ligeiramente mais reto, os olhos ligeiramente mais próximos uns dos outros, a boca mais estreita. São nossos parentes assim como Dove é parente dos cavalos d'água

Nenhum sinal de Gabe. Mas como o encontraríamos no meio de toda essa gente? Brian, porém, continua abrindo caminho em direção ao píer.

Há barulho, barulho, barulho. Tambores e gritos, risos e canto, motocicletas e violinos.

Abrimos caminho até o cais, que está um pouco mais silencioso, limitado por um lado pelo oceano, em vez de pessoas. A água se move incansavelmente contra o muro, mais perto que o habitual, vindo em nossa direção. Está quieto o suficiente para que eu ouça uma comoção vinda dos penhascos logo acima da cidade.

- O que está acontecendo lá em cima? - pergunto. - A fogueira?

Brian estreita os olhos como se pudesse ver alguma coisa além das construções grudadas na lateral da encosta.

– Isso, e os desejos do mar.

A única coisa que sei sobre os desejos do mar é que o padre Mooneyham nos disse para não mexer com isso. Fui incapaz de obter mais informações de minha mãe.

– Você já fez um desejo do mar?

Brian parece chocado.

– Sem dúvida, não.

– O que são?

– É um pedaço de papel no qual você escreve com carvão da fogueira. Você escreve alguma coisa e o lança do penhasco.

– Não parece ruim.

– Uma maldição, Kate. São maldições. Você as escreve de trás para frente e as lança ao mar.

Estou encantada e horrorizada. Imediatamente tento imaginar se há alguma maldição que eu possa me ver lançando do penhasco. Penso numa figura impressionante marcada pela luz da fogueira, murmurando alguma coisa má para o oceano.

– Você é maluca, Kate Connolly – diz Brian. – Posso ver em seu rosto.

Não estou certa disso, mas, quando ergo os olhos, ele está me estudando atentamente. De repente e cheia de terror, acho que ele vai me beijar, e timidamente dou vários passos para trás até perceber que ele não se moveu nem um centímetro. Ele ri para mim, um riso gentil e reconfortante. Talvez no fim das contas eu seja louca.

– Vamos – diz Brian. – Vamos ver se ele está aqui.

Seguimos pelo cais. Aqui há barracas de comida, e evidentemente é onde Brian achou que Gabe pudesse estar. Os vendedores estão animados, num comércio intenso, e temos de desviar deles. Brian estica o pescoço para procurar meu irmão, e mais uma vez me sinto estranha, nessa busca pessoal com alguém que não é da minha família. O que ele tem a ver com isso, por que vai passar o festival procurando Gabe em vez de se divertir?

– Você não precisa passar a noite fazendo isso – digo. – Você devia ir se divertir. Continuo sozinha.

Brian olha para mim de cima. Acho que ele está ficando mais alto ao longo da noite. Até encontrarmos Gabe, estará tão alto quanto a são Columba na montanha, e terei de usar uma escada para conversar com ele.

– Eu estou me divertindo. Você quer que eu vá embora?

Não acredito nele. Já vi diversão, e tem a ver com vibrar, andar feliz por aí e até mesmo ganhar um arranhão no joelho. Isso aqui é interessante, não divertido.

– Eu me sinto culpada por prendê-lo aqui, só isso.

Brian engole em seco e olha para a multidão como se ainda estivesse procurando Gabriel.

– A última das minhas irmãs foi para o continente no ano passado. Normalmente, eu estaria aqui com ela.

– Gabe diz que vai para lá também.

Isso escapou antes que eu pudesse pensar no assunto e, na mesma hora, não consigo imaginar por que disse aquilo. Por que mencionei a Brian Carroll algo que nem discuti com Finn? A conversa mais detalhada que tive com Brian Carroll em toda minha vida envolvia cuspir em sua futura cova, e agora eu estava lhe contando todos os segredos da família.

– É o que ele diz – responde Brian.

Quero gritar: "Ele não disse nada até a hora em que foi obrigado a dizer", mas isso realmente seria um segredo familiar, então apenas fecho a boca. Gostaria de não ter vindo. Gostaria de estar em casa. Gostaria que Brian Carroll não estivesse me olhando de sua altura cada vez maior. Cruzo os braços para esconder minhas mãos. Quando encontrar Gabe, vou dar um soco no olho dele.

Brian Carroll parece não reparar na minha agonia. Ele acrescenta:

– Acho que ele disse que iria com Tommy Falk e Beech Gratton.

Deixo escapar um pequeno ruído de raiva.

– Claro! Todo mundo sabe! Todo mundo vai embora. *Você* também está indo para o continente?

– Não – diz Brian, bem sério. – O meu tataravô ajudou a construir este píer, e eu não vou deixá-lo.

Ele fala como se fosse casado com o píer, o que subitamente me deixa exausta e zangada.

– Ei! – diz Brian, como se finalmente tivesse descoberto minha irritação. – Vamos procurar no bar. É para lá que eu estava indo. Ele pode estar por ali. É ali que o pessoal se esconde às vezes. Se não conseguirmos nada, pelo menos saímos do frio por um instante.

Abrimos caminho de volta até o Black-Eyed Girl, uma construção de fachada verde com as portas abertas. Sempre me pareceu distinto demais para ser um bar, com madeira envernizada, couro quadriculado e ferragens douradas. É impecavelmente limpo e, na maior parte do dia, incrivelmente vazio. Então, à noite, quando os marinheiros se cansam de estar sóbrios, o bar fica cheio e se torna barulhento a ponto de derramar gente para a rua e vomitá-la no cais.

Eu nunca tinha entrado nessa segunda versão do bar até hoje. É um tipo de lotação completamente diferente da lotação da rua. Uma claustrofobia densa, enfumaçada e quente demais, cheia de gritos e risadas, e, por incrível que pareça, meu nome está no meio das conversas.

– Ei, esta é a nossa Kate Connolly? – pergunta um homem ao lado da porta. A menção ao meu nome faz com que algumas outras cabeças se virem em nossa direção. Parece que todos têm mais de um par de olhos.

– Kate Connolly! – grita outro homem alegremente do bar. Ele afasta um banco para chegar mais perto. Ruivo e de peito largo, cheira a alho e cerveja. – A galinha no meio dos galos!

Brian pega meu braço de forma nada gentil e, com a outra mão, aponta para os fundos do bar. Então, se vira para o homem e diz:

– Com certeza. E então, John, o que você acha da maré que está vindo? Sinal de tempestade?

Sei reconhecer uma tentativa de resgate quando vejo uma, então vou adentrando mais e mais no bar, me afastando deles. Procuro nos fundos, e ali está Gabe, na mesa de canto. Ele está inclinado para frente, com uma bebida diante de si, longos dedos espalhados como aranha sobre a mesa enquanto expõe algum argumento. Quando ele ri, mesmo sem ouvi-lo, sua expressão me parece mais aliviada e dura do que me lembro. A raiva percorre meu corpo como uma cobra.

Brian ainda está me dando cobertura, então atravesso a fumaça e paro ao lado da cadeira de Gabe, na altura de seu ombro. Espero até ele me notar; Tommy Falk – maldito coconspirador – do outro lado da mesa já me vê e sorri belamente. Mas Gabe continua gesticulando.

– Gabe – digo. Para minha irritação, me sinto como uma criança ao lado do braço da cadeira do pai, interrompendo a leitura do jornal.

Ele se vira. Não consigo dizer se sua expressão é de culpa. Agora que olho bem, acho que não, nem um pouco. Ele diz apenas:

– Ah, Puck.

– Sim, ah, Puck.

– Não acredito que você vai participar das corridas – Tommy se intromete. Tem dois copos vazios à sua frente, então todas as palavras se tornam uma única palavra dita sem esforço, sem grandes pausas, apenas sons de *s* entre elas. – Eu vi você lá naquele primeiro dia. A primeira garota da história da competição. Um brinde.

– Não a encoraje – diz Gabe, mas de forma alegre. Seu hálito cheira a álcool.

– Você está *bêbado* – digo.

Gabe olha de relance para Tommy e depois para mim.

– Não seja boba, Kate. É só uma dose.

– O papai não queria que você bebesse. Você disse a ele que não beberia!

– Você está sendo histérica.

Mas não me sinto histérica.

– Preciso falar com você.

– Certo – Gabe não se mexe. Pelo modo como está sentado, dá para ver que está bastante consciente da presença de Tommy e está conduzindo a conversa de modo que pareça inteligente.

Eu me inclino até ele para dizer:

– *Em particular.*

O que mais me machuca é a expressão em seu rosto. Uma sobrancelha erguida, como se ainda achasse que estou exagerando.

Ele levanta a palma da mão em direção ao teto.

– Não há nenhum lugar para conversar em particular aqui. Não dá para esperar?

Ponho a mão em seu braço e agarro sua camisa.

– Não. Não mais. Preciso conversar agora.

– Acho que estou indo, Tommy. Volto já.

– Mostre a ele, Puck! – diz Tommy, com um soco no ar. Naquele momento, desprezo Tommy e cada centímetro de sua beleza. Nem ao menos olho para ele. Em vez disso, conduzo Gabe em direção à porta dos fundos do bar. É um banheiro minúsculo que cheira um pouco a vômito recente. Bato a porta quando ele entra. Queria ter tido um instante para organizar meus pensamentos, para lembrar exatamente como queria confrontá-lo, mas pareço ter deixado tudo o que queria dizer do lado de fora do banheiro.

– Que aconchegante – diz Gabe. Um espelho do tamanho de um livro está pendurado sobre a pia, e fico contente por poder me ver nele.

– Onde você tem andado?

Ele me olha como se a pergunta fosse ridícula.

– Trabalhando.

– Trabalhando? O tempo todo? A noite toda?

Gabe se apoia em outro pé e olha para o teto.

– Não estive fora a noite toda. É sobre isso que você quer falar?

Não era só sobre aquilo que eu estava falando, mas não lembro o que era exatamente que eu iria gritar para ele. Meus pensamentos estão espalhados e esmigalhados sob os meus pés. Só consigo me lembrar claramente do meu desejo de dar um soco bem no olho dele, até que subitamente me lembro da coisa mais importante.

– Benjamin Malvern foi em casa esta semana.

– Hum.

– Hum! Ele disse que vai tomar a casa!

– Ah.

– Ah! Por que você não nos contou isso? – pergunto. Odeio o fato de ainda estar segurando seu braço. Mas como saber que ele não vai partir se meus dedos não estiverem nele?

– Como eu poderia? – responde Gabe. Ele está indiferente. – Finn ficaria louco e se preocuparia até a morte, e você ficaria histérica.

– Não ficaria, não – retruco. Não sei dizer ao certo se estou histérica agora. Tudo o que eu disse me parece lógico, mas sinto minha voz ligeiramente descontrolada.

– Dá para ver.

– Nós merecíamos ter sido avisados, Gabriel!

– De que adiantaria? Vocês dois não ganhariam mais dinheiro. O que você acha que tenho feito todas estas noites? Estou fazendo o melhor que posso.

– E depois você vai partir.

Meu irmão me olha e seu sorriso desapareceu. O que aparece no lugar não é infelicidade. Apenas nenhuma expressão, olhos quase fechados contra um vento que não sinto. Não consigo apelar aos sentimentos deste Gabe, porque não sei dizer se ele tem algum sentimento.

– A gente faz o que pode. Fiz o meu melhor.

– Não é o bastante – digo.

Ele tira a manga da camisa de meus dedos e abre a porta. O som e o cheiro do bar adentram o banheiro sem ar.

– Que pena. É tudo que tenho. – Gabe fecha a porta atrás de si. Engulo minha tristeza com toda a força. Ela só chega até metade da minha garganta.

Tudo depende de mim. É isso no fim das contas.

Passo longos minutos no banheiro depois que ele se vai, com a testa apoiada no batente da porta. Não posso sair imediatamente, porque Tommy Falk vai sorrir para mim e fazer alguma piada estúpida, e vou imediatamente começar a chorar em público, e eu não vou fazer isso. Sei que Brian Carroll provavelmente ainda está me esperando na parte da frente do bar, e lamento por isso, mas não o suficiente para sair.

Depois de um tempo, respiro fundo. Acho que pensei que de alguma forma eu poderia convencer Gabe a ficar. Que de alguma forma, com tudo isso, ele mudaria de ideia. Mas agora parece incontestável. A sensação é a de que ele já pisou no barco.

Saio do banheiro e descubro que há uma porta dos fundos a poucos metros de distância. Duas grandes decisões lutam dentro de mim por um momento: ir até a entrada do bar, passando por Gabe e Tommy Falk e os homens inquisidores até onde Brian Carroll talvez ainda esteja esperando por mim. Ou sair discretamente pela porta dos fundos que dá na viela para lamber minhas feridas e esperar até o desfile dos cavaleiros. Na verdade, só quero ir para casa, entrar debaixo das cobertas e pôr o travesseiro sobre a cabeça até dezembro ou março.

Poderia devorar minha própria vergonha, de tão espessa que ela é, mas saio pela porta dos fundos e deixo Brian Carroll para trás.

O vento sopra violentamente pela estreita viela de pedras nos fundos do bar, e, enquanto volto para a rua, penso irritada em chocolate quente e na minha casa, que não se parece mais com um lar. Vejo que agora há um mar ainda mais denso de gente nas ruas, e não me sinto nada motivada a me unir à multidão neste momento.

Então ouço "Puck!", e é a voz de Finn.

Ele agarra meu cotovelo, instável, e por um breve e incerto momento penso: *Finn está bêbado*, porque agora posso acreditar em qualquer coisa sobre meus irmãos. Mas então vejo que ele foi apenas empurrado pela multidão. Finn encontra minha mão esquerda, abre meus dedos, e põe um bolo de novembro na palma da minha mão. Mel e manteiga escorrem, riachos da cobertura cremosa unindo-se ao mel na cova da minha mão. Aquilo implora para ser lambido. Alguém por perto grita como um cavalo d'água. Meu coração dispara como o de um coelho.

Deixo o bolo pingar e olho nos olhos de Finn. Ele é um estranho, um demônio negro com um sinistro sorriso branco. Levo um instante para reconhecê-lo sob o carvão e o giz riscados em sua face. Apenas seus lábios estão rosados, onde a cobertura do bolo de novembro limpou as marcas. Ele carrega nas costas uma daquelas lanças falsas feitas de madeira, presa com uma cinta de couro.

– Como conseguiu isso? – tenho de gritar para me fazer ouvir em meio à multidão.

Finn agarra minha outra mão e põe alguma coisa nela. Quando vou abrir o punho para ver o que é, ele empurra meu braço para mais perto de meu corpo, protegendo-o da vista de todos. Meus olhos piscam ao ver o maço de dinheiro na palma da minha mão.

Finn se inclina em minha direção. Seu hálito é doce como néctar; ele comeu mais de um bolo.

– Vendi o Morris.

Rapidamente escondo o dinheiro.

– Quem pagou tanto por ele?

– Uma turista boba que achou o carro uma graça.

Ele sorri para mim, os dentes tortos e brilhantes no rosto coberto de carvão, os cabelos desgrenhados, e sinto meu rosto amolecer num sorriso.

– Provavelmente achou *você* uma graça.

O sorriso de Finn desaparece. Uma das regras do código de Finn é que você não pode dizer nada a respeito de ele ser atraente para o sexo oposto. Não tenho certeza de qual estatuto rege isso exatamente, mas está intimamente relacionado àquele que não permite que você agradeça por algo que ele fizer. Elogios e Finn, por algum motivo, não combinam.

– Deixa para lá – digo. – Bom trabalho.

– A única coisa – diz Finn, lambendo a mão – é que agora não sei como vamos voltar para casa.

– Se eu sobreviver ao desfile dos cavaleiros – respondo –, voaremos para casa.

30

SEAN

Os tambores do festival batem em ritmo descompassado enquanto abro caminho entre a multidão que lota as ruas de Skarmouth. O ar gelado fere quando respiro; o vento traz todo tipo de odor estranho. Comida que só é feita durante a temporada de corridas. Perfumes que só as mulheres do continente usam. Piche quente, lixo queimado, cerveja derramada nas pedras. Esta Skarmouth é crua e faminta, batalhadora e irreconhecível. Tudo o que as corridas me fazem sentir por dentro está sangrando pelas fendas da rua esta noite.

Na minha frente, pessoas abrem caminho em meio aos turistas, que estão lentos, devido à quantidade de bebida ingerida, e barulhentos, devido ao entusiasmo. No entanto, se você se comporta de determinada forma, até os bêbados lhe darão passagem. Deslizo pela multidão em direção ao açougue, com os olhos bem abertos. Estou procurando Mutt Malvern. É melhor ver do que ser visto, até eu saber qual é o plano dele para hoje.

Sean Kendrick. Ouço meu nome, sussurrado, depois gritado, mas continuo andando. Muitos reconhecerão meu rosto hoje.

Conforme ando, observo as pessoas na cidade que se ergue debaixo delas. As pedras são douradas e vermelhas sob a luz dos postes, as sombras estão negras, marrons e de um profundo azul de morte, todas as cores do oceano em novembro. Bicicletas enfileiram-se contra as paredes como se uma onda as tivesse lançado ali e recuado. Garotas passam por mim, seus passos tilintando com os sinos amarrados em seus tornozelos.

A luz da fogueira de uma das ruas laterais cintila, as chamas açoitando de um barril, garotos reunidos ao seu redor. Olho para Skarmouth e ela me olha de volta, com os olhos selvagens.

Numa das paredes, há um anúncio do Haras Malvern. TETRACAMPEÃO DAS CORRIDAS DE ESCORPIÃO, diz o cartaz. GARANTA UM PEDAÇO DAS CORRIDAS – LEILÃO DE POTROS, QUINTA-FEIRA, ÀS 7 DA MANHÃ.

Tudo nesse anúncio tem a ver comigo, mas meu nome não aparece ali.

Tenho de parar para os tocadores de tambor à medida que chegam de uma rua lateral que conduz até a água. Há catorze deles, movidos mais pelo entusiasmo do que pelo talento. Todos vestem preto. Os tambores do festival são tão grandes quanto a envergadura de meus braços, a parte de cima feita de corda e couro salpicados de sangue. Os tambores vibram, substituindo minha pulsação pela deles. Atrás dos tocadores há uma mulher que veste cabeça de cavalo e túnica vermelha cor de sangue. Uma cauda se enrola atrás dela, e é difícil dizer se é corda, pele de animal ou uma cauda de verdade. Seus pés estão descalços, como manda a tradição. É impossível dizer quem é ela.

Os tambores são socados, e nos encolhemos contra as paredes para deixá-los passar. Alguns turistas batem palmas. Os nativos batem os pés no chão. A deusa égua examina a multidão lentamente, a cabeça de cavalo empalhado deixando seu corpo pequeno. Vejo alguém fazer o sinal da cruz diante deles e depois repetir o gesto, agora atrás. No meio da rua, a mulher com cabeça de cavalo ergue a mão, e mil pedregulhos minúsculos chovem pela rua. Conforme a tradição, ela lançará uma única concha ao longo da noite, e quem pegá-la terá seu desejo realizado.

Agora não há nada além de areia em suas mãos.

Uma noite, muitos anos atrás, enquanto eu estava ao lado de meu pai, ela me olhou e lançou um punhado de areia e pedregulhos, e a concha rodou no chão à minha frente. Eu disparei para longe do meu pai para pegar a concha. Meu desejo estava feito antes que meus dedos se enrolassem em torno dela.

Viro o rosto para o lado, esperando a mulher passar, esperando a lembrança passar.

Ouço um suspiro, humano e equino ao mesmo tempo, e viro a cabeça. A deusa égua está bem na minha frente, a poucos centímetros de distância. A grande e velha cabeça cinzenta está virada de modo que o olho esquerdo me observa, como Corr teria feito com seu pobre e único olho. Só que o olho deste cavalo foi substituído por um pedaço brilhante de ardósia, polido de modo que pisque e chore como a égua malhada. De perto, vejo linhas de um vermelho mais escuro na túnica da mulher onde o tecido amassou e pegou mais sangue nas dobras. A vestimenta é feita de um jeito horrível: mesmo de perto, é difícil dizer onde a mulher termina e a falsa cabeça tem início, e é impossível determinar como ela consegue enxergar. Imagino sentir um hálito quente em meu rosto, saindo das narinas. Meu coração dispara.

Sou menino outra vez e estou observando sua mão aberta, soltando pedregulhos e areia. A ilha, a praia, a vida se estende diante de mim.

A deusa égua toma meu queixo em sua mão. O olho de xisto me encara fixamente. Os pelos ao redor dele estão embaraçados de tão velhos, já se passou muito tempo desde a morte.

– Sean Kendrick – diz ela, e a voz é rouca, quase humana. Ouço o mar nela. – Realizou seu desejo?

Não consigo desviar o olhar.

– Sim. Muitas e muitas vezes.

O xisto brilha e pisca.

A voz me pega de surpresa de novo.

– Isso lhe trouxe felicidade?

Não é uma pergunta que normalmente eu levaria em conta. Não sou infeliz. Felicidade não é algo que esta ilha produza facilmente; a terra é muito rochosa e o sol escasso demais para a felicidade florescer.

– O suficiente.

Seus dedos pressionam forte, forte, forte minha mandíbula. Sinto cheiro de sangue, e vejo agora que sangue fresco, empapado na camisa, pingou em suas mãos.

– O oceano sabe seu nome, Sean Kendrick – diz ela. – Faça outro desejo.

Ela estica o braço e passa o dorso da mão por minhas maçãs do rosto.

Então a deusa égua se vira para seguir os tocadores de tambor, apenas uma mulher numa cabeça de cavalo morto. Mas há algo oco dentro de mim, e, pela primeira vez, vencer não me parece o bastante.

Não consigo tirar a deusa égua da cabeça: o timbre de sua voz, a sensação imaginada de seu hálito em minha pele. Minha garganta queima como se eu tivesse engolido água do mar. Eu nado agora pela multidão, de meu encontro com a deusa égua de volta para o mundo real. Prendo-me ao chão com a lembrança de meu afazer diário no açougue de Gratton. Preciso pagar a conta e fazer outro pedido para os cavalos d'água. Mas minha mente continua voltando para a mulher com cabeça de cavalo, tentando decidir a quem poderiam pertencer aquelas mãos. Se eu conseguir localizá-la, preencherei o vazio em mim. Então, isso se torna apenas mais uma brincadeira se eu souber de quem era aquela voz áspera dentro do crânio morto. Acho que pode ser Peg Gratton, acostumada a ter sangue nas mãos e não mais alta do que eu, mesmo usando a cabeça de cavalo.

Entro no açougue. Como sempre, é o lugar mais limpo de Skarmouth, e a iluminação é de um branco claro como a luz do dia. Dois pássaros conseguiram entrar no prédio, e, conforme eu entro, as luzes parecem oscilar e escurecer à medida que as asas deles batem na frente das lâmpadas.

Não vejo Peg Gratton atrás do balcão, então pode ter sido ela na vestimenta de cavalo. Eu me sinto mais leve. Menos *intimado.*

Apoio-me no balcão, e, mal-humorado, Beech Gratton anota meu pedido. Não é de mim que ele se ressente, mas do trabalho, que o mantém ali quando ele deseja estar no festival.

– Seu rosto está destruído – Beech resmunga com admiração, e eu me lembro da mulher manchando meu rosto de sangue. – Você parece o demônio.

Não respondo.

– Sairei daqui a vinte minutos – ele diz, mesmo que eu não tenha perguntado.

– Trinta! – Peg Gratton grita dos fundos.

Sinto gosto de sangue na boca. Um olho feito de xisto pisca para mim.

Beech anota meu pedido, e, enquanto isso, olho para o quadro atrás do balcão. Há o meu nome e o de Corr, e ao lado deles estão nossas chances atuais, segundo as apostas: 1-5. Abaixo dos nossos nomes estão também os de uma série de novos cavaleiros do continente que encontraram montaria nos primeiros dias de treinamento. Eles vão lotar a praia, inaptos e desproporcionalmente corajosos. Passo os olhos pela lista para encontrar Kate Connolly; vejo primeiro o nome de seu pônei, e então o seu. Suas chances são 45-1. Eu me pergunto quanto disso se deve a seu pônei e quanto a seu gênero.

Corro os olhos pela lista até encontrar o nome de Mutt. Ali está, e o de seu cavalo ao lado. Na verdade, o nome ao lado do seu deveria ser Edana, o cavalo que ele não toca há dois dias, a égua malhada de branco. O cavalo sobre o qual eu disse para seu pai colocá-lo.

Mas não é o nome de Edana.

A palavra estampada ao lado de Mutt é *Skata*. Um bom nome para um cavalo, curto e grosso. *Skata* é um nome local para corvo. Um pássaro conhecido pela inteligência, pela afeição por coisas brilhantes, pela coloração preta e branca. Há apenas uma coisa naquela praia que é preta e branca.

Skata é a égua malhada.

31

SEAN

Encontro com ele perto de uma das fogueiras.

As chamas se esforçam para chegar bem alto no céu negro, entrelaçadas com a noite. Sinto o gosto da fumaça em minha língua.

– Matthew Malvern – digo, e o som sai de minha boca como um rosnado, um chamado para a batalha, não mais amigável que um dos gritos de Corr do outro lado da areia. Mutt é um gigante, uma criatura mítica delineada em preto diante da fogueira, carvão numa das mãos e um pedaço de papel na outra: um desejo do mar. Se ele tem um rosto, eu não consigo enxergar. Grito:

– É um desejo de morte isso que você escreveu aí?

Mutt vira o papel por tempo suficiente apenas para que eu veja meu nome nele, escrito de trás para frente. Então, o lança no precipício. O papel desaparece na escuridão.

– Aquela égua vai matar você.

Mutt caminha orgulhoso em minha direção. Sua respiração é escura, o submundo do mar.

– E desde quando, Sean Kendrick, você se importa com a minha segurança?

Ele chega mais e mais perto, até que nossa sombra se torne uma só. Eu não recuo. Se ele quiser brigar hoje, golpearei de volta. A tempestade já está dentro de mim, e posso ver Fundamental submergir de novo, tão claramente como quando aconteceu.

– Ela pode matar não só você, Mutt – digo. – E ninguém merece morrer por sua causa.

O fogo está quente em minha pele.

– Sei por que você não me quer cavalgando nela – Mutt ri. – Você sabe que ela é mais rápida que ele.

Por tantos anos tomei todas as precauções para manter Mutt vivo para seu pai: fiz com que montasse o cavalo mais seguro que tinha, treinei loucamente aquele animal para que se tornasse imune aos chamados do oceano, observei seu comportamento durante o treinamento para garantir que ninguém mais o perturbasse. Tenho duas costelas quebradas que deveriam ser dele.

Agora ele se põe tão longe de minha habilidade de protegê-lo que é quase um alívio. Na égua malhada, não posso fazer nada por ele.

Levanto as mãos.

– Faça o que quiser. Eu desisto.

Vejo vultos com o canto dos olhos; estão aqui para nos levar para o desfile dos cavaleiros. A noite está quase no fim, depois o treinamento começa de verdade. Agora é tão difícil imaginar um dia depois da noite de hoje, parece que ela poderia continuar eternamente.

– Sim – diz Mutt –, você já era.

32

PUCK

O desfile dos cavaleiros não é de fato um desfile.

Há um homem gritando para a multidão:

– Cavaleiros? Cavaleiros! Para a rocha!

Evidentemente ele quer que todos nós o sigamos. Fico esperando até a coisa toda ficar mais organizada, mas nunca fica. O único instante em que isso fica ligeiramente parecido com um desfile é quando avisto alguns dos cavaleiros seguindo na mesma direção, até o topo do penhasco. A multidão se abre para dar passagem, e eu me apresso atrás deles, Finn se arrasta o melhor que pode. No entanto, ninguém se mexe para me dar passagem, e então eu fico diante de um bocado de ombros rebeldes e com a caixa torácica cheia de cotovelos.

Agora está mais sombrio que escuro, e a única luz vem das duas fogueiras, uma queimando alta e furiosa, a outra menor, cuspindo fogo. Não tenho certeza de onde devo ficar.

– Kate Connolly – alguém diz de modo nada agradável. Quando viro a cabeça, não vejo nada além de olhos que se afastam e sobrancelhas bem juntas. É estranho quando falam de você e não com você.

Uma mão agarra meu braço e eu me viro, arrepiada, até ver que é Elizabeth, irmã de Dory Maud. Seus cabelos são claros, mesmo nesta luz fraca, e ela está usando um vestido vermelho da cor do carro do padre Mooneyham. Está de cara feia. Seus lábios também combinam com o carro do padre Mooneyham. Estou meio surpresa por vê-la aqui, nunca a vi fora do estande ou da Fathom & Sons, e pensei que ela provavelmente derreteria ou se desintegraria se passasse para o mundo real. Cada uma das irmãs tem seu mundo: o de Dory Maud é o mais amplo, incluindo toda a ilha, o de Elizabeth é o prédio e a loja, e o de Annie é o menor dos três, apenas o segundo andar da Fathom & Sons.

– Você *está* perdida, não está? Dory Maud disse que você não se perderia, mas eu sabia que sim. – A expressão de Elizabeth é de puro desdém.

– Perdida quer dizer que sei onde estou indo – respondo rápido. – Nunca participei do desfile antes.

– Não me diga – diz Elizabeth. – É por aqui. Finn, menino, está comendo mosquito? Feche a boca e venha.

Seus dedos são garras em meu braço conforme ela me guia para o topo do penhasco, bem acima da praia onde será a corrida. Finn trota atrás de nós, inquieto como um cãozinho.

– Onde está Dory? – grito.

– Apostando – rosna Elizabeth. – É claro. Enquanto eu trabalho.

Não sei bem como me guiar até o topo do penhasco vale como trabalho, mas me sinto grata por isso. Também não posso imaginar Dory Maud apostando nos cavalos. Com certeza não de modo que justifique o "é claro" rosnado por Elizabeth. Eu me esforço ao máximo para imaginar Dory Maud no açougue fazendo uma aposta, mas o melhor que consigo é imaginá-la no Black-Eyed Girl. Na minha imaginação, ela lida com isso melhor que eu, andando de maneira desafiadora, como um homem, até o bar.

Elizabeth estala um dedo para chamar minha atenção e me empurra confiante pela multidão, em direção ao topo do penhasco. Apenas depois de vários longos minutos, ela para tentando se situar. Mas agora sei que estamos no lugar certo, porque vejo um ponto imóvel na multidão fervilhante: Sean Kendrick. Sua roupa é escura, sua expressão ainda mais sombria, e ele olha para a noite escura em direção ao mar. Está inequivocamente esperando.

– Ali – digo.

– Não – diz Elizabeth, seguindo meu olhar. – *Não* é para lá que você vai. Acho que a corrida já é bastante perigosa sem aquilo, não acha? Por aqui.

Sean vira a cabeça bem no momento em que Elizabeth me empurra na direção oposta, e nossos olhos se encontram. Há algo de impetuoso e desprotegido em sua expressão, e tenho de baixar o olhar para que Elizabeth não acabe me arrastando.

Finn passa com pressa ao meu lado, as mãos enfiadas nos bolsos para protegê-las do frio. Ele lança um olhar triste para Elizabeth. Eu me viro e sussurro para ele:

– Parece que *isto aqui* é a corrida, pela velocidade em que ela está indo.

Finn não sorri, mas seus olhos sim. Então, Elizabeth se detém bruscamente.

– Aqui – diz ela.

Chegamos a uma terceira fogueira, e diante dela há uma rocha grande e achatada, com respingos e manchas marrons. Levo um instante para entender o que estou vendo. É sangue velho, muito velho, espalhado pela rocha toda. O rosto de Finn está estranho. Há uma multidão em torno da rocha, esperando, como faz Sean, e já reconheço alguns dos cavaleiros a uma curta distância: dr. Halsal, Tommy Falk, Mutt Malvern. Ian Privett. Alguns estão conversando e rindo uns com os outros – já fizeram isso antes, e há um sentimento de familiaridade. De repente eu me sinto mal.

– De onde vem o sangue? – sussurro para Elizabeth.

– Cãezinhos – diz Elizabeth. Ela surpreende Ian Privett a olhando e lhe mostra os dentes de um jeito que não parece um sorriso. Pegando-me pelos dois braços, ela me posiciona bem à sua frente, como um escudo. – É sangue dos cavaleiros. Você vai subir e colocar uma gota do seu ali, para mostrar que vai competir.

Olho fixamente para a rocha. É sangue demais para ser apenas uma gota de cada cavaleiro ao longo dos anos.

Agora um homem subiu na rocha. Reconheço-o como Frank Eaton, um fazendeiro conhecido de meu pai. Está vestindo uma daquelas tradicionais echarpes esquisitas que os turistas gostam de comprar – está enrolada em seus ombros e presa ao quadril, totalmente ridícula com suas calças de veludo cotelê. Associo muito fortemente o cheiro de suor à roupa tradicional, e não parece que ele vai ser capaz de mudar essa minha impressão. Com uma pequena tigela nas mãos, Eaton grita para a multidão, que agora está um pouco mais silenciosa:

– Cabe a mim falar pelo homem que não competirá.

Eaton inclina a tigela, e sangue respinga pela rocha até os seus pés. Ele não se afasta, e gotas de sangue mancham suas calças. Não acho que ele se importe.

– Cavaleiro sem nome – diz. – Cavalo sem nome. Pelo seu sangue.

– Sangue de ovelha – diz Elizabeth. – Ou de cavalo, talvez. Não me lembro.

– Que crueldade! – Estou horrorizada. Parece que Finn vai vomitar.

Elizabeth dá de ombros, mas só com um deles. Ian Privett a observa.

– Cinquenta anos atrás, era um homem que matavam ali, assim como em todos os anos anteriores. O homem que não competirá.

– *Por quê?* – exijo saber.

Sua voz está entediada; possivelmente, há uma resposta verdadeira, mas ela não está interessada em saber.

– Porque os homens gostam de matar as coisas. Que bom que pararam. Acabaríamos ficando sem homem nenhum.

– Porque – uma voz que reconheço instantaneamente a interrompe–, se você der sangue à ilha antes da corrida, talvez ela não tome tanto sangue durante a competição.

Elizabeth se vira para Peg Gratton com um olhar zangado. Pisco quando vejo Peg – ela está quase irreconhecível usando aquele capacete elaborado. Parece um pouco com um daqueles papagaios-do-mar estufados que às vezes encontramos pela ilha: possui uma grande viseira pontuda que forma o bico e franjas amarelas como cordas que saem de cada orelha, como longos chifres. Busco sinais do cabelo enrolado de Peg, mas ele está bem escondido sob o forro do capacete.

– Não espere que sejam simpáticos com você, Puck – diz Peg Gratton, como se Elizabeth não estivesse ali. – Muitos acham que uma garota na praia dá azar. Não ficarão felizes ao vê-la.

Pressiono os lábios.

– Não preciso que sejam simpáticos. Só preciso que me deixem fazer o que tenho de fazer.

– Isso seria uma gentileza – diz Peg. Ela vira a cabeça, e é um movimento estranho e irregular com a cabeça de pássaro sobre a dela. Se eu já não estivesse confusa por tudo que vi esta noite, certamente aquele movimento me confundiria.

Ela diz:

– Preciso ir.

Sobre a rocha, uma mulher com uma cabeça de cavalo de verdade está no lugar onde o homem derramou o sangue. Sua túnica está encharcada de sangue; ele escorre por suas mãos. Ela encara a multidão, mas, com aquela cabeça enorme, não parece que ela está olhando para nós, e sim para algum ponto no céu. Eu me sinto tonta e ardente com o calor da fogueira, com a visão do sangue. Estou sonhando, mas não estou.

Há um murmúrio das pessoas ali reunidas. Não consigo distinguir as palavras, mas Elizabeth diz:

– Estão dizendo que ninguém pegou a concha. Ela não jogou uma concha este ano.

– A concha?

– Para o desejo – diz Elizabeth, impaciente. – Ela joga uma concha e você faz um pedido. É bem provável que ela tenha jogado no centro de Skarmouth e eles foram lentos demais e não conseguiram achar.

– Quem é? – Finn pergunta a Elizabeth, a primeira coisa que diz em muito tempo. – Com a cabeça de cavalo?

– A mãe de todos os cavalos. Epona. Alma de Thisby e destes penhascos.

Finn, paciente, esclarece:

– Quero dizer, quem é a mulher?

– Alguém com mais peito que você – responde Elizabeth. Os olhos de Finn imediatamente recaem sobre os seios da mulher-cavalo, e Elizabeth ri alto, de maneira escandalosa. Fecho a cara em defesa da honra de Finn, e ela me dá um belo empurrão. – Estão chamando os cavaleiros.

Estão. A mulher com a cabeça de cavalo se foi, embora eu não a tenha visto partir, e Peg Gratton subiu na rocha e ocupa seu lugar. Uma dúzia ou mais de homens está reunida numa ponta da rocha, esperando para subir, e outros ainda seguem agitadamente em direção ao grupo. Sou um animal pequeno e imóvel.

Elizabeth estala a língua.

– Você pode esperar se quiser. Eles sobem um por vez.

Minhas mãos não estão muito firmes, então cerro os punhos. Observo atentamente para ver o que se espera de mim. O primeiro cavaleiro sobe os degraus naturais na ponta da rocha. É Ian Privett, que parece mais velho por causa do cabelo, que ficou grisalho quando ele era menino. Ele atravessa a pedra correndo em direção a Peg Gratton.

– Eu vou competir – diz a ela formalmente, em volume alto o bastante para ouvirmos claramente. Em seguida, ele estica a mão em direção a ela, que corta seu dedo com uma lâmina minúscula, num movimento rápido demais para eu ver direito. Privett ergue a mão sobre a rocha e o sangue deve mesmo cair, ainda que eu esteja longe demais para ver.

Não parece estar doendo. Ele diz:

– Ian Privett. Penda. Pelo meu sangue.

Peg responde baixo, com uma voz que não é a dela:

– Obrigada.

Então, Ian deixa a rocha e o próximo cavaleiro está subindo os degraus. É Mutt Malvern, que repete o processo, esticando a mão para fazê-la pingar depois de cortada. Quando diz:

– Matthew Malvern. Skata. Pelo meu sangue – procura alguém no meio do público, e sua boca se move numa espécie de não sorriso, e eu fico feliz por não ser a destinatária daquilo.

Mas uma vez e depois outras, cavaleiros sobem na rocha, esticando as mãos, dando seu nome e o nome de seu cavalo, e mais uma vez e outra, Peg Gratton lhes agradece antes de partirem. São tantos! Deve haver uns quarenta. Já vi os relatórios da corrida no jornal, e nunca houve nem perto de quarenta cavaleiros na corrida final. O que acontece com todos eles?

Imagino que consigo sentir o cheiro de sangue na rocha de onde estou.

E os cavaleiros ainda sobem ao topo da rocha para ter seu dedo cortado e anunciar sua intenção de competir.

À medida que se aproxima o momento em que devo subir, estou tremendo e tão nervosa quanto possível, mas também ciente de que espero Sean Kendrick subir até ali. Não sei se é porque já apostamos corrida uma vez, porque eu o vi perder aquela égua, se é porque ele me disse para ficar longe da praia quando ninguém mais falava comigo, ou simplesmente porque seu garanhão vermelho é o cavalo mais bonito que já vi, mas tenho curiosidade a seu respeito de uma forma que surpreende até a mim mesma.

A maior parte do grupo já passou quando Sean sobe na rocha. Mal consigo reconhecê-lo. Tem sangue espalhado por suas maçãs do rosto, e sua aparência é marcante e perturbadora ao mesmo tempo, dura e profana, cuidadosa e predatória. Como alguém que subiria nesta rocha na época em que se derramava sangue humano sobre ela, e não apenas uma tigela com sangue de ovelha.

Eu desejo saber o que padre Mooneyham está fazendo esta noite – se está preso na são Columba rezando para que os membros de sua congregação tenham juízo, em vez de perdê-lo para deusas éguas pagãs. Mas eu quero saber que tipo de deusa seria a deusa da nossa ilha, mesmo se tivesse existido, que se satisfaz com uma tigela de sangue animal em vez de sangue humano. Já vi sangue de ovelha e já vi uma pessoa morta, e sei a diferença.

Sean Kendrick estica a mão.

– Eu vou competir – diz ele, e, quando fala, eu me sinto pesada, como se estivesse sendo puxada para dentro da rocha sob meus pés.

Peg Gratton corta o dedo dele. Ela de fato não se parece em nada com a Peg Gratton, não quando está ali em cima, à luz da fogueira, a sombra do bico escondendo seu rosto.

Quase não dá para ouvir a voz dele:

– Sean Kendrick. Corr. Pelo meu sangue.

A multidão solta um grande rugido, inclusive Elizabeth, que eu achava que era digna demais para essas coisas, mas Sean não levanta o olhar nem responde às saudações. Acho que vejo seus lábios se moverem de novo, mas é um movimento tão sutil que não tenho certeza. Então, ele desce da rocha.

– Agora é você – diz Elizabeth. – Suba lá. Não esqueça seu nome.

Por mais gelada que eu estivesse há um segundo, agora estou ardendo. Ergo o queixo e dou a volta na rocha até o ponto onde posso subir como os outros. Ela parece grande como o oceano conforme dou a volta até alcançar Peg Gratton. Embora a rocha seja bastante sólida, a superfície parece se desintegrar conforme a atravesso. Vejo três cores diferentes de sangue sob meus pés. Continuo repetindo mentalmente: *Eu vou competir. Pelo meu sangue.* Não quero esquecer por causa do nervosismo.

Agora vejo os olhos de Peg Gratton, brilhantes e penetrantes sob o capacete com o bico. Ela parece feroz e poderosa.

Sinto a atenção de todos de Skarmouth, de todos de Thisby e de todos os turistas vindos do continente. Mantenho-me mais ereta possível. Serei tão feroz quanto Peg Gratton, mesmo não tendo seu grande capacete de pássaro sob o qual me esconder. Tenho meu nome, e isso sempre me bastou.

Estico a mão. Eu me pergunto quanto a pequena faca machucará. Minha voz é mais alta do que eu esperava.

– Vou competir.

Peg ergue a lâmina. Eu me preparo. Ninguém recuou, e eu me recuso a ser a primeira.

– Espere! – diz uma voz. Não a de Peg Gratton.

Nós duas nos viramos. Ali está Eaton, em sua tradicional vestimenta cheia de suor, na base da rocha, a cabeça inclinada para trás para conseguir nos ver. Um grupo de homens está ao seu redor, com as mãos nos bolsos e de colete. Alguns são cavaleiros que ainda estão tomando cuidado com as mãos, para não sangrar mais. Alguns usam echarpes tradicionais como a de Eaton. Estão franzindo a sobrancelha.

Falei errado. Falei fora de ordem. Fiz algo errado. Não consigo pensar o que pode ter sido, mas sinto a incerteza mastigando minhas entranhas.

Eaton diz:

– Ela não pode competir.

Meu coração sai pela boca. Dove! Deve ser Dove. Eu deveria ter pego a égua malhada quando tive chance.

– Nenhuma mulher competiu nas corridas desde que elas começaram – diz ele. – E este não será o ano em que isso vai mudar.

Encaro Eaton e os homens ao redor dele. Algo sobre a maneira como ficam juntos é familiar, cheia de camaradagem. Como um rebanho de pôneis encolhidos contra o vento. Ou ovelhas, encarando temerosamente o collie prestes a pastoreá-las. Sou a forasteira. A mulher.

De todas as coisas que poderiam se interpor entre as corridas e eu, não posso acreditar que esse será o problema.

Meu rosto cora. Estou ciente de que centenas de pessoas estão me observando no topo desta rocha. Mas mesmo assim encontro minha voz.

– As regras não dizem nada a respeito disso. Eu li. Cada uma delas.

Eaton olha para o homem ao seu lado, que lambe os lábios antes de dizer:

– Há regras escritas e regras grandes demais para serem escritas.

Levo um instante para entender o que isso significa: não existe mesmo nenhuma regra contrária, mas eles não me deixarão competir mesmo assim. É como quando Gabe e eu jogávamos quando éramos pequenos; quando eu estava prestes a vencer, ele mudava as regras do jogo.

E exatamente como naquela época, a injustiça faz meu peito arder.

Digo:

– Então por que ter regras escritas?

– Algumas coisas são muito óbvias para ter de ser escritas – diz o homem ao lado de Eaton, o que está usando um terno com colete bem certinho, com uma echarpe no lugar do paletó. Vejo o triângulo perfeito do colete, cinza escuro contrastando com o branco, mais claramente que seu rosto.

– Desça agora – diz Eaton.

Há um terceiro homem na base da rocha no ponto em que subi, e ele estende a mão em minha direção, como se eu simplesmente fosse pegá-la e descer.

Não me mexo.

– Isso não é óbvio para mim.

Eaton franze a sobrancelha por um breve instante, e então explica, juntando lentamente as palavras à medida que a explicação lhe ocorre:

– As mulheres são a ilha, e a ilha nos mantém. Isso é importante. Mas são os homens que levam a ilha ao leito do mar e a impedem de flutuar no oceano. Não é possível ter uma mulher na praia. Isso inverte a ordem natural.

– Então você quer me desqualificar por causa de uma superstição – digo. – Você acha que navios vão encalhar se eu participar das corridas?

– Ah, você está confundindo as coisas.

– Então o problema sou eu. Você acha errado eu participar das corridas.

O rosto de Eaton me lembra o de Gabe no bar, enquanto ele olha para a multidão com uma expressão incrédula, seguro de que também estão vendo como estou sendo difícil. Quanto mais o olho, mais encontro motivos para não gostar dele. Sua esposa não acha o imenso lábio inferior dele horroroso? Não dava para ele fazer a risca no cabelo de um jeito que não mostrasse tanto o couro cabeludo? Ele precisa mexer o queixo desse jeito entre uma palavra e outra?

Eaton me diz:

– Não leve para o lado pessoal. A questão não é essa.

– É pessoal para mim.

Agora eles estão irritados. Achavam que eu simplesmente desceria ao primeiro sussurro da palavra *não*, e, agora que não desci, deixo de ser uma boa história para contar e me torno uma adversária com quem eles têm de brigar.

Eaton diz:

– Tem outras coisas que você pode fazer no mês de outubro que agradarão outras pessoas além de você, Kate Connolly. Você não precisa competir nas corridas.

Penso em Benjamin Malvern sentado em nossa cozinha, perguntando o que estamos dispostos a fazer para salvar a casa. Penso que, se eu descer desta rocha agora, Gabe não terá motivo para ficar, e não importa se estou furiosa, e eu estou, aquela conversa não pode ter sido a nossa última conversa. Penso na sensação de competir com Sean Kendrick em seu imprevisível *capall uisce*.

– Tenho meus próprios motivos para competir – respondo. – Como cada homem que subiu nesta rocha. Meus motivos não são menores apenas por eu ser uma garota.

Ian Privett, a alguns passos de distância, diz:

– Kate Connolly, quem você vê ao seu lado? Uma mulher toma nosso sangue. Uma mulher concede nossos desejos. Mas o sangue nesta rocha é o sangue de homens, de gerações. Não é uma questão de você querer ou não estar aí em cima. Você não pertence a este lugar. Agora pare com isso. Desça e pare de ser criança.

Quem Ian Privett pensa que é para me dizer o que quer que seja? Isso também me lembra Gabe, me dizendo para parar de ser histérica quando eu não achava nem um pouco que estava sendo. Penso em minha mãe no lombo de um cavalo, me ensinando a montar, praticamente parte do animal. Eles não podem dizer que aqui não é o meu lugar. Podem me tirar daqui independentemente do que eu disser, mas não podem dizer que não é o meu lugar.

– Vou seguir as regras que me foram entregues – digo. – Não vou seguir uma coisa que não está escrita.

– Kate Connolly – diz o homem de colete. – Nunca tivemos uma mulher nesta praia, e você quer que este seja o primeiro ano? Quem é você para pedir uma coisa dessas?

Mediante algum sinal não dito, o homem que esticara a mão para eu descer começa a subir a escada; eles vão me tirar daqui se eu não descer.

Acabou.

Não consigo acreditar que acabou.

– Eu falarei por ela.

Todos os rostos se voltam para Sean Kendrick, que está um pouco afastado da multidão, com os braços cruzados.

– Esta ilha é movida a coragem, não a sangue – diz ele. Seu rosto está voltado para mim, mas seus olhos repousam em Eaton e seu grupo. No silêncio que se segue à sua fala, ouço meu coração ecoando em meus ouvidos.

Vejo que estão levando em conta suas palavras. A expressão no rosto deles é clara: desejam poder ignorá-lo, mas estão tentando decidir quanto peso se deve dar às palavras de alguém que tantas vezes driblou a morte nas corridas.

Assim como antes, na caminhonete de Thomas Gratton, Sean Kendrick não diz mais nada. Em vez disso, seu silêncio faz com que os outros se manifestem e obriga todos a discutir com ele.

– E você acha que devemos deixá-la competir – diz Eaton, enfim –, apesar de tudo.

– Não há *apesar de tudo* – responde Sean. – Deixemos o mar decidir o que é certo e o que é errado.

Há uma pausa agonizantemente longa.

– Então, ela compete – diz Eaton. Ao seu redor, cabeças viram de um lado para o outro, mas ninguém diz nada. A palavra de Sean prevalece. – Dê o seu sangue, garota.

Peg Gratton não espera que eu estique a mão nem um centímetro a mais. Ela se adianta e corta meu dedo, e, em vez de dor, há um calor escaldante que sobe pelo meu corpo, até os ombros. O sangue acumula e pinga livremente sobre a rocha.

Tenho o mesmo sentimento de antes, de quando Sean Kendrick estava aqui, na mesma rocha que estou agora. Meus pés estão enraizados na rocha, são parte da ilha, e cresci para além dessas raízes. O vento bate em meus cabelos, soltando os fios do elástico e fazendo-os chicotear meu rosto. O ar cheira ao mar quebrando na praia.

Ergo o queixo de novo e digo:

– Kate Connolly. Dove. Pelo meu sangue.

Encontro Sean Kendrick na multidão mais uma vez. Ele se virou como se fosse partir, mas me olha por cima dos ombros. Sustento seu olhar. Sinto que todos na multidão estão observando este momento, como se capturar o olhar de Sean Kendrick significasse prometer algo ou me meter em algo que não sei bem o que é, mas não desvio os olhos.

– Pelo sangue deles, que comecem as corridas – Peg Gratton diz para a noite e para a multidão, mas ninguém a está observando. – Temos nossos cavaleiros, que tenham início as corridas.

Sean Kendrick me olha nos olhos mais um segundo e, em seguida, se afasta da multidão.

Duas semanas para o início das corridas. Tudo começa esta noite. Posso sentir isso em meu coração.

33

SEAN

A manhã seguinte encontra a ilha assustadoramente quieta. Ainda que a agitação da noite anterior sugerisse que o treinamento começaria para valer hoje, os estábulos estão tranquilos, as estradas, silenciosas. Estou feliz por isso; tenho muita coisa para fazer nas próximas vinte e quatro horas. Dou uma olhada para o céu; uma colcha amarrotada de nuvens esconde o sol e, sob ela, correm nuvens menores, apressadas para iniciar sua jornada. Saberei melhor quanto tempo tenho até a tempestade quando vir o oceano.

No silêncio sobrenatural da manhã, levo o mais jovem dos puros-sangues para se exercitar e comer um pouco antes que o tempo piore, e depois pego minhas coisas para levar à praia. Dois baldes e meus bolsos repletos de magia fraca.

Quando estou prestes a sair, ouço uma voz.

– Então você não é do tipo que vai à igreja.

– Bom dia, sr. Holly – respondo.

Ele está vestindo o que, nos Estados Unidos, deve ser considerado sua melhor roupa de domingo: um suéter branco com gola V e jaqueta clara sobre as calças cáqui pregueadas. Parece estar pronto para posar para a coluna social de um dos jornais do continente.

– Bom dia – devolve Holly. Ele espia dentro dos baldes e recua com uma careta. Estão cheios de esterco de Corr, e até eu tenho dificuldade em me acostumar com o cheiro. – Meu Deus, que coisa difícil de suportar. – Vendo que estou me esforçando para abrir o portão sem colocar os baldes no chão, ele o abre e fecha para mim, me seguindo amigavelmente. – Então você não é religioso?

– Acredito na mesma coisa em que eles acreditam – digo, com o queixo apontando para a cidade e para a são Columba. – Só não acho que ela possa ser encontrada numa construção.

O solo está macio e cheira levemente a esterco de cavalo quando pego a estrada em direção à praia que margeia a maioria dos pastos de Malvern. Fica do lado oposto à praia da corrida, e, ainda que existam penhascos ali, são mais baixos e irregulares, com praias instáveis e mais lugares para o oceano e as criaturas que vivem ali rastejarem em direção à arrebentação.

Holly trota para me alcançar e passa uma das alças do balde para sua mão. Resmunga com o peso, mas não diz mais nada.

– O que está fazendo? – pergunto.

– Procurando Deus – diz Holly, acertando o passo com o meu. – Se você diz que ele está aqui fora, vou dar uma olhada.

Não sei se ele vai encontrar seu tipo de Deus dividindo esse trabalho comigo, mas não me oponho. É uma boa caminhada até os penhascos e ter companhia pode não ser tão terrível. À medida que nos afastamos da proteção das construções do estábulo, o vento fica mais insistente, soprando fortemente pelos campos desprotegidos. Os únicos sinais de civilização são os muros de pedra que marcam os pastos de Malvern. Eles antecedem em muito os rebanhos de Malvern; esta é uma Thisby que muitos esqueceram.

Holly, a seu favor, caminha em silêncio por vários longos minutos antes de perguntar:

– O que exatamente estamos fazendo?

– Uma tempestade se aproxima – respondo. – Será mais forte no mar, o que vai levar os cavalos para dentro.

– Quando você diz cavalos, quer dizer – mais uma vez ele faz uma pausa cuidadosa antes de tentar pronunciar – os *capaill uisce*.

Concordo com a cabeça.

– E leva os cavalos para onde exatamente? Opa, opa!

Essa última exclamação é porque acabamos de chegar a um ponto alto onde podemos ver o oceano e a área ao nosso redor. A terra é toda perigosa, com penhascos baixos com fendas e profundamente embrenhados no verde: pastos e, subitamente, ar vazio, e então pastos de novo. Abaixo e para além de nós, o mar são ondas turbulentas, espuma e rochas negras como dentes. Um mar agitado. Amanhã será um inferno, eu acho. Dou a Holly um longo instante para absorver a visão antes de responder à sua pergunta.

– Leva-os para dentro da ilha. Se estiverem na água rasa em torno da ilha, eles vêm para cá, em vez de encarar essas rochas e a correnteza. E *capaill uisce* recém-chegados à terra não são o tipo de coisa que você gostaria de ver.

– Porque estão famintos?

Inclino o balde para derramar um pouco do conteúdo asqueroso pelo caminho e continuo a traçar minha rota.

– Sim, porque têm fome. Mas, além disso, ficam inconstantes, o que os torna ainda piores.

– Então você está derramando esterco...

– Para demarcar território. Se vierem para terra firme, quero que pensem que encontrarão Corr.

– E não as éguas de Benjamin Malvern? – termina Holly. Então, trabalhamos em silêncio, marcando os lugares de fácil acesso primeiro nas terras altas, depois descendo. Finalmente, resta apenas a praia rochosa.

– Talvez você queira ficar aí em cima – sugiro. Não posso garantir a segurança dele perto da água. O mar já está tumultuado e perigoso, e nada há que possa indicar que não haverá *capaill uisce* ali. Malvern não ficaria contente se eu perdesse um de seus compradores dois dias depois de ter perdido um cavalo do mesmo jeito.

Holly assente com a cabeça como se me entendesse, mas, quando começo a descer pela trilha, ele vem comigo. É um pequeno ato de coragem e eu o respeito por isso. Troco meu balde vazio pelo que ele está segurando e ele massageia a palma de sua mão onde a alça do balde a pressionara.

Aqui na base da trilha, a melhor parte da praia é feita de rochas do tamanho de meu punho e o restante é composto de pedregulhos e pedaços do penhasco que caíram antes da água. À minha frente, o oceano se estende ansioso em direção a meus pés. Cheira a coisas mortas saídas do mar.

– Se eu estivesse tentando capturar outro cavalo – digo –, este seria um bom momento.

A onda encontrou seu caminho numa piscina rasa aos nossos pés, e inexplicavelmente George Holly molha os dedos na água. A piscina está repleta de anêmonas oportunistas que esticam seus tentáculos para fora da onda, ouriços-do-mar que cortam ao serem pisados e siris pequenos demais para serem comidos.

– Mais quente do que eu esperava – comenta Holly. – Por que você não está tentando capturar outro cavalo? Já que perdeu um outro dia?

A verdade é que não há quase nenhum motivo para capturar outro *capall uisce* agora que Mutt Malvern vai competir com Skata. A essa altura, não há sequer grandes razões para mantermos Edana.

– Não preciso de outro cavalo. Tenho Corr.

Holly cutuca um dos ouriços com uma pedra.

– Como sabe que não há um cavalo mais rápido que Corr por aí? Esperando para ser capturado?

Penso na égua malhada e em sua tremenda velocidade.

– Talvez haja. Não preciso saber. Não estou tentado – digo. Claro, não se trata apenas de vencer. Não sei como explicar que conheço seu coração melhor que ninguém, e ele o meu. – Não preciso de outro cavalo. Eu só...

Fecho a boca e pego a trilha até o outro ponto de acesso a esta praia, que é, exceto por este ponto, inacessível. Tirando um punhado de sal do bolso, cuspo nele antes de jogar os grãos no começo da outra trilha. Derramo um pouco do esterco de Corr ali. Então, volto pelo mesmo caminho sem dizer uma única palavra.

Holly me segue e, apesar de eu não me virar, ouço sua voz claramente.

– Só que ele não é seu.

Não sei se quero ter essa conversa.

– O problema não é não ser meu. Mas ser de Benjamin Malvern.

– Isso não faz sentido.

– Faz todo o sentido do mundo nesta ilha. – Thisby é definida pelas coisas que são de Malvern e pelas coisas que não são. – Importa da seguinte forma: eu pertenço a Malvern. Você não.

– Liberdade, então.

Paro o que estou fazendo e olho para ele. Holly está abaixo de mim na trilha, olhando para cima, parecendo incrivelmente asseado e dócil em seu suéter limpo e em suas calças bem passadas. Mas sua expressão é tudo menos insípida. Eu ainda não acho que o exuberante George Holly, investidor americano, já tenha sido qualquer coisa diferente do exuberante George Holly, investidor americano, mas pela primeira vez isso não importa. Acho que ele me entende, independentemente disso.

– Então por que você não compra Corr dele?

Esboço um leve sorriso.

Holly lê minha expressão.

– É o dinheiro? Ah, ele não quer vender. Você não tem poder de barganha? Certamente ele precisa de você por outros motivos que não apenas vencer as corridas. Peço desculpas. Estou sendo invasivo. Não é problema meu. Vamos. Finja que eu não disse nada.

Mas ele disse algo que não pode ser desdito. A verdade é esta: por onze meses do ano sou valioso para Malvern e, por um mês, sou inestimável. Ele estaria disposto a desistir desse único mês para manter os outros onze? Eu estou disposto a arriscar?

Estamos de volta à terra alta; Holly é branco contra o verde, e eu sou preto. Viro o balde, contente de deixar seu conteúdo para trás, e Holly, sem emitir uma palavra, me observa enquanto recolho um punhado de terra limpa e sussurro para ela antes de espalhá-la pelo chão novamente.

– Magia – diz Holly.

– E um bridão pode ser magia? – pergunto.

– Só sei que, quando eu sussurro para um punhado de terra, nada de tão especial acontece.

Ele me observa enquanto cuido das outras duas trilhas que levam até os penhascos. Não me pergunta como faço isso, e eu não conto, e então, quando já estamos voltando e o silêncio lhe parece longo demais, digo:

– Você pode dizer o que está pensando.

– Não, eu não posso – diz George Holly imediatamente, contente por ter sido convidado a falar. – Porque, mais uma vez, não é problema meu. E, como já falei muito mais do que deveria uma vez, não quero fazer isso de novo.

Ergo a sobrancelha.

Holly esfrega as mãos como se estivesse lidando com algo mais sujo que a água da piscina natural.

– Tudo bem, então. O que está rolando entre você e aquela garota? Kate Connolly, certo?

Deixo escapar um suspiro, empilho os baldes e volto para a estrada que leva ao estábulo.

Holly diz:

– Se você acha que, ao não responder, vai me convencer de que não há nada, não vai funcionar.

– Não é por isso que não estou respondendo – digo, conforme ele me alcança de novo. – Não vou dizer que não há nada. Só não sei o que é.

Posso vê-la claramente na rocha ao lado de Peg Gratton, sem recuar diante de Eaton e do restante do comitê da corrida. Não consigo me lembrar de quando fui tão corajoso, e isso me envergonha. A verdade é que me sinto fascinado e repelido por ela: Kate é, ao mesmo tempo, um espelho de mim mesmo e uma porta para uma parte desta ilha que não sou eu. É como quando a deusa égua olhou em meus olhos; senti que havia uma parte de mim que eu não conhecia.

– Posso dizer como chamamos isso na minha terra – diz George Holly –, mas você pode não querer ouvir.

Lanço-lhe um olhar fulminante e ele ri, bem-humorado.

– Isso faz cada dia longe de casa valer a pena – diz. – Devo apostar nela, então?

– Você deve guardar seu dinheiro para comprar feno – balbucio. – Será um inverno longo.

– Não – diz Holly –, não na Califórnia – e ri, e pela distância de sua risada percebo que parou de andar. Eu me viro.

– Acho que tem razão, sr. Kendrick – diz George Holly, de olhos fechados. Seu rosto está voltado para o vento, inclinando-se levemente para frente para não ser derrubado. Suas calças não estão mais impecáveis, há rastros de lama e esterco na frente delas. Seu ridículo chapéu vermelho foi parar atrás dele, mas George parece não perceber. O vento passa os dedos por seus cabelos claros e o oceano canta para ele. Se você deixar, esta ilha pode arrebatar você.

Pergunto:

– Tenho razão no quê?

– Posso sentir Deus aqui fora.

Esfrego as mãos nas calças.

– Diga isso novamente – falo – daqui a duas semanas, depois de ter visto os cadáveres na praia.

Holly não abre os olhos.

– Que ninguém diga que Sean Kendrick não é otimista. – Depois de uma pausa, acrescenta: – Sinto que está sorrindo, então não negue.

Ele está certo, então não nego.

– Você vai conversar com Benjamin Malvern sobre aquele cavalo ou o quê? – pergunta.

Penso em Kate Connolly diante de Eaton, seu rosto corajoso, parecendo um sacrifício naquela velha rocha assassina. Sinto o hálito da deusa égua em meu rosto, e ele carrega o cheiro do trovão.

– Vou – digo.

34

PUCK

Nem perco tempo encilhando Dove no domingo depois da igreja. Todo mundo vai encilhar seus *capaill uisce* depois da missa, e acho que pode ser uma boa oportunidade para aprender alguma coisa a respeito da competição. Talvez eu leve Dove aos penhascos hoje à noite, depois de ela ter passado o dia comendo seu feno caro e se acostumando à ideia de ser veloz.

Deixo Finn e Gabe voltarem sozinhos para casa – Gabe veio à missa conosco, ainda que tenha olhado para o relógio e saído na metade da cerimônia, o que levou o padre Mooneyham a olhar primeiro para ele e depois para Finn e para mim. Os sermões do padre Mooneyham não costumam ser árduos, no entanto devem ser suportados até o fim. Se sua perna adormece, você não se mexe. Se o chá que bebeu antes da missa faz você sonhar com privadas a caminho de Damasco, em vez de permitir que você tenha revelações religiosas, você se contorce todo e aguenta firme. Se você é Brian Carroll e passou a noite toda pescando, reclina a cabeça para trás para não ser tão impossível manter os olhos abertos.

Você não se levanta e sai. Mas Gabe saiu. E então Beech Gratton saiu também. Se Tommy Falk não fosse belo demais para vir à igreja, tenho certeza de que também teria saído.

E agora eu definitivamente preciso me confessar, porque não só pensei coisas más sobre meu irmão, mas as pensei durante a missa. É ligeiramente desconfortável saber que, se eu morrer nas próximas horas, vou para o inferno, mas tenho de sair antes que a maré suba e todos os cavaleiros desapareçam.

De qualquer forma, tudo isso parece muito distante quando estou nos penhascos sobre a praia da corrida. Porque mesmo que eu não queira correr nos penhascos, onde o vento sopra mais forte, não me importo de ficar sentada ali. Eu me arrasto com um pacote nas costas feito de um cobertor de lã enrolado numa bolsa, e, quando chego, jogo seu conteúdo no chão e encontro um ponto alto e seguro próximo à beirada, de onde posso ver o treinamento ali embaixo. Enrolo o cobertor nos ombros, bebo um gole de chá da garrafa térmica e começo a devorar um dos bolos de novembro. Aqueci três deles no forno pela manhã com algumas pedras, e as pedras os mantiveram quentes e saborosos. Sinto-me bastante virtuosa e útil quando pego lápis, papel e o cronômetro que Finn me arranjou. Se eu ficar sentada aqui pelo tempo suficiente, seguramente os cavalos revelarão seus segredos. Quero saber a velocidade com a qual percorrerão aquele trecho, então planejo levar Dove ao mesmo lugar e cronometrá-la também. Se eu conhecer meus obstáculos, talvez possa me preparar melhor.

Estou sentada há cerca de dez minutos quando percebo movimento com o canto dos olhos. Alguém se senta a poucos passos de mim, com um dos joelhos dobrado, um braço repousando sobre ele.

– Então você descobriu o segredo da vitória, não descobriu, Kate Connolly?

Reconheço a voz sem virar o rosto, e meu coração faz *tum tum tum*, e pensa em bater de novo, mas não consegue.

– Eu disse que você pode me chamar de Puck.

Sean Kendrick não diz mais nada, mas também não se levanta. Eu me pergunto no que ele está pensando enquanto estamos sentados aqui, observando os cavalos lá embaixo. Eles parecem tão diferentes vistos de cima: o treinamento parece ordenado, silencioso, com propósito, e não o caos de quando eu estava ali embaixo. Mesmo quando vejo dois cavalos se erguerem sobre as patas traseiras para lutar, seus tratadores se esforçando para apartá-los, o som é abafado pela distância e pelo vento, e isso de alguma forma diminui o impacto. Soldadinhos de chumbo.

Observo Ian Privett em seu cavalo cinza, Penda, enquanto galopam paralelamente à água. Pressiono meu cronômetro e tomo nota.

– Ele correrá mais rápido que isso – diz Sean Kendrick. – Depois. Não está forçando o cavalo agora.

Não sei dizer se ele está sendo condescendente pelo fato de eu estar me dando o trabalho de anotar esse tempo sem nenhum significado, ou se está me premiando com uma informação que eu não poderia obter de outra forma. Então simplesmente faço um risco sobre os números de novo, fazendo com que sumam do papel. Quero perguntar por que ele falou por mim ontem à noite, mas minha mãe me disse que é falta de educação ir atrás de elogio, e isso faz parecer que estou querendo ser elogiada. Então eu não pergunto, mesmo querendo, e muito.

O que significa que ficamos sentados em silêncio por mais um tempo, o vento da tempestade cortando meu cobertor e meu chapéu e desordenando minhas anotações. Alcanço meu embrulho e pego um dos preciosos bolos de novembro, ainda quentes, e o ofereço a Sean.

Ele pega o bolo sem agradecer. Mas, de alguma forma, o obrigado está implícito. Não sei como ele faz isso, porque eu não estava olhando para ele quando aceitou.

Depois de um momento, ele diz:

– Está vendo a égua negra? A de Falk? Ela está louca para correr. Se fosse minha, eu a manteria logo atrás do líder e a pouparia para que permanecesse motivada. Faria minha jogada depois.

Estreito os olhos em direção à praia, tentando ver o que ele vê. A praia é uma bagunça de falsas corridas e galopes interrompidos. Vejo Tommy e sua égua negra e os observo por um momento. Ela tem as pernas finas para um *capall uisce*, e, quando pisa, sua cabeça se inclina só um pouco quando seu casco esquerdo traseiro toca o solo.

– Além disso – digo, pois tenho que dizer alguma coisa –, ela é um pouco coxa no traseiro esquerdo.

– No direito, eu acho – diz Sean Kendrick, mas logo se corrige. – Não, no esquerdo, você está certa.

E me sinto satisfeita, mesmo que ele esteja apenas concordando com o que eu já sabia.

Agora me sinto suficientemente corajosa para perguntar:

– Por que você não está treinando?

Também olho para ele quando pergunto, estudando seu perfil agudo. Seus olhos se movem de um lado para o outro, seguindo os movimentos lá embaixo, mesmo que o restante de seu corpo permaneça imóvel.

– Correr é mais que ficar em cima de um cavalo.

– O que você está olhando?

Há mais uma pausa tremendamente longa entre a minha pergunta e a resposta dele, e eu acho que ele simplesmente não vai responder. E então penso que talvez eu tenha só pensado na pergunta e não tenha dito nada. Por fim, resolvo que posso ter dito algo ofensivo, mesmo que a essa altura não consiga lembrar exatamente o que foi que eu disse para checar minhas palavras e ter certeza.

E é aí que Sean diz:

– Quero saber quem tem medo da água. Quero saber quem consegue seguir em linha reta. Quero saber quem vai acabar com Corr assim que ultrapassá-lo. Quero saber quem não consegue controlar o próprio cavalo. Quero saber como eles gostam de correr. Quero saber quem é coxo do traseiro esquerdo. Quero saber o que mudou na praia este ano. Quero saber como será a competição antes de ela acontecer.

Ali embaixo, a égua malhada grita, alto o bastante para nós dois ouvirmos, mesmo daqui do penhasco. Não posso acreditar que ontem à noite eu estava lamentando por não tê-la pego quando tive a chance. Sigo o olhar de Sean.

– E – digo – você acha que é bom ficar de olho na égua malhada.

– Acho bom nós dois ficarmos de olho nela.

Bem neste momento, a égua malhada se lança para frente, explodindo ao longo da linha das ondas fortes. Ela se inclina de forma acentuada em direção ao mar e recua rapidamente para o penhasco. Ela é tão rápida que chegou ao fim da praia, até onde se pode correr, antes de eu pensar em olhar para o meu cronômetro.

– Seu irmão vai para o continente – diz Sean.

Prendo o ar na boca por um longo instante, e enfim digo:

– Logo depois das corridas. – Não faz sentido tratar o assunto como segredo; todo mundo sabe. Ele já me ouviu falando a respeito com Gratton na caminhonete.

– E você não vai com ele.

Estou prestes a responder "Ele não me convidou", mas percebo, antes de fazer isso, que esse não é o motivo. Não o seguirei porque aqui é o meu lugar, aqui e em nenhuma outra parte.

– Não.

– Por que você não vai?

A pergunta me enfurece. Pergunto:

– Por que é que partir é o padrão? Alguém pergunta por que *você* fica, Sean Kendrick?

– Perguntam.

– E por que você fica?

– O céu e a areia, o mar e Corr.

É uma resposta adorável e me pega totalmente de surpresa. Eu não tinha percebido que estávamos tendo uma conversa séria, senão acho que teria dado uma resposta melhor quando ele perguntou. Também estou surpresa por ele ter incluído o garanhão na lista. Eu me pergunto se, quando falo de Dove, as pessoas conseguem ouvir como eu a amo assim como percebo o carinho por Corr na voz de Sean. É difícil para mim imaginar como é amar um monstro, não importa quão lindo ele seja. Lembro-me do que o velho disse no açougue, sobre Sean Kendrick ter um pé na terra e outro no mar. Talvez seja preciso ter um pé no mar para ser capaz de enxergar para além da sede de sangue de seu cavalo.

– Tem a ver com desejo – digo enfim, depois de pensar um pouco. – Os turistas parecem sempre desejar alguma coisa. Em Thisby, as coisas têm menos a ver com o que se quer e mais com o que se é. – Eu me pergunto, depois de fechar a boca, se Sean pensará que sou desmotivada ou sem ambições. Suponho que, comparada a ele, devo ser assim. Pareço fadada a dizer precisamente o que estou pensando e, ao mesmo tempo, incapaz de saber sua reação ao que digo.

Ele não diz absolutamente nada. Observamos os cavalos se agitando lá embaixo. Finalmente, ele diz, sem olhar para mim:

– Eles ainda vão tentar manter você longe da praia. Não acabou ontem à noite.

– Não entendo *por quê*.

– Quando o sentido das corridas é provar algo sobre si próprio para os outros, as pessoas que você vence são tão importantes quanto o cavalo que você monta. – Seus olhos não se afastam da malhada.

– Mas esse não é o sentido das corridas para você.

Sean levanta. Olho para suas botas sujas. *Agora sim o ofendi*, penso. Ele diz:

– As outras pessoas nunca foram importantes para mim, Kate Connolly. Puck Connolly.

Viro o rosto para cima para enfim olhar para ele. O cobertor cai de meus ombros e meu chapéu também, desprendido pelo vento. Não consigo ler sua expressão; seus olhos estreitos atrapalham.

Digo:

– E agora?

Kendrick vira a gola da jaqueta para cima. Não sorri, mas não está prestes a franzir a sobrancelha como de costume.

– Obrigado pelo bolo.

Então parte em direção ao gramado, me deixando com o lápis sobre o papel. Sinto que aprendi algo importante sobre a corrida que vai começar, mas não tenho ideia de como escrever a respeito.

35

SEAN

A primeira coisa que faço, ao voltar para o estábulo, é procurar Benjamin Malvern. Tenho a mesma sensação estranha e aérea de quando treinei Fundamental, depois de encontrar Puck pela primeira vez. Eu nunca havia percebido quanto esta ilha, sempre em transformação, estava paralisada até ela se tornar algo diferente do que eu jamais conheci.

Encontro Malvern galopando com dois homens ao seu lado. Sua cabeça está inclinada para frente como ele faz quando está com compradores, como se pudesse forçá-los a comprar. Os outros dois estão encolhidos; parecem gelados e úmidos, gatos abandonados na chuva.

A primeira coisa que noto ao me aproximar é o animal que estão olhando: Malvern Mettle, uma potra com velocidade e espírito promissores. Ela geralmente está disposta a fazer mais do que é capaz, o que é sempre melhor que o oposto.

A próxima coisa que noto é que um dos compradores é George Holly. Quando ele me vê, sua expressão é a de quem se deu conta de algo. Diz alguma coisa para o outro comprador e então para Malvern, que balança a cabeça em sinal de aprovação, sorrindo, mas parecendo descontente. Ele indica o caminho de volta para casa, e George Holly conduz o outro comprador para lá.

À medida que passamos, Holly me estende a mão e diz:

– Sean Kendrick, certo? Bom dia.

Eu o deixo apertar minha mão como se fôssemos estranhos e ergo uma sobrancelha em reação à sua fraude. Então ele e o outro comprador partem, me deixando a sós com Malvern.

Eu me junto a Malvern na grade. Ele franze a sobrancelha em direção a Mettle. Um dos tratadores a está cavalgando, e ela está brincalhona e preguiçosa. Mettle tem a cara particularmente feia – feiura e rispidez são traços que, por algum motivo, parecem acompanhar os puros-sangues mais velozes –, e agora mesmo ela está retorcendo o beiço superior enquanto galopa. O tratador não está dando conta dela; não sei se ele simplesmente não sabe do que normalmente ela é capaz, ou se pouco se importa. Mas, de qualquer forma, Mettle o está fazendo de gato e sapato.

Malvern fala, finalmente.

– Sr. Kendrick. Essa potra é sempre assim?

Penso em como responder.

– Ela é cria de Malvern Penny e Pound e de Rostraver. – Penny e Pound é uma das éguas favoritas de Malvern, e dizem que Rostraver ganhou tantas corridas com obstáculos no continente que ninguém ousa competir com ele de novo.

– O sangue nem sempre se manifesta – diz Malvern. Ele cospe e olha outra vez para ela.

– Nesse caso, se manifestou.

– E ela resolveu fazer gracejos diante dos compradores, é isso?

Só consigo pensar naquilo que estou prestes a lhe perguntar, mas não é o momento certo. Em vez de responder, seguro a cerca e passo por baixo, atravessando a pista até onde está o tratador; mais um dos novos tratadores de Malvern, ninguém tolera o alojamento e o pagamento por muito tempo. Ele conduz Mettle em círculos, a acalmando. Ando até a potra e tomo a rédea de suas mãos.

– Ei – o tratador me diz, surpreso. Ele é jovem como eu. Acho que seu nome é Barnes, mas não tenho certeza. Talvez Barnes tenha sido o último. – Sean Kendrick!

Com a mão livre, pego o cabo do chicote. Nem chego a tocar Mettle com ele e ela dança em círculo, girando em torno do eixo onde a mantenho presa.

– Malvern está observando. Você vai sair com ela de novo e vai fazer com que ela trabalhe. Ela está comandando você.

– Eu estava dando duro nela – insiste Barnes.

Encosto levemente o cabo do chicote na parte posterior das patas de Mettle e ela dá pinotes, como se eu a tivesse golpeado. Ela conhece minha voz e sente minha certeza no ponto em que seguro a rédea.

– Talvez estivesse mesmo. Mas ela não acreditou em você, e eu também não. Tome isso de volta.

Barnes pega o cabo do chicote e retoma as rédeas. Agora Mettle está trêmula e ansiosa, segura apenas pelo meu toque em sua rédea. Barnes me olha, e vejo que ele está com medo do potencial, com medo da velocidade. Acho que é melhor ele aprender a amar isso tudo logo.

Solto a rédea e ergo minha outra mão como se ainda segurasse o cabo do chicote, e Mettle explode num galope. Observo-a por um momento para ver como Barnes se comporta. Ele não é de todo mau, apesar do terror. E para ver se Mettle obedece. Eu poderia ter feito melhor, mas pelo menos ela está trabalhando agora.

Volto para a cerca e passo por baixo dela. Os olhos de Malvern seguem Mettle enquanto ele coça o queixo; posso ouvir as unhas roçando sua pele.

Ponho as mãos no bolso. Não preciso de cronômetro para saber que Mettle melhorou seu tempo. Por um instante, fico em silêncio, procurando algo que dará algum peso ao que estou prestes a dizer. Mas não há nada a fazer a não ser falar:

– Eu compraria Corr.

Benjamin Malvern me lança um olhar no mínimo atravessado, e olha de novo para o galope. Pega um cronômetro, que agora vejo que estava em sua mão o tempo todo, e pressiona um botão quando Mettle para.

– Sr. Malvern – digo.

– Não gosto de ter a mesma conversa duas vezes. Eu disse a você anos atrás, e vejo que estou me repetindo, que ele não está à venda para ninguém. Não leve para o lado pessoal.

Conheço, obviamente, seus motivos para não vender Corr. Vendê-lo equivale a perder um forte competidor nas Corridas de Escorpião. Vendê-lo significa perder uma das maiores peças de publicidade que ele tem.

– Entendo por que não quer vendê-lo – digo. – Mas talvez você tenha se esquecido de como era competir para outra pessoa e não ter um cavalo para chamar de seu.

Malvern olha para o cronômetro, franzindo a sobrancelha; não porque Mettle foi lenta, mas porque foi justamente o contrário.

– Eu já disse antes, vendo qualquer um dos puros-sangues para você.

– Não criei nenhum desses puros-sangues. Não os transformei no que são hoje.

Malvern diz:

– Você transformou todos eles no que são hoje.

Não olho para ele.

– Nenhum deles me transformou em quem eu sou.

Isso soa como uma incrível confissão. Virei meu coração do avesso para Malvern examinar o que havia dentro. Cresci junto de Corr. Meu pai o montou e o perdeu, e então o encontrei de novo. Ele é a única família que tenho.

Benjamin Malvern esfrega o dedão áspero no queixo, e por um momento penso que ele está realmente considerando a possibilidade. Mas então diz:

– Escolha outro cavalo.

– Treinarei os outros. É a única coisa que vai mudar.

– Escolha outro cavalo, sr. Kendrick.

– Não quero outro cavalo – digo. – Quero Corr.

Ele ainda não me olha. Se me olhar, penso, eu o convencerei. Meu sangue canta em meus ouvidos.

Malvern diz:

– Não terei esta conversa mais uma vez. Ele não está à venda.

Enquanto Malvern observa o próximo cavalo subindo na pista, fecho as mãos nos bolsos, lembrando-me de como Kate Connolly não recuou no desfile dos cavaleiros. Lembro-me de Holly dizendo que deve haver algo que Malvern queira mais que Corr. Lembro a estranha voz da deusa égua: "Faça outro pedido". Penso até em Mutt Malvern, arriscando tudo pela fama naquela égua malhada. Sempre pensei que eu passaria a vida toda apostando, arriscando a vida na praia todos os anos, mas agora sei que nunca pus em risco a única coisa que realmente tinha medo de perder.

Eu não quero fazer isso.

Digo com muita calma:

– Então, sr. Malvern, eu me demito.

Ele vira a cabeça e uma de suas sobrancelhas se ergue.

– Como é?

– Eu me demito. Hoje. Encontre outro treinador. Encontre outra pessoa para competir nas corridas.

Um leve esboço de sorriso percorre seus lábios. Reconheço isso: desdém.

– Está tentando me chantagear?

– Chame do que quiser – digo. – Venda Corr para mim, e eu competirei para você um último ano e continuarei treinando seus cavalos.

Na pista, um escuro cavalo baio castrado trota, respirando com dificuldade. Ele ainda não está em condições de competir. Malvern esfrega a mão sobre os lábios de novo, um gesto que de alguma forma me remete a Mettle.

– Está superestimando sua importância para este haras, sr. Kendrick.

Não hesito. Estou de pé no oceano, sentindo-o contra as minhas pernas, mas não vou deixar que ele me tire do lugar.

– Você acha que não consigo encontrar mais ninguém para montar seu garanhão? – me pergunta Malvern. Ele espera que eu responda, e, quando não falo nada, diz: – Há uns vinte garotos loucos para montar aquele cavalo.

A imagem parte meu coração, e tenho certeza de que essa é a intenção dele.

Quando continuo sem falar, ele diz:

– Bem, então é isso. Tire suas coisas até o fim da semana.

Nunca tive de ficar tão firme. Nunca tive de ficar tão imóvel e valente. Não consigo respirar, mas me obrigo a estender a mão.

– Não faça isso – diz Malvern, sem olhar para mim. – Eu inventei esse jogo.

O encontro está encerrado.

Pode ser que eu nunca mais monte Corr.

Sem ele, eu não sei quem sou.

36

PUCK

Na maior parte do tempo, confio mais em Dove que em qualquer pessoa, mas ela tem seus momentos. Ela não gosta de estar com a água acima do joelho, o que em Thisby provavelmente é sabedoria em vez de covardia. Quando era apenas uma potra, teve uma disputa com uma caminhonete cheia de ovelhas e ainda não fez as pazes com elas. E no geral ela se assusta com qualquer coisa que tenha a ver com *tempo ruim*. Mas posso perdoá-la por essas coisas, pois não é sempre que tenho de atravessar um rio, apostar corrida com uma caminhonete de ovelhas ou trotar até Skarmouth em meio a um temporal.

Mas, quando volto para o topo dos penhascos aquela tarde, o tempo está definitivamente ruim. O vento sopra baixo e reto pelo gramado, que assumiu um tom verde-escuro por causa das nuvens que pairam logo acima. Quando as rajadas golpeiam a cara de Dove com força suficiente para diminuir sua velocidade, ela se assusta e treme. O ar cheira a *capaill uisce*. Nenhuma de nós quer estar aqui nesta tarde escura como a noite.

Mas sei que devemos ficar. Se ventar ou chover no dia da corrida, preciso que Dove fique firme. E não o animal escorregadio e indeciso que é agora.

– Calma – digo a ela, mas seus ouvidos estão girando para captar tudo, exceto minha voz.

Uma rajada de vento a empurra perigosamente para perto da beirada do penhasco. Por um momento, vejo o pico do penhasco recoberto de grama no ponto em que recai sobre a beirada da rocha, em direção à espuma do oceano lá embaixo. Tenho a sensação atemporal e flutuante da oportunidade. Então, sacudo uma das rédeas e faço com que ela siga em frente.

Dove dispara em direção ao interior da ilha, ainda fora de controle, se contorcendo e impossível de ser montada.

Uso tudo o que minha mãe me ensinou sobre montaria. Imagino que uma corda presa à minha cabeça esticada ao longo de minha coluna me prende à sela. Imagino que sou feita de areia. Imagino que meus pés são pedras balançando dos dois lados da barriga de Dove, pesados demais para serem afastados dali.

Mantenho o equilíbrio e consigo diminuir sua velocidade, mas meu coração está martelando.

Não gosto de sentir medo dela.

É então que Ian Privett chega. Sob esse céu de chumbo, ele está todo de preto, como alguém que vai a um funeral. Ele monta seu esguio cavalo cinzento, Penda, que, mais que manchado, é estriado de branco, como o oceano inquieto lá embaixo. A alguns metros de distância está Ake Palsson, o filho do padeiro, numa égua *uisce* castanha, e com ele está um *capall uisce* baio montado por Gerald Finney, que é primo de segundo grau ou alguma coisa assim de Ian Privett. Há um grupo de homens a pé, barulhentos e atingidos pelo vento.

Não consigo imaginar por que viriam todos até aqui, tão determinados, até Tommy Falk trota atrás deles em sua égua negra. Quando o olhar dele me encontra, há um aviso nele.

Ake Palsson conduz o grupo em minha direção. Ele parece seu pai, o padeiro, o que deve ser péssimo, uma vez que o gigante Nils Palsson tem tufos de cabelos brancos desgrenhados, profundas cavidades oculares e uma pança que dá a impressão de que ele está escondendo um saco de farinha debaixo da camisa. Mas os olhos estreitos de Ake só tornam o choque de seus olhos azuis ainda mais impressionante, e seu cabelo quase branco de tão loiro é casual em vez de desgrenhado. Ele é tão alto que chega a intimidar, e, se em seu futuro haverá sacos de farinha, sua silhueta rígida não dá nenhuma pista disso. Meu pai sempre gostou de Ake. Dizia que "Ake é gente que faz", o que é um elogio, porque nesta ilha muita gente não faz nada.

Curvado no lombo de seu cavalo castanho, Ake grita, bem-humorado:

– E como vai o terceiro irmão Connolly?

Isso lhe rende uma risada. Só depois que sua risada termina percebo que ele está se referindo a mim.

O cavalo baio de Finney morde Ake enquanto eles trotam juntos. É só um barulho, mas o som daqueles dentes batendo faz Dove recuar.

– É uma vergonha o que é considerado piada hoje em dia – respondo. Tento disfarçar o trabalho que Dove está me dando para mantê-la estável. O vento já estava ruim o bastante, e agora temos *capaill uisce.*

– Está na moda – diz Ake. Não consigo ver as partes importantes de seu rosto com esta luz, então não sei dizer se seu sorriso é do tipo engraçado ou não. – Lá na praia começaram a chamar você de Kevin.

Antes que eu consiga detê-los, meus dedos se lançam envergonhados em direção ao meu chapéu para sentir se meu cabelo estava saindo pelas beiradas. Uma vez, anos atrás, Gabe brincou que Finn e eu éramos parecidos se olhassem apenas para nosso rosto. Estou um pouco envergonhada de ver o quanto me perturba a ideia de que posso ser confundida com um garoto.

– Que engraçado – digo. – Vou competir na corrida, então devo ser um garoto. – Enquanto Ake e Finney se aproximam, deixo Dove trotar num pequeno círculo para esconder o fato de que não consigo fazê-la parar por completo.

Ake dá de ombros, como se pudesse ter pensado em coisa melhor. Atrás dele, o cavalo baio de Finney se agita, batendo no castanho, que quase colide com Dove. Seu medo sobe pelas rédeas.

Ake ri, enquanto Finney apressadamente retoma o controle de seu cavalo baio.

– Mijão – diz Finney, baixando seu chapéu-coco para acalmar seu ego. Ele aponta o queixo em minha direção. – Vamos, Kevin, vamos ver o que você tem para mostrar.

– Não me chame assim – respondo. Ake e ele me rodeiam; seus cavalos fazem Dove parecer pequena. Eles devem saber que isso a está deixando agitada. – E eu já estava terminando.

Finney diz:

– Ora, tenha espírito esportivo. Disseram que você é um talento.

– Não vou apostar corrida com você agora – digo. Disponho meus dentes num sorriso. – Mas vou ficar de olho em vocês, meninos.

Ake ri. Não se trata de um riso malvado, mas também não é para valer. Ele diz:

– Tommy disse que você apostaria corrida conosco.

Vejo Tommy logo atrás. Ele balança a cabeça.

– Então Tommy não sabe do que está falando – respondo.

Finney pergunta:

– Onde estão seus colhões?

Preciso ir embora. No fundo, estou achando que isso vai ser um problema, que Dove terá de lidar com muito mais que isso no dia da corrida. Mas essa é uma preocupação distante. A mais imediata é que Dove está tremendo e está prestes a perder o controle.

– Foi você que disse que tenho colhões, não eu. – Olho rapidamente para trás, tentando ver se há espaço para afastar Dove deles. Algumas gotas de chuva respingam em meu rosto. O pior de tudo é que não há nada de mau em Finney e Ake; eles estão apenas se comportando como Joseph Beringer. Só que Joseph Beringer nunca me provoca de cima de um imenso *capall uisce*.

– Os agentes de aposta estão aqui – diz Finney, apontando com o cotovelo para os observadores. – Você não quer mostrar que pode mais do que o seu 45-1?

Finney deixa seu cavalo baio empurrar a égua de Ake outra vez, e a égua castanha dá um forte encontrão em Dove. Ouço seus dentes batendo e Dove guincha, o vento corta sua crina. Agarro-me a ela enquanto ela recua. Atrás de sua orelha esquerda, vejo um arranhão superficial onde roçaram os dentes do *capall*. O sangue se acumula numa dúzia de gotículas.

– Preciso de espaço! – grito.

Quando ouço minha própria voz, vejo que estou aterrorizada e humilhada ao mesmo tempo. É a voz de uma garotinha assustada.

Ake e Finney ouvem a mesma coisa, porque a expressão no rosto deles muda. Ake agarra as rédeas de sua égua castanha de maneira tão firme que ela quase recua. Finney afasta seu cavalo baio de Dove.

Ambos estão olhando para mim, especialmente Ake, com pedidos de desculpas no rosto.

Dove ergue a cabeça para o vento e relincha, estridente e aterrorizada. Ake continua afastando seu cavalo. Estou aliviada por haver uma distância entre ela e os *capaill uisce*, mas, ao mesmo tempo, estou envergonhada até os ossos por esse espaço que subitamente me cerca.

De ponto de vista avantajado ali perto, os agentes de aposta secam a umidade de seus chapéus e murmuram uns para os outros antes de se afastarem sem nem ao menos me olhar. Ian Privett, ainda observando montado em Penda, faz um sinal com a cabeça para Ake antes de também se virar.

– Até mais, Kate – diz Ake, sem me olhar nos olhos, subitamente acanhado. Ele coloca a rédea contra o pescoço de sua égua castanha e ela vira em direção a Skarmouth. Finney toca seu chapéu e também desaparece.

O topo do penhasco parece calmo agora, apenas o vento e o som de gotas intermitentes penetrando a grama ao meu redor. Não consigo parar de ouvir o som de minha própria voz, e, cada vez que ouço, me sinto um pouco menor.

Tommy está pensativo. Por um momento, parece que ele está vindo em minha direção, mas, ao perceber o movimento de sua égua *uisce*, Dove guincha e ergue as orelhas de novo. Então ele só acena para mim com uma das mãos próxima à rédea e segue os outros.

Sou deixada sozinha, as rajadas de vento tirando meu fôlego. Estou furiosa com Dove por ser tão medrosa, mas estou mais furiosa comigo mesma. Porque não importa se fui corajosa até agora ou se serei corajosa no futuro. Apenas alguns minutos tolos foram suficientes para convencer todo mundo aqui de que não pertenço à praia.

37

PUCK

À noite, Finn e eu fazemos um piquenique na baia de Dove. Ela ainda está perturbada e agitada, e acho que ela nem vai encostar no feno se eu não permanecer aqui fora com ela. E Finn diz que de qualquer forma a tempestade vai nos manter dentro de casa por alguns dias, então é bom sairmos enquanto podemos. Além disso, minha mãe costumava dizer para fazermos piquenique ao ar livre quando estávamos fazendo muito barulho lá dentro, então há uma certa nostalgia reconfortante nisso.

Obviamente, está escurecendo, e há uma garoa irregular, mas ainda assim a baia está seca, e uma lanterna elétrica ilumina o suficiente para vermos nossa sopa. Abro um dos pacotes baratos de feno para usar como cobertor sobre nossas pernas, e nós nos inclinamos contra a parede da baia. Finn, pressentindo meu humor sombrio, encosta a borda de sua tigela na minha, como num brinde silencioso. Dove fica metade para fora e metade para dentro da baia e come seu feno. Daqui tenho uma clara visão do arranhão em seu pescoço, e mais uma vez ouço o som do meu grito no topo do penhasco. Não consigo parar de imaginar o que teria acontecido se eu tivesse simplesmente galopado com eles assim que me pediram. Não consigo parar de ver o rosto deles conforme afastavam os cavalos de Dove.

Por alguns minutos, permanecemos em silêncio, engolindo batatas e caldo, ouvindo os dentes de Dove moendo o feno caro e o som da leve chuva sussurrando através do teto de zinco da baia. Finn empilha mais feno sobre suas pernas para se proteger. Lá fora, o céu está ficando num tom azul amarronzado e negro nas bordas.

– Ela já parece mais veloz – diz Finn. Sorve o restinho da sua sopa para me irritar, então estala os lábios para se certificar de que conseguiu.

Coloco minha tigela vazia no fardo de feno atrás de mim e pego um pedaço de pão. Meu estômago ainda está vazio.

– Você pode fazer aquele ruído de novo? Acho que não ouvi.

– Você está de mau humor – diz Finn.

Penso em três coisas que poderia oferecer como resposta, e no fim simplesmente balanço a cabeça. Se eu falar em voz alta, será ainda mais difícil esquecer.

Finn é uma criatura suficientemente reservada para não tentar me fazer falar. Ele espalha o feno pelas pernas tentando deixá-lo uniforme. Depois de uma longa pausa, diz:

– O que você acha que vai acontecer?

– Acontecer quando?

– Na corrida. E com Gabe. O que você acha que vai acontecer conosco?

Mal-humorada, lanço um maço de feno para Dove.

– Dove vai comer sua comida cara e os *capaill uisce* comerão bife de fígado, e as apostas estarão todas contra nós, mas haverá calor e vento no dia da corrida e Dove seguirá reto, enquanto os outros virarão à direita, e nós seremos as pessoas mais ricas da ilha. Você dirigirá três carros ao mesmo tempo e Gabe vai decidir ficar e nós nunca teremos que comer feijão de novo.

– Não assim – diz Finn, como se tivesse pedido uma história e eu tivesse escolhido a errada. – O que vai acontecer de verdade.

– Eu não sou vidente.

– E se você não ganhar? Não estou dizendo nada ruim sobre Dove. Mas e se ela não conseguir dinheiro nenhum?

Olho para ele para ver se já está se beliscando, mas Finn está apenas cortando um pedaço de feno.

– A gente perde a casa. Benjamin Malvern nos expulsa.

Finn concorda com as mãos, como se tivesse adivinhado isso antes. Gabe nos subestimara.

– E então, eu acho que... – tento imaginar o que acontecerá se eu falhar – acho que terei de vender Dove. E teríamos de encontrar algum lugar para morar. Se conseguíssemos um emprego, poderíamos morar no trabalho, se fosse algo como... faxina. Ou no moinho. Dá para trabalhar no moinho.

Ninguém quer uma vida no moinho.

Tento pensar em outra coisa real, mas não tão terrível.

– Gratton disse que estava de olho em você como aprendiz. Sei que você não conseguiria, mas talvez ele pudesse me considerar para o trabalho em vez de você...

Finn diz:

– Eu conseguiria sim.

– Você não suportaria.

Ele estraçalha o feno nas mãos; é só poeira.

– Você também não suportaria participar da corrida, mas estará lá. Eu poderia aprender a suportar, se fosse preciso.

Mas não quero que ele aprenda a suportar. Quero que meu doce e inocente irmão permaneça como é, e quero que minha melhor amiga, Dove, fique ao meu lado, e não quero trocar a casa onde cresci por um quartinho minúsculo e um emprego no moinho.

– Mas não é isso que vai acontecer – digo. – A primeira história que contei é que vai acontecer.

Finn esmigalha outro pedaço de feno. Dove também.

E, bem nesse momento, um estalido estranho ressoa.

O teto de zinco da baia é velho, há muito que estalar ali, e sua única parede forma parte da cerca, então há mais uma chance de estalo no ponto onde as tábuas encontram as colunas da baia. E a própria cerca não é a coisa mais nova da ilha, por isso de fato qualquer lugar em que há uma junção poderia estalar.

Mas não é esse tipo de estalido.

É mais como um estalido seguido de uma batida. Não bem uma batida. Mais suave que isso. Um tapinha. Quando penso nisso, não consigo nem imaginar como ouvi esse ruído, até notar Finn olhando para mim, completamente imóvel, e percebo que não só ouvi, eu senti.

Finn e eu viramos a cabeça em direção à parede da baia em que estamos recostados.

Quero dizer: "Talvez tenha sido Puffin". Mas Dove parou de mastigar e ergueu as orelhas em direção ao som, mesmo que obviamente não haja nada para ver. Não acho que ela as ergueria por causa de um gato.

Finn e eu nos sentamos imóveis. A garoa faz *sssssss* no telhado. Estamos tentando não olhar um para o outro, porque o olhar tornaria mais difícil escutar. Não há nada. Nada mesmo. Apenas a chuva no teto. Dove ainda está na escuta, mas não há nada para ouvir. Era apenas o telhado se ajeitando. Nossa pequena lanterna elétrica faz um círculo amarelo no teto. O mundo está silencioso.

Então:

Whuff

E os sons inconfundíveis de passos lentos do outro lado da parede.

Não é o som de pés.

É o som de cascos.

Olhamos um para o outro.

O estalido acontece de novo, e dessa vez nós dois sabemos o que é. Sinto o empurrão do outro lado da parede e mordo o lábio com força. Com uma expressão de dúvida, Finn põe um dedo no interruptor de luz elétrica. Balanço a cabeça furiosamente. A única coisa que pode ser pior que enfrentar um *capall uisce* nesta noite chuvosa é fazer isso sem luz.

Em vez disso, começo a me enterrar no cobertor de feno que fiz, lentamente, para impedir que os pedaços de feno façam barulho. Finn imediatamente me segue. As orelhas de Dove giram para seguir um sinal invisível do outro lado da parede. Se eu forçar os ouvidos, consigo ouvir o som de um casco batendo no chão, e então outro. Outra expiração, não mais barulhenta que a chuva no teto.

Não sei o que o *capall uisce* está fazendo. Talvez ele perca o interesse. Talvez seja desencorajado pela cerca que nos separa dele. Em minha cabeça, traço os passos que teríamos de dar para voltar para casa: pelo outro lado da baia, descendo duas partes da cerca, passando por cima do portão de metal e então cinco metros até a porta.

Talvez um de nós passasse pelo portão a tempo. Isso não basta.

A noite está escura e quieta. Aguço meus ouvidos para notar outro passo dado pelo casco. A atenção de Dove permanece fixa no último ponto de onde veio o som. Finn, quase totalmente recoberto de feno, encontra meus olhos. Sua mandíbula está travada.

A neblina assobia sobre o teto. A água pinga na borda do metal, uma gota, duas gotas de cada vez, fazendo um barulho suave e praticamente inaudível quando chega no chão. Em algum lugar muito distante, ouço o que soa como o motor de um carro, talvez. O vento provoca o feno. Não há nada do outro lado da parede.

Dove permanece alerta.

Uma cara longa e negra olha pela lateral da baia.

É o demônio.

Eu me esforço com todo o meu ser para não choramingar. A criatura é negra como carvão à meia-noite, e seus lábios estão repuxados para trás num sorriso tenebroso. As orelhas são longas e apontam perversamente uma para a outra, mais como um demônio do que como um cavalo. Elas me fazem pensar em ovas de tubarão. As narinas são longas e finas para impedir a entrada do mar. Olhos negros e escorregadios: olhos de peixe.

Ele ainda fede ao oceano. Como a maré baixa e as coisas que ficam presas às rochas. Mal é um cavalo.

Ele está faminto.

O *capall uisce* enganchou a cabeça do lado da baia, por cima da cerca. Tudo o que há entre nós e seu sorriso estranhamente suave são três tábuas que eu mesma preguei enquanto minha mãe observava. Três pregos, não dois, em cada uma, porque pôneis, dizia ela, testam tudo.

E agora este cavalo negro como a noite pressiona o peito contra elas. Sem se esforçar. Com a mesma força com que empurrara a parede da baia.

Os pregos estalam.

Ouço meu coração ou o coração de Finn ou talvez ambos, e está batendo tão rápido e alto que não consigo respirar. Minhas mãos estão fechadas sobre o feno, as unhas cravadas nas palmas.

Estamos escondidos, você não pode nos ver, vá embora.

Dove está absolutamente imóvel.

O *capall uisce* olha para ela, abre a mandíbula e lança um som que congela meu sangue. É uma exalação assoviada com estalidos baixos de fundo, vindos das profundezas de sua garganta: *kaaaaaaaaaaaaaaw*.

Dove abaixa as orelhas, mas não se mexe.

Quantas vezes já não nos disseram que os *capaill uisce* querem um alvo móvel? Que se mexer significa morrer?

Dove é uma estátua.

O *capall uisce* empurra mais uma vez. As tábuas estalam mais uma vez.

Ouço Finn suspirar. É tão silencioso que sei que apenas eu poderia ter escutado, e apenas eu porque passei a vida toda ouvindo cada um dos sons que meus irmãos poderiam produzir. É um barulhinho suave e assustado que não ouço há muito tempo.

Então, ouço um gemido de dor.

Vem do pasto. Tanto Dove como o *capall uisce* giram uma orelha em direção ao ruído.

O barulho ecoa de novo, e meu estômago é um buraco sem fundo. É outro deles, eu acho, que derrubou a cerca do outro lado, que está no pasto conosco, nem mesmo três pregos por tábua para nos manter vivos.

O monstro negro gira suas orelhas estranhas e longas outra vez.

O gemido de dor de novo. Soa como um bebê chorando, e então vejo a boca de Finn se mexendo. É praticamente tudo que consigo ver dele. Finn sussurra com sílabas exageradas:

– *Puffin*.

O som de novo e, desta vez, reconheço-o imediatamente. Puffin, a gata do estábulo, sempre em busca de Finn, voltando de seus passeios e atraída por nossa luz. Ela geme de novo, seu miado é como um grito de bebê que ela usa para chamá-lo. Quando ele está generoso, responde com outro miado e ela usa o som como um farol para chegar em casa.

Agora ela grita de novo, mais perto, e o *capall uisce* tira o corpo da cerca.

Sob a luz cinzenta da neblina que a chuva levanta, vejo a silhueta de Puffin trotando em nossa direção, seu rabo como um ponto de interrogação. *Miau?*, ela pergunta.

O sorriso do *capall uisce* se fecha.

Puffin vê o animal apenas quando ele se mexe. A cerca se rasga como papel, as tábuas explodem com um som que é como se o mundo estivesse sendo destruído.

Ela dá um pulo e o *capall uisce* dispara atrás dela, ainda mais faminto pela perseguição. Ambos desaparecem na neblina, e a última coisa que ouço são cascos arranhando, frenéticos, e Puffin gemendo.

Finn cobre o rosto, o feno caindo de suas mãos, e vejo seus ombros tremendo.

Mas não consigo pensar naquilo. Penso nisto: o *capall uisce* voltando e matando meu irmão.

Agarro seu ombro.

– Vamos.

Ainda não tenho um plano, mas sei que não podemos ficar aqui.

Vindo detrás de mim, ouço um som, e me viro com tanta força que meus músculos doem. Preciso de um segundo para perceber que é uma voz, pronunciando meu nome.

– Puck!

É Gabe, pisando o pedaço de cerca destruída que o cavalo acabou de atravessar. Sua voz é um sussurro quando ele agarra meu braço.

– Depressa. Ele vai voltar.

Estou tão chocada por vê-lo, justo agora, que de início não consigo falar.

– Dove. E Dove?

– Traga-a – sussurra Gabriel, quase inaudível. – Finn. Acorde. Vamos.

Pego o cabresto de Dove; ela joga a cabeça no ar e faz meu braço se erguer. Está tremendo como no topo do penhasco.

– Puffin – digo a Gabe.

– É um gato. Sinto muito, mas temos de ir – Gabe puxa Finn. – Há mais dois. Estão vindo.

Gabe segue na frente passando pela cerca destruída. Quando levo Dove até a cerca, ela recua, detida pela lembrança da barreira, e por um breve e terrível instante penso que terei de deixá-la para trás. Estalo a língua suavemente, e ela enfim pisa sobre as tábuas quebradas. Na frente da casa, vejo lanternas, e agora Tommy Falk com o rosto parcialmente iluminado. Ele abre a porta do carro com um empurrão e gesticula para que Finn entre logo. Gabe surge ao meu lado com uma corda.

– Segure-a pela janela.

– Mas...

– *Agora.*

E bem no momento em que ele diz isso, ouço o mesmo estalido de antes, só que agora vindo de algum lugar no estábulo onde estávamos. A distância, ouço o eco atravessando a neblina, um som em resposta. Prendo a coleira no cabresto de Dove e subo no carro. Tommy Falk já está no volante, e Gabe bate a porta atrás de si.

Então partimos pela estrada estreita, os faróis refletidos na neblina e na chuva conforme pulam de volta do chão. Ao nosso lado, Dove trota e depois galopa. Fecho o vidro deixando espaço apenas para a corda. Tommy Falk está totalmente concentrado na direção – checando constantemente os espelhos, se certificando de que não estamos sendo seguidos, cuidando para que Dove consiga nos acompanhar –, e a intensidade daquilo subitamente me faz lembrar que o vi na praia pouco antes.

O carro está silencioso e quente; o aquecedor estava ligado na intensidade máxima, e ninguém pensou em desligá-lo. O carro todo cheira, não de forma desagradável, ao interior de um sapato novo. Ao meu lado, no banco de trás, Finn está infeliz por causa de Puffin.

A única coisa pronunciada é quando Gabe se vira para Tommy e pergunta:

– Sua casa?

Tommy diz:

– Não com o pônei. Temos que ir para a casa de Beech.

Então Finn me belisca e aponta para frente. Recém-iluminada pelos faróis, jaz uma ovelha morta. Está mutilada e foi arrastada do acostamento até o meio da estrada.

Não consigo deixar de olhar para seu corpo despedaçado, mesmo depois que a deixamos para trás. Poderia ter sido conosco. Tommy e Gabe não comentam nada sobre aquilo. Eles não dizem nada, na verdade. Estão num silêncio severo e familiar, Gabe olhando pelas janelas e comunicando a Tommy que a passagem está livre sem pronunciar uma única palavra.

Tommy não pega a estrada para Skarmouth como eu esperava, em vez disso toma a estrada que leva a Hastoway. Ele diminui a velocidade no cruzamento, mas não para, e tanto ele como eu espiamos ansiosamente em todas as direções até partirmos outra vez. Pressiono o rosto contra o vidro, para me assegurar de que Dove não está tendo dificuldade em manter o passo.

– Eu posso montá-la e seguir vocês.

A voz de Gabe não deixa espaço para negociação.

– Você não vai sair deste carro até estarmos em total segurança.

Então, silêncio de novo, nada além da noite, muros de pedra e a chuva.

– Finn – Gabe diz, enfim, em volume alto para ser ouvido por sobre o som do motor. – Esta tempestade que está vindo, quanto tempo vai durar?

Os olhos de Finn estão brilhantes no banco de trás, e ele fica tão incrivelmente satisfeito com o fato de a pergunta ter sido dirigida a ele que isso me dói.

– Só hoje à noite e amanhã.

Gabe olha para Tommy.

– Um dia. Não é muito tempo.

– Tempo suficiente – diz Tommy.

38

PUCK

Tommy Falk nos leva até a casa dos Grattons, próxima a Hastoway. Não estou bem certa da distância, porque, sob a chuva torrencial e as lâmpadas artificiais, tudo fica muito parecido. Beech nos encontra, os ombros curvados contra o vento. Ele me mostra onde Dove deve ficar. Com a lanterna, indica uma cocheira de quatro baias, simples e sem luz elétrica. Uma das baias é ocupada por cabras, a outra, por galinhas, e a outra, por um cavalo castrado atarracado e cinzento, que estica a cabeça sobre a porta da baia quando Dove entra. Ela coloca as orelhas para trás, numa saudação bem ingrata, e eu a instalo na baia ao lado dele. Quero passar mais um tempo com ela, mas me parece uma grosseria quando Beech está ali parado com o braço esticado, iluminando a cocheira com sua lanterna. Por isso, dou apenas um tapinha em seu pescoço e digo "obrigada" a Beech. Ele resmunga e aponta para a casa com a lanterna.

Dentro da casa, Gabe e Peg Gratton conversam enquanto Tommy Falk ergue a tampa da panela para xeretar o que tem ali dentro. Não vejo Finn.

A cozinha em si me lembra o açougue, se ele ficasse dentro de uma casa. Apesar da escuridão lá fora, aqui dentro é claro, as paredes da cozinha são caiadas de branco e há panelas e facas penduradas nelas. A claridade e a sensação de limpeza não são diminuídas pelo fato de o chão estar repleto de pegadas. Há meia dúzia de prateleiras com bugigangas, mas são coisas muito diferentes das que temos em casa: estátuas de madeira que podem ser tanto de cavalos quanto de veados, um maço de grama amarrado com fita vermelha, um pedaço de pedra calcária com o nome PEG gravado. Nenhuma das estatuetas de vidro pintadas ou das belas paisagens repletas de ovelhas e mulheres alegres que minha mãe gostava. Enfim, há quinquilharias, mas não bagunça. No ar, um cheiro forte e delicioso, seja lá o que estiver sendo preparado naquele fogão.

– Eles ficarão no seu quarto – Peg diz a Beech assim que ele entra. Sob a luz forte da cozinha, posso ver que ele se transformou num cara grande e durão, muito parecido com seu pai. Ele quase parece feito de madeira, inflexível, mudando muito lentamente de expressão. E, quando o faz, não parece nada contente.

– Nada disso – ele responde.

– E onde você espera que eles fiquem? – pergunta Peg Gratton. É muito estranho vê-la ali naquela cozinha, e não atrás do balcão do açougue como alguém que pode retalhar você e arrancar seu coração, ou no nosso quintal, me dizendo para não participar da corrida, ou com aquele capacete de pássaro, cortando meu dedo com uma lâmina. De alguma forma, ela parece menor, mais ajeitadinha, com o cabelo ruivo cacheado bagunçado como sempre. Estou abismada com a facilidade com que ela, Beech e Gabe discutem de novo e de novo e de novo sobre onde vamos dormir, e me dou conta de que parte do tempo em que Gabe esteve fora deve ter sido passado aqui. Talvez grande parte. Isso me faz perceber que viemos para cá porque é o lugar onde Gabe se sente seguro. E isso faz com que eu me sinta estranha e triste, como se tivéssemos sido substituídos por outra família.

– Onde está Finn? – pergunto.

– Lavando as mãos, é claro – diz Gabe. – Ele vai ficar ali por décadas.

Fico desconfortável com o comentário sobre as manias de Finn, porque esse sempre me pareceu um assunto privado, algo que só os Connollys soubessem. Gabe não está tirando sarro de Finn, mas quase faz parecer que está.

– Onde é o banheiro?

Tommy, e não Peg ou Beech, faz um gesto em direção à escada do outro lado da cozinha. É como se aquela casa fosse de todo mundo, não só dos Grattons. Deixo a cozinha ressentida. No topo da escada há um corredor estreito e mal iluminado, com três portas, mas só há luz saindo pela fresta de uma delas. Eu bato. Não há resposta até eu dizer o nome de Finn, e então, após uma pausa, a porta se abre. É um cômodo pequeno, com espaço suficiente apenas para uma banheira, uma privada e uma pia, todos bem grudados como se fossem melhores amigos e não se importassem em encostar nos ombros uns dos outros. Finn está sentado na privada com a tampa abaixada. Há pegadas grandes no chão ladrilhado.

Fecho a porta atrás de mim e me certifico de que a banheira está seca antes de entrar e me sentar ali.

– Ele vem aqui o tempo todo – me diz Finn.

– Eu sei – respondo. – Também percebi.

– Foi aqui que ele ficou.

O pesado sentimento de traição repousa entre nós. Quero dizer algo que melhore as coisas para Finn. Ele idolatra Gabe, faria qualquer coisa por ele. Mas não consigo pensar em nada.

– Você acha que Puffin está morta? – Finn pergunta.

– Não, ela foi embora – respondo.

Ele examina as próprias mãos. Estão um pouco ressecadas nos nós dos dedos, de tanto que ele as lavou.

– É, também acho.

Desvio o olhar para as alças brilhantes da banheira. Elas lembram o radiador do carro do padre Mooneyham.

– Então – digo –, um dia?

Finn acena solenemente com a cabeça.

– Um dia. O pior virá amanhã cedo, eu acho.

– Claro, claro. Como você sabe?

Ele parece impaciente.

– Por causa de tudo que vi. Se as pessoas usassem seus olhos, saberiam também.

A porta se abre sem que ninguém bata antes, e Gabe está de pé sob o batente. Seu humor está ótimo, de um jeito que há tempos eu não via.

– Vocês estão dando uma festinha particular aqui?

– Sim – respondo. – Começou na banheira e se espalhou até a privada. Tudo que restou foi a pia, caso você se interesse.

– Bem, todo mundo lá embaixo está perguntando por vocês. Estão preparando ensopado de carneiro, mas só se vocês saírem do banheiro.

Finn e eu trocamos um olhar. Eu me pergunto se ele está pensando a mesma coisa que eu: que Gabe não pode simplesmente fingir que não há nenhum ressentimento entre nós, que ele não nos deixou e que tudo voltará a ser como antigamente. Antes eu pensava que uma palavra dele bastaria, mas agora sei que quero que ele peça perdão. Se eu não receber um pedido de desculpas muito humilde, não quero mais nada.

Enquanto desce as escadas, Gabe diz:

– Você vai dormir no sofá, Finn, sinto muito. Porque você é o menor.

– Quem disse? – pergunto.

Gabe dá de ombros.

– Bem, tecnicamente você é a mais baixa, mas Peg acha que deve dormir num quarto. Você sabe, com porta e tudo mais. Então, você vai ficar no quarto de Beech.

– E onde Beech vai dormir?

– Ele e Tommy vão ficar num colchão na sala. Peg disse que vai funcionar dessa forma.

Na cozinha, os rapazes estão barulhentos e falam um por cima do outro. Beech e Tommy seguram alguma coisa e um tenta impedir o outro de alcançá-la, e um cão pastor que apareceu do nada também entra na brincadeira. Peg segura uma colher numa das mãos e agarra um gato pelo cangote com a outra. Ela parece nervosa com ambos.

– Coloque o gato para fora – ela diz a Gabe, e ele pega o bicho da mão dela e o coloca no quintal. Ela faz uma careta para mim. – Eu não consigo cozinhar assim. Gatos são um inferno.

Antes que eu possa responder, Gabe pergunta:

– Onde está Tom?

Levo um instante para perceber que ele se refere a Thomas Gratton. Nunca me passou pela cabeça que, em sua casa, Thomas Gratton fosse chamado de Tom.

– Ele foi ver como estão os Mackies. Beech, se manda. Vocês todos, fora daqui. Vão para a sala enquanto termino o jantar. *Fora.*

Beech e Tommy obedecem e deixam a cozinha, levando a algazarra com eles. Finn vai trás, encantado com o cão.

Eu me viro para sair, mas me detenho quase na porta e, hesitante, olho por cima do ombro. Peg Gratton está diante do grande fogão preto, mexendo nas panelas, e Gabe está parado bem atrás dela, sussurando em seu ouvido. Acho que consigo ouvi-lo dizendo "forte o suficiente" e...

– Puck, pega! – grita Tommy.

Viro o rosto na direção da sala bem a tempo de ser atingida na boca por uma meia cheia de feijões.

Beech dá uma gargalhada, mas Tommy parece sem graça e pede desculpas. A collie brinca ao meu redor querendo ser minha amiga, louca para pegar a meia, e percebo que era isso que Beech e Tommy disputavam há pouco na cozinha.

– Você devia mesmo se desculpar – digo a Tommy, que ainda parece sem jeito, parado ao lado do sofá verde que vai servir de cama para Finn. Jogo a meia de volta para ele.

Feliz por ter sido perdoado tão facilmente, ele sorri e joga, no mesmo instante em que a apanha, a meia para Beech, que a perde para a collie. Tommy não liga em fazer papel de bobo, correndo atrás da cadela e brincando com ela. Até Finn ri da cena. Fico imaginando o que leva Tommy a deixar a ilha; ele não é soturno como Gabe nem mal-humorado como Beech. Parece sempre bem, contente, completamente à vontade com o estilo de vida da ilha. No chão, Tommy finalmente consegue roubar a meia da cadela, e lançamos o brinquedo uns para os outros, até mesmo para ela, que ama a brincadeira, até que Finn pergunta:

– Onde está Gabe?

E nós percebemos que ele não saiu da cozinha.

Começo a caminhar para lá, mas Tommy segura meu braço.

– Eu vou.

Ele enfia a cabeça pela porta e eu não consigo escutar o que diz. Um instante depois, fala:

– Boa notícia. A comida está pronta.

Gabe surge no batente atrás dele, e eles trocam um olhar que me deixa louca da vida, porque fica claro que têm segredos.

Finalmente, Peg aparece e se dirige a todos nós:

– Se quiserem comer, terão de se servir. E, se não gostarem da comida, culpem Tom. Foi ele quem fez.

Não há muita conversa enquanto comemos. Talvez, como eu, as outras pessoas em volta da mesa estejam pensando em tudo que aconteceu esta noite. Mas é um silêncio sem exigências. A tempestade não está forte o suficiente para que seu barulho atrapalhe a refeição e é fácil fingir que tudo aquilo não passa de uma visita social. A única vez em que Peg Gratton se dirige a mim é para dizer que, antes que a tempestade piore, posso dar mais feno a Dove se achar necessário.

E ela tem toda razão sobre a tempestade. Quando vamos nos deitar, o vento se torna furioso, cheio de força, e faz as vidraças tremerem nas janelas. Os lençóis da cama estão limpos, mas o quarto ainda tem o cheiro de Beech, ou seja, presunto salgado. Antes de apagarmos as luzes, noto que não há objetos pessoais no quarto, nada que indique que Beech é o dono do quarto. O cômodo tem só uma cama, uma escrivaninha bem simples com um vaso vazio e algumas moedas sobre ela, além de um armário estreito e gasto. Eu me pergunto se havia mais de Beech aqui e se ele já havia embalado para levar para o continente.

Penso nisso enquanto tento pegar no sono. Estou virada para um lado da cama e Gabe para o outro, mas é uma cama de solteiro e o cotovelo dele está nas minhas costelas e seu ombro espremido contra o meu. Está mais quente aqui do que estava em nossa casa, e a presença de Gabe aumenta ainda mais a temperatura, então não sei bem se conseguirei dormir. A respiração de Gabe também não indica que ele esteja dormindo.

Por um longo momento ficamos ali deitados no escuro, ouvindo a chuva no telhado, e eu penso na cerca quebrada lá em casa, no último som de Puffin que ouvi e naquela cara comprida e negra espiando da lateral da baia para dentro do estábulo.

Por causa do cansaço, digo exatamente o que estou pensando, sem um pingo de tato.

– Por que você voltou para nos apanhar? – Apesar de eu estar sussurrando, minha voz ecoa naquele quartinho.

A resposta de Gabe do outro lado da cama é seca.

– Sinceramente, Puck, por que você acha?

– O que isso importa para você?

Agora ele está indignado.

– Que tipo de pergunta é essa?

– Por que você está respondendo a todas as minhas perguntas com outras perguntas?

Gabe tenta se mexer para colocar algum espaço entre nós, mas não há mais colchão para isso. A cama geme e range como um navio no mar, mas o mar não passa do chão de madeira no quarto de Beech que cheira a presunto.

– Não sei o que quer que eu diga.

Não quero ser acusada de ser histérica, então meço as palavras com cuidado e falo bem devagar.

– Quero saber por que você se importa com a gente agora, se no próximo ano você terá ido embora, e Finn e eu podemos ser devorados em outubro e você, lá no continente, nunca saberia.

No escuro, ouço Gabe suspirar pesadamente.

– Não é que eu queira deixar vocês para trás.

Eu me odeio pela pequena ponta de esperança que sinto quando ele diz isso. Mas é verdade que eu o imagino de braços abertos, anunciando que mudou de ideia, enquanto abraça Finn, Dove e eu de uma vez só.

Digo:

– Então não vá. Fique.

– Eu não posso.

– Por que não?

– Eu simplesmente não posso.

É a conversa mais longa que tivemos em uma semana, e eu me pergunto se devo apenas deixar para lá. Eu o imagino dando um pulo, jogando o lençol para o lado e deixando o quarto louco da vida para não ter mais que falar comigo sobre coisa nenhuma. Bem, se ele quisesse fugir dali, teria de pular o corpo de Tommy Falk e o de Beech Gratton no chão e evitar cair sobre o sofá onde Finn está, para depois ir se sentar na cozinha escura. Não acho que ele vá fazer uma coisa dessas. Por isso, eu digo:

– Esse não é um motivo verdadeiro, Gabe.

Ele não diz nada por um bom tempo, depois suspira e diz com uma estranha e fraca voz:

– Eu não aguento mais.

Sinto-me tão estranhamente grata por sua honestidade que não sei o que pensar. Eu me esforço para pensar numa boa pergunta, que faça com que ele continue falando assim. É como se a verdade fosse um passarinho e eu tivesse medo de espantá-lo.

– O que você não aguenta mais, Gabe?

– Esta ilha. – Ele respira fundo entre cada palavra. – A casa onde você e Finn estão. O falatório. Os peixes, os malditos peixes. Vou cheirar a peixe pelo resto da vida. Os cavalos. Tudo. Não posso mais viver assim.

Ele parece muito infeliz, mas não parecia assim mais cedo, quando estávamos todos na cozinha ou durante o jantar. Não sei o que dizer. As coisas das quais ele reclamou são as coisas que amo na ilha, exceto talvez o cheiro de peixe, que é uma coisa que pode estragar todo o resto. Mas não sei se essa é razão forte o suficiente para deixar tudo para trás e começar uma vida nova.

É como se ele tivesse confessado que está morrendo de uma doença que eu também tenho, mas da qual nunca ouvi falar, com sintomas que não posso ver. E isso me parece tão errado, não entra na minha cabeça. E penso nisso de novo e de novo.

A única ideia que consigo realmente entender é que essa coisa, essa coisa estranha, incompreensível e invisível, é grande e forte o suficiente para conduzir meu irmão para longe de Thisby. Por mais que Finn e eu fôssemos importantes na vida dele, isso é maior.

– Puck? – diz Gabe, e eu me assusto.

– Sim?

– Eu gostaria de dormir agora.

Mas ele não dorme. Ele se vira para o lado e sua respiração continua leve e vigilante. Não sei por quanto tempo ele permanece acordado, mas sei que adormeço antes dele.

39

SEAN

Bem cedo, quando ainda está escuro, a tempestade me faz despertar.

O vento ruge acima de nós, como um motor, o uivo de uma criatura do mar. Meus olhos se acostumam com a escuridão e vejo as luzes se movendo lá fora. Rajadas de chuva atingem o vidro da janela numa onda de fúria e depois em outra e mais outra.

Agora ouço os cavalos. Eles relincham, chamam e escoiceiam as paredes. A tempestade os deixou desvairados, e, do lado de fora, alguma coisa está gritando. Foi esse grito que me acordou, não o vento.

Eu me sento, agindo sem pensar. Depois disso, hesito. São meus cavalos ali fora, ilhados nas cocheiras, sozinhos nesta madrugada terrível. Mas, ao mesmo tempo, não são meus, e, ao abandonar tudo, eu os tornei ainda menos meus do que eram antes. Devo ficar aqui, sem fazer nada, permitindo que a noite faça o que tem de fazer. Deixe que Malvern faça o levantamento dos estragos pela manhã e se dê conta de que sou inestimável.

Fecho os olhos, apoio a testa no punho e ouço os lamentos lá fora. Ainda mais perto, ali embaixo, ouço um cavalo apavorado dando coices na parede de sua baia, levando as paredes ou a si mesmo à destruição.

"Está superestimando sua importância para este haras, sr. Kendrick."

Mas eu não fiz isso.

Não posso deixar nem um único cavalo morrer porque estou no meio de uma disputa com Malvern.

Calço minhas botas e apanho minha jaqueta, e, quando estou prestes a tocar a maçaneta, há uma batida na madeira.

É Daly. Seu cabelo está molhado e grudado no rosto e há sangue nas mangas de sua camisa. Ele estremece, impotente.

– Malvern disse para nos virarmos sem você, mas não dá. Ele não precisa saber. Por favor.

Ergo meu casaco para lhe mostrar que eu já estava indo, e juntos corremos pelas escadas estreitas e escuras em direção ao estábulo. Tudo cheira a chuva e ao mar e, mais uma vez, a mais chuva.

Daly me apressa.

– Eles não vão se acalmar. Há um *capall uisce* em algum lugar lá fora, e não sabemos se ele está entre os cavalos e quem está machucado por causa do barulho, como você pode ouvir agora. Eles estão todos se chutando. Quando conseguimos acalmar um, a gritaria dos demais o enfurece de novo.

– Eles não vão se acalmar com essa gritaria toda – digo.

Todos os cavaleiros, treinadores e cavalariços de Malvern estão aqui fora tentando acalmar seu cavalo mais precioso. As lâmpadas sobre nossa cabeça balançam ao vento que encontra seu caminho por aqui, e a luz oscila sobre mim, e é como se eu estivesse perdendo a consciência. Passo por Mettle em sua baia. Ela relincha e bate as patas dianteiras no chão quando para de empinar. Se ela ainda não estiver doente, ficará em breve. Ouço Corr chamando e fazendo barulho, levando os cavalos perto dele à loucura. Em algum lugar atrás de mim, outro cavalo está batendo um casco contra a parede, num gesto rítmico e sem sentido. Lá fora, os gritos continuam.

Daly está logo atrás de mim conforme me dirijo à baia de Corr. Em meu bolso, minha mão se fecha em torno de uma pedra com um buraco no meio. Se Corr fosse qualquer outro cavalo d'água, eu teria prendido essa pedra em seu cabresto esta noite, para que fizesse mais barulho do que faz o mar de novembro que se aproxima. Mas Corr não é um cavalo d'água qualquer, e meus truques o deixariam ainda mais ansioso.

Abro a mão e deixo a pedra no bolso.

– Mantenha todos afastados – digo. – Mantenha todos fora do meu caminho.

Abro a porta da baia de Corr e ele se adianta na direção do corredor. Pressiono minha mão em seu peito e depois o golpeio, empurrando-o para trás. Um dos puros-sangues relincha com raiva.

– Mantenha todos afastados – repito para Daly.

Ele se afasta para que eu possa passar, e então permito que Corr deixe sua baia e me arraste pelo corredor em direção à porta que dá para o pátio. Ela está fechada para a chuva e para o pior.

– Não saia por aí! – grita Daly atrás de mim. – Malvern está lá fora.

Isso não é nada bom. Malvern vai saber que eu ainda estou entre os seus cavalos. Mas não posso parar o que está acontecendo aqui sem resolver o problema lá fora primeiro.

Empurro a porta para abri-la, enquanto Corr se debate e resfolega no cabresto, dificultando meus movimentos. No mesmo instante, fico ensopado com a chuva. Há água em meus ouvidos, em meus olhos. Eu estou bebendo o céu. Tenho de afastar a água que escorre pela minha testa e piscar para conseguir enxergar. As telhas do estábulo estão espalhadas por todo o quintal. Todas as lâmpadas do haras estão acesas, e a chuva que cai forma halos em torno de cada uma delas. Três éguas estão no portão, implorando desesperadas para entrar. São matrizes e vivem nas pastagens de Malvern no caminho para Hastoway. O fato de estarem soltas significa que algo ruim aconteceu com a cocheira delas e vieram por instinto a um lugar conhecido, onde se sentem seguras. Uma delas manca tanto que meu coração se aperta. A maior deve ter reconhecido meu caminhar, pois faz uma pausa e para de se debater e relincha para mim, num chamado longo e implorante. Confiando em mim para salvá-la do que quer que a tenha espantado.

E ali estão Malvern e David Prince, o tratador principal. Malvern tem uma espingarda nas mãos, o que é muito otimista de sua parte.

Aqui fora os gritos parecem vir de todos os lados. O ar vibra com cada pingo que cai, e as nuvens se enfrentam acima de nós. É um uivo que age como veneno, uma promessa paralisante. Esta tempestade tem levado a ilha à loucura.

Corr dá um tranco e puxa meu braço. Vejo seus cascos deixarem as pedras e voltarem, mas não posso ouvir o som deles. Tudo que consigo ouvir é o lamento interminável, alto como se estivesse dentro da minha cabeça. É um grito que percorre muitos e muitos quilômetros debaixo d'água.

Puxo Corr pelo cabresto para chamar sua atenção, e então inclino sua cabeça em minha direção. Os lábios dele estão repuxados de forma ameaçadora; não é o Corr que conheço. Meu coração disparada, apesar de todos os anos que passamos juntos. Ele é um monstro. Com uma das mãos, empurro aqueles dentes para longe de mim e, com a outra, viro a orelha dele em minha direção.

Franzindo os lábios, lamento para ele. É mais baixo que o grito que ouvimos agora. O grito que está se aproximando.

Corr está distraído. Os lábios dele estão estendidos para longe, para muito longe de seus dentes; ele não é cavalo. Torço sua orelha o suficiente para machucar, e mais uma vez murmuro, um zumbido baixo que vai se transformando em gemido.

Malvern ergue a espingarda, olhando para algo que não posso ver através da escuridão e da neblina.

– Corr! – eu grito. Minha boca está cheia de água por causa da chuva, e eu falo com ele de novo.

Malvern atira, mas o urro do *capall uisce* que se aproxima não parece diminuir. Na verdade, não poderia ser mais alto.

E então, finalmente Corr começa a se lamentar conforme o estimulo. É um som grave, profundo, posso sentir sua vibração percorrendo o arreio que seguro. E posso senti-lo nas solas dos meus sapatos. Então isso borbulha sob o grito. O lamento de Corr cresce e se amplia num gemido, num rosnado, num urro como o do vento quando atinge as construções. O som enche o pátio e cresce para além da chuva. É um grito de disputa pelo território, uma ameaça, uma declaração: *Este território já é meu. Este é o meu rebanho.*

O outro grito diminui de volume e o de Corr aumenta, se elevando para preencher o espaço deixado pelo outro. As éguas no portão ficam loucas de medo, e sei que os cavalos no estábulo estão ainda piores. O grito alto e assustador de Corr não é diferente daquele que substituiu. Exceto pelo fato de que posso interrompê-lo.

Ouço tudo que nos cerca para ter certeza de que o lamento de Corr é o único. Um de meus tímpanos, o mais próximo a Corr, quase não consegue registrar mais nenhum som. Mas meu ouvido esquerdo não ouve nenhum outro concorrente.

Agora agarro o arreio de Corr com firmeza e pressiono os dedos nas veias de seu pescoço, em sentindo anti-horário. O grito de Corr falha. Pressiono os lábios em seus ombros e sussurro contra sua pele ensopada.

A madrugada se torna silenciosa. Em meu ouvido direito ainda ouço um zumbido, um rádio fora da estação. Malvern e Prince olham para mim. As éguas no portão tremem juntas. Dentro do estábulo, os outros cavalos pararam de escoicear as paredes.

A chuva diminui; não há um único centímetro de terra seca em todo o mundo. Do outro lado do pátio, Malvern faz um curto gesto em minha direção.

Conduzo Corr até o poste de luz onde Malvern está. Os olhos dele chicoteiam de mim para Corr, que é negro molhado na noite.

– Já mudou de ideia? – me pergunta Malvern.

– Não.

Seu tom de voz é de desdém.

– Eu também não. Isso não muda nada.

Não estou certo se acredito nele.

40

PUCK

Como Finn previu, a tempestade castigou Thisby por uma noite e um dia, e, no fim daquele dia chuvoso, pudemos voltar para casa. Estou aliviada, porque prefiro correr descalça nas Corridas de Escorpião a tentar dormir com Gabe mais uma vez na cama estreita de Beech, a qual cheira a presunto. Tommy está louco para voltar para casa, porque deixou seu *capall uisce* aos cuidados de sua família, do outro lado da ilha, e ele não consegue imaginar como estão se virando. Acho que gostaria de conhecer a família de Tommy, pessoas que não se importam em cuidar de um cavalo d'água, enquanto Tommy sai para salvar seus vizinhos em perigo. Afinal, não é a mesma coisa que pedir para sua mãe abrir a lata de ração e alimentar o gato enquanto você está fora. Sei que devo ter visto os pais de Tommy em alguma ocasião – já devo ter visto todo mundo que mora em Thisby em alguma ocasião –, mas não me lembro deles. Na minha imaginação, o sr. e a sra. Falk têm os mesmos olhos azuis brilhantes de Tommy e os lábios adoráveis do filho. E inventei alguns irmãos para ele, já que também tenho. Dois irmãos e uma irmã. A irmã é caseira. Os irmãos não são.

À noite, estamos prontos para tomar nosso caminho. Os meninos estão animados porque vão andar no carro de Tommy de novo, mas eu faço um cabresto para Dove para poder montá-la em pelo e ir para casa cavalgando.

A porta da casa bate, e, um instante depois, percebo que Peg Gratton saiu de lá de dentro e está ao meu lado. De braços cruzados, ela observa em silêncio enquanto me preparo para montar.

– Obrigada mais uma vez – digo finalmente, porque preciso dizer alguma coisa.

Ela não responde, apenas ergue as sobrancelhas, como um aceno de cabeça sem movimento.

– Ainda tem uma porção de gente que não quer você naquela praia.

Tento não ficar brava com ela.

– Eu disse que não há como você me convencer do contrário.

Então Peg ri, e seu riso parece com o grasnar de uma gralha.

– Não estou falando de mim. Estou falando dos homens que não querem uma menina na corrida deles.

Minha boca diz "ah", mas a minha voz não sai.

– Apenas se cuide. Não deixe ninguém mexer nos arreios para você. Não permita que ninguém alimente sua égua.

Concordo com a cabeça, porém acho fácil imaginar alguém irritado com a minha participação na corrida, mas difícil imaginar alguém que estivesse disposto a fazer algo desprezível assim.

Pergunto:

– E Sean Kendrick?

Olho para Peg Gratton, e ela me dá um sorrisinho cheio de mistério, o mesmo que tinha no rosto enquanto usava a fantasia de pássaro.

– Você certamente não gosta de fazer as coisas do jeito mais simples, gosta?

– Eu não sabia – respondo com sinceridade – que esse era o caminho mais difícil quando comecei.

Peg arranca um pedaço de palha da crina de Dove.

– É fácil convencer os homens a amar você, Puck. Tudo o que precisa fazer é ser uma montanha que eles têm de escalar ou um poema que não entendem. Algo que os faça se sentir fortes ou inteligentes. É por isso que amam o oceano.

Eu não tenho certeza de que é por isso que Sean Kendrick ama o oceano.

Peg continua:

– Quando você fica parecida demais com o que são e com o que fazem, o mistério desaparece. Não há motivo para procurar o Santo Graal se ele se parece com sua caneca de café.

– Não estou tentando ser procurada.

Ela aperta os lábios.

– O que estou dizendo é que você está pedindo que eles a tratem como homem. E não estou certa se é isso mesmo que você quer.

Há algo de desconcertante nas palavras dela, ainda que eu não tenha certeza se é porque discordo ou concordo com ela. Lembro-me de Ake Palsson levando seu cavalo para longe de mim e das palavras que ela disse, e algo em meu peito dói.

– Só quero que me deixem em paz – digo.

– Como eu disse – responde Peg. – Você está pedindo para ser tratada como homem.

Ela entrelaça os dedos para me oferecer apoio para montar. Depois, dá um tapa na anca de Dove, que começa a percorrer o mesmo caminho que o carro de Tommy acabara de seguir. Eu me viro conforme nos afastamos. Ela fica ali, em pé, olhando, mas não acena.

Começo a me sentir melhor conforme nos distanciamos da casa branca dos Grattons. Depois de tanto tempo trancada em casa, o ar me parece limpo e fresco. A ilha se parece um pouco com a nossa cozinha: cheia de coisas, mas não muito arrumada. Há estacas de cercas lançadas longe das cercas, telhas e coberturas que voaram com a força do vento espalhadas pelo campo e galhos caídos para todo lugar que se olha. Ovelhas vagam livres pela estrada, o que nem é tão incomum, mas localizo éguas soltas também, pastando para além das cercas destruídas.

Nem sinal dos *capaill uisce* que emergiram com a tempestade, e me pergunto se voltaram para o mar. No momento, a ilha parece tão calma, tão tranquila, sem nenhum sinal dos problemas, dos cavalos e do tempo. Penso que teríamos um tipo completamente diferente de turistas se esta fosse sempre a cara de nossa ilha.

Só eu sei que esta não é a Thisby verdadeira. A ilha real voltará amanhã de manhã. Falta pouco mais de uma semana para as corridas. É difícil imaginar que nossa história terminará da forma como contei a Finn. A sorte não parece ser algo que os Connollys têm de sobra.

Mas, quando chego em casa, o rosto de Finn está radiante de felicidade. Bem atrás dele, no chão da cozinha, está Puffin, a gata do estábulo.

Seu rabo está bem machucado, com marcas de mordida, e ela está revoltada e triste, mas também está viva.

Esta ilha é astuciosa e cheia de segredos. Não faço a menor ideia de seus planos para mim.

41

SEAN

À noite, quando a última luz se apaga, faço como meu pai costumava fazer e pego um atalho que cruza os campos para chegar à praia que fica de frente para o oeste. Enquanto o sol brilha baixo e vermelho no mar, entro na água. A maré ainda está alta, marrom e agitada por causa da tempestade, então, se houver alguma coisa sob a superfície, eu não vou saber. Mas não saber faz parte disso. O render-se às possibilidades que estão debaixo d'água. Não foi o oceano que matou meu pai, no fim das contas.

A água está tão fria que meus pés ficam dormentes quase de uma vez. Estendo os braços para as laterais e fecho os olhos. Ouço o som da água batendo. Os gritos estridentes das andorinhas-do-mar e os araus nas rochas, o canto rouco das gaivotas acima de mim. Sinto o cheiro de alga e de peixe e o cheiro intenso dos pássaros que fazem seus ninhos na terra. O sal se acumula em meus lábios, encrosta em meus cílios. Sinto o frio envolvendo meu corpo. A areia se desloca e enterra meu pé na maré. Estou perfeitamente imóvel. O sol é vermelho por detrás de minhas pálpebras. O oceano não me mudará e o frio não me levará. Tudo a meu respeito é exatamente como era quinhentos anos atrás, quando os padres de Thisby paravam à beira do oceano escuro e frio e se ofereciam para a ilha.

Tento manter meu interior tão quieto quanto o exterior. Não sou diferente das gaivotas que circulam sobre mim, pensando apenas em como sobreviver neste instante e alcançar o próximo.

Sussurro três vezes para o oceano. Na primeira, peço que Corr seja dócil e gentil, assim eles não terão motivo para usar os sinos e a magia que ele tanto odeia.

Mas, nas outras duas, peço que seja mau, assim eles terão de implorar para que eu volte.

42

PUCK

A ilha está maluca.

Porque levei Dove para um volta por Hastoway ontem à noite, lhe dou a manhã de folga e digo para comer o feno caro. Dou um pouco do grão também - não muito, porque ela ficaria enjoada disso - e a deixo para ir assistir ao treino e fazer algumas anotações. Eu não tinha mais nenhum bolo de novembro e não ficamos em casa para assar qualquer outra coisa, então tenho de me contentar com um pacote de biscoitos velhos.

Não demora muito para eu perceber que Thisby está completamente mudada agora que o festival acabara e a tempestade havia passado. Além das telhas e galhos, era como se o vento tivesse trazido pessoas e tendas. A estrada para Skarmouth, clara sob os penhascos, está cheia de barracas e mesas de todos os tipos. Onde eu ajudei Dory Maud a armar sua barraca, é agora uma cidade de tendas, todas povoadas e controladas pelo pessoal da ilha, que tenta seduzir turistas com suas mercadorias. Alguns deles são os vendedores que Brian Carroll e eu tínhamos visto enquanto andávamos pelo festival, mas alguns são novos: a barraca vendendo as flâmulas dos corredores e as apressadas e incríveis pinturas dos favoritos, as esteiras para sentar e assistir à corrida dos penhascos sem ficar com o traseiro molhado.

Sinto, de repente e de forma alarmante, como se os competidores estivessem muito próximos. Subitamente, percebo que há poucos dias para eu cavalgar Dove pela praia, e me sinto completamente despreparada. Eu não sei nada sobre participar de corridas. Nada de nada.

Sou ressuscitada de minha covardia por Joseph Beringer, que me rodeia cantando alguma canção com rimas pobres e imundas sobre minhas chances e sobre minhas saias.

– Eu nem uso saias – grito para ele.

– Especialmente – disse ele – em meus sonhos.

Tinha pensado, por alguma razão, que ser um dos competidores nas Corridas de Escorpião me faria ser mais respeitada, mas, surpreendentemente, as coisas não mudaram.

Eu o ignoro, o que ajuda um pouco, só porque soa como algo familiar, e continuo seguindo as pessoas até a tenda de Dory Maud, evitando poças e Joseph da melhor maneira possível. Já consigo ouvir a comoção na praia, mesmo com as pessoas falando alto nas barracas. Há algo no som que parece estranho à algazarra normal de treino, e não estou certa se é só porque todo mundo está na praia ao mesmo tempo em que as corridas se aproximam.

– Puck! – Dory Maud me chama antes de eu a chamar. Ela está vestida para a festa, com um lenço tradicional e botas de borracha, uma combinação ao mesmo tempo ridícula e, infelizmente, muito representativa de Thisby. – Puck! – fala mais uma vez, agora balançando uma sequência de sinos de novembro em minha direção, um ato que chama a atenção de pelo menos duas pessoas próximas a mim. Cuidadosamente, ela guarda os sinos debaixo da mesa diante dela, deixando à mostra o preço.

– Oi – digo. Há um barulho enorme vindo da praia, o que eu acho estranhamente perturbador.

– Onde está seu cavalo? – pergunta Dory Maud. – Ou você acha que vai poder treinar sem ela?

– Eu a trouxe de Hastoway ontem à noite. Ela está descansando, e eu vou assistir ao treino ali dos penhascos

Dory Maud me encara.

– É estratégia – acrescento irritada. – Estou desenvolvendo uma estratégia. Nem tudo da corrida tem a ver com praticar, sabia?

– Eu não sei nada sobre isso – responde Dory. – Exceto que o cavalo de Ian Privett parece vir com força, correndo por fora e chegando até o fim, parecido com a forma como correu ano passado.

Eu lembro o que Elizabeth disse sobre Dory Maud apostando nos cavalos. Minha mãe disse a meu pai que vícios só são vícios quando vistos pela estrutura da sociedade. Vejo um possível aliado no vício de Dory.

– O que mais você sabe?

Dory Maud se aproxima do balcão da tenda de lona e então diz:

– Sei que direi mais coisas se você voltar depois e tomar conta da barraca por uma hora enquanto vou almoçar.

Olho feio para ela. Mais uma vez, não é algo que pensei que teria de fazer como participante das corridas.

– Vou pensar no assunto. De qualquer forma, o que é aquela confusão toda lá na praia, você sabe?

Dory Maud olha com inveja para a estrada da praia.

– Ah, é Sean Kendrick.

O interesse me aferroa.

– O que há com Sean Kendrick?

– Estão levando o garanhão vermelho dele lá para baixo. Mutt Malvern e alguns dos outros meninos.

– Com Sean?

Dory Maud parece triste por ter de ficar tomando conta da barraca, em vez de ir para a praia assistir à bagunça.

– Não o vi. Dizem por aí que ele não vai participar das corridas. Que ele e Benjamin Malvern brigaram por causa do garanhão e ele deixou o haras. Kendrick.

– Deixou o haras?

– Você está surda? – Dory Maud toca o sino perto do meu ouvido.

Ela chama a atenção de alguém atrás de mim.

– Sinos de novembro. Melhor preço da ilha!

Algumas vezes, ela me lembra muito sua irmã Elizabeth, e não de maneira positiva. Então, ela me diz:

– É o que estão falando, não é? Dizem que Kendrick quis comprar o garanhão e Malvern disse não, então ele se demitiu.

Penso em Sean dobrado sobre o garanhão, montando sem sela no topo dos penhascos. No jeito tranquilo que tinham um com o outro quando o conheci, no dia que fui dar uma olhada na égua *uisce*. Penso até mesmo no jeito como Sean estava quando se apresentou no festival sangrento e disse seu nome e depois o de Corr, como se um nome vir depois do outro fosse apenas um fato qualquer. Penso na forma como disse "O céu e a areia, o mar e Corr" para mim. E sinto uma ponta de injustiça, porque em tudo, menos no nome, me pareceu que Sean Kendrick já era dono de Corr.

– Então o que estão fazendo com ele?

– Como eu posso saber? Só vi os rapazes desfilando por aí, e Mutt Malvern feliz como se fosse seu aniversário.

Agora, meu senso de injustiça está realmente gritando. De repente mudo meus planos, e, em vez de ir assistir ao treino lá de cima do penhasco, resolvo ir ali embaixo dar uma olhada no que está acontecendo na praia.

– Estou indo lá para baixo.

– Não fale com o filho de Malvern – avisa Dory Maud.

Já estou a caminho, mas olho para trás, por cima do ombro.

– Por que não?

– Porque ele pode responder.

Corro pelo caminho do penhasco e passo pelo restante das tendas; Como o caminho fica íngreme, os vendedores não podem mais ter suas bancas alinhadas ao chão, então tudo vai ficando mais quieto. E lá embaixo está o garanhão, rodeado por quatro homens. Reconheço a forma quadrada de Mutt Malvern, e o homem segurando a trela – David Prince, porque ele costumava trabalhar na fazenda dos Hammond perto de nós –, mas nenhum dos outros. Há um círculo de pessoas ao redor deles também, vendo, rindo e gritando. Mutt grita algo de volta para eles. Corr ergue a cabeça, sacode o braço do homem que o segura e dá um urro alto e claro na direção do mar.

Mutt ri.

– Está tendo dificuldade em segurá-lo, Prince?

– Eu consigo! – grita alguém do círculo, e há mais risada.

Imagino Dove tirada de mim desse jeito, e a raiva se agita em meu estômago.

Sei que Sean deve estar aqui, em algum lugar. Levo só um instante para descobrir onde ele está, porque agora sei como: procurar o lugar sem movimento, a pessoa que está apenas um pouco distante do resto. Certamente ali está ele, de costas para o penhasco, um braço sobre o estômago e o outro cotovelo descansando sobre ele. As articulações de seus dedos pressionam seus lábios, mas seu rosto não tem expressão. Há algo terrível sobre o modo como ele está parado ali, observando. Parece não apenas paralisado, mas congelado.

Mais adiante, na praia, Corr lamenta de novo, e Mutt passa uma fita vermelha com sinos ao redor do tornozelo do animal, logo acima de seu casco. Ao ouvir o som dos sinos, o garanhão recua como se aquele som fosse fisicamente doloroso, e eu inesperadamente pisco com os olhos cheios d'água.

Sean Kendrick vira o rosto.

Há algo tão desprezível nisso tudo que não posso simplesmente deixá-lo ali sozinho. Abro caminho entre os turistas e nativos que estão assistindo ao espetáculo. Meu coração acelera no peito. Penso em Sean me dizendo: *Mantenha seu pônei fora desta praia.* É possível que eu seja a última pessoa que ele queira ver.

Paro perto dele com os braços cruzados. Nós não nos falamos. Fico contente por ele não olhar para mim, porque Mutt colocou uma sela em Corr e agora eles estão colocando um peitoral com pregos e sinos costurados no animal. A pele do garanhão se arrepia em todos os pontos nos quais o ferro toca.

Depois de um instante, Sean diz em voz baixa, ainda olhando para o chão:

– Onde está o seu cavalo?

– Cavalguei ontem, depois que a chuva parou. Onde está o seu?

Ele engole em seco.

– Como podem fazer isso? – pergunto.

Corr faz um som estranho e frenético, meio parecido com um relincho, um som cortado antes de começar. Ele ainda está em pé, mas sacode a cabeça como se quisesse se livrar de uma mosca.

– Eu acho – diz Sean, com a mesma voz baixa – que é melhor para você montar seu próprio cavalo, Puck, mesmo que seja apenas um pônei da ilha. Melhor que seu coração seja seu guia.

Mutt Malvern diz:

– Pensei que ele fosse maior.

Ele está montado em Corr, Prince continua segurando a corda. Um dos outros homens está posicionado entre Corr e o mar, os braços abertos como se fossem uma cerca. Mutt balança as pernas e olha para o chão como se fosse uma criança num pônei.

– Esse é o presente de Mutt Malvern para mim – diz Sean, e há amargura em suas palavras, o suficiente para que eu também sinta o gosto. – Isso é tudo culpa minha.

Tento pensar no que posso dizer para confortá-lo. Nem ao menos sei se ele quer isso. Não sei se gostaria de ser confortada se estivesse sendo honesta. Se estou sendo forçada a comer fuligem, quero saber que em algum lugar do mundo alguém também tem de comer fuligem. Preciso saber que fuligem tem um gosto terrível. Não quero que digam que é boa para minha digestão. E, é claro, por fuligem, quero dizer feijões.

– Provavelmente seja – respondo. – Mas em vinte, trinta minutos ou uma hora, Mutt Malvern estará cansado disso. E então ele voltará para aquela criatura preta e branca miserável cujo nome colocou no quadro do açougueiro ao lado do nome dele. E eu acho que a malhada é castigo suficiente para qualquer um.

Então Sean olha para mim com os olhos brilhantes, de um modo que me faz ficar perturbada. Eu o encaro de volta.

– Onde mesmo você disse que seu cavalo estava?

– Em casa. Treinamos ontem à noite. Por que mesmo você disse que deixou o haras?

Ele olha para o lado e dá um suspiro triste.

– Foi uma aposta. Como você e seu pônei.

– Cavalo.

– Certo – Sean olha novamente para Corr. – Por que mesmo você disse que participaria da corrida?

Eu não disse, é claro. Vai contra todo o meu ser confessar as verdadeiras razões por trás de minha decisão. Posso imaginar a onda de fofoca que tomaria Skarmouth, tão fácil quanto Dory Maud me contou que Sean Kendrick pedira demissão por causa de Corr. Não contei a Peg

Gratton, mesmo parecendo que ela estava do meu lado, nem a Dory Maud, e Dory Maud é quase da família. Mas me ouço dizendo:

– Perderemos a casa de meus pais se eu não ganhar.

Percebi então como foi tolo dizer aquilo. Não porque eu acho que Sean Kendrick vai fazer fofoca. Mas porque agora ele vai saber que espero não só correr, mas fazer dinheiro com isso. E isso é uma coisa terrivelmente fantasiosa para ser dita a Sean Kendrick, quatro vezes campeão das Corridas de Escorpião. Ele fica quieto por um longo instante, seus olhos fixos em Corr com Mutt montado às suas costas.

– É uma boa razão para se arriscar – diz ele, e eu me sinto inacreditavelmente bem por ele dizer isso, em vez de dizer que sou uma boba.

Respiro fundo.

– A sua também era.

– Você acha?

– Ele é seu, não importa o que diga a lei. Eu acho que Benjamin Malvern tem inveja disso. E – acrescento – acho que ele gosta de jogar com as pessoas.

Sean me olha daquela maneira intensa dele. Não acho que ele perceba como isso espeta as pessoas.

– Você sabe um bocado sobre ele.

Sei que Benjamin Malvern gosta de beber seu chá com manteiga e sal e que seu nariz é grande o bastante para esconder bolotas dentro. Sei que ele quer ser entretido pelas coisas, mas poucas são capazes disso. Mas eu não sei se isso significa que o conheço.

– O suficiente – respondo.

– Eu não – diz ele – gosto de joguinhos.

Nós dois voltamos a olhar para Corr, que está, apesar de tudo que eu poderia imaginar, parado. Ele fica perfeitamente imóvel, olhando por sobre a multidão, as orelhas erguidas. De vez em quando treme, mas fora isso não se move.

– Devo ver quanto ele é rápido? – diz Mutt. Ele tira os olhos da sela para olhar para Sean, que não se mexe. David Prince, ainda segurando a trela, tem uma expressão estranha quando olha para nós. Meio culpada, meio como se pedisse desculpas, meio emocionada.

– Ah, Sean Kendrick – diz Prince, como se nós ou ele tivéssemos acabado de aparecer na praia. – Algum conselho?

– Nunca se esqueça do mar – diz Sean.

Mutt e Prince trocam uma risada em resposta.

– Olha como ele está domado – Mutt diz a Sean. E certamente as orelhas de Corr estão erguidas e interessadas. Ele fareja a sela e a perna de Mutt como se estivesse surpreso, como se aquilo não fosse de seu costume, uma curiosa reviravolta. Os sinos em seu arreio fazem um som quase inaudível com o movimento. – Nada do que Sean Kendrick falou sobre feitiçaria foi necessário. Incomoda a você que ele seja tão infiel?

Sean não responde. Mutt me olha com desdém. Não acho que já tenha visto alguém ter tanto prazer em fazer outra pessoa tão miserável. Eu me lembro da primeira noite em que vi os dois do lado de fora do bar, o ódio se escondia nas expressões de ambos. Não havia nada oculto sobre isso agora; era uma ferida feia. Mutt se dirige à multidão – turistas, na maioria.

– O que acham disso? Estou prestes a levar o cavalo mais rápido da ilha para um galope. Ele é uma lenda, não é? Um herói? Um tesouro nacional. Quem não sabe o nome dele?

Eles batem palma e assobiam. Sean está imóvel, um pedaço dos penhascos.

– Eu sei! – grito, e minha voz é tão alta que me surpreende. O olhar de Mutt me encontra próxima a Sean. Pergunto: – Mas como é mesmo o seu?

Dou a ele meu mais horrível sorriso, aquele que aprendi por ter dois irmãos.

Enquanto vejo o rosto de Mutt se acender de raiva e escuto o murmúrio de diversão dos espectadores, me lembro muito tarde do conselho de Dory Maud.

– Onde está seu pônei? – pergunta Mutt. – Arando campos?

Estou mais envergonhada por causa da atenção do que por conta do insulto. Provavelmente porque quando esta discussão terminar, terei de voltar lá para a barraca de Dory Maud e vender tralhas para esses mesmos turistas. Ocorre-me que Mutt Malvern não me conhece bem para dizer algo que me magoe de verdade.

E não é a mim que Mutt quer magoar. Ele comunica:

– Tenho de dizer que estou feliz por você, Kendrick. Ela é melhor corredora do que você costumava ser? – Ele finge acariciar o traseiro de Corr. Sinto minhas bochechas esquentarem. O rosto de Sean não muda e eu me pergunto sobre isso; será prática? Ele ouviu todas essas coisas vezes demais para elas o incomodarem?

Sob Mutt, Corr se move sem parar. Ele empurra o nariz em direção a Prince, mirando seu peito. Prince coça a testa dele e o empurra para trás.

– Calma, meu velho – diz. Prince inclina a cabeça para trás para encarar Mutt. – Você vai tirá-lo daí, não? Antes que a maré suba?

Enquanto ele fala, Corr tenta se soltar de novo, mais insistente. Então os sinos tocam mais uma vez e Prince o empurra para trás.

– Sim, sem dúvida – responde Mutt. Ele balança uma das rédeas para chamar a atenção de Corr, que continua fossando e empurrando Prince. Eu vejo o arrepio na pele do animal sob a couraça de ferro que colocaram em seu pescoço.

– Certo, agora – diz Prince.

Corr fareja sua clavícula, como Dove faz quando acaricio sua crina e ela se sente amável. Prince pousa a mão na bochecha de Corr quando o bafo do animal vai contra seu pescoço.

Sean sai correndo pela areia enquanto grita:

– *David!*

Prince olha para cima.

Rápido como uma cobra, Corr crava os dentes em seu pescoço.

Mutt Malvern puxa as rédeas e Corr empina. A multidão grita e se dispersa. Os outros dois homens que estão com Mutt recuam, incertos se devem se defender ou ajudá-lo. Sean vira o rosto para evitar a chuva de areia. No chão, Prince se contorce, seus pés raspam o chão. Não posso desviar o olhar.

Corr empina de novo, e, dessa vez, Mutt não consegue se manter firme. Ele rola para fora do alcance das patas de Corr e aparece cheio de sangue, o sangue de Prince, não o dele. Os olhos do garanhão estão brancos e girando enquanto ele empina. Seu olhar está nas ondas. Todos olham para ele e para Sean, mas nenhum deles se mexe.

Quando Corr circunda e se afasta, corro pela areia até Prince. Não posso dizer o quanto está ferido; tem sangue demais para ver sua pele. Temo que Corr pisoteie o homem, mas não sei se consigo arrastar o corpo dele. O melhor que posso fazer é ficar entre ele e os cascos e tentar abafar o pavor dentro de mim.

Corr volta e urra de novo; dessa vez é como um soluço. Há uma teia de veias saltadas em seu ombro.

– Corr – Sean diz.

Ele não grita. Nem ao menos diz alto o suficiente para ser ouvido acima do som dos cascos batendo e das ondas, ou do som de Prince engasgando, mas o garanhão para. Sean estende os braços e se aproxima lentamente. Há sangue no maxilar inferior de Corr; seus lábios tremem. Suas orelhas estão planas em sua cabeça.

– Aguente firme – sussurro para Prince. De perto, ele não é tão novo quanto pensei; posso ver rugas ao redor de seus olhos e da boca. Não sei se ele pode me ouvir. Ele permanece cheio de areia, e seus olhos em mim são uma coisa muito, muito terrível. Não quero tocá-lo, mas faço isso mesmo assim. Quando ele sente meus dedos, aperta minha mão tão forte que ela chega a doer.

Próximo a Corr, Sean tira o casaco e o larga na areia, depois tira a camisa pela cabeça. Ele é pálido e cheio de cicatrizes. Nunca pensei muito sobre costelas quebradas cicatrizando antes. Sean fala com Corr numa voz baixa, muito baixa. Corr treme, seus olhos estão fixos no oceano.

O sangue de Prince está sobre mim. Nunca tinha visto tanto sangue antes. *Foi assim que meus pais morreram.* Digo a mim mesma para não pensar nisso, mas não importa; não consigo acreditar. Não há meios de fazer minha mente aceitar essa possibilidade, e sinto muito por isso. Porque, por mais terrível que fosse imaginar uma coisa dessas, ainda assim é melhor do que estar aqui com a mão trêmula de Prince segurando a minha.

Sean se aproxima lentamente de Corr, falando com a mesma voz baixa durante todo o percurso. Ele está a três passos de distância. Dois. Um. Corr ergue a cabeça, empurrando-a para trás, seus dentes nus e sangrentos; ele está tremendo tanto quanto Prince. Sean embola sua camisa e então a pressiona contra a cara de Corr. Ele espera um longo instante até Corr não sentir nada além de Sean Kendrick, e então Sean limpa o sangue da boca do garanhão. Como o animal se mantém rígido, Sean dobra a camisa com o lado coberto de sangue virado para o céu, então enrola o tecido em volta dos olhos e das narinas de Corr.

– Daly – Sean diz, enquanto as narinas de Corr sugam o tecido de sua camisa, mostrando através do tecido a linha de seu maxilar, e então a expele de novo. Um dos homens de Mutt levanta quando ouve seu nome. Ele parece horrorizado. Os olhos de Sean parecem desapontados com algo que vê no rosto de Daly e então me encontram.

– Puck.

Não quero deixar Prince enquanto ele estiver segurando minha mão tão forte, mas de repente percebo que em algum momento isso mudou – sou eu que seguro a mão dele, e não o contrário. Horrorizada, solto seus dedos e levanto.

Sean aponta para as rédeas que caem do pescoço de Corr.

– Segure isso. Você vai segurar? Eu preciso...

O garanhão continua tremendo por baixo da máscara que Sean fez. Eu não pareço estar com medo; é como se o medo tivesse ido parar em algum lugar bem lá no fundo, dentro de mim. Alguém tem de segurar o cavalo. Eu posso segurar o cavalo. Limpo a palma da mão cheia de sangue em minhas calças e dou um passo para frente. Respirando fundo, estendo a mão.

Sean coloca as rédeas e um monte de tecido em meu punho, esteja eu pronta ou não. Nessa hora, ouço um fraco zumbido metálico, e percebo que são os sinos ao redor do pescoço e do tornozelo de Corr. O garanhão treme tão súbita e constantemente que as bolas de metal dentro do sino zunem como gafanhotos de metal.

Sean verifica meu controle e em seguida, de maneira rápida e certeira, se agacha e desliza sob o garanhão vermelho. Ele tira uma faca do bolso e corre a palma de sua mão por baixo da pata dianteira de Corr.

– Estou aqui – diz ele, e as orelhas de Corr tremem e se voltam para a voz.

Com habilidade, Sean corta as fitas vermelhas, atirando-as furioso para longe. Percebo que o garanhão começa a se mover. Agora que seus tornozelos estão livres dos sinos, ele levanta e abaixa as patas, trotando sem se mover. Sean respira intensamente; ele está tentando desatar a placa do peito de Corr, que não para de se mexer. Não sei como lidar com um *capall uisce* assassino é diferente de lidar com Dove, então apenas reajo da mesma forma. Abaixo rapidamente as rédeas, e o garanhão joga a cabeça para cima. Acho que ele está tremendo menos, mas é difícil dizer sem os sinos tocando para eu saber. Tento não pensar em como o sangue de Prince ainda encharca a palma de minha mão. Tento lembrar o que vi Sean fazendo com os cavalos.

– *Shhhh, shhhh* – digo ao garanhão, como o oceano, e suas orelhas imediatamente se voltam eretas para mim, seu rabo cai imóvel pela primeira vez. Não estou completamente certa se gosto de ter sua atenção, mesmo ele estando vendado.

Sean olha para mim sobre a cernelha de Corr, sua expressão é estranha – aprovação? – por apenas um instante. Então ele lança a couraça de ferro para trás, na areia, junto com os sinos.

– Eu assumo agora.

– E o homem? Prince? – pergunto, sem soltar as rédeas até ter certeza de que Sean as pegara.

– Ele está morto.

Eu olho. Agora que Sean e eu acalmamos Corr, alguém da multidão levou Prince a um lugar seguro. Mas eles colocaram um casaco sobre o rosto dele. Eu tremo ao vento.

– Ele morreu! – sei que é estúpido dizer isso, mas não posso deixar de dizer.

– Ele já estava morto antes. Ele sabia disso, você não viu nos olhos dele? Meu casaco.

– Seu *casaco*? – digo, alto o bastante para que minha voz trêmula chame a atenção de Corr. – Que tal "meu casaco, *por favor*"?

Sean Kendrick olha para mim, perplexo, e posso ver que ele não tem a menor ideia de por que estou chateada com ele. Por que estou chateada com tudo. Não consigo parar de tremer, é como se eu tivesse pego toda a tremedeira de Corr.

– Foi o que eu disse – ele fala depois de uma pausa.

– Não, *não foi*.

– O que eu disse?

– Você disse *meu casaco*.

Sean parece um pouco confuso agora.

– Foi isso que eu disse que disse.

Resmungo e vou pegar o casaco dele. Se não houvesse a menor chance de a maré subir e levar o casaco, eu não pegaria. Tudo o que consigo pensar é que aquele homem está morto, o homem que simplesmente segurou minha mão, e quanto mais penso nisso, com mais raiva fico, apesar de não poder pensar em quem culpar, a não ser esse *capall uisce* que acabei de concordar em segurar. E, de alguma forma, isso faz com que eu me sinta cúmplice, e minha raiva cresce mais ainda.

O casaco de Sean está completamente imundo, cheio de areia e sangue seco e com água salgada por cima. É como um pedaço de lona de vela. Eu ia apenas jogá-la sobre o braço nu de Sean, mas, sem a camisa para amaciar, a jaqueta o machucaria.

– Levo isso para você – digo a ele. – Vou lavar com o cobertor do meu cavalo. Onde posso entregar?

– No Haras Malvern – diz ele. – Por enquanto.

Olho de volta para Prince. Ali está ele, estendido, e alguém foi buscar o dr. Halsal para declará-lo morto de fato. Os homens conversam baixo perto do corpo, como se o tom baixo da voz deles demonstrasse respeito. Mas posso ouvir trechos da conversa, e estão falando das chances da corrida.

– Obrigado – diz Sean.

– O quê?

Eu já tinha entendido o que ele disse, meu cérebro entendeu na mesma hora. Ele vê o entendimento em meu rosto e acena, brevemente. Puxando a cabeça de Corr para baixo, Sean cochicha para ele e então coloca as mãos na lateral do corpo do garanhão. O cavalo pula, como se a mão de Sean fosse feita de fogo. Mas ele não ataca, e Sean o guia para longe da praia, de volta aos penhascos. Ele para uma única vez, bem perto de Mutt. De longe, Sean parece magro e pálido sem sua camisa, apenas um garoto num cavalo puro-sangue.

– Sr. Malvern – diz ele –, o senhor gostaria de levar seu cavalo de volta ao haras?

Mutt apenas o encara.

Conforme Sean conduz Corr para fora da praia, amasso e desamasso seu casaco com as mãos. Mal posso acreditar nisso. Que dez minutos atrás segurei a mão de um homem morto. Que daqui a alguns dias estarei na praia por vontade própria com algumas dúzias de *capaill uisce*. E que disse a Sean que lavaria o casaco para ele.

– Um monte de besteira.

Eu me viro. É Daly.

– O quê? – pergunto.

– Besteira – Daly diz de novo, numa afirmação indefesa que vem da necessidade de ter algo melhor para dizer sem de fato o ter. – A ilha toda.

Eu não respondo. Não tenho nada a dizer. Seguro o casaco de Sean com força para acalmar minhas mãos ainda trêmulas.

– Quero ir para casa – diz Daly com uma voz miserável. – Nenhum jogo vale uma coisa dessas.

43

SEAN

Benjamin Malvern quer me encontrar no hotel em Skarmouth. Isso, de alguma forma, já é um jogo, porque nestes dias o Hotel Skarmouth fica cheio de gente, todos os quartos lotados de turistas para as corridas. Enquanto o açougue é um ponto de encontro local para apostas e notícias, um lugar conhecido pelos competidores para conversar, o hotel é onde as pessoas do continente comparam anotações e conversam sobre o dia de treinamento, coçam a cabeça e se perguntam se essa égua ou aquele garanhão terão a calma necessária para ser um dos concorrentes na corrida. Para mim, esperar no saguão do hotel, onde Malvern combinara nosso encontro, é como ser devorado vivo.

Assim, entro no hotel, fugindo do frio, mas deslizo pelo saguão o mais rápido que posso e encontro uma escadaria para esperar por ele. Ela parece levar a apenas alguns dos quartos, de modo que as chances de ser incomodado são mínimas. Esfrego meus braços – há uma corrente de ar – e espio pelas escadas. O hotel é o edifício mais majestoso da ilha, tudo nele foi projetado para fazer os visitantes do continente se sentirem em casa. A arquitetura interior é feita de colunas pintadas e arcos de madeira civilizados, molduras e madeira polida. Um tapete persa amortece meus pés. Na parede junto a mim, há uma pintura de um puro-sangue posando numa rédea, diante de uma paisagem tranquila. Tudo no hotel revela que aqueles que se hospedam aqui são cavalheiros e eruditos, cultos e seguros.

Olho de relance para o saguão, procurando por Malvern. Turistas da corrida estão agrupados em pares e trios, fumando e discutindo o treinamento. A sala está cheia de estrangeiros com sotaques estranhos. Numa sala ao lado do saguão, um piano é tocado. Os minutos se arrastam. É uma estranha Terra do Nunca esta entre o festival e as corridas. Os maiores entusiastas das corridas chegaram para o Festival de Escorpião, mas Skarmouth não é ampla o suficiente para entretê-los por muito tempo. Não há nada que possam fazer até as corridas começarem, além de nos observar viver e morrer na areia.

Recuo para a escada e cruzo os braços para me proteger da corrente de ar. Meus pensamentos não aceitam ser controlados e correm de encontro à memória da imagem de Mutt Malvern sobre Corr. Do som do grito de Corr. Dos cachos cor de fim de tarde sobre o rosto de Puck Connolly.

Parece um terreno perigoso.

Ouço as escadas acima de mim rangendo. Olho bem a tempo de ver George Holly trotando alegremente escada abaixo, como um menino. Quando ele me vê, se detém por um segundo e desvia em direção à parede, como se aquele fosse seu destino desde o princípio.

– Olá, olá – diz Holly para mim. Parece que ele não tem dormido, como se a tempestade o tivesse lançado à praia e o deixado escolher entre a terra e o mar para si. É um pensamento estranho, uma vez que não consigo imaginar o que George Holly faz quando não está observando os cavalos. Algo barulhento e empolgado, sem dúvida, qualquer coisa que possa ser feita vestindo um suéter branco. É estranho ter um sentimento de amizade por alguém tão diferente de mim.

Concordo com a cabeça.

Holly diz:

– Certo, e sempre o aceno com a cabeça. Então você está esperando Malvern?

Não estou surpreso que ele saiba. As notícias sobre minha desistência levaram apenas um instante para se espalhar como tosse pela ilha, e tenho certeza de que os rumores sobre a manhã violenta de Corr levaram ainda menos tempo. Aceno com a cabeça mais uma vez.

– E obviamente vai encontrá-lo nesta escada.

Dou uma olhada na sala principal outra vez. Percebo que estou impaciente pela chegada de Malvern e seu discurso, ao mesmo tempo em que espero que ele se atrase para que eu *não* tenha de ouvir o que tem a dizer. Cruzo os braços e protejo as mãos, mas este frio dentro de mim são meus nervos, não a temperatura.

– O que você quer é um casaco – diz Holly, observando minha postura.

– Eu tenho um casaco. Azul.

Holly leva isso em conta por um instante.

– Lembro dele agora. Fino como uma folha de papel?

– Esse mesmo – sob custódia de Puck Connolly. Aquela pode ter sido a última vez que vi aquele casaco.

– Você já se perguntou... – diz Holly, depois de uma pausa. – Não, talvez não. Talvez você saiba. Se alguém sabe, é você. Estive pensando enquanto estou aqui, por que é que Thisby tem os *capaill uisce* e ninguém mais tem?

– Porque nós os amamos.

– Sean Kendrick, você é um homem velho. Você fuma? Nem eu. Bem que poderíamos, com o ar que tem por aqui. Alguma vez você já viu tantos homens sem fazer nada e ainda assim parecendo tão ocupados? Aliás, essa é a sua resposta final?

Dou de ombros e respondo:

– Esta ilha tem cavalos há tanto tempo quanto tem homens. Do outro lado de Thisby, há uma caverna no penhasco, com um garanhão vermelho desenhado na parede. Antigo. Por quanto tempo você precisa estar em um lugar para que ele se torne seu lar? Este é o lar deles na terra.

Encontrei o desenho uma vez, enquanto tentava alcançar um *capall*. Na maré baixa, a caverna conduzia a uma parte tão distante na ilha que era como se eu fosse sair do outro lado se seguisse mais adiante. Então, subitamente, a maré entrou rugindo tão rápida e repentinamente que eu fiquei preso. Passei horas abraçado a uma minúscula saliência escura, cada onda da arrebentação me afogando uma vez mais. Mais atrás, ouvi lamúrias e ruídos graves de um cavalo d'água em algum lugar na caverna. Para não cair, finalmente rolei de costas até a saliência, e ali, acima de mim, onde a água não podia chegar, eu vi o desenho. Um garanhão mais brilhante que Corr, pintado num vermelho que desbotara apenas um pouco, o pigmento fora do alcance do sol. Havia também um homem morto a seus pés no desenho, uma linha negra representava seu cabelo, uma vermelha para seu peito.

O mar de Escorpião lançara os *capaill uisce* em nossa praia muito antes de meu pai, ou do pai de meu pai, ter nascido.

– Eles sempre foram reverenciados? Nunca devorados?

Minha expressão está murchando.

– Você comeria um tubarão?

– Na Califórnia nós comemos.

– Bem, é por isso que na Califórnia não há *capaill uisce*. – Faço uma pausa para que ele termine de rir e acrescento: – Tem batom no seu colarinho.

– É dos cavalos – diz Holly, mas tenta ver de relance. Ele pega a beirada do colarinho e esfrega os dedos sobre a marca. – Ela é cega. Estava mirando minha orelha.

De qualquer modo, isso explica sua aparência amarrotada. Eu me inclino novamente para olhar para o saguão. Há mais homens que antes, que se acotovelam enquanto a tarde cai e as sombras esfriam do lado de fora. Benjamin Malvern ainda não está entre eles.

Holly pergunta:

– Sabe o que ele vai dizer? Você está tão calmo.

Eu digo:

– Estou cansado disso.

– Não parece.

Corr pode conter milhares de coisas em seu coração e revelar apenas uma delas em seu rosto, como fizera hoje cedo. Ele é tão parecido comigo.

Eu me permito, por um breve momento, pensar a respeito do motivo para Malvern querer um encontro. O pensamento me fere por dentro, como uma agulha fria.

– Agora parece – Holly diz.

Descontente, olho uma vez mais, e agora vejo Benjamin Malvern entrando no saguão, fechando a porta atrás de si. Vem com as mãos nos bolsos do sobretudo e caminha como se fosse dono do lugar. Talvez ele seja. Parece um pugilista, a inclinação de seus ombros no casaco, o pescoço se sobressaindo. Eu nunca havia notado nada de Benjamin Malvern em Mutt antes, mas finalmente percebo a semelhança.

Holly segue meu olhar.

– É melhor eu ir. Ele não ficará feliz em me ver.

Não consigo imaginar Benjamin Malvern ficando descontente ao ver um de seus compradores. Ou, pelo menos, não consigo imaginá-lo revelando que ficou descontente ao ver um deles.

– Nós discutimos – diz Holly. – Esta ilha é menor do que eu imaginava. Mas não se preocupe, minhas notas de dólar significam que nossa amizade vai continuar.

Nós nos separamos, Holly se dirigindo ao som do piano e eu caminhando até o saguão. Sei o momento exato em que sou reconhecido, pois todos desviam o olhar tão discretamente que é óbvio que um segundo antes estavam olhando.

Levo um instante para encontrar Malvern na multidão, mas então vejo que ele está falando com Colin Calvert, um dos oficiais da corrida. Calvert é mais gentil que Eaton, o valentão antiquado com quem Puck teve de brigar, mas ele não estava no festival. Sua esposa faz parte de uma igreja cristã que proíbe reuniões envolvendo jovens moças dançando nas ruas, mas não corridas onde morrem homens. Calvert me vê e acena com a cabeça, e eu retribuo, apesar de minha mente já estar na conversa que vai se seguir. Malvern se aproxima lentamente de mim, como se eu não fosse seu objetivo.

– Bem, Sean Kendrick – ele diz.

Quero Corr.

Não consigo dizer nada.

Malvern cutuca uma de suas orelhas e olha para uma pintura, sobre a enorme lareira, de dois comportados corredores de puro-sangue.

– Você é péssimo para conversar e eu sou péssimo perdedor, então vamos colocar as coisas nestes termos: se você vencer, eu o vendo para você. Se não vencer, nunca mais quero ouvir falar disso.

E o sol nasceu sobre o oceano.

Percebo agora que não achei que isso fosse acontecer.

Venci quatro vezes. Posso fazê-lo de novo. Podemos fazê-lo de novo. Vejo a praia diante de mim, os cavalos ao meu redor, as ondas sob os cascos de Corr, e no fim disso tudo há a liberdade.

– Quanto? – pergunto.

– Trezentos. – Há malícia em seu rosto. Meu salário é cento e cinquenta por ano, e é ele quem paga, então sabe quanto tenho até o último centavo. Nos anos em que venço, recebo oito por cento da bolsa de apostas. Tenho economizado tudo o que posso.

– Sr. Malvern – digo –, o senhor me quer de volta ou ainda estamos num joguinho?

– Querer e precisar são duas coisas diferentes – diz Malvern. – Duzentos e noventa.

– O sr. Holly me ofereceu um emprego.

Malvern parece aflito, mas não tenho certeza se é pela ideia de me perder ou pela menção ao nome de Holly.

– Duzentos e cinquenta.

Cruzo os braços. Duzentos e cinquenta é inacessível.

– Quem mais tocará nele depois de hoje?

– Todos eles já mataram alguém.

– Nem todos mataram alguém com seu filho nas costas.

Sua expressão é afiada com um caco de vidro.

– Diga-me um preço.

– Duzentos. – É caro, mas possível. Apenas o justo. Apenas se eu puder contar com a porcentagem das apostas da corrida que eu ainda não venci como parte de minhas economias.

– Aqui é onde eu recuo, sr. Kendrick . – Mas ele não faz isso.

Fico quieto e espero. Percebo que o saguão do hotel ficou em silêncio. Percebo que esta é a razão de não termos nos encontrado na loja de chá, nos estábulos ou em seu escritório. Aqui, é a melhor publicidade que Malvern pode conseguir. Seu nome estará na boca de todos.

Ele expira.

– Duzentos. Aproveitem as corridas, cavalheiros.

Ele põe as mãos nos bolsos e vai embora. Calvert abre a porta para ele, deixando entrar um raio da vermelha e brilhante luz da tarde.

Tenho de vencer.

44

PUCK

– Kate, você entende que não está em falta?

O padre Mooneyham parece um pouco cansado, mas para mim ele é sempre desse jeito quando me confesso. Passo as mãos sobre meu avental. Eu me sinto mal por vir à igreja vestindo calças, mas eu não podia montar Dove usando vestido. Então coloquei um avental sobre as calças. Acho que assim a coisa fica um pouco disfarçada.

– Mas eu me *sinto* culpada. Eu fui a última pessoa a segurar a mão dele. E, quando soltei, ele estava morto.

– Mas certamente ele morreria de qualquer forma.

– Talvez não. E se eu ficasse segurando sua mão? Eu nunca vou saber. Sempre vou me perguntar.

Olho para o brilhante vitral na janela sobre o altar. A excentricidade do confessionário permite que eu veja o restante da construção de meu ponto estratégico. Porque a são Columba aparentemente antecede a confissão, sacerdotes ou pecado, o confessionário foi construído muito mais tarde. Ele é aberto para o restante da igreja, e a cortina fica apenas entre o confessor e o padre. E a cortina é ridícula, não só porque o padre Mooneyham pode simplesmente assistir enquanto o penitente caminha dos bancos até ele, mas também porque o padre conhece a voz de todos na ilha. Então, mesmo vendado, ele saberia dizer qual pecado é de quem. A única verdadeira vantagem da cortina é permitir que você cutuque o nariz sem uma audiência sagrada, algo de que eu já vi Joseph Beringer tirar vantagem antes.

Agora o padre parece um pouco contrariado.

– Isso soa mais como egoísmo para mim, Kate. Você está atribuindo muito poder para o que era, afinal, apenas a sua mão.

– É o senhor quem diz que Deus trabalha por meio de nós. Talvez ele quisesse que eu ficasse ali e continuasse segurando a mão daquele homem.

Por um instante há silêncio do outro lado da cortina. Finalmente, ele diz:

– Nem todas as mãos podem operar milagres sempre. Nós ficaríamos com medo de tocar qualquer coisa. Você se sentiu chamada a ficar ao lado dele? Não? Então abandone essa culpa.

Ele faz com que isso pareça algo que eu possa embrulhar em papel encerado e deixar na porta para Puffin. Desabo para trás na cadeira e olho para o teto da igreja.

– Também estou muito brava com meu irmão – acrescento. – A raiva é um pecado, certo? – Eu me lembro, no entanto, de que Deus algumas vezes veio com a fúria da justiça e que estava tudo bem. Sinto-me ligeiramente justa em relação à minha raiva com a decisão de Gabe de abandonar a ilha, então talvez isso não seja um pecado no fim das contas.

– Por que está brava com ele?

Enxugo uma lágrima no rosto. É uma lágrima muito traiçoeira, pois eu nem a senti brotando.

– Porque ele está nos deixando para trás, e não é nem mesmo por um bom motivo. Nada que eu possa mudar.

Padre Mooneyham diz:

– Gabriel. – Porque é claro que ele sabe de qual irmão estou falando agora.

Ele não diz nada durante alguns minutos, apenas me deixa chorar. Luzes alaranjadas e azuis vindas da janela de vitral chegam até minhas mãos e tomam meu rosto. A igreja está muito quieta. Finalmente, enxugo meu rosto todo na manga de minha camisa.

A cortina treme ligeiramente e vejo a mão do padre Mooneyham me oferecendo um lenço. Eu o uso para enxugar o rosto, e a mão dele se retira.

– Não posso lhe dizer nada do que ele disse aqui, Kate. E não sei se a faria se sentir melhor saber que ele se sentou na mesma cadeira em que você está agora e também chorou.

Tento, sem sucesso, imaginar Gabe chorando. Mesmo no enterro de nossos pais, ele olhara com os olhos secos para dentro do buraco no chão, tremendo com o vento, deixando que Finn e eu nos inclinássemos sobre ele e chorássemos. Apesar disso, a imagem dele nessa cadeira chorando penetra em minha cabeça, e consigo perceber que meus sentimentos por ele se tornaram mais serenos. Eu me ressinto por esse Gabriel hipotético exercer tal magia sobre mim.

Eu digo:

– Mas ele não tem de ir.

– Hum. Vou lhe dizer algo que ele disse, Kate. Ele disse que você não precisa competir nas corridas.

– É *claro* que eu preciso! Nós precisamos do dinheiro.

– E as corridas são a sua resposta a esse problema. É como você acha que pode resolvê-lo. Gabe tem um problema também, e partir é como ele acha que vai conseguir resolvê-lo.

É um jeito terrivelmente sábio de encarar a situação, e isso me perturba.

– Não há algo sagrado em cuidar de viúvas e órfãos? Ele não deveria cuidar de nós? – Mas, assim que digo isso, lembro-me dele dizendo: "Eu não aguento mais". Ele andara cuidando de nós. Desde o funeral, com os olhos secos, onde deixou que nos apoiássemos nele em nosso luto, até ir trabalhar nas docas para tentar nos poupar de Malvern. Subitamente, me sinto muito egoísta em me opor a sua fuga. Suspiro.

– Mas por que a resposta tem que ser ir embora? Ele não pode arrumar uma resposta diferente? Não posso fazê-lo mudar de ideia?

O padre Mooneyham reflete sobre isso.

– Ir embora não quer dizer não voltar. Não lhe faria mal refletir sobre a história do filho pródigo.

Isso é tão reconfortante quanto um tijolo gelado quando se está solitário. Devolvo o lenço do padre Mooneyham por debaixo da cortina, e, quando ele o pega, olho com tristeza para a janela de vitral sobre o altar. Há treze painéis vermelhos no meio dela, e minha mãe ou alguém me disse uma vez que deveriam representar gotas do sangue de são Columba. Ele foi martirizado aqui. Foi antes de os nativos saberem que confissões, sacerdotes e pecados eram bons para eles, então eles apunhalaram Columba e o lançaram de um dos penhascos do oeste. Depois seu corpo foi encontrado com os *capaill uisce* num outubro e porque não estava apodrecido, mesmo depois de ter permanecido por tanto tempo no oceano, ele foi canonizado. Acho que o osso de sua mandíbula ainda é mantido ali, atrás do altar.

Isso me faz lembrar de repente de como Gabe decidiu, aos quinze anos, virar padre. Ele não se divertira com absolutamente nada por cerca de duas semanas. Foi Gabe quem me contou a história de Columba. Então, eu me lembro de sentar num dos bancos da igreja com ele. Ele penteara o cabelo para trás com água, porque achava que isso o deixava com a aparência mais etérea. Sinto uma súbita pontada de saudade daquele Gabe estupidamente sério e da confiante e sempre descontente Puck que eu fora.

– O senhor não vai me dar uma penitência, padre? – pergunto.

– Kate, você ainda tem de confessar seus pecados para mim.

Lanço minha mente de volta à semana passada.

– Penso que usei o nome do Senhor em vão na segunda-feira. Bem, não "Deus". Pensei em dizer "Jesus Cristo!". Também comi uma laranja inteira sem dizer a Finn, porque sabia que ele ficaria chateado.

Padre Mooneyham diz:

– Vá para casa, Kate.

– Eu *tenho* sido horrível. Só não consigo pensar neles agora. Não quero que pense o contrário.

– Você vai se sentir melhor se rezar duas ave-marias e um credo de columba?

– Sim, obrigada. – Ele me absolve. Eu me sinto absolvida. Conforme me levanto, vejo que alguém está esperando nos bancos do lado oposto da igreja para se confessar. É Annie, a irmã caçula de Dory Maud. Seu batom parece um pouco borrado, mas parece cruel dizer isso a uma mulher cega, então não digo nada. Quase não noto Elizabeth, sentada no fim do mesmo banco com o cabelo preso no topo da cabeça e os braços cruzados no peito. Não consigo decidir qual delas vai se confessar. Annie parece sonhadora, mas ela sempre está assim, porque não consegue enxergar um metro diante do nariz. Elizabeth parece vagamente irritada, mas ela sempre está assim, porque pode ver muito mais longe que um metro diante do nariz.

– Puck – diz Elizabeth.

Annie me diz um olá com sua voz suave.

– Aonde está indo? – pergunta Elizabeth.

Sinto-me um pouco mais leve.

– Tenho de devolver um casaco.

45

PUCK

Mesmo antes de descer a pista escurecida pelo crepúsculo até o Haras Malvern, posso ver evidências dele – os campos e os pastos de cavalos – e senti-las no ar – bons cavalos fazendo bom estrume de bom feno. Acho que esterco de cavalo é muito parecido com vômito de gato. Não há nada muito desagradável em nenhuma das duas coisas desde que não haja muito delas e que não estejam frescas demais. E não há nada desagradável no cheiro de estrume de feno do Haras Malvern. Como foi um dia longo e não há motivo para achar que ele não vai durar ainda mais, permito-me o pequeno prazer de imaginar que os campos com colinas e as éguas lustrosas de ambos os lados da pista são meus e que estou passeando alegremente até meu próprio haras, cheia da felicidade borbulhante que vem da certeza na segurança das posses e do conhecimento de que ao menos uma vez haverá bife para o jantar.

Galopando à minha esquerda, há um sujeito magrelo montado num puro-sangue castrado que trota. Ele tem os estribos curtos e apertados como os de um jóquei, o que eu acho que ele é, e quando trota, parece pairar sobre a montaria. Um homem se inclina sobre a cerca para observar, e se eu fosse o tipo que gosta de apostar, como Dory Maud, apostaria que ele não é de Thisby. Para começar, ele está usando sapatos brancos, e acho que não há lugar nenhum em Thisby que venda sapatos brancos. Próximo à construção principal, outro cavalariço conduz de volta a uma das pastagens um animal cinza com as costas úmidas. O cavalo parece mais limpo do que eu me sinto, e consideravelmente mais bem alimentado. Em seguida, através das portas abertas do estábulo, vislumbro um animal castanho preso em travessas enquanto um garoto o escova. A luz da tarde os envolve e faz uma cópia em roxo do cavalo e do cavalariço no chão atrás deles. Um relinchar ressoa por todo o haras, e outro cavalo responde de dentro do estábulo.

É tudo como eu sempre imaginei que fosse um famoso haras de competição, e me sinto um pouco estranha a esse respeito. Não sou uma pessoa ambiciosa, eu acho, e não passo meu tempo sonhando acordada em ter a minha própria fazenda. E geralmente costumo ter pouca paciência com pessoas que perdem tempo suspirando, gemendo e se remoendo a respeito de coisas que não têm nem nunca terão, porque a religião do meu pai ensinava a distinguir a diferença entre precisar e querer. Mas aqui, olhando para o coração do Haras Malvern, sinto uma pequena e dolorosa pontada de tristeza diante do fato de que nunca terei uma fazenda.

Tento decidir se valeria a pena ser Benjamin Malvern, se isso significasse que eu poderia viver num lugar como este.

– Quem você está procurando?

Franzo o cenho diante de minha sombra antes de localizar a voz. É o cavalariço com o puro-sangue cinza que acabou de tomar banho – imagine um mundo onde os cavalos tomam banhos; como é que um cavalo fica sujo num lugar como este? –, parando do outro lado do haras. O cinzento empurra suas costas, mas ele o ignora.

– Sean Kendrick.

É estranho dizer isso em voz alta. Seguro o casaco dele, como se aquilo fosse um convite. Meu coração bate ligeiramente no peito.

– Onde está Kendrick? – pergunta o cavalariço a um homem que acaba de surgir de uma das construções menores. Eles conversam. Eu fico inquieta. Não espero ser levada a sério.

– No estábulo – diz o cavalariço. – Provavelmente. No estábulo principal.

Eles não me perguntam o que quero com ele nem dizem para eu me afastar, apesar de terem aquele olhar curioso e prestativo como se estivessem esperando que eu fizesse alguma. Eu apenas agradeço e entro no haras. Tenho o cuidado de deixar o portão fechado como o encontrei, porque sei que o pior crime numa fazenda é não fazer isso.

Finjo que não percebo os cavalariços me olhando conforme caminho em direção ao estábulo. É difícil pensar nisso como um estábulo, mesmo com a óbvia presença dos cavalos, porque é tão incrível quanto a igreja de são Columba. E tem o mesmo teto alto, as pedras entalhadas, os sons ecoando. A única coisa que falta é o confessionário posterior com a cortina inadequada. O estábulo por alguma razão me lembra da grande rocha onde todos os corredores derramam seu sangue.

Com esforço, baixo os olhos. Não quero ficar olhando, porque o garoto ainda está cuidando do castanho no corredor, e não quero ser vista como Finn, com seus olhos redondos e o rosto curioso. O garoto e o castanho parecem limpos e decididos, e eu me sinto imunda e descombinada com minhas calças, bata e suéter com capuz. Aponto para onde a barra de metal encontra a parede, que é o jeito universal de perguntar: "Posso passar debaixo disso?", e o cavalariço concorda. Ele tem a mesma expressão curiosa e acentuada dos outros. Acho que o interesse é simplesmente porque sou uma estranha, até passar por ele e ele dizer:

– Acho que você tem tanta coragem quanto fios de cabelo na cabeça para montar aquela sua égua nas corridas.

A maneira como ele diz isso faz com que pareça um elogio, mas não tenho certeza.

– Obrigada – digo, caso seja. – Você sabe onde está Sean Kendrick? – Mais uma vez, ergo seu casaco. Parece muito importante que todos saibam que tenho um real propósito para procurá-lo. O menino sacode o queixo para além do corredor, além das belas e intermináveis portas brilhantes das baias, com arcos de pedra como se cada uma fosse um santuário, e os cavalos, deuses dentro delas. Passo por elas até ver uma baia no final com pálidas barras brancas em vez daquelas de ferros e a inconfundível forma da cabeça do garanhão vermelho atrás delas.

Entro silenciosamente na baia, e de início penso que Sean não está ali. É uma ideia que, por alguma razão, me deixa muito irritada; então vejo que ele está ali no meio das sombras escuras, ajoelhado no piso da baia, em torno das patas de Corr, cobrindo-as abaixo do joelho. Ele se demora na tarefa: vira a atadura em torno da perna de Corr uma vez e depois cospe nos próprios dedos e se estica para tocar o corpo do animal.

Então, ele faz a volta mais uma vez antes de cuspir novamente. Durante todo o tempo, o pescoço de Corr está arqueado, e o garanhão olha por uma pequena janela em sua baia. Ele tem uma visão da rocha nua apenas com um pouco de grama presa em suas bordas. É uma visão triste, penso eu, mas ele parece gostar bastante do que vê. Acho que é melhor que as paredes.

Por um momento, apenas observo Sean cobrir a perna de Corr, observo como seus ombros se movem quando não estão escondidos sob o casaco, como ele vira a cabeça quando está envolvido em seu trabalho. Ou ele não notou minha chegada, ou finge não ter notado, e qualquer uma das opções me satisfaz. Há algo compensador em observar um trabalho sendo benfeito, ou pelo menos um trabalho feito da melhor maneira possível. Tento entender por que Sean Kendrick parece tão diferente das outras pessoas, o que há nele que o faz parecer tão intenso e quieto ao mesmo tempo, e penso, finalmente, que tem a ver com hesitação. A maioria das pessoas hesita entre dois degraus, se detém ou de algum modo fica desequilibrada no processo. Seja o processo cobrir uma perna, comer um sanduíche ou apenas viver a vida. Mas, com Sean, nunca há um movimento do qual ele não esteja certo, mesmo que isso signifique nem se mover, no fim das contas.

Corr vira a cabeça para me olhar apenas com seu olho esquerdo, e o movimento faz com que Sean olhe para cima. Ele não diz nada, e eu ergo seu casaco alto o bastante para que ele possa vê-lo.

– Não consegui tirar todo o sangue.

Sean se abaixa novamente, me deixando esperar ali com o casaco. Pondero se devo deixar o casaco na frente da baia ou esperar que ele diga alguma coisa, mas, antes que eu possa decidir, Sean termina de cobrir a perna de Corr e se ergue para me encarar. Seus dedos apertados sobre a lateral do pescoço de Corr.

– Foi gentileza sua – ele diz.

– Eu sei – respondo. O cobertor de Dove não precisava realmente ser lavado, mas ficou limpo, uma vez que eu também tinha de lavar o casaco de Sean. Trabalhei no casaco até meus dedos ficarem enrugados e minha benevolência se tornar irritação.

– O que está fazendo?

– Cobrindo as pernas dele com algas.

Eu nunca tinha ouvido falar em enrolar a perna de um cavalo com algas, mas Sean parecia falar com grande confiança, então obviamente devia haver uma boa razão.

Gesticulo com o casaco.

– Quer que eu deixe isto em algum lugar? – pergunto apenas por educação. Não quero que ele diga sim. Não sei exatamente o que quero que ele diga, apenas que seja algo que me dê a desculpa de continuar aqui olhando para ele por mais alguns minutos. Admitir isso a mim mesma é um duro golpe em meu orgulho, pois, exceto por meu desejo de me casar com o dr. Halsal aos seis anos de idade, sempre pensei que estava acima de me deixar fascinar por qualquer pessoa além de mim.

Do outro lado da porta da baia, Sean olha para cima e para baixo no corredor, como se estivesse procurando um lugar para eu pendurar o casaco, mas então franze a testa para mim, como se não fosse isso o que ele estava procurando no fim das contas.

– Estou quase terminando. Você pode esperar?

Tento não olhar para onde sua mão repousa do pescoço do garanhão vermelho. É um aviso, a forma como seus dedos se dobram na pele do animal, dizendo a Corr para manter distância, mas confortando-o também, a forma como eu tocaria Dove para simplesmente lembrá-la de que eu estava ali. A diferença, no entanto, é que Corr matou um homem ontem de manhã.

Eu digo:

– Acho que tenho um minuto ou dois.

Sean faz a varredura com os olhos que costuma fazer, aquela que vai da minha cabeça até meus pés e volta, e me faz sentir como se ele estivesse examinando as profundezas de minha alma e trazendo à tona minhas motivações e pecados. É pior que uma confissão com o padre Mooneyham. Por fim, diz:

– Se você ajudar, será mais rápido.

Os olhos dele se estreitam nos cantos, de um modo que me faz compreender que isso é um teste. Para saber se sou corajosa o bastante para entrar na baia com Corr depois de ontem de manhã, depois de eu ter tido tempo para refletir sobre o que aconteceu. Diante desse pensamento, minha pulsação oscila. A questão não é se confio em Corr, mas se confio em Sean.

– Como eu ajudaria? – respondo, e o rosto de Sean se desanuvia como um belo dia em Skarmouth. Ele cospe em seus dedos mais uma vez e empurra Corr em direção à parede da baia para me dar espaço para abrir a porta. Entro na baia.

Ele diz:

– Não confie nele.

Estreito os olhos.

– E em você?

A expressão de Sean não muda.

– Não serei eu a machucá-la. Você sabe enfaixar uma perna?

– Eu nasci enfaixando pernas – digo duramente porque fui insultada.

– Deve ter sido um parto desafiador – observa Sean, e aponta para um balde perto da parede. Dentro é negro como piche.

– Isso vai embaixo da atadura. Tem de estar uniforme.

Mantendo o olhar atento sobre Corr, pego o balde.

– Certifique-se de que a alga fique plana.

– Certo.

– Deixe três centímetros abaixo do joelho.

– Certo.

– Tem de ficar solta o suficiente para colocar um dedo na parte superior.

– Sean *Kendrick* – digo com ênfase suficiente para que as orelhas do garanhão se voltem para mim. Prefiro quando ele não me nota. Sua atenção me faz lembrar do *capall uisce* preto que encontrou Finn e a mim em nosso estábulo.

Sean não parece pedir desculpas.

– Acho que é melhor você me deixar fazer isso.

– Foi *você* quem me chamou aqui dentro, para começar – digo. – Agora acho que é você quem não confia em mim.

– Não é apenas você – ele replica.

Eu o fuzilo com os olhos.

– Bem, vou lhe dizer o que fazer. Eu seguro e você enfaixa. Assim, quando fizer errado, vai poder culpar apenas você mesmo. E tome seu casaco. Estou cansada de segurar isto.

O olhar de Sean é de avaliação, como se estivesse tentando decidir se eu realmente estou falando sério. Ou talvez ele só esteja tentando decidir se sou capaz.

– Tudo bem – ele diz e firma a mão diante do rosto de Corr como um aviso. Nós trocamos: com a outra mão ele pega o casaco e eu pego a rédea. Ele o veste, repentina e magicamente, se tornando o Sean Kendrick que vi no açougue.

Ele diz:

– Os dentes são o que você tem de observar.

Meu tom de voz sai involuntariamente amargo.

– Eu vi.

– Aquele não era Corr – diz Sean. – Você tem de conhecê-los. Você usa só o que precisa. Não pode simplesmente pendurar cada sino de Thisby em cada cavalo no mar. Eles reagem de forma diferente. Não são máquinas.

– Então você está dizendo que David Prince ainda estaria vivo se fosse você com o Corr? – mas essa é uma pergunta para a qual nós dois já sabemos a resposta, então pergunto: – Por quê?

Sean se abaixa até a perna de Corr, deslizando a mão por ela para que o garanhão saiba que ele está ali.

– Você não sabe quando sua égua está ansiosa?

É claro que sei. Cresci em suas costas e a seu lado. Sei quando ela está triste, assim como ela sabe quando eu estou assim.

Pergunto:

– Voltou atrás e resolveu ficar aqui?

Olho para cima, enquanto as luzes se acendem no estábulo, enchendo a baia com um brilho amarelo que não chega a atingir o chão. Sean enfaixa muito mais rápido agora. Ele trabalha de forma constante, sem parar para cuspir, pois isso deve ser algo para manter Corr quieto quando ele não tem ninguém para segurá-lo. Não há ninguém nesse estábulo chique para segurar Corr enquanto Sean trabalha? Por todo esse tempo, Corr tem sido manso como um carneirinho, mas seus olhos têm se mostrado tão sagazes quanto os de uma cabra. Sean não olha para cima enquanto responde.

– Malvern disse que posso comprar Corr dele se vencer.

– Isso é voltar atrás?

– Sim.

– E o que acontece se não vencer?

Sean ergue os olhos para mim:

– E se você não vencer?

Não quero responder, então, em vez disso, disparo de volta:

– O que você vai fazer se vencer?

Ele acabou de mexer com as faixas, mas continua agachado ao lado da perna de Corr.

– Com minhas economias e minha parte na bolsa de apostas, vou comprar Corr e voltar para a casa do meu pai no lado ocidental da rocha, para deixar apenas o vento mudar minha direção.

Talvez porque tenha acabado de descobrir a beleza dos estábulos Malvern, eu não acredito.

– Você deixaria isso tudo?

Agora ele olha para mim, e desse ângulo parece que alguém borrou com carvão a pele debaixo de seus olhos.

– O que há para deixar? Isso aqui nunca foi meu para ser deixado.

Isso faz com que ele dê um longo suspiro, o que parece a coisa mais próxima de uma confissão que já ouvi dele, e então se levanta.

– E quanto a você, Kate Connolly? Puck Connolly?

A forma como pronuncia meu nome me deixa certa de que ele esquece intencionalmente meu apelido, porque gosta do peso das palavras quando diz meu nome duas vezes. Isso faz com que eu me sinta entusiasmada, nervosa e agradável.

– Quanto a mim?

Ele troca comigo mais uma vez, o balde pela rédea, e dou um passo para trás.

– O que você vai fazer se vencer as Corridas de Escorpião?

Olho para o balde.

– Ah, vou comprar catorze vestidos, fazer uma estrada com meu nome e experimentar tudo na Palsson.

Apesar de eu não estar olhando, ainda sinto seu olhar sobre mim. O olhar dele é pesado.

Ele diz:

– Qual é a resposta verdadeira?

Mas, quando tento pensar na resposta verdadeira, me lembro do padre Mooneyham dizendo que Gabe se sentara no confessionário e chorara, e isso me faz pensar em como, não importa o que aconteça nas corridas, a melhor opção ainda é Gabe navegando para longe num barco. Então o repreendo:

– Você acha que vou entregar meus segredos para todo mundo?

Ele não se deixa abater.

– Não sabia que era segredo – diz ele. – Se soubesse, não teria perguntado.

Isso faz com que eu me sinta mesquinha, já que ele foi tão honesto em sua resposta.

– Sinto muito – digo. – Minha mãe costumava dizer que nasci de uma garrafa de vinagre, em vez de ter nascido de um ventre, e que ela e meu pai me banharam no açúcar por três dias para tirar o vinagre. Tento me comportar, mas acabo sempre voltando ao vinagre. – Quando meu pai estava em um de seus raros estados de espírito fantasiosos, ele dizia aos convidados que os duendes me deixaram na porta porque eu mordia os dedos deles com muita frequência. Minha história favorita sempre foi quando minha mãe dizia que, antes do meu nascimento, chovera durante sete dias e sete noites inteiros, e, quando ela saiu para o quintal para perguntar por que o céu estava chorando, eu caí das nuvens a seus pés, e o sol apareceu. Sempre gostei da ideia de incomodar tanto a ponto de afetar até mesmo o clima.

Sean diz:

– Não se desculpe. Eu estava tomando muita liberdade.

E agora eu me sinto ainda pior, porque essa jamais fora minha intenção.

Ao lado de Sean, Corr desloca seu peso abruptamente, e o movimento de sua cabeça parece mais lupino que equino. Algo em sua expressão faz Sean cuspir nos próprios dedos e imprensar Corr contra a parede mais uma vez.

Temo que ele me peça para deixar a baia agora, então pergunto apressadamente:

– O que é esse cuspe? Vi você fazendo isso antes.

Não tenho de criar interesse. Isso apela para uma parte de mim que tem sido repreendida por anos pelos adultos em minha vida.

Sean olha para os dedos como se fosse cuspir neles para demonstrar e depois simplesmente os abre e fecha. Ele estuda Corr conforme pensa, como se Corr de alguma forma fosse lhe conceder uma forma de elaborar sua resposta.

– É... cuspe. Sal. Eu. Uma parte de mim, uma forma de estar em outro lugar. Quando o restante de mim não pode estar.

Eu me lembro de como Corr ficou quieto para Sean quando não ficava para mais ninguém na praia. Como o cheiro de Sean em sua camisa o acalmara quando nada mais conseguia.

Eu respondo:

– Algo me diz que meu cuspe não significa tanto para ele quanto o seu.

Há uma longa pausa antes que Sean fale. Ele diz:

– Talvez ainda não.

Ainda! Acho que nunca ouvi uma palavra tão legal antes.

Eu digo:

– E o sussurro. O que você diz a ele?

Sean permanece ao lado do ombro de Corr, e pela primeira vez sorri para mim. O mais ínfimo dos sorrisos, e não é de diversão ou de humor, então não sei o que significa. Ele parece mais jovem quando sorri, mais agradável de olhar, o que talvez seja o motivo pelo qual ele evita fazer isso. Ele inclina o rosto em direção ao garrote de Corr e diz:

– O que ele precisa ouvir.

Uma das orelhas de Corr treme para ele, a outra permanece virada para mim. Não quero desviar o olhar de Sean apoiado em Corr. Há algo nisso – esse imenso gigante vermelho que matou um homem e o ligeiro e sombrio Sean Kendrick atrás dele, como se fossem amigos –, algo que me fascina e assusta.

Sean me observa o examinando e então diz:

– Você tem medo dele?

Não quero dizer que sim, porque não estou com medo dele agora, quando ele parece mais cavalo e menos demônio, mas não quero dizer não, porque ontem de manhã, na praia, fiquei horrorizada e assustada. Diria apenas que não de qualquer forma, mas tenho certeza de que Sean Kendrick, com seu olhar dilacerante, poderia ver através de mim até os caprichos atrás desse não. Assim, em vez disso, respondo:

– Você disse que não confiava nele.

– Eu também não confio no oceano. Ele me mataria rapidinho. Isso não significa que tenho medo dele.

Franzo as sobrancelhas para ele. Estou pensando mais uma vez naquela imagem de Sean encurvado em cima do cavalo vermelho, galopando sem sela no topo dos penhascos. Em Sean, incapaz de assistir a Mutt Malvern no dorso de Corr. Pela primeira vez, não desvio os olhos de seu olhar estreito.

– Mas você não é apenas destemido. Você os ama, não é? Você ama Corr.

Sean Kendrick se encolhe como se eu o tivesse assustado. Ele fica em silêncio por tanto tempo que noto o som do haras do lado de fora do estábulo, os gritos e relinchos, água corrente e portas se fechando.

Então ele diz:

– E você ama a ilha. Diga-me, qual é a diferença?

Assim que ele fala, sei que não posso rebater seu argumento. É verdade que a ilha em breve me veria viva ou morta e também é verdade que a amo apesar disso. Possivelmente por causa disso.

– Não acho que gostaria de discutir com você – digo. – Acredito que seria um passatempo inútil.

Ele olha pela janela, como em resposta, e estuda aquela paisagem sem esperança tão intensamente que olho também, certa de que ele deve ter visto algo. E é só porque moro com meus irmãos que percebo, depois de um momento, que ele não está olhando para fora, e sim para dentro, lutando com algo dentro de si mesmo. E não há nada a fazer a não ser esperar.

Por fim, ele pergunta:

- Quer montá-lo?

Não acredito no que ouvi. Não quero dizer "Como?", porque, se *ouvi* direito, soaria como se eu não quisesse, e, se não tivesse ouvido direito, soaria como se eu não estivesse prestando atenção.

Ele acrescenta:

- Vou com você.

Minha mente é uma confusão de pensamentos. Eu vi esse cavalo rasgar a garganta de um homem há apenas um dia. É o cavalo mais rápido da ilha. Vou desonrar a morte de meus pais. Estou com medo de amar isso. Estou com medo de ter medo. Quero que Sean Kendrick pense bem de mim. Desejo ser capaz de lidar comigo mesma à noite, quando deitar na cama e pensar no que fiz nesse dia.

- Nos penhascos - digo. A maré está alta, então é assim que teria de ser. Eu imagino o outro *capall uisce* que ele montou, lançando-se sobre a beirada.

Ele me observa por muito tempo.

- Você pode dizer não.

Mas ele sabe que não direi.

46

SEAN

Quanto eu tinha oito anos, o vento de outubro trouxe uma tempestade que agitou o mar em torno de Thisby. Dias antes de a chuva chegar, as nuvens abraçavam o horizonte e o oceano escalava as rochas até o topo, famintas do calor de nossa casa. Minha mãe chorava e cobria os olhos quando as telhas batiam como dentes. Ouvi suas lágrimas nas janelas antes mesmo que os céus escurecessem. Isso foi antes da primavera, antes da chegada de outubro, antes de a maré levá-la ao continente e dar Corr para meu pai em seu lugar.

Na escuridão, meu pai abriu a porta, me conduzindo para fora do chalé e para dentro da noite salgada. A lua pairava cheia, redonda e corajosa sobre nós. A praia para a qual meu pai me levou era plana e vitrificada, a areia úmida refletindo a lua. O oceano se estendia e se estendia e se estendia, e meu coração doía ao vê-lo.

Meu pai me levou a uma fenda no penhasco. Tivemos de escalar rochas cada vez maiores para chegar ao topo, um buraco no penhasco onde um mar furioso de outrora lançara uma concha adorável e branca como a morte e o osso da perna de um homem. Estava escuro ali, e a lua não poderia nos ver, embora nós pudéssemos vê-la. A praia se estendia sob nós.

Não me lembro de meu pai me dizendo para ficar quieto, mas eu estava quieto. A lua se movia pelo céu enquanto a maré subia lentamente. A arrebentação estava espumosa e enlouquecida pela tempestade.

Eles chegaram com a maré. A lua iluminava longas linhas de espuma, enquanto as ondas se juntavam, se juntavam e se juntavam na praia, e, quando finalmente quebraram na areia, os *capaill uisce* caíram na praia com elas. Os cavalos ergueram a cabeça com esforço, tentando se libertar da água salgada. Enquanto saíam do oceano, meu pai agarrou meu braço com a mão pálida.

– Fique parado – disse.

Mas eu já estava parado.

Os *capaill uisce* mergulharam na areia, lutando e brigando, sacudindo a espuma do mar de sua crina e o Atlântico de seus cascos. Gritaram para os que ainda estavam na água, gemidos altos que arrepiaram os pelos de meus braços. Eles eram rápidos e mortais, selvagens e lindos. Eram gigantes, oceano e ilha ao mesmo tempo, e foi aí que os amei.

Agora, Puck e eu conduzimos meu garanhão até os penhascos sob o céu de um azul profundo. A expressão dela é firme e inflexível, cheia da coragem de um pequeno barco num mar incerto. Sobre nossa cabeça, paira a mesma lua cheia que iluminava o oceano todas aquelas noites atrás.

Lembro-me da mão de meu pai segurando meu braço. *Fique parado.*

Ela está ao lado de Corr, olhando para ele.

Quero que ela o ame.

47

PUCK

Aqui nos penhascos, o garanhão vermelho se move constantemente. Suas narinas se dilatam para captar o vento do mar que ergue o cabelo de minha testa. Quando eu era mais jovem, montava Dove sem sela e sem arreios, imunda em seu pasto, e usava a cerca ou uma rocha saliente para subir em seu dorso. Hoje com Corr não é diferente, exceto pelo fato de que a rocha em que nos apoiamos é mais alta do que eu precisaria para Dove. Sean o conduz até o lugar certo e diz:

– Ele não vai ficar mais quieto que isso.

Meu coração já está galopando. Não posso acreditar que estou mesmo prestes a montar um *capall uisce*. E não é um *capall uisce* qualquer, mas aquele cujo nome está no topo da lista de apostas no açougue. Aquele que ganhou as Corridas de Escorpião quatro vezes. Aquele que, ontem pela manhã, rasgou a garganta de David Prince. Agarro um punhado de sua crina e luto para não ser arrastada de cima da rocha enquanto ele dança. Finalmente, monto em seu dorso, agarrando sua crina com ambas as mãos, como uma criancinha. Sean diz:

– Agora vou lhe passar as rédeas. Preciso que você o segure enquanto eu subo, ou estará por sua conta e risco. Posso confiar em você para segurá-lo?

O modo como ele fala me faz perceber quanto está arriscando, agora mesmo, ao me colocar em seu cavalo e me passar as rédeas.

– Alguém mais já conseguiu segurá-lo?

Seu rosto permanece inalterado.

– Não há ninguém mais. Você é a única.

Engulo em seco.

– Eu posso segurá-lo.

Sean arrasta o pé num semicírculo diante de Corr e cospe ali. Então, rapidamente lança as rédeas por cima da cabeça de Corr e as passa para mim. Se eu nunca tivesse visto ou tocado Corr, seria este o momento em que eu perceberia como ele é grande, tão diferente de Dove. Pelas rédeas, posso ter uma ideia do quanto ele é poderoso. São teias de aranha ancorando um navio. Ele testa minha firmeza, e eu o testo de volta. Não quero que teste com mais força.

Sean se ajeita rapidamente atrás de mim, e sou pega de surpresa por sua súbita proximidade, minhas costas subitamente quentes contra seu peito, a pressão de seus quadris contra os meus.

Eu me viro para fazer uma pergunta, e ele afasta o rosto daquela proximidade com o meu.

Digo:

– Ah, me desculpe.

– Está tudo bem com as rédeas? – Ele está todo preto e branco nesta luz, os olhos ocultos na sombra sob as sobrancelhas.

Faço que sim com a cabeça. Mas Corr não vai para frente; ele só recua, balançando a cabeça. Quando empurrado, ele ergue um pouco as patas dianteiras do solo. Não está se levantando, mas me alertando. Sean diz algo que se perde no vento.

– O quê?

– Meu círculo – diz Sean bem em meu ouvido, seu hálito é quente. Estremeço, muito, apesar de o vento não estar mais frio que antes. – Ele não vai querer atravessá-lo. Dê a volta.

Assim que nos vemos livres do círculo, Corr parece um pássaro em meio ao vendaval. Não sei dizer se ele está andando ou trotando, só que estamos nos movendo, e todas as direções parecem possíveis. Quando Corr se inclina para o lado, pressiono as pernas em sua barriga para endireitá-lo, e os braços de Sean me envolvem a fim de agarrar sua crina.

Sei que Sean só fez aquilo para endireitar a si mesmo, não a mim, mas de repente me sinto mais segura. Viro o rosto e mais uma vez ele vira a cabeça para me dar espaço. Mas não sei o que eu estava prestes a dizer.

– O quê? – Sua boca forma a palavra, apesar de eu não conseguir ouvi-la propriamente. – É...?

Ele começa a retirar os braços, e eu balanço a cabeça. Meu cabelo chicoteia minha testa, e ele recua quando meu cabelo também o golpeia. Ele diz algo novamente, e, mais uma vez, o vento rouba sua voz.

Quando Sean percebe que eu não o ouvi, ele se inclina para frente em direção ao meu ouvido de novo. Não consigo me lembrar de quando foi a última vez que fiquei tão perto de outra pessoa. Posso sentir seu peito subindo e descendo quando ele respira. Suas palavras são quentes em meu ouvido:

– Você está com medo?

Não sei o que estou sentindo neste momento, mas não é medo.

Balanço a cabeça.

Sean segura meu rabo de cavalo em sua mão, seus dedos estão tocando meu pescoço, e enfia meu cabelo dentro da gola de minha blusa, fora de alcance do vento. Ele evita o meu olhar. Então me enlaça novamente em seus braços e pressiona a panturrilha na barriga de Corr.

Corr salta no ar.

Quando Dove passa do trote para o galope, às vezes o único jeito de perceber a diferença é que seus cascos batem em ritmo quaternário em vez de ternário.

Mas, quando Corr passa a galopar, é como se aquele galope tivesse acabado de ser inventado, algo tão mais rápido do que todos os outros que deveria ter outro nome. O vento ruge ferozmente em meus ouvidos. Há pedras irregulares à espreita no campo, mas não são nada para Corr. Ele mal ergue os joelhos e elas ficam para trás. Parece que cada passada nos leva um quilômetro adiante. A ilha vai ficar para trás antes de ele perder velocidade.

Somos gigantes em seu dorso.

Sean diz em meu ouvido:

– Peça mais.

E, quando aperto as pernas em torno dele, Corr se inclina para frente de novo, como se até então estivéssemos meramente andando à toa.

Não posso acreditar que algum dos cavalos na praia seja mais rápido que isso. Não posso acreditar que haja algum cavalo no mundo mais rápido que isso. E isso tudo com duas pessoas sobre ele. Com apenas Sean durante a corrida, como ele pode perder?

Estamos voando.

A pele de Corr é quente contra as minhas pernas, ligeiramente pegajosa, como quando a correnteza enterra os dedos do pé mais fundo na areia. Sinto sua pulsação em mim, sua energia em mim, e sei que esse é o misterioso e aterrorizante poder dos *capaill uisce*. Todos nós conhecemos esse poder, como ele captura e confunde você e, antes que se dê conta, você está na água. Mas Sean se inclina para frente, com força, contra mim, para alcançar a crina de Corr e fazer nós nela. Três. Depois sete. Depois três de novo. Tento me concentrar no que ele está fazendo, em vez de me concentrar em seu corpo pressionado contra o meu, seu rosto contra os meus cabelos.

Ponho a rédea no pescoço de Corr e ele galopa para a esquerda, se afastando da beirada dos penhascos. Sean ainda está firme contra mim, os dedos de uma das mãos pressionando as veias de Corr, enquanto a outra agarra sua crina. A magia se torna um ruído monótono que me atravessa. Meu corpo me alerta do perigo deste *capall uisce* sob mim, mas ao mesmo tempo ele grita que está vivo, vivo, vivo.

Damos a volta pelo mesmo caminho de onde viemos. Continuo esperando que Corr enfraqueça, dê alguns sinais de cansaço, mas não há nada além do bater de seus cascos contra a grama, o ronco de sua respiração ofegante, o vento soprando em meus ouvidos.

A ilha se desenrola sob o luar. Galopamos paralelamente à beirada do penhasco, e mais além vejo uma revoada de pássaros brancos acompanhando nosso ritmo. Gaivotas, talvez, ascendendo e deslizando por correntes de ar que as impelem violentamente para cima quando se aproximam das rochas. *Aqui é Thisby*, penso. *Esta é a ilha que amo*. Subitamente, sinto que sei tudo sobre a ilha e tudo sobre mim ao mesmo tempo, mas sei que isso vai desaparecer assim que pararmos.

Voltamos ao ponto de partida, e, relutantemente, diminuo a velocidade de Corr. Meu coração está batendo em meus ouvidos, galopando, apesar de Corr já ter parado.

Eu escorrego e me ponho a alguns passos de distância, virando para ver Sean descer também. Ele põe a mão no bolso, pega um punhado de sal ou areia e então o lança em círculo em torno de Corr, cuspindo nele enquanto observo. Quando termina, caminha até mim, sombrio e silencioso. Ele está me olhando do mesmo jeito que fez no festival, e sei que estou retribuindo o olhar. Algo selvagem e antigo gira dentro de mim, mas não tenho palavras.

Sean diminui a distância entre nós e pega meu punho. Pressiona o dedão em meu pulso. Meu coração fica descompassado e acelerado contra sua pele. Estou presa pelo seu toque, uma espécie de magia atemorizante.

Ficamos ali por um tempo, e espero que meus batimentos desacelerem em seu dedo, mas isso não acontece.

Finalmente, ele solta meu pulso e diz:

– Vejo você nos penhascos amanhã.

48

PUCK

Quando chego em casa, está tudo um brinco. A casa não fica arrumada assim desde que nossos pais morreram. Fico na porta por um instante, perdida em assombro e perplexidade, e então Finn irrompe no corredor. Ele está parecendo um homem que entrou em combustão e apagou o próprio incêndio; está em frangalhos, ainda mais que de costume. Saio de meus pensamentos para tentar decifrar o que aconteceu.

– O que houve? – pergunto.

Finn tenta dizer algo várias vezes, mas apenas suas mãos são bem-sucedidas. Enfim, consegue falar:

– Pensei no seguinte: como eu saberia se algo tivesse acontecido com você?

– Por que algo teria acontecido comigo?

– Puck, é *noite*. Onde você esteve? Eu pensei...

Lentamente me dou conta. Ele me vira antes de eu sair para me confessar e deve ter esperado que eu voltasse não muito tempo depois.

– Desculpe – digo a ele.

Finn dispara loucamente pela sala, e percebo que fez toda essa faxina porque estava desesperado de preocupação comigo.

– A casa está maravilhosa – digo.

Ele retruca:

– Claro que está! Limpei a droga da casa toda! Eu não sabia nem quanto tempo levaria, se você morresse, até eu saber. Quem me contaria?

– Desculpe, eu esqueci. O tempo voou.

Isso deixa Finn ainda mais furioso. Eu nunca o vi em tal estado. Ele está como meu pai quando descobriu que minha mãe comprara um capão cinzento de um fazendeiro. Ele ficou louco, uma tempestade furiosa e silenciosa contida pelas paredes, agarrando os encostos das cadeiras e olhando para o teto, até mamãe concordar em vender o capão.

– *O tempo voou* – diz Finn, finalmente.

– Posso pedir desculpas mais uma vez, mas acho que não vai adiantar.

– Não vai adiantar nada!

– Então, o que é que você quer de mim? – A verdade é que de fato me senti mal antes, mas agora minha paciência está por um fio. – Não posso simplesmente voltar atrás e desfazer o passado.

Finn se reclina na poltrona de meu pai, com os punhos firmemente cerrados.

– Eu não aguento – diz, e subitamente vejo Gabe nele. – Não aguento não saber o que vai acontecer.

Lentamente, me aproximo da poltrona e me agacho diante dele. Dobro os braços no assento e ergo os olhos em sua direção. Não sei por que ele parece tão jovem, se é a preocupação que está roubando sua idade, ou se é porque tenho olhado para o rosto de Sean Kendrick. Digo:

– Está quase terminando. Vamos ficar bem. Não vai acontecer nada comigo. Mesmo se eu não ganhar, vamos ficar bem, certo?

O rosto de Finn está desolado e terrível, e acho que ele não acredita.

Acrescento:

– Puffin voltou, não voltou?

– Sem metade do rabo. Você não tem um rabo sobrando.

– Dove tem. E aquela comida cara significa que o dela vai crescer bem rápido de novo.

Não sei se ele se sente consolado, mas não reclama mais. Depois, ele arrasta seu colchão até meu quarto e empurra-o na direção da parede oposta. Aquilo lembra demais minha infância, quando dividíamos o quarto com Gabe, antes de meu pai construir outro quarto na lateral da casa para mamãe e ele.

Depois que apagamos a luz, ficamos em silêncio por vários longos instantes. Então, Finn diz:

– O que o padre Mooneyham lhe deu?

– Duas ave-marias e um credo de columba.

– Jesus amado – diz Finn no escuro. – Você foi pior que isso.

– Tentei explicar isso a ele.

– Vou falar com ele de novo, quando eu for amanhã. Você já rezou?

– Claro. Foram apenas duas ave-marias e um credo de columba.

Finn se agita na escuridão.

– Você ainda fala enquanto dorme? – pergunto.

– Como posso saber?

– Vou bater em você se falar.

Finn se vira de novo, socando o travesseiro.

– Isto não será para sempre. Só por um tempo.

– Certo – digo. Pela janela, vejo o contorno da lua, que me remete ao dedo de Sean pressionado em meu punho. Retenho cuidadosamente o pensamento em minha cabeça, pois quero refletir sobre ele um pouco mais quando Finn parar de falar. Mas, em vez disso, enquanto espero para dormir, me pego pensando no que Finn disse sobre minha morte. Sobre como ele não sabia quanto tempo levaria até ficar sabendo, ou quem lhe contaria. Percebo então que não consigo lembrar como foi que descobrimos que nossos pais estavam mortos. Lembro-me apenas deles tomando o barco juntos, um acontecimento realmente muito raro, e então me lembro de descobrir que estavam mortos. Não apenas não consigo ver o rosto de quem nos contou, não consigo lembrar o que foi dito. Deito-me ali com os olhos firmemente cerrados, tentando retomar aquele momento, mas tudo o que consigo evocar é o rosto de Sean e a sensação do solo se movendo rapidamente sob Corr.

Acho que esta é a verdadeira bênção desta ilha: ela não nos deixa com nossas lembranças terríveis por muito tempo, mas nos deixa ficar com as boas pelo tempo que quisermos.

49

SEAN

O dia do leilão de potros de Malvern amanhece excepcionalmente belo, calmo demais para outubro. Perdi o sono depois de deixar Puck para trás ontem à noite, então reservo mais meia hora para me preparar para o que está por vir, em seguida me visto e me encaminho para o haras. Não vou montar Corr esta manhã nem vou fazer o trabalho de sempre no estábulo. O tempo quente, que tornaria a praia suportável, está perdido para o leilão.

O haras está fervilhando, cheio de homens do continente segurando taças de champanhe às nove da manhã e ignorando a esposa, que veste peles quentes demais para este clima. De vez em quando, o som do relincho de um cavalo ressoa acima das vozes. Esses turistas são de um tipo mais organizado que aqueles que chegaram para as Corridas de Escorpião, mais parecidos com os cavalheiros que eu vira hospedados no hotel que com qualquer nativo. Todos os empregados de Malvern estão trabalhando hoje; este leilão financia o haras pelo resto do ano.

Meus pés pisaram o terreno há apenas um minuto quando George Holly pega meu cotovelo.

– Sean Kendrick. Pensei que estaria lá fora com as feras.

– Hoje não. – A verdade é que eu preferiria estar lá fora com os estribeiros, levando os cavalos para o ringue para os compradores verem. Em vez disso, tenho de ficar ao alcance da voz de Benjamin Malvern, para que, caso ele faça um sinal com os olhos ou aponte uma taça de champanhe em minha direção, eu esteja disponível para elogiar qualquer cavalo prestes a ser leiloado. – Hoje estou aqui para me vender, e não a eles. Eu sou a novidade.

– Ah, por isso as roupas estilosas. Quase não o reconheci neste paletó.

– Eu o comprei para ser enterrado nele.

George Holly bate em meus ombros.

– Então planeja manter a forma ou morrer jovem. Uma cabeça tão sábia em ombros tão jovens. Se sua Kate Connolly ainda não o viu neste paletó, ela deveria.

Duvido muito que Puck seria afetada ao me ver com cara de quem precisa só de um relógio de bolso para compor o visual. Se ela preferisse esta minha versão, seria triste de qualquer maneira. Estendo uma mão sobre o colete e aliso os botões.

– É tão legal vê-lo desconfortável, sr. Kendrick – diz Holly. – Ela mexeu com você! Agora me diga quais cavalos comprar.

Mexer não é a palavra. Não consigo me concentrar. Preciso estar no dorso de Corr, em vez de ficar cozinhando neste terno. Digo:

– Mettle e Finndebar.

– Finn-de-bar? Não consigo nem ao menos pronunciar isso, quanto mais me lembrar. Malvern a mostrou para mim?

Digo:

– Provavelmente não. É uma égua reprodutora. Está ficando um pouco velha, por isso está sendo vendida.

Olho a tempo de ver Malvern chegando com uma carreata de compradores em potencial atrás de si. Eles parecem encantados com o clima da ilha, com os competidores e com seu dono engraçado. Malvern me vê e eu o vejo marcando minha localização para futura referência.

Holly troca um olhar com Malvern, que não é completamente cordial.

– Ah, não estou no mercado de parideiras.

– Ela só pare vencedores. O que foi esse olhar?

Holly franze a sobrancelha enquanto um estribeiro guia um cavalo quase adulto.

– É o meu olhar para éguas reprodutoras.

– Não, você e Malvern. Sobre o que vocês discutiram?

Ele esfrega a nuca e recusa a champanhe que lhe oferecem.

– Enquanto eu estava perambulando por aí, descobri uma das antigas paixões dele, coisa que só vim a saber depois. Acho que agora ele me considera um mulherengo. – Ele parece magoado.

Não digo a Holly que eu partilhara da mesma impressão.

– Eu achei que estivesse tudo bem agora que você está aqui no leilão.

– Tudo vai estar maravilhoso assim que eu comprar alguma coisa – observa Holly, olhando por sobre os ombros. – Mettle e a parideira. Não tenho intenção de comprar uma égua reprodutora, sabe. Temos inúmeras delas. Você não pode simplesmente cruzá-la com seu garanhão vermelho e me vender o produto dessa feliz união no ano que vem?

– Reproduzir um *capall uisce* em cativeiro não é assim tão fácil – respondo. – Às vezes, éguas são éguas para eles, e às vezes são refeições. – Se há um motivo para um garanhão *uisce* escolher uma égua da terra ou uma égua *uisce* escolher um garanhão da terra, eu ainda não descobri. Alguns cavalos de Malvern têm sangue de *capall uisce*, mas diluído e antigo, se manifestando de formas estranhas. Cavalos que amam nadar, como Fundamental; potras com relinchos estridentes; potros com orelhas longas e finas.

– É exatamente assim – diz Holly com amargura – que acontece com os humanos.

Reflito se isso significa que sua amante cega o rejeitou ou o contrário, mas sou distraído por um vislumbre de Mutt Malvern entre os compradores. Ele está falando e apontando para uma potra no curral como se soubesse algo a respeito dela, e os emplumados e encouraçados homens do continente ouvem e balançam a cabeça, porque ele é o filho do dono, então é claro que sabe alguma coisa. Holly segue meu olhar, e por um instante ficamos ali, ombro a ombro.

– Ei, bom dia! – diz Holly abertamente, e, quando vejo a quem se dirige, fico contente por não ter falado mal de Mutt. Benjamin Malvern está bem atrás de nós.

– Sr. Holly. Sr. Kendrick – responde Malvern. – Sr. Holly, certamente o senhor achou algo de seu interesse, não?

Ele me olha.

O sorriso de Holly é amplo e abusivamente americano, fileiras e fileiras de dentes brancos e brilhantes.

– Benjamin, tantas coisas em Thisby me interessam.

– Alguma coisa da variedade quadrúpede?

– Estou dando uma olhada em Mettle e em Finndebar – diz Holly. Apesar de seus protestos anteriores, ele pronuncia *Finndebar* sem hesitação.

Malvern diz:

– Finndebar só pare vencedores.

Minha boca brinca com o som de minhas próprias palavras vindas dos lábios de outra pessoa.

Holly balança a cabeça em minha direção.

– Ouvi dizer. Por que está sendo vendida, então?

– Está ficando um pouco velha, só isso.

– A idade e a astúcia têm suas vantagens – comenta Holly. – Quero dizer, você deve saber, hein? Ah, este é um excelente país, cheio de excelentes pessoas. Ah, vejo que todos os Malverns estão aqui agora. E eis ali Matthew, a cara do pai.

Essa última frase é porque Mutt Malvern se posicionou de modo que ouvimos sua voz, e ele permanece ali com um homem, entretido numa conversa sobre uma potra. Acho que está tentando parecer útil para mim ou para seu pai. Posso ouvir o que está dizendo e é ridículo, mas o homem está assentindo.

O olhar de Malvern está em Mutt, sua expressão difícil de discernir, mas certamente nada que possa ser chamado de orgulho.

– Então, vou confessar – diz Holly – que estou bastante encantado com Sean Kendrick aqui. Você tem um belo braço direito.

Malvern desvia o olhar para mim e depois volta a enfocar Holly, uma sobrancelha erguida.

– Ouvi dizer que você estava fazendo um esforço razoável para exportá-lo.

– Ah, mas a lealdade dele foi forte demais – diz Holly. O sorriso que ele me dirige é feroz em sua sinceridade. – O que é simplesmente decepcionante. Você o trata bem demais, eu suponho.

Ali perto, Mutt olha em minha direção, os olhos estreitos, e vejo que se inteirou do assunto

– O sr. Kendrick está conosco há quase uma década – diz Malvern. – Desde que sei pai morreu e eu o tomei sob minha responsabilidade.

Com apenas uma frase, ele pinta um retrato de um menino órfão sentado na mesa da cozinha, criado lado a lado com Mutt, se deleitando nos prazeres de ser um Malvern.

– Então ele é praticamente um filho – diz Holly. – Isso explica a ligação. Todos esses cavalos têm a marca dele, não têm? Parece-me que ele é o herdeiro natural do Haras Malvern, é o que eu diria se me perguntassem.

Benjamin Malvern estivera olhando para o filho, que lhe devolvia o olhar, mas, quando Holly termina, os olhos de Malvern me avaliam em meu paletó e ele aperta os lábios.

– Em muitos sentidos, sr. Holly, acho que isso é bem verdadeiro. – Ele olha para Mutt mais uma vez e acrescenta: – Na maioria dos sentidos.

Não posso acreditar que ele esteja falando sério. A única coisa que consigo pensar é que está falando isso porque está jogando com Holly. Ou porque quer que Mutt ouça, o que sem dúvida acontece.

Holly troca um olhar comigo, e posso ver que está tão abismado quanto eu.

– Infelizmente – diz Malvern, dando as costas para Mutt –, o sangue nem sempre se manifesta. – Ele me olha, e subitamente me dou conta de que nunca soube o que ele está de fato pensando atrás daqueles olhos fundos e inteligentes. Não sei nada a seu respeito, além de seus cavalos e do pequeno apartamento frio acima do estábulo. Sei que é dono da maior parte de Thisby, mas não sei quais partes. Sei que já cavalgou, mas agora não cavalga mais, e sei que seu filho é bastardo, mas não sei se a mãe ainda mora na ilha. Sei que ganho as corridas para ele e todo ano ele fica com noventa por cento do prêmio, como faria com qualquer homem sob seu comando.

Malvern diz:

– O sr. Kendrick nasceu num cavalo e vai morrer num cavalo, e talvez isso não seja algo que se possa criar artificialmente. Ele é um desses poucos homens que conseguem fazer um cavalo trabalhar para ele, mas nunca pede mais do que eles têm. Se ele lhe disse para investir seu dinheiro em Mettle e Finndebar, seria tolice sua não fazer isso. Tenha um bom dia, sr. Holly.

Malvern dá um aceno de cabeça para Holly e parte. Quando ele sai, Holly me diz algo que não ouço, pois estou olhando para Mutt. Em sua expressão estão inscritos o espanto e uma furiosa rejeição. Naquele momento, pouco importa o fato de que tanto ele quanto eu fizemos nossa parte para merecer as palavras de Malvern. Só o que importa é que elas foram brutais.

Observo seu olhar se tornar temível enquanto ele me encara. Algo exigente e intransigente agarra Mutt Malvern por dentro. Ele abre caminho de volta para casa.

– Sean Kendrick – diz Holly. – No que está pensando?

– Que isso não me soa nada bem – respondo.

Holly olha para o espaço que Mutt deixou para atrás e aconselha:

– Eu trancaria a porta do quarto esta noite.

50

PUCK

De manhã, antes de ir até os penhascos para treinar e possivelmente encontrar Sean, Finn e eu vamos até a casa de Dory Maud – ele de bicicleta, eu em Dove. A verdade é que Finn planeja fazer uns bicos para elas, se puder, e eu estou esperando, contra as expectativas, que Dory tenha vendido mais alguns bules, pois temos um pouco de manteiga, mas não temos pão no qual passá-la nem farinha para fazê-lo.

Nós nos arrastamos para Skarmouth. Agora conduzo Dove para assegurar que ela não torça uma pata num trecho irregular da calçada. Finn empurra a bicicleta para poder olhar para a Palsson's sem cair de um veículo em movimento.

Ambos olhamos melancolicamente a vitrine da padaria enquanto passamos, apesar de ter jurado a mim mesma que não faria isso. Nada diz tão "órfãos" como duas crianças quebrando o pescoço para ver bandejas de bolos de novembro, pratos de biscoitos de diferentes formatos e pães adoráveis que ainda embaçam a vitrine a que estão próximos. Finn e eu suspiramos ao mesmo tempo e continuamos nosso caminho até a Fathom & Sons. Amarro Dove na frente da loja, e Finn ordena que sua bicicleta fique ali. Não sei se a loja estará aberta ou não; Elizabeth e Dory Maud podem estar na barraca no caminho do penhasco.

Mas a porta abre, e, quando a empurramos para entrar, fico surpresa ao encontrar tanto Dory Maud quanto Elizabeth ali, assim como um belo homem louro que está falando animadamente sobre um pedaço de pedra de lápide encontrada por Martin Devlin em sua fazenda no ano passado, quando escavava a terra em busca de batatas.

– Ah, deve ter sido emocionante! – diz ele.

Finn me lança um olhar. Olho para o desconhecido. Ele é estrangeiro e tem por volta de trinta anos, talvez. Está em sua melhor forma. Acho que o termo para isso é *arrojado* ou *elegante* ou alguma coisa assim. Está segurando uma boina vermelha nas mãos.

– Ah, Puck – diz Dory Maud. – Puck *Connolly*.

Finn e eu trocamos outro olhar.

– Prazer em conhecê-lo – digo ao estranho.

– Ah, mas vocês não foram apresentados – diz Dory Maud. – Sr. Holly, esta é *Puck Connolly*. Puck, este é o sr. George Holly.

– *Agora* tenho prazer em conhecê-lo – digo de mau humor. – Só vim deixar Finn aqui e... – Elizabeth se aproxima e finca as garras em minha pele.

– Só um momento! Preciso roubá-la – gorjeia Elizabeth. Ela rapidamente me leva para o quarto dos fundos e bate a porta atrás de nós. Então, somos apenas eu, ela, quatro cadeiras, uma mesa maior que o espaço disponível e uma plateia de caixas preenchidas com as cartas de amor de Dory Maud para os marinheiros. Estamos cara a cara, e Elizabeth cheira a uma tonelada de rosas inglesas.

– Puck Connolly, trate aquele homem com toda a boa educação que você tem.

– Eu *estava* sendo simpática.

– Não estava, não. Vi seu rosto. Não sou boba! Nós precisamos encorajá-lo. Aquele americano é mais rico que a rainha, e achamos que ele está pretendendo levar um pedaço de Thisby com ele.

Espero que leve a estátua da fertilidade.

– O que é que você está tentando empurrar para ele?

Elizabeth recosta o corpo na porta para garantir que ninguém vai interromper.

– Annie.

– Annie!

– Se for repetir tudo o que digo, darei sua língua para ele também.

– Annie *sabe* o que está acontecendo?

– Ah, se você fosse tão inteligente quanto é bonita. – Elizabeth percebe que ainda está segurando meu braço e me solta. – Agora vá e seja encantadora. O quanto puder.

Faço cara feia e a sigo até o salão principal. Todos os olhos se voltam para mim. Sabe-se lá como, Finn está segurando a lápide.

– Prontas, senhoras? – pergunta Dory Maud. Não consigo lembrar quando foi a última vez em que ela usou a palavra "senhoras" para se referir a qualquer coisa que não fossem nossas galinhas. – O sr. Holly estava mostrando interesse em você, Puck.

Talvez o choque esteja estampado em meu rosto, pois ele rapidamente acrescenta:

– Sean Kendrick falou de você.

– Você não mencionou isso antes – diz Dory Maud, olhando para mim. – Puck, seria maravilhoso se você levasse o sr. Holly para tomar café da manhã.

– Ah... – Holly e eu protestamos ao mesmo tempo.

– Dove está ali fora – digo.

Holly me olha e diz significativamente:

– E eu estava indo assistir ao treino. – Decido que gosto dele. Sua elegância ajuda, mas é sua inteligência que faz toda a diferença.

– Então você deveria levá-lo à Palsson's para lhe dar um dos bolos de novembro. É claro que Annie também sabe fazê-los, até melhor que a Palsson's – diz Dory Maud. – Ela estava dizendo agora mesmo que gostaria de prepará-los para o sr. Holly, mas obviamente não houve tempo. Se o senhor comprar alguns na Palsson's, pode carregar seu café da manhã.

O sorriso de Holly ilumina a sala; Dory Maud e Elizabeth quase caem para trás.

– Posso comprar um negócio desse para você, srta. Connolly? – pergunta Holly. – E para o seu irmão também?

Acho que eu poderia morrer por causa do poder penetrante do olhar lançado por Elizabeth. É um olhar que diz: "Eu disse que ele era um americano rico com dinheiro para gastar". Olho fixamente para ela e Dory Maud.

– Com certeza. E Dory, se você me der um trocado, comprarei alguns a mais... para Annie.

Momentaneamente travamos uma batalha de olhares, e então Dory Maud cede e me dá algumas moedas. E assim dois membros triunfantes da família Connolly acompanham George Holly até a saída da Fathom & Sons, Finn de um lado e eu de outro. Com grande interesse, Holly me observa soltando Dove, e eu o vejo me observando com um interesse ainda maior. A forma como seus olhos percorrem Dove, do tendão ao joelho, do dorso ao peito, me diz que ele não é só mais um turista tolo. Eu me pergunto quão bem ele conhece Sean.

– Você sabe – diz Finn no caminho para a Palsson's, animado agora que vai ganhar comida – que Annie é cega, certo?

– Não totalmente – Holly o corrige. – Não totalmente cega, quero dizer.

– Foi o que disseram?! – exclama Finn. Eu encaro os dois. Quem é essa pessoa capaz de deixar Finn tão animado em tão pouco tempo?

– Sim – diz Holly afavelmente. Ele inclina a cabeça na direção de Finn e pergunta: – Agora, o que exatamente é um bolo de novembro?

Ele pergunta com uma curiosidade tão genuína que é claro que Finn precisa falar ainda mais, descrevendo a crosta úmida, o néctar que escorre de sua base, a cobertura que penetra no bolo antes que você possa lambê-la. Provavelmente é a coisa mais doce que já vi na vida, George Holly interrogando meu irmão sobre bolos. Quando Holly me olha, devolvo-lhe um olhar duro, que percebo que talvez não se encaixe na recomendação de ser tão charmosa quanto possível. Mas não sei se George Holly, que é inteligente e gentil, pode ser tão facilmente enganado quanto Dory Maud e Elizabeth pensam.

Juntos, entramos na Palsson's. Tento manter um ar de dignidade, mas é difícil não ser tomada pelo odor que paira no ar. Tudo é canela, mel e fermento. A Palsson's fica numa esquina e é feita de vitrines e luz. As paredes estão forradas de prateleiras de madeira rústica sem fundo, de modo que a luz do sol entra desimpedida pelas folhas de vidro e traça grandes quadrados de ouro pelo chão. Cada prateleira tem pilhas de pães e biscoitos, rosquinhas de canela e bolos de novembro, bolinhos e bolachas. A única parede não tão abençoada é a dos fundos, atrás do balcão, forrada com sacos de farinha que aguardam para virar pão. Posso até sentir o cheiro da farinha, de tanta farinha que há, e ela é doce e saborosa por si só. Tudo é dourado e branco, mel e néctar por aqui, e penso que provavelmente eu poderia morar neste prédio e dormir entre os sacos de farinha.

A Palsson's está lotada hoje, como sempre, tanto de clientes quanto de donas de casa, que têm conversas mais agradáveis perto de outra pessoa no comando dos doces. George Holly coleciona olhares e sussurros, enquanto Finn e ele passam pelas prateleiras e alcançam a longa fila. Ele se encaixa perfeitamente, tão louro quanto um bolo de novembro.

– Sua tia é uma mulher forte – diz George Holly.

– Dory Maud?

– A própria.

Se Dory Maud lhe disse que somos parentes, posso voltar a cuspir.

– Ela não é minha tia.

Ele graciosamente pede desculpas.

– Ah, me desculpe. Você pareceu tão próxima dela. Não quis me exceder.

– Todo mundo em Thisby é próximo – respondo. – Fique aqui por um mês e ela será sua tia também.

Isso faz Finn sorrir para o chão.

– Uau – diz George Holly. – Que promessa pesada.

Avançamos na fila. A cabeça de Finn está se movendo para frente e para trás como a de uma coruja, passando de uma bandeja a outra enquanto ele considera os méritos das diferentes possibilidades.

– O sr. Kendrick me disse que seu pônei tem pernas muito boas – diz Holly, puxando conversa. Ouço alguém atrás do balcão dizer "boina vermelha brilhante".

– Cavalo.

– Hum?

– Ela tem quinze palmos. É um cavalo. Ele disse isso?

– Ah, me perdoe, senhora – diz Holly. Ele diz isso porque Mary Finch acaba de se espremer entre uma prateleira e ele para chegar até a vitrine, e a mão dela foi parar em algum lugar indesejado de Holly, um acidente bastante feliz para ela. Holly avança em direção ao balcão e se recompõe antes de se virar para mim.

– Estão dizendo na praia que ele disse que se seu pônei, cavalo, seguir em frente enquanto os *capaill uisce* viram à direita, você pode ter chance.

Eu me pergunto se Sean realmente acredita nisso. Eu me pergunto se realmente acredito nisso. Devo acreditar, senão por que continuaria nisso?

– Reconheço que esse é o plano. Se estamos nos tornando íntimos, pergunto se você realmente conhece Sean Kendrick.

Mary Finch passa novamente raspando em George Holly e seus olhos se arregalam por um instante, enquanto ele recebe mais uma dose da hospitalidade de Skarmouth. Tento não rir.

– Ah – diz ele. – Ah, bem, eu estava aqui para ver os cavalos de Malvern e a gente se conheceu. Ele é um cara estranho, o que quer dizer que gosto bastante dele.

Finn bate no balcão para chamar a atenção de Holly para os bolos que acabaram de ser colocados sob o vidro. Por um breve instante, seus rostos compartilham da mesma expressão infantil de desejo melancólico, desejo que não é atenuado pelo fato de saber que a fila até chegarem aos bolos tem apenas dois metros.

– Falando em intimidade – diz Holly –, *você* o conhece bem?

Minhas bochechas ficam coradas, o que me deixa furiosa. Amaldiçoo estes cabelos avermelhados e tudo o que vem com eles. Meu pai disse uma vez que, se eu não tivesse os cabelos ruivos da minha mãe, eu não enrubesceria ou xingaria tão facilmente. O que eu achava injusto. Dificilmente xingo ou enrubesço, apesar de ter tido vários dias que pediram as duas coisas. Sou uma pessoa bem equilibrada, eu acho, dadas as circunstâncias.

Finn está me fitando, curioso demais para saber a resposta à pergunta de Holly.

Digo:

– Um pouco. Somos amigos.

– Como você e sua tia? – pergunta Holly. Quando faço uma careta, ele sugere: – Como primos? Como irmãos?

– Não o conheço tão bem quanto Mary Finch conhece você – digo. Quando ele parece perplexo, faço um gesto sugerindo um beliscão e ele recua, como se suas partes baixas estivessem recebendo atenções dela mais uma vez.

– É justo – diz Holly.

Chegamos ao balcão, e Bev Palsson recolhe o dinheiro dos bolos. Finn compra um número obsceno de rosquinhas de canela com o dinheiro de Dory Maud. Quando os pegamos e saímos, parando perto da porta onde Dove está amarrada, Finn faz George Holly desembrulhar um dos bolos para que possa observar sua reação. Holly dá uma mordida, mel escorre por seus lábios, e fecha os olhos com um prazer tão pronunciado que é difícil dizer se está exagerando para agradar Finn.

– Ouvi dizer – diz Holly – que a comida fica mais saborosa ao ser rememorada. Não vejo como isso pode melhorar ao se tornar lembrança.

Finn fica satisfeito. É como se ele mesmo tivesse preparado os bolos. Porém, vejo algo agridoce na expressão de Holly; acho que é bem possível que esta ilha já tenha começado a fincar suas garras nele, o que me faz gostar de Holly ainda mais. Qualquer pessoa que Thisby decida seduzir não pode ser de todo má.

Holly pergunta:

– Finn, você poderia fazer o favor de pedir outra sacola para eles, para separarmos os doces em duas porções? E, se eu lhe der isto, você me compraria outra rosquinha para eu levar para o meu quarto? Compre mais uma para você também, assim a sua outra mão não fica vazia.

Quando Finn é despachado, Holly diz:

– Puck, estou ultrapassando todos os limites aqui, a ponto de talvez não conseguir voltar atrás. Mas há uma série de pessoas que não querem você na praia. Não sei se você ouviu dizer.

Lembro-me de Peg Gratton me dizendo para eu não deixar ninguém me assustar. Perco o apetite pelo meu café da manhã açucarado.

– Faço uma vaga ideia.

Há uma preocupação genuína no rosto de George Holly.

– Você é a primeira, não é? A primeira mulher?

É estranho ser chamada de mulher, mas concordo com a cabeça.

– A coisa parece estar bem feia lá embaixo – diz ele. – Eu não diria nada se não achasse que parece perigoso.

George Holly se tornou um de nós bem rápido. Vou participar de uma corrida com algumas dúzias de *capaill uisce* e ele acha que é com os homens que eu devo me preocupar.

– Sei que não devo confiar em ninguém – digo. – Exceto...

Holly estuda meu rosto.

– Você gosta dele, não? Que coisa estranha, maravilhosa e reprimida é este lugar.

Olho fixamente para ele, aliviada por não parecer mais ruborizada, ou talvez eu ainda esteja vermelha e não tenha como corar ainda mais.

– Não sou eu que estou me deixando levar por três irmãs com quatro olhos e meio.

Holly ri com prazer.

– Isso é bem verdade.

Dove tenta pegar meu bolo de novembro, e eu a afasto com o cotovelo.

– Annie é legal – digo. – Você a acha bonita?

– Sim.

– Eu acho que ela também o considera agradável – digo. Olho para ele de lado com um sorriso travesso. – Já que ela não consegue ver além do próprio braço. Mas eu não contaria com ela para assar esses bolos. Existe um motivo pelo qual a Palsson's está cheia de mulheres. As mulheres de Thisby são preguiçosas.

– Preguiçosas como você?

– Por aí.

– Acho que eu poderia suportar isso. – Ele ergue o olhar; Finn acaba de irromper pela porta da Palsson's trazendo duas sacolas, e se aproxima de nós com a expressão animada. Holly me diz:

– Certamente lhe desejo muita sorte, srta. Connolly. E espero que você não aguarde Sean Kendrick perceber que está solitário.

Quero perguntar, "Aguardar o quê?", mas Finn chegou e essa não é uma pergunta que eu queira fazer na frente de um dos meus irmãos.

Então, nós simplesmente trocamos amabilidades, e Holly toma seu rumo para assistir ao treino na praia, eu tomo o meu para levar Dove ao topo do penhasco, e Finn se apronta para voltar para a casa de Dory Maud, para fazer uns bicos.

– Você notou o sotaque dele? – pergunta Finn.

– Não nasci surda.

– Se eu fosse Gabe, iria para os Estados Unidos em vez de ir para o continente.

Esta declaração acaba com qualquer rastro de bom humor que estivesse germinando em minha alma.

– Se você fosse Gabe, eu lhe daria um tapa.

Finn não se deixa atingir. Dá um tapinha amigável na anca de Dove antes de partir.

– *Ei.* – Eu o detenho e tiro outros dois bolos da sacola. – Agora vá.

Finn trota alegremente, ele que se deixa agradar assim tão fácil com comida. Equilibro meus bolos em uma das mãos e pego as rédeas de Dove com a outra, conduzindo-a até os penhascos. Penso no comentário de George Holly sobre a comida ser melhor na memória. Parece uma declaração estranha e exuberante. Presume que você terá não só aquele momento em que dá a primeira mordida, como também momentos futuros suficientes para que aquela bocada se torne uma *lembrança*. Meu futuro não é tão certo a ponto de eu poder imaginar no que aquele sabor vai se transformar. E, de qualquer forma, os bolos de novembro me parecem bem doces agora.

51

SEAN

Já estou esperando quando Puck chega ao topo dos penhascos. Não sou o único; cerca de duas dúzias de turistas das corridas transformaram as rochas em bancos, observando Corr e eu tão de perto quanto conseguiram se atrever. Puck os encara, um olhar tão lancinante que alguns se esquivam de surpresa. Não sei bem o que esperar dela depois da noite de ontem. Não sei como me dirigir a ela. Não sei o que ela espera de mim ou o que eu espero de mim.

O que ganho é um olá silencioso e um bolo de novembro em minha mão. Ambos comemos em silêncio, sob o olhar atento da plateia de turistas, e depois esfregamos as palmas pegajosas de nossa mão na grama.

Puck faz uma careta para os espectadores.

– Dove fica tímida perto dos cavalos d'água.

– E deveria mesmo.

Ela dirige sua expressão feroz para mim.

– Bem, isso não vai funcionar durante as corridas, vai?

Volto minha atenção para sua égua parda. Ela está bem ciente da presença de Corr, mas não parece estar com medo.

– Ela não precisa gostar deles – digo. – Um pouco de respeito vai lhe dar velocidade. Desde que você não tenha medo de que ela esteja com medo.

Observo Puck tentando assimilar isso, pondo a cabeça no lugar. Seus olhos estão estreitos conforme estuda Corr, e eu me pergunto se está se lembrando de nossa corrida no topo dos penhascos.

– Em mim, eu confio – diz. Ela me olha como se isso fosse uma pergunta, mas, se for, só ela pode responder.

– Pronta para o trabalho? – pergunto.

Nós trabalhamos.

Corr não está totalmente cansado do galope da noite anterior, e o cavalo de Puck está vigoroso e quente ao vento. Cavalgamos em círculo e a uma distância bem curta, galopamos e nos confrontamos. Tomo a frente até que Corr se distrai e, de repente, Puck está ao nosso lado, as orelhas de sua égua parda eretas e espertas. Acertamos o passo, sem apostar corrida, apenas correndo por correr.

Esqueço que estou trabalhando, esqueço que a corrida é daqui a apenas alguns dias, esqueço que ela está num pônei da ilha e que eu estou num *capall uisce*. Há apenas o ar que passa por minhas orelhas, a lua esguia de seu sorriso fugaz em minha direção e o peso familiar de Corr em minhas mãos.

Então, uma hora se passa sem eu perceber e tenho de frear Corr. Não quero cansá-lo. Puck também freia Dove. Por um momento, vejo que ela está a ponto de dizer algo; sua língua estala contra os dentes. Mas, no fim, tudo o que ela faz é devolver minhas próprias palavras.

– Vejo você nos penhascos amanhã?

PUCK

Sean está lá no dia seguinte, e no próximo, e no próximo. Acho que não o verei no domingo, porque nunca o vi na igreja de são Columba e não sei aonde ele iria se não for para lá. Mas, depois da missa, ando até o topo do penhasco e ali está Sean, os olhos já focados na praia.

Observamos o treinamento lá embaixo, trocando apenas algumas palavras, e, no dia seguinte, voltamos a montar. Às vezes escaramuçamos juntos, já em outras cavalgamos bem separados, apenas ao alcance da vista um do outro. De vez em quando, penso no dedo de Sean pressionado contra meu punho e fantasio com ele me tocando de novo. Mas, sobretudo, penso no modo como ele me olha, com respeito, e acho que isso provavelmente vale mais do que tudo.

A única coisa é que, quanto mais vejo Corr e ele juntos, mais penso em como seria insuportável para Sean perdê-lo.

Mas não podemos ambos vencer.

SEAN

Por uma semana, cavalgamos juntos a ponto de se tornar difícil lembrar minha rotina diária de idas à praia. Sinto falta das manhãs solitárias na areia, mas não o suficiente para trocar a companhia de Puck por elas. Em alguns dias nós mal nos falamos, então não sei bem por que faz diferença para mim. Mas, até aí, Corr e eu também nunca precisamos de palavras.

Então, passo horas cavalgando Corr lentamente, aperfeiçoando o que já está ali, e vendo Puck inventar novos jogos para manter Dove interessada na tarefa. A barriga de feno de Dove já desapareceu, por causa do treino regular ou da melhor alimentação. Puck também está mudando, agora ela fica imóvel quando cavalga. Mais certeza e menos petulância constrangedora. A transformação do cavalo e da competidora que vi na arrebentação pela primeira vez semanas atrás é impressionante. Não questiono mais por que estou treinando ao seu lado.

Não sei exatamente em que momento percebo que Corr está de fato se esforçando, não muito, mas se esforçando, e Dove mantém o ritmo ao nosso lado. Mesmo depois de uma hora de treino. Mesmo ao lado de um *capall uisce*.

Freio Corr. Ele tropeça com uma falta de jeito intencional, se exibindo para a égua, e eu sacudo suas rédeas para lembrá-lo de que estou aqui. Puck precisa de um momento para perceber que eu parei. Ela se afasta. A barriga de Dove arfa e suas narinas dilatam, mas suas orelhas ainda estão eretas e alertas.

Digo:

– Você pode conseguir.

O rosto de Puck está meio franzido, meio sorrindo. Ela não me ouviu. Repito o que disse. Vejo o momento em que ela me entende, e seu sorriso desaparece.

– Não sei se você está falando sério – diz.

– Estou. Amanhã você deveria levá-la para a praia para ter certeza de que pode dominá-la na presença de todos os outros. Para se acostumar.

Agora o franzimento se apoderou de fato de seu rosto.

– Dois dias não é muito tempo para ela se acostumar com aquilo.

– Não é para ela. É para você. E é um dia, não dois – lembro. Corr dança, e eu o imobilizo com minhas pernas. – No último dia, a praia é proibida para cavalos. Amanhã é o último dia na areia.

Dove coça a barriga com uma das patas traseiras, como um cão. Ela não parece exatamente uma vencedora quando faz isso, e Puck deve ter consciência disso, pois dá um toque com a bota na barriga de Dove para fazê-la parar.

– Você não está dizendo isso só porque eu lhe dei um bolo, está?

– Não, está nas regras desde que comecei a competir.

Ela estuda minha expressão para ver se estou falando sério e faz uma careta.

– Estava me referindo ao que você disse sobre termos alguma chance.

Corr se curva sobre a minha perna, agitado e perdendo interesse na ideia de ficar quieto. Isso me lembra de que tenho de trocar sua baia com a de Edana. Como não foi treinada na praia, Edana está ficando mais e mais inquieta em sua baia sem abertura nas últimas sete baias do estábulo. A visão de Corr não é grande coisa, mas pode tranquilizá-la até o fim das corridas, quando eu terei tempo para ela novamente.

– Eu não diria se não acreditasse.

– Quero dizer, ter uma chance de verdade. – Então ela desvia o olhar, como se pensasse que a ideia de estarmos ambos competindo pelo primeiro lugar pudesse me ofender.

– Há algum dinheiro para o segundo e para o terceiro lugares – digo. Ela passa os dedos por um nó na crina de Dove. – Seria suficiente?

A voz de Puck é um fio.

– Ajudaria. – Então seu tom muda abruptamente. – Você deveria vir jantar conosco. Teremos feijões ou qualquer outra coisa absolutamente adorável.

Hesito. Normalmente janto em meu quarto, de pé, com a porta aberta, o estábulo aguardando meu retorno para fazer o restante do trabalho.

Não com as pernas enfiadas debaixo de uma mesa, tentando encontrar palavras e respostas para perguntas educadas. Jantar com Puck e seus irmãos? Faltam poucos dias para a corrida. Tenho de limpar minha sela e minhas botas. Preciso lavar minhas calças e encontrar minhas luvas caso chova ou o vento esteja forte. Preciso trocar Corr e Edana e limpar suas baias. Seria bom ir ao açougue de novo para ver se eles têm alguma coisa que ajudaria Corr.

– Tudo bem – diz Puck. Ela é rápida ao esconder sua decepção. Se você não estiver procurando, ela esconde o sentimento antes mesmo que você perceba que ele estava ali. – Você está ocupado.

– Não – digo. – Não, eu... vou pensar. Não sei se vou conseguir escapar. – Não sei o que estou pensando. Não vou encontrar tempo para escapar. Não sou boa companhia para um jantar. Mas é difícil pensar nisso. Em vez disso, desejo ter dito antes, antes de ver a decepção dela.

Puck recupera seu bom ânimo:

– Se não for, vejo você na praia amanhã?

Disso eu tenho certeza. No lombo do cavalo, é fácil estar seguro.

– Sim.

52

PUCK

Gabe traz um frango e Tommy Falk para jantar. Verdade seja dita, não estou descontente em ver nenhum deles: Gabe, porque faz muito tempo que não jantamos com ele; o frango, porque não é feijão; e Tommy Falk, porque a presença dele deixa Gabe animado e bobo. Eles ficam jogando o frango depenado de um lado para o outro por cima da minha cabeça até que a embalagem se desfaz e eu grito com eles, enquanto recolho o frango do chão.

– Se todos morrermos de peste ou do que quer que haja neste chão, quero que saibam que a culpa não é minha – digo. Há um pouco de lama grudada na pele enrugada do dorso do frango.

– Dê uma esfregada. Uma sujeirinha nunca matou ninguém – diz Tommy Falk. – Gabe diz que você faz um frango irado.

Finn, que está diante da lareira fazendo fumaça, comenta pela primeira vez.

– Bem, ela com certeza não faz um frango bonzinho.

– Você pode calar a boca ou preparar o frango. – Acontece que a sujeira na ave é a menor de minhas preocupações. Minhas mãos estão imundas. Levo um bom tempo para limpá-las e, mesmo quando estão quase inteiramente brancas de novo, ainda cheiram suspeitamente tanto a Dove como a Corr.

Gabe se inclina sobre o rádio, tentando fazer com que capte uma das estações do continente. Ele só funciona quando o tempo está perfeito e os sacrifícios apropriados foram feitos aos deuses. Na ausência de entretenimento via rádio, Tommy Falk canta um trecho de uma música que ouviu no rádio antes da tempestade. A casa está cheia pela primeira vez em meses.

– Bandas, Gabe – diz Tommy. Ele está acomodado ao lado de Finn, ajudando-o a transformar a fumaça em fogo. Estica o braço para pegar a concertina de meu pai, que estivera abandonada ao lado da poltrona. Ele toca a mesma música que acabou de cantar; ela soa mais melancólica na concertina. – Você pode imaginar? Shows.

Ele está falando do continente, é claro. Porque não é só a corrida que está a poucos dias de começar.

– E os carros – acrescenta Gabe. – E laranjas todo dia.

– E também – diz Tommy – bandas.

Finn estuda o fogo.

Eu estudo o frango.

– Não fique deprimida – diz Tommy, erguendo-se de um salto quando vê minha expressão. – Não quer dizer que não vamos voltar. Enviaremos dinheiro também. Você não viu as roupas de Esther Quinn, Puck? O irmão dela está no continente vendendo alguma coisa para alguém e envia dinheiro para casa, é por isso que parece que ela foi comprada de um catálogo. Quando é uma boa época para visitas, Gabe? A Páscoa, talvez? A Páscoa é um bom momento para voltar. Jogaremos mais frangos.

Gabe pega a concertina de Tommy e toca uma canção. Eu havia me esquecido de como ele toca bem. Tommy pega em minha cintura e me gira em círculo. Arrasto os pés porque sou contra as pessoas me tocarem quando não estou esperando. E também porque vou precisar de mais do que dança para me animar. Tommy diz:

– Vamos, você consegue se mexer mais rápido que isso! Todo mundo diz que você foi um foguete nos penhascos hoje de manhã.

Deixo que ele me gire ao ouvir aquilo.

– Ah, é?

– Estão dizendo por aí que você e Sean Kendrick estavam em brasa lá nos penhascos. – Tommy me gira mais uma vez e sorri para mim. – E quando digo você e Sean Kendrick, quero dizer *você e Sean Kendrick*. E quando digo brasa, quero dizer *brasa*.

Paro de girar e faço com que ele gire. Finjo que ele está falando de corrida.

– Você está preocupado?

– É Gabe que deveria estar preocupado – diz Tommy. Ele pega minhas mãos e me balança a ponto de eu me preocupar com os objetos sobre o balcão. – Porque sua irmãzinha está crescendo e ficando bonita.

Minha mãe dizia que eu não deveria me sentir impelida a fazer qualquer coisa para alguém que me dissesse palavras doces, mas Tommy Falk não parece estar tentando me persuadir a nada, então deixo seu elogio passar. É um elogio bem agradável e eu ficaria contente em receber outro.

Gabe para de tocar no meio do compasso, as mãos ao redor da concertina distendida como se estivesse segurando um livro aberto.

– Não me faça dar um soco em sua boca, Tommy. Quando este frango vai ficar pronto, Kate?

Tommy murmura "Aaaah, Kate" para mim, mas Gabe se recusa a morder a isca.

– Vinte minutos – digo. – Talvez trinta. Talvez dez.

Então, há uma batida na porta. Todos trocamos olhares, Tommy Falk tão incerto quanto o restante de nós. Ninguém se mexe, então finalmente seco as mãos nas calças, me dirijo até a porta e a abro com um estalido.

Sean está do outro lado, com uma das mãos no bolso da calça e a outra segurando um pão.

Eu não estava preparada para encontrar Sean ali, então meu estômago faz um pequeno truque que parece fome ou fuga. Há alguma coisa de muito chocante em vê-lo escuro e imóvel na soleira de nossa porta.

Dou um passo para fora. A noite está esfriando.

– Você escapou do haras.

– Ainda dá tempo?

– Está tudo bem. Somos eu, Gabe, Finn e Tommy Falk.

– Trouxe isto. – Ele mostra o pão, que é claramente um pão da Palsson's, e ainda está tão fresco que consigo sentir seu calor. Ele deve ter vindo direto de lá. – É assim que se faz?

– Bem, você fez, então deve ser.

Gabe pergunta:

– Puck, quem é?

Abro bem a porta para revelar a resposta. Eles veem Sean ali com a mão no bolso e a outra segurando um pão, e subitamente me ocorre, enquanto o observam, que Sean parece, só um pouquinho, estar me cortejando. Não tenho tempo de explicar a verdade antes de Tommy rir e dar um pulo.

– Sean Kendrick, o demônio. Como vai?

Conduzimos Sean para dentro de casa e Gabe fecha a porta, pois em meu súbito contentamento eu me esqueci disso. Gabe tenta separar Sean de seu casaco, enquanto Tommy diz alguma coisa sobre o tempo, em volume bem alto e sem o menor motivo para isso, porque somos apenas Gabe e Tommy e às vezes Finn falando. Sean, como sempre, consegue se virar com uma palavra enquanto todo mundo precisa de cinco ou seis. No meio disso tudo, enquanto Sean tira o casaco, ele me olha por sobre o ombro e sorri, apenas um leve olhar de relance antes de se voltar para Tommy.

Fico bem feliz com o sorriso, porque meu pai uma vez me disse que devemos ser gratos pelos presentes mais raros.

Depois de alguns minutos, Tommy e Gabe começam a jogar cartas diante da lareira porque não há ninguém para impedi-los. Finn apenas os observa, porque ele ainda não decidiu se aquilo é um pecado ou não. Sean fica ao meu lado no balcão, tão perto que consigo sentir o cheiro de feno, água salgada e poeira nele.

– Me dê alguma coisa para fazer – diz.

Ponho uma faca em sua mão.

– Corte alguma coisa. Seu pão.

Ele começa a cortá-lo com uma devoção concentrada. Em voz baixa, diz:

– Vi Ian Privett depois que você partiu. Ele levou Penda para correr depois que todos haviam partido e correu em ritmo forte. Ele era rápido antes e está rápido de novo. É bom ficar de olho.

– Ouvi dizer que ele gosta de vir rápido por fora no final.

Sean me olha, uma sobrancelha erguida.

– É verdade. Privett perdeu quatro anos atrás quando caiu nas corridas. Ele ganhou de mim duas vezes antes disso.

– Ele não vai ganhar de você este ano – digo.

Sean não diz nada. Não precisa; sei que está pensando sobre perder Corr. Mexo o frango. Está pronto, mas ainda não quero ter de sentar à mesa.

Depois de uma pausa, ele diz:

– Estava pensando. Ninguém vai querer a parte de dentro, já que o mar estará ruim no começo do mês.

– Então eu deveria abraçar o mar, pois Dove não vai se importar.

Sean também já terminou de fatiar o pão, mas reordena os pedaços como se ainda estivesse trabalhando naquilo.

Digo:

– Eu estava pensando também que deveria me segurar. Poupar Dove para o final.

– E talvez o grupo tenha diminuído? – considera Sean. – Eu não esperaria demais nem ficaria muito para trás. Ela não é suficientemente forte para vir lá de trás.

– Quero distância da égua malhada, e ela estará na frente – digo. – Vi o modo como Mutt a cavalga.

Sean estreita os olhos; dá para ver que ele está satisfeito por eu ter percebido, e eu estou satisfeita por ele estar satisfeito.

– Blackwell é o outro – diz Sean. – Ele é aquele cujo garanhão tentou derrubar você, mas ele arranjou um cavalo substituto. Este novo é um filho da mãe de tão veloz – ele diz sem malícia.

Claro, há um cavalo que eu sei que vai ser um competidor. Mas nunca o vi numa corrida de verdade e nunca vi seu cavaleiro me dar a menor pista de como gosta de dosar o ritmo.

– Onde você e Corr vão estar? – pergunto.

Sean pressiona dois dedos na beirada do balcão, juntando migalhas numa pilha. Percebo que seus dedos estão permanentemente manchados de sujeira, como os meus. Ele diz:

– Bem ao lado de você e Dove.

Olho para ele.

– Você não pode arriscar não vencer. Não por minha causa.

Sean não ergue os olhos do balcão.

– Faremos nossa jogada quando você fizer a sua. Você por dentro, eu por fora. Corr pode se destacar do meio do grupo; ele já fez isso antes. Com esse lado você não terá de se preocupar.

Digo:

– Não serei seu ponto fraco, Sean Kendrick.

Agora ele me olha. Diz, muito suavemente:

– É tarde para isso, Puck.

Ele me deixa no balcão olhando para a pia, tentando me lembrar da próxima coisa que eu deveria fazer.

– Puck – diz Gabe. – Sua sopa!

Os bolinhos estão fervendo, e por um momento parece que teremos chamas para o jantar, mas consigo pegar a panela e apagar o fogo.

Os meninos pairam em torno da mesa agora que a presença de comida parece iminente. Tommy diz:

– Você está certo, Gabe, ela faz mesmo um frango irado. Ele tentou mordê-la.

– Ah, mas Puck morde de volta.

Finn começa a distribuir os bolinhos em tigelas enquanto limpo o que derramou. Tommy tagarela sobre como sua égua *uisce* se deixa empurrar por outros cavalos, mas fica toda contente quando vê o traseiro deles. Gabe serve um copo-d'água para todos, mesmo que não tenham pedido. E o tempo todo tento bravamente impedir meus olhos de correrem para Sean, pois estou bem certa de que ninguém na mesa deixará de notar como olho para ele e como ele me olha de volta.

53

SEAN

Acordo com o som de gritos. Voltei tarde demais e o sono demorou para chegar. Por um momento, apenas fico deitado. A exaustão me tira a vontade de despertar completamente e, ainda assim, os gritos.

O som se transforma num lamento agonizante e então desperto. Estou acordado, com meu casaco e minhas botas, e já na escada com a lanterna.

O estábulo está escuro, mas ouço sons de movimento vindos não dos corredores, mas das baias. Os cavalos estão despertos. Ou o som os despertou, ou alguém esteve ali. Mantenho a lanterna desligada e abro caminho no escuro.

O gemido cresce conforme desço pé ante pé até o térreo. Vem da antiga baia de Corr, aquela em que acabei de colocar Edana.

Percorro o corredor tão rapidamente quanto o silêncio permite. O grito silenciou, mas agora tenho certeza de que é Edana. Na escuridão, mal consigo ver dentro da baia. A noite lá fora lança um pouco de luz azul-escuro, apenas o suficiente para que eu me esgueire nas barras e olhe para dentro.

Quando ela geme de novo, recuo. Ela está bem na minha cara. Sua cabeça está apoiada nas barras, o pescoço pressionado contra a parede, o focinho apontado em direção ao teto, a mandíbula bem aberta.

Sussurro seu nome e ela me responde com um gemido suave. Meus olhos percorrem toda a linha de seu pescoço, e a linha inclinada que seus quadris formam até chegar ao chão. Nunca vi um cavalo ficar em pé dessa forma. Há um nó de angústia dentro de mim conforme abro a porta e entro na baia. Agora, com seu corpo desenhado contra a luz da janela, vejo que está apoiada na parede com sua cabeça e pescoço, afundada em suas ancas como um cão. Suas patas traseiras estão abertas como se o chão estivesse escorregadio.

Toco seu ombro; está tremendo. Uma sensação terrível cresce dentro de mim. Passo a palma da mão na base de seu pescoço, seguindo a linha de sua coluna, e me agacho para continuar procurando ao redor da curva de suas ancas, que sofrem espasmos, até os tendões traseiros das patas. Edana choraminga.

Minha mão volta empapada. Ergo-a à altura de meus olhos, mas não preciso aproximá-la mais para sentir o cheiro de sangue. Saco a lanterna do bolso e acendo.

Os dois tendões da parte posterior de suas patas foram cortados.

A parte superior da ferida faz uma curva para cima como um sorriso macabro, e o sangue se acumula em torno de seus jarretes.

Eu me aproximo de sua cabeça e ela se esforça, tentando pôr as patas debaixo do corpo. Acaricio sua crina e sussurro em seu ouvido.

– Fique quieta. Não tenha medo.

Espero que sua respiração se acalme, espero que ela acredite em mim.

Ela nunca mais vai andar.

Não consigo entender. Não entendo quem mutilaria Edana, um animal que não estava nas corridas, que não era ameaça para ninguém. E desse jeito, com essa crueldade selvagem, quem fez isso quis que eu a encontrasse e me enojasse. Só consigo pensar numa pessoa que desejaria me machucar dessa forma.

Acho que ouço um farfalhar em algum lugar nas profundezas do estábulo.

Desligo a lanterna.

No escuro, em sua baia, a pelagem da égua baia é bem parecida com a pelagem vermelho-sangue de Corr. Seria muito fácil confundir os dois se você estivesse esperando Corr e estivesse concentrado em entrar na baia sem se machucar.

Há movimento de novo, mais ao longe no estábulo.

Saio da baia e entro no corredor. Paro e espero, ouvindo. Meu coração já disparou na minha frente. Tudo o que quero é que o som venha de qualquer parte que não sejam as sete baias dos fundos. Tudo o que quero é que Mutt Malvern tenha se equivocado quando foi procurar Corr. Há cinco outras baias equipadas para os *capaill uisce*. Ele pode ter ido procurar em qualquer uma delas depois de descobrir que Edana era o cavalo errado.

Ouço o tumulto de novo.

Vem das sete baias dos fundos.

Agora eu corro.

Acendo as luzes enquanto dobro o canto ao lado da porta. Se ele souber que estou aqui, certamente abandonará isso.

– Mutt! – grito. Agora, sob a luz, vejo sangue no chão, a borda de uma marca de sapato imprimindo a cor escarlate a cada passo. Sigo os passos, em estado de alerta.

– Você foi longe demais! *Mutt!*

Minha voz ecoa nos arcos elevados do estábulo; não há resposta. Talvez ele tenha partido.

Corr grita.

Agora corro como nunca. Posso ver Edana em minha mente, sua cabeça estranhamente esticada em direção ao teto enquanto se apoia na parede, arruinada em sua própria pele e ainda sem saber disso.

Se ele tocou em Corr, vou matá-lo.

Dou a volta no canto. A porta da baia de Corr está aberta. Mutt Malvern está com uma lâmina terrível numa das mãos e, na outra, um tridente usado para capturar peixes ou aves. A ponta de ferro da lança pressiona o ombro de Corr, forçando-o contra a parede. Sua pele treme e ondula sob o metal. Mutt Malvern pensou bastante nesse seu plano.

– Fique longe dele – digo. – Cada gota do sangue dele será dez do seu sangue.

– Sean Kendrick – responde Mutt. – Foi jogo sujo de sua parte trocar as baias assim.

Corr emite um rugido baixo com a garganta, um som que sentimos em nossos pés em vez de ouvir. Mas ele está preso pelo tridente, não uma, mas três pontas de ferro.

– Se você soubesse alguma coisa sobre os cavalos sob este teto, saberia a diferença entre eles mesmo no escuro.

Mutt me olha por tempo suficiente para ver que diminuí a distância entre nós. Ele aponta o queixo em direção à lança.

– Fique fora desta baia, exterminador de cavalos.

Lentamente, seco a mão ensanguentada no casaco e tiro meu canivete do bolso. Mostro para ele.

Mutt observa com desprezo.

– Como é que você acha que vai me impedir com essa coisinha?

A lâmina sai do canivete com um barulho. Mutt não seria a maior das coisas a morrer em seu estreito fio.

– Não acho que vou impedi-lo – digo. – Acho que você vai cortar meu cavalo, e então, quando você sair desta baia, usarei isto para arrancar seu coração e entregá-lo a você.

Estou enojado até os ossos. Não posso olhar nos olhos de Corr, ou perderei o equilíbrio.

Mutt diz:

– Você acha mesmo que eu acredito que você possa fazer alguma coisa comigo enquanto tenho este tridente nas mãos? – Mas ele acredita. Posso ver em seus olhos.

Digo:

– O que você espera provar com isso? Que é o melhor cavaleiro? Que os cavalos o amam mais? Você quer extrair a aprovação de seu pai da carne de cada *capall uisce* desta ilha?

– Não – diz Mutt. – Apenas deste.

– Será suficiente? – pergunto. – O que acontecerá depois?

– Não haverá depois – diz Mutt. – Esta fera é a única coisa com a qual você se importa.

Mas ele me olha no rosto e não tem tanta certeza. Talvez porque não fosse para acontecer enquanto eu estivesse olhando. Era para eu descer de manhã e encontrar Corr, assim como acabei de encontrar Edana. Talvez porque ele está me olhando e sonhando com um jeito melhor de me machucar.

Com certeza devo saber alguma coisa que iria satisfazer Mutt mais do que aleijar Corr. Deve haver alguma coisa. Penso em seu rosto contorcido no leilão e digo:

– Se você realmente quer provar alguma coisa para seu pai, você tem de nos vencer. Vencer na areia.

Seu rosto muda. Aquela malhada demoníaca o fascina. Mutt me olha novamente, depois outra vez para as pontas da lança no ombro de Corr.

Sei o que está passando na cabeça dele, porque também está passando na minha. Benjamin Malvern dizendo a George Holly que sou o herdeiro natural do haras. O nome *Skata* gravado no quadro do açougue. A velocidade ofegante da malhada.

É o canto da sereia, e ele é vencido.

Mutt deixa a baia. Corr recupera o espaço que ele deixa para trás. Seus olhos estão selvagens. Vejo as picadas de sangue que a lança deixou em seu ombro, e, quando Mutt fecha a porta, pulo para cima dele e pressiono meu pequeno canivete em seu grande e saliente pescoço. Posso ver sua pele subindo e descendo, seguindo sua pulsação. Minha faca está bem ao lado.

– Pensei que você disse para ganhar de você na areia – diz Mutt.

Corr bate na parede da baia com os cascos.

Minha voz sussurra através da gaiola formada por meus dentes:

– Também disse dez gotas do seu sangue para cada gota do dele. – Quero uma poça de sangue ao seu redor como a que jaz sob Edana. Quero que ele se apoie nesta parede e choramingue como ela. Quero que saiba que nunca levantará de novo. Quero que se lembre da máscara mortuária de David Prince, enquanto ele mesmo a usa.

– Sean Kendrick.

A voz vem de trás de mim. Inclino a cabeça ao mesmo tempo em que o olhar de Mutt encontra o meu.

– Está tarde para esse tipo de diversão, não está?

Com grande relutância, retiro a lâmina e dou um passo para trás. As mãos de Mutt permanecem junto ao corpo, com a lança e sua terrível faca de entalhar ainda escuras de sangue. Ambos encaramos seu pai, que está com Daly na entrada do corredor. Ele veste uma camisa abotoada com a qual devia estar dormindo, mas não parece menos poderoso nela. Daly, envergonhado, não me olha.

– Matthew, sua cama está solitária. – A voz dele é cordial, ainda que sua postura não seja. Malvern encontra o olhar de Mutt e, por um instante, nada acontece. Então, a expressão de Malvern endurece, e Mutt passa por ele sem uma única palavra ou olhar em minha direção.

Malvern volta os olhos para mim. Ainda estou tremendo, atingido pelo que Mutt quase fez com Corr e com o que eu estava prestes a fazer com ele.

– Sr. Daly – diz Malvern sem virar a cabeça. – Obrigado por sua ajuda. Pode retornar para sua cama.

Daly assente e desaparece.

Benjamin está a um braço de distância, seus olhos fixos em mim. Ele diz:

– Você tem algo a dizer?

– Eu não teria... – fecho os olhos por um instante. Preciso me recompor. Preciso encontrar a calma dentro de mim. Não consigo encontrar; estou destruído. Permaneço no oceano, minhas mãos erguidas em direção ao céu. Imóvel em meio à corrente. Abro os olhos – me arrependido.

Malvern balança a cabeça. Por um longo instante, ele me olha, olha para o canivete em minha mão, para o meu rosto. Então, cruza os braços atrás das costas.

– Sr. Kendrick, acabe com o sofrimento daquela égua.

Ele se vira e deixa o estábulo.

54

SEAN

O dia seguinte é amargo e implacável. O vento corre em torno das patas dos cavalos e os enlouquece. Acima de minha cabeça, nuvens como sopros irregulares fogem na frente do frio. Há um oceano cinza acima e abaixo de nós.

Encontro Puck no início da estrada do penhasco. Ela franze a sobrancelha quando me vê; sei que meu rosto deve estar devastado de fadiga depois da noite de ontem. Seus cabelos estão presos sob um gorro de tricô, mas alguns fios estão soltos em seu rosto. Os vendedores estão se esforçando para impedir as barracas de voarem. Os cavaleiros seguindo em direção ao penhasco tentam impedir que as montarias façam o mesmo.

Com uma mão, Puck puxa a borda de seu gorro para baixo. Alguma coisa próxima range e grunhe ao vento. Dove mexe a cabeça. Vejo terror em seus olhos arregalados.

– Leve Dove para casa – digo. – Não é um dia para ficar na praia.

– Não temos mais tempo – responde ela. – Achei que você tivesse dito que eu devia me acostumar com a praia. Não há mais tempo.

Tenho de gritar para me fazer ouvir em meio ao vento. Ergo as palmas da mão para o céu.

– Você está vendo Corr comigo? Esta não é uma praia com a qual você queira se acostumar. – "Areias assassinas", era assim que meu pai chamava um dia como o de hoje. Em dias assim, os cavaleiros morreriam porque não sabiam, ou porque estavam desesperados, ou porque eram tolamente corajosos.

Puck franze o rosto em direção à estrada do penhasco. Vejo a dúvida na ruga entre suas sobrancelhas.

– Se você confia um pouco em mim, não arrisque hoje. Você está tão pronta como nunca – digo. – Todos os demais também foram roubados do dia de hoje.

Ela morde o lábio numa sombria frustração, olha para o chão por um momento e então, sem mais nem menos, está pronta.

– Não há o que fazer, reconheço. Tommy Falk está lá embaixo?

Não sei. Não estou interessado em Tommy Falk.

– Segure Dove – diz ela, quando não consigo responder para sua satisfação. – Vou buscá-lo se ele estiver lá.

Não a quero na praia com ou sem cavalo.

– Eu vou procurar por ele. Leve-a para casa.

– Nós dois vamos juntos – diz Puck. – Espere um momento. Vou pedir a Elizabeth para amarrá-la atrás da barraca. Não saia daí.

Observo Puck se encaminhar até a barraca da Fathom & Sons e entrar numa discussão animada com uma das irmãs que está cuidando do negócio.

– Não é uma boa combinação, Sean Kendrick – diz uma voz em meu cotovelo. É a outra irmã da Fathom & Sons, e ela segue meu olhar em direção a Puck. – Nenhum de vocês é dona de casa.

Não desvio o olhar de Puck.

– Acho que você está supondo muitas coisas, Dory Maud.

– Você não deixa nada para supor – diz Dory Maud. – Você a engole com os olhos. Fico surpresa que ainda sobre alguma coisa dela para o restante de nós olharmos.

Desvio o olhar para ela. Dory Maud é uma mulher de aparência dura, inteligente e trabalhadora, e até eu sei, ali do meu canto no Haras Malvern, que ela seria capaz de lutar com o homem mais forte da ilha pelo último centavo em seu bolso.

– E o que ela é para você, então?

A expressão de Dory Maud é sagaz.

– O que você é para Benjamin Malvern, só que com menos salário e mais afeição.

Ambos olhamos novamente para Puck, que ganhou a batalha com Elizabeth e amarra Dove atrás da barraca. Este vento maldito joga tanto as pontas de seus cabelos quanto a crina de Dove de um lado para o outro. Lembro da sensação do rabo de cavalo de Puck em minha mão, o calor de sua pele quando enfiei seus cabelos dentro de sua gola.

– Ela não sabe de nada – diz Dory Maud. – O que uma garota como ela precisa é de um homem com ambas as pernas em terra firme. Um homem que a mantenha presa ao chão para que não saia voando. Ela ainda não sabe que é melhor ter alguém como você voando do que na mão.

Posso ouvir em sua voz que ela não tem a intenção de ser cruel. Mas eu digo:

– Alguém para prendê-la assim como você está presa?

– Eu mesma me prendo – retruca Dory Maud. – Eu e você sabemos o que você ama, e essas corridas são uma amante ciumenta.

E agora ouço em sua voz que ela sabe disso por experiência própria. Mas ela me entendeu mal, porque não são as corridas que eu amo.

Puck se aproxima de nós bem neste momento, ainda com o sorriso perverso de quem ganhou a batalha com Elizabeth.

– Dory!

– Tenha cuidado naquela praia – diz Dory Maud, e nos deixa para trás com um pequeno grunhido. Puck murmura alguma coisa sobre mau humor.

– Mudou de ideia? – pergunto a ela.

– Nunca mudo – diz.

A praia está tão ruim quanto imaginei. O céu está bem próximo da areia, e rajadas de chuva golpeiam nosso rosto como jatos vindos do mar. Do nosso ponto na estrada para o penhasco, vejo o oceano revolto, os *capaill uisce* disparando pela areia úmida e negra, as brigas entre cavalos e as manchas vermelhas na praia. Um *capall* escuro, morto, jaz na arrebentação, cada onda recobrindo suas patas, mas sem movê-las. Não é só para humanos que isso é perigoso.

Puck diz:

– Está vendo Tommy?

Não, mas só porque há coisas demais para ver nessa cena que não para de se mexer. A chuva sussurra em meu ouvido.

Ela vai na frente e não tenho escolha a não ser segui-la. Junto aos penhascos, na praia, há algumas centenas de espectadores e um oficial da corrida. Alguém da família Carroll, acho, um tio de Brian e Jonathan. Paro para conversar com ele, minha cabeça enfiada dentro da gola.

– O que está acontecendo aqui? – Minha voz é fina ao vento; meus olhos repousam no cavalo d'água morto.

– Lutas. Os cavalos estão lutando. O mar está deixando todos malucos.

– Tommy Falk está aqui? – pergunto.

– Falk?

– Égua negra!

Ele diz:

– Todos são negros quando molhados.

– Tommy Falk? – ecoa um dos espectadores ao seu lado, um homem do continente, a julgar pelo paletó azul-marinho e pela gravata, até mesmo aqui na areia. – Um garoto bonito?

Não faço nem ideia se é bonito ou não.

– Talvez sim.

Ele aponta na direção da curva do penhasco. O oficial da corrida, depois de pensar um pouco, acrescenta:

– Alguém estava procurando por você, sr. Kendrick. – Espero ele dizer quem, mas ele não diz, então me afasto. Em meio a isso tudo, perdi Puck. Todo mundo fica parecido neste tempo horrível. Se todos os *capaill uisce* ficam negros quando molhados, o mesmo acontece com todos os humanos. A praia está povoada de feras escuras e insensíveis e de criaturas escuras menores em seus lombos. Não adianta chamá-la; a um metro e meio de distância, todos os sons se tornam o chiado selvagem do vento.

Com meus olhos, finalmente encontro não Puck nem Tommy Falk, mas sua égua. Ela está mais negra que um espelho e inconfundível em sua bela estrutura óssea. Ela está a cerca de dez metros de distância no abrigo dos penhascos, amarrada perto de outro *capall uisce*, a cabeça baixa no chão. A égua ainda está presa, mas não há nem sinal de Tommy Falk. Acho que talvez Puck também a tenha visto, então sigo em direção à égua, atravessando as pedras soltas da praia alta.

Mas, antes de percorrer metade da distância, encontro Puck. Enfiados atrás da curva da estrada do penhasco, ligeiramente protegidos do tempo ruim, há quatro corpos estendidos paralelamente um ao outro, esboços escuros na praia pálida, baixas da manhã. Puck se agacha ao lado de um deles, sem tocar e nem ao menos olhar para ele. Apenas debruçada contra o vento, estudando o chão sob seus pés.

Ando em sua direção até chegar ao lado dela e, olhando para baixo, vejo o rosto gravemente ferido de Tommy Falk.

55

PUCK

O dia seguinte é tanto o último antes das corridas como o dia do funeral de Tommy Falk. Eu me disperso pela ideia da corrida amanhã, o que parece uma ofensa a Tommy. Mas, quando tento dizer a mim mesma que *Tommy Falk está morto,* tudo que consigo pensar é nele e em Gabe arremessando aquele frango pela nossa casa.

Quando parto com Dove, Gabe ainda está deitado tranquilamente em sua cama, sua porta entreaberta, então posso ver que ele encara o teto. Quando cheguei em casa, ele havia removido os escombros que eu havia colocado na parte da frente da cerca que o *capall uisce* destruíra e martelava pregos nas tábuas. Não posso ficar em casa, porque continuo pensando que amanhã é a corrida, e o amanhã está a apenas uma noite de sono, então Finn e eu nos dirigimos até Dory Maud para ajudá-la a organizar um novo lote de catálogos para enviar pelo correio. Quando voltamos, Gabe havia transformado o quintal, arrancado cada erva daninha e empilhado cada pedaço de sucata numa pilha magra inclinada, mas posso ver que isso não o fez esquecer que Tommy Falk está morto. Quando entramos no quintal, ele nos olha por meio minuto antes de seu rosto mudar para algo como reconhecimento. Suas mãos estão trêmulas, e eu o faço comer alguma coisa. Acho que ele não parou de trabalhar o dia todo. Quando a tarde vira noite, Beech Gratton chega, e ele e Gabe trocam um cumprimento amargo como saudação. Então, estamos prontos e em direção aos penhascos do oeste.

Gabe não nos fala muito a respeito do funeral de Tommy, apenas que os Falks são "da velha Thisby", e isso significa que o funeral não envolve nem são Columba nem o padre Mooneyham. Em vez disso, vai ocorrer nas rochas à beira-mar. Finn parece nervoso com isso, como qualquer coisa que envolva sua alma imortal tende a deixá-lo, mas Gabe lhe diz para se manter tranquilo e que essa é uma religião tão boa como a de nossos pais e que os Falks são o melhor tipo de pessoa que alguém pode querer conhecer. Ele diz isso tudo com uma voz muito distante, como se estivesse pegando as palavras num compartimento de armazenamento. Sinto que ele está se afogando, mas não tenho a menor ideia de como colocar minha mão na água para salvá-lo.

Seguimos pelos penhascos para a praia do oeste, um caminho mais rochoso e mais incerto do que contornar a praia. O oceano parece dourado sob a luz noturna, e há uma fogueira próxima à água. Encontramos uma cerimônia pequena; eu reconheço muitos dos amigos pescadores do meu pai entre eles.

– Obrigada por vir, Gabe – diz a mãe de Tommy Falk.

Agora eu vejo que a única coisa que Tommy puxou dela foram os lábios, mas, se o restante dela é bonito, eu não posso dizer, porque seus olhos estão vermelhos e pequenos por causa da perda.

Ela pega as mãos de Gabe. Ele diz, tão sério que de repente sinto um orgulho feroz dele, apesar de tudo:

– Tommy era meu melhor amigo nesta ilha. Eu teria feito qualquer coisa por ele.

Ela diz algo em resposta, mas eu não consigo ouvir o que é, porque estou muito surpresa de ver que Gabe está chorando. Ele continua falando francamente com ela, mas, enquanto fala, as lágrimas escorrem por suas bochechas a cada piscada. Estranhamente percebo que não consigo ver Gabe nesse estado, então deixo ele e Finn com ela e me encaminho para perto da fogueira.

Leva apenas um instante para eu perceber que não se trata apenas de uma fogueira, mas de uma pira. Ela solta fumaça e estala, a coisa mais barulhenta da praia. As chamas são laranja e branca contra o azul-escuro profundo do céu da noite, e a areia molhada as reflete como um espelho. Cada onda leva embora esse reflexo e então o devolve. Está queimando por um bom tempo, com um monte de brasas brilhantes e cinzentas embaixo dela, e fico chocada quando vejo um pedaço do casaco de Tommy Falk preso entre as madeiras.

Eu penso: *Ele estava sentado à nossa mesa com esse casaco.*

– Puck, não é?

Olho para meu lado esquerdo e vejo um homem parado ali, os braços cuidadosamente dobrados à sua frente, como se ele estivesse na igreja. Claro que eu sei que é Norman Falk, agora que olho para ele, porque me lembro dele parado em nossa cozinha do mesmo jeito que está agora, conversando com a minha mãe. Eu sempre pensei nele apenas como *pescador*, não como *pai de Tommy Falk*. Ao lado dele há um garoto, provavelmente um dos irmãos de Tommy. Norman Falk não se parece nem um pouco com Tommy. Ele tem o mesmo cheiro de Gabe, ou seja, cheira a peixe.

– Eu sinto muito – digo, porque é o que as pessoas disseram quando meus pais morreram.

Os olhos de Norman Falk estão secos conforme ele olha para a pira. O garoto descansa recostado em sua perna, e Norman Falk coloca uma mão no ombro dele.

– Nós o teríamos perdido de qualquer forma.

Isso parece algum tipo estranho de conforto. Não consigo me imaginar pensando o mesmo sobre Gabe. Há o fato de Gabe estar morto, o que é para sempre. E há o fato de Gabe estar sendo feliz em algum lugar no qual eu não o veja nunca mais. Talvez desse no mesmo para mim, mas estou quase certa de que não seria o mesmo para Gabe.

– Ele foi muito corajoso – digo, porque na minha cabeça isso parece educado. Meu rosto está ficando quente por causa das chamas; eu quero ir para trás, mas não vejo como deixar a conversa.

– Isso ele foi. Todo mundo vai se lembrar dele nessa égua.

Há um orgulho puro e simples na voz de Normal Falk.

– Perguntamos a Sean Kendrick se podíamos devolvê-la ao mar, e ele disse sim. Estamos fazendo isso por Tommy.

Pergunto, ainda muito educadamente, fingindo que o nome de Sean Kendrick não me interessa:

– Devolver a égua ao mar, senhor?

Norman Falk cospe para trás, duro, para não cuspir no garoto ao seu lado, então se volta novamente para a pira.

– Sim, libertá-la da maneira correta. Respeitar o morto, como costumamos fazer. Respeitar os *capaill*. Isso não tem a ver com turistas vindo e esvaziando os bolsos. Tem a ver com os *capaill uisce* e nós, e qualquer coisa menos que isso faz desse um esporte sujo. – Então ele pareceu se lembrar com quem estava falando, porque disse: – Não há lugar para você na praia agora, Puck Connolly. Você e sua égua. Não deve haver. Eu conheci seu pai e gostava dele, mas acho que o que está fazendo é errado, se me permite um conselho.

Eu me senti envergonhada sem motivo conhecido para isso, e então me senti mal por me deixar ser humilhada.

– Não quero ser desrespeitosa.

A voz de Norman Falk é gentil o bastante.

– Claro que não quer. Você só não tem mãe e pai para guiá-la. Aquele seu cavalo é apenas um cavalo, e isso é um problema. Se as Corridas de Escorpião fossem apenas uma corrida de cavalos, então tudo isso – Norman Falk empurra o queixo em direção às chamas – seria apenas uma vergonha sangrenta e nada mais.

Duas semanas atrás, eu teria pensado que ele era maluco, que é claro que tinha a ver apenas com a corrida, com o dinheiro, com a aventura. E se eu estivesse apenas assistindo ao treino na praia, provavelmente ainda diria o mesmo. Mas agora que eu havia passado um tempo com Sean Kendrick, agora que estive montada em Corr, sinto algo escorregando dentro de mim. Eu ainda não tenho certeza se valeu a pena Tommy morrer por isso. Mas posso ver o fascínio de ter um pé na terra e outro no mar. Nunca conheci Thisby tão bem como nessas últimas semanas.

O garoto diz algo a Norman Falk e ele responde:

– Ele a está trazendo agora. Olhe ali.

Nós dois viramos a cabeça e ali está Sean, a meio caminho da praia. Ele segura a égua preta de Tommy, que, em comparação com Corr, parece frágil em suas mãos. Sean não veste nada especial, apenas seu casaco azul-escuro de sempre aberto na frente. Sinto um estranho e feroz aperto no coração quando o vejo, como orgulho, apesar de não ter nada em relação a Sean sobre o qual eu possa levar o crédito. Ele conduz a égua preta pela areia até nós, parando somente quando ela meio que empina e guincha suave como o choro de um pássaro.

As pessoas presentes no funeral se reúnem em volta da pira para observá-lo levar a égua até a beira da praia. Só aí vejo que Sean está descalço. As ondas batem em seus tornozelos, molhando um pedaço de suas calças. A égua ergue alto os cascos no momento em que a água bate em suas patas, e então chora em direção ao mar. Há algo diferente em seus olhos, como se não pertencessem a um cavalo. Quando ela se vira para Sean, ele simplesmente desvia e, com os dedos, toca a crina dela, puxando a cabeça da égua para baixo. Vejo sua boca se movendo, mas é impossível ouvir o que ele fala.

Ao meu lado, o pai de Tommy diz:

– Do mar, para o mar. – E eu percebo que aquelas palavras combinam com o movimento dos lábios de Sean.

Então eu me pergunto quantas vezes esse momento aconteceu. Não com Sean pronunciando as palavras, mas com outra pessoa. É como o momento na pedra sangrenta, quando declarei Dove como minha montaria. Sinto o puxão das minhas pernas para Thisby, as presenças invisíveis de uma centena de rituais pesando em meus tornozelos.

Sean olha para o grupo e pede:

– As cinzas.

Outro garoto, outro irmão talvez – esse parecia um pouco com Tommy –, corre pela areia até Sean. A luz está se apagando rápido, então não consigo ver no que ele está carregando as cinzas. Eles devem simplesmente ter pego da pira. Sean coloca uma das mãos sobre o pote como se estivesse testando a temperatura, depois a enfia lá dentro com cuidado. A égua ergue a cabeça e guincha alto de novo, e Sean atira um monte de cinzas ao ar sobre ela. A voz dele é como um vento rasgando de leve a areia, mas Norman Falk pronuncia as palavras junto com ele.

– Que o oceano possa manter nossa coragem.

De costas para nós, Sean retira o arreio da cabeça da égua. Ela chuta, mas ele desvia como se nada tivesse acontecido. Com um movimento de crina, ela salta poderosamente para a água. Por um momento, luta sobre as ondas e então nada. Apenas um cavalo preto selvagem no profundo azul do mar cheio de cinzas de outros garotos mortos.

Então, tão de repente e rápido que perco o momento em que ela desaparece, ela se vai, e há apenas o balanço da superfície do oceano.

Sean está na beirada da arrebentação olhando o mar, e há algo curioso e saudoso em sua expressão, como se ele também desejasse entrar no oceano e partir. Acho que foi por isso que Norman Falk pediu para Sean estar ali. Não porque ele era o único que poderia fazer o ritual. Mas porque, com Sean Kendrick assim, ficaria parecendo uma corrida, mesmo que nenhuma tivesse acontecido. Um lembrete do que os cavalos significam para a ilha, uma ponte entre o que somos e aquilo sobre Thisby que todos nós queremos, mas parecemos não conseguir tocar. Quando Sean está parado ali, o rosto fixo no mar, ele não é mais civilizado que qualquer um dos *capaill uisce*, e isso me perturba.

Meu coração se sente cheio e vazio com todos esses começos e finais. Amanhã são as corridas com todas as suas estratégias e perigo, esperança e medo. E do outro lado disso tudo está Gabe pegando um barco e nos deixando. Eu me sinto como Sean olhando para o oceano. Estou tão cheia de um desejo sem nome que não posso suportá-lo.

56

SEAN

Depois que liberto a égua de Tommy Falk, me adianto até o funeral. Iluminado pela luz do fogo, o rosto de todo mundo é um segredo até você estar entre eles. Busco um, depois o outro; vejo Gabriel Connolly e Finn Connolly, mas não Puck.

Pergunto a Finn, com sua postura de espantalho, se Puck veio com eles e ele diz:

– É claro – mas nada mais. Eu me movo pelo grupo, tocando cotovelos e perguntando por ela, pensando o tempo todo que fazer isso é gritar meus sentimentos por ela. Ninguém a viu.

A corrida é amanhã, e fiz minha parte em relação a Tommy Falk. Devo voltar para o haras, mas eu me sinto oco, sabendo que Puck está aqui em algum lugar e não consigo encontrá-la. Tenho de encontrá-la, e essa necessidade me inquieta.

Por um bom tempo, permaneço nas rochas, imaginando onde ela estaria, então subo de volta pelo caminho do penhasco. O chão está escuro, mas ali, perto do céu, a noite ainda é escura e vermelha. Em qualquer outro lugar de Thisby deve ser noite, mas aqui ainda temos um suspiro do sol da tarde, distante do mar no oeste. Eu a encontro ali no topo do penhasco, encarando o horizonte. Seus joelhos estão encostados no queixo e os braços os envolvem. Ela parece ter crescido das rochas e da terra ao redor dela. Apesar de ouvir meus passos, seus olhos continuam buscando o mar.

Eu me dirijo para perto dela e olho seu perfil, não fazendo qualquer esforço para disfarçar minha atenção, aqui, onde só Puck pode me ver.

O sol da tarde banha sua garganta e suas bochechas. Seu cabelo cor da grama que cobre o penhasco sobe e desce por seu rosto por causa da brisa. Sua expressão é menos feroz que o habitual, menos vigilante.

Digo:

– Você está com medo?

Seus olhos se distanciam da linha do horizonte e vão para o oeste, onde o sol se pôs, mas o brilho continua. Em algum lugar ali fora estão meus *capaill uisce*, a América de George Holly, cada centímetro de água que cada navio percorreu.

Puck não tira os olhos do brilho laranja no fim do mundo.

– Conte-me como é. A corrida.

É como uma batalha. Uma confusão de cavalos, homens e sangue. Os mais rápidos e mais fortes dos que restaram depois de duas semanas de preparação na areia. É a onda em seu rosto, a mágica mortal de novembro em sua pele, os tambores de Escorpião no lugar do coração. É rápido, se você tiver sorte. É vida e é morte, ou os dois, e não há nada parecido com isso. Certa vez, esse momento, essa última luz da tarde antes da corrida, já foi o melhor instante do ano para mim. A antecipação do jogo por vir. Mas isso quando tudo o que eu tinha a perder era minha vida.

– Não há ninguém mais corajosa que você nesta praia.

Sua voz é indiferente.

– Não importa.

– Importa. O que eu disse no festival era sério. Essa ilha não se importa nada com o amor, mas favorece o destemido.

Agora ela me olha. Ela está feroz e vermelha, indestrutível e mutável, tudo que faz Thisby ser o que é.

– Você se sente corajoso?

A deusa égua me dissera para fazer outro pedido. Isso me parece fino como um fio d'água agora, o dom de um pedido. Eu me lembro dos anos quando isso era como uma promessa.

– Não sei o que sinto, Puck.

Ela descruza os braços o bastante para manter o equilíbrio conforme se inclina em minha direção, e, quando nos beijamos, ela fecha os olhos.

Ela recua e olha no meu rosto. Eu não me mexo, e ela muito menos, mas o mundo sob mim me parece estranho.

– Me diga o que desejar – falo. – Me diga o que pedir ao mar.

– Para ser feliz. Felicidade.

Eu fecho os olhos. Minha mente está cheia de Corr, do oceano, dos lábios de Puck Connolly nos meus.

– Não sei se há esse tipo de coisa em Thisby, e, se tiver, eu não sei como você pode mantê-la.

A brisa explode contra os meus olhos fechados, cheirando a salmoura, chuva e inverno. Posso ouvir o oceano batendo na ilha, uma constante canção de ninar.

A voz de Puck está em meu ouvido; seu hálito esquenta meu pescoço perto do meu casaco.

– Você sussurra para ele. O que ele precisa ouvir. Não foi isso que você disse?

Inclino a cabeça, então os lábios dela tocam minha pele. O beijo é frio onde o vento bate em minha bochecha. A testa dela descansa em meu cabelo.

Abro os olhos, o sol se foi. Sinto como se houvesse um oceano dentro de mim, selvagem e incerto.

– Isso foi o que eu disse. O que eu preciso ouvir?

Puck sussurra:

– Que amanhã nós vamos comandar as Corridas de Escorpião, como rei e rainha de Skarmouth, e eu vou salvar a casa e você terá seu garanhão. Dove comerá aveia de ouro pelo resto da vida, e você vai aterrorizar as corridas a cada ano, e as pessoas virão de cada ilha do mundo para descobrir como seu cavalo ouve você. A malhada vai levar Mutt Malvern para o mar e Gabriel vai decidir ficar na ilha. Eu terei uma fazenda e você me trará pão para o jantar.

– É isso que eu precisava ouvir.

– Você sabe o que precisa desejar agora?

Não tenho nenhuma concha para jogar ao mar quando digo isso, mas sei que o oceano me ouve de qualquer modo.

– Conseguir o que preciso.

57

PUCK

Houve um tempo em que, antes de meu pai sair no barco, a casa parecia viva com tanto movimento. Mesmo que ele saísse bem cedo ou tarde da noite para seguir os cardumes e as marés, mamãe estaria preparando comida para ele levar, Gabe estaria no quarto se certificando de que ele colocara o barbeador na mala, e Finn e eu estaríamos agarrados a suas pernas ou subindo em sua sacola, ou fuçando no saco de farinha da mamãe. No dia em que os dois saíram juntos, era eu quem preparava a comida para levarem e Gabe verificava o que mamãe punha na mala. Finn estava emburrado, descontente porque estavam partindo.

Agora, na manhã das Corridas de Escorpião, sinto-me como se fosse eu quem estivesse saindo de barco. Finn está ansioso, checando minhas coisas, Gabe está engraxando minhas botas, e eu estou prendendo o cabelo num rabo de cavalo e pensando: *Isso é mesmo verdade*? Mas podemos nos dar ao luxo de não sermos tão eficientes; a manhã é tomada pelas corridas mais curtas e menos importantes. Por isso, Dove e eu não precisamos estar ali até o início da tarde. Em certo instante, enfio a mão na lata de biscoitos, pensando em pegar um pouco de dinheiro, só para o caso de ter de comprar alguma coisa para Dove. Meus dedos tocam o fundo frio e nu da lata. Nós acabamos usando tudo.

Como se eu precisasse ser lembrada do motivo pelo qual vou correr. Minha nuca fica tensa.

Quando finalmente saio de casa, Finn diz que vai me levar o almoço – não que eu possa ao menos pensar em comer, já que minhas tripas estão feito um ninho de cobras, o que não ajuda muito a digestão –, e Gabe me segue até o lado de fora.

– Puck – ele diz –, não faça isso.

Ele se debruça sobre a cerca e fica me olhando jogar a cilha de Dove por cima da parte posterior da sela. Ele se parece muito com o papai agora, sob esta luz, já não tem dormido e está com rugas debaixo dos olhos. Gabe está começando a se parecer um pouco com os outros pescadores, com aqueles cantos dos olhos cheios de ruguinhas.

– Acho que é meio tarde para isso. – Olho para ele por cima do dorso de Dove. – Me diga de que outra forma consigo salvar a casa e eu fico.

– Seria tão ruim assim deixar esta casa?

– Eu gosto dela. Ela me faz lembrar da mamãe e do papai. E nem é pela casa. Você sabe qual é a primeira coisa que perdemos se não tivermos a casa? Dove. Não posso... – Paro de falar e me ponho a limpar uma manchinha da sela.

– É só um cavalo – Gabe diz. – Não me olhe assim. Sei que você ama Dove. Mas você pode viver sem ela. Vocês podem arrumar uma emprego aqui e eu mando dinheiro. E vai ficar tudo bem.

Enfio os dedos na crina de Dove.

– Não, não vai ficar tudo bem. Eu não quero apenas arrumar um emprego e trabalhar e ficar bem. Quero a Dove, quero ter espaço para respirar e não quero que Finn vá trabalhar na fábrica. Não quero ter de viver num armário em Skarmouth, com Finn em outro armário em Skarmouth, nós dois envelhecendo.

– Então, no próximo ano, eu terei ganhado o suficiente para que vocês também possam vir para o continente. Ali há empregos melhores.

– Eu não *quero* ir para o continente. Não *quero* um emprego melhor. Você não entende? Sou feliz aqui. Nem todo mundo quer ir embora, Gabe! É aqui que eu quero ficar. Se eu pudesse ficar com Dove, com o meu espaço e um saco de feijão, para mim seria o bastante.

Gabriel olha para os próprios pés e move a boca, do jeito que costumava fazer quando ele e papai discutiam e ele não gostava de se sentir colocado contra a parede.

– E vale a pena morrer por isso?

– Vale. Eu acho que vale.

Ele mexe numa farpa solta em cima de uma das tábuas.

– Você nem pensou sobre isso.

– Não preciso. E que tal essa? Eu não participo da corrida, e você fica conosco. – Mas, enquanto estou dizendo, já sei que ele diria não e que eu correria de qualquer forma.

– Puck – Gabe diz –, eu não posso.

– Bem – respondo, empurrando o portão e passando por ele, conduzindo Dove –, é isso aí.

Mas não fico zangada com isso. Sinto aquela velha pontada, mas nenhuma surpresa. Parece que eu sempre soube, desde pequena, que um dia ele iria embora, e só preferira ignorar. Acho que Gabe também sabia, quando deu início a essa conversa, que não havia um jeito de nos manter longe da praia. Eram apenas coisas que tínhamos de dizer. Quando passo por ele, Gabe segura meu braço. Dove se detém docilmente quando ele me puxa e me abraça. Ele não diz nada. É como qualquer um dos muitos abraços que me dera enquanto crescíamos, quando os seis anos de diferença entre nós eram um abismo profundo, eu uma criança de um lado, ele um adulto.

– Vou sentir sua falta – digo, com a boca encostada em seu suéter. Ao menos uma vez na vida, ele não está cheirando a peixe; cheira ao feno que juntou para mim na noite anterior e à fumaça da pira funerária.

– Sinto muito ter feito essa bagunça toda – diz ele. – Eu devia ter confiado mais em vocês dois.

Eu gostaria que ele tivesse dito isso antes, antes de estar triste e assustado. Mas vou aceitar agora também.

Gabe me solta.

– Vou descobrir onde eles estão distribuindo as cores da corrida. – Ele me olha. – Você está igualzinha à mamãe agora.

58

SEAN

Hoje é o primeiro dia de novembro, portanto alguém vai morrer.

Ouço uma batida em minha porta rachada e ela se abre.

– Como se sente o herói premiado de Skarmouth na manhã das corridas?

Abro os olhos e viro a cabeça em direção à porta, onde George Holly está parado. Ele olha em volta, para a mobília do meu pequeno quarto. Não há nada além de uma cama, uma pia e um fogão minúsculo sob o teto inclinado, tudo tingido num tom de lilás pela luz fraca da manhã.

Aceno com a cabeça, gesto que é ao mesmo tempo um cumprimento e um convite para que entre.

– Este lugar é deprimente – diz ele. – Você também parece deprimido. – Depois de uma pausa, puxa um engradado de latas de perto da pia e se senta nele, com as pernas dobradas, os joelhos para cima. Ele descansa seu chapéu vermelho e achatado no colo, e o acaricia como se fosse um animal.

– Eu não consigo me acalmar – digo. Fecho os olhos. Não posso entrar na baia do Corr assim, ou ele vai sentir isso, e aí será melhor nem botar o pé na praia.

– É por causa das corridas? – Holly pergunta. – Você está com medo?

– Nunca tive medo – respondo, sem abrir os olhos.

– É porque desta vez você vai correr por Corr? O que você quer de verdade, Sean?

Pressiono o rosto com a mão, procurando em algum lugar dentro de mim a calma que deveria estar ali. A certeza que tenho todo ano antes de cada corrida. E a cada manhã, antes de montar qualquer cavalo.

– É a liberdade? Não se preocupe com a corrida. Venha comigo para os Estados Unidos, e eu faço você sócio no meu haras. Não é para ser tratador chefe nem treinador principal. Sócio. Para ir e vir quando bem entender. – Quando vê que não vou dizer nada, Holly acrescenta: – Então, olha só. Você estava mentindo para mim quando disse que era a liberdade que queria. Nós acabamos de descobrir que não tem nada a ver com a liberdade. Acho que já é um progresso.

Viro o rosto para o outro lado. Ali embaixo, ouço a agitação do dia das corridas e minha ausência ali.

– Então é o garanhão vermelho, você acha? Você vai perder a corrida e o cavalo num único e rápido golpe de justiça de Malvern? Mas você venceu quatro vezes em seis anos, não foi? Não é um bom prognóstico? Então acho que também não é isso.

Abro os olhos. Holly fica inquieto sob meu olhar. O engradado range sob seu peso.

– Eu perdi duas vezes para Ian Privett e Penda. No terceiro ano, ele caiu e perdeu Penda, mas este ano está com ele de novo. Blackwell tem Margot...

– Ela é uma filha da mãe veloz – lembra Holly, tirando as palavras de minha boca.

– E também tem aquela égua malhada. Eu não a conheço. Acho que devíamos todos ter medo dela. Eu acho que poderia perder tudo.

Holly coça o pescoço e olha as sombras embaixo de minha cama estreita.

– Esse "tudo" para mim é o X da questão. Quando você diz "tudo", por acaso quer dizer Kate Connolly? Ah, vejo que sim.

Digo:

– Só posso ter certeza quanto a mim.

– Hum – diz ele.

– Não venha me dizer "hum", sr. Holly. O senhor não pode entrar aqui com seu chapéu vermelho e esses sapatos aí e ficar bancando o sábio.

– Sim, isso é o que diz o homem que não está usando sapato nenhum – diz Holly. Ele se põe de pé, dá um passo e alcança o fogão. – Como é que consegue viver aqui, Sean? Como é que prepara uma xícara de chá sem queimar a virilha? Se rolar na cama, acaba na pia. Todo dia você tem café na cama, porque praticamente não tem chão aqui.

– É tolerável.

– Hum – diz Holly de novo. – Tolerável é um conceito muito amplo. Se vencer, é para isso aqui que vai voltar?

– A casa do meu pai fica a uma hora de caminhada daqui, nos penhascos a noroeste. Se eu pudesse viver onde quisesse, viveria ali.

Eu não consigo me lembrar de como era exatamente morar na casa de meu pai, apesar de já ter passado por ali a cavalo. Minhas lembranças do interior da casa são fragmentadas: eu na cama, na janela, minha mãe sentada numa cadeira. A casa está bem maltratada agora. Ainda está no meu nome, mas fica longe demais para me servir enquanto trabalho para Malvern.

– É ali que você manteria a matriz que acabei de comprar até ela ter um lindo potrinho vermelho com seu garanhão?

Apanho minhas meias no radiador e as botas abaixo delas.

– Eu não disse que ia começar uma criação.

– Nem precisa. Eu volto no ano que vem e você vai ter um ninho de cavalos no quintal e Puck Connolly instalada na sua cama. E eu vou fazer negócio com você, e não com Malvern. É esse o seu futuro.

– O futuro parece bem mais doce com o seu sotaque – eu suspiro e pego minha jaqueta.

– Aonde vai? Eu ainda estou longe de terminar minhas previsões.

Jogo a jaqueta no ombro.

– Para a praia. Você nunca vai conseguir esse seu potro se eu não ganhar Corr.

59

PUCK

Durante a noite, eu encolhi e todas as outras pessoas da ilha cresceram. Todos viraram homens de três metros de altura, e eu agora tenho pouco mais de um metro e sou uma criança. Dove também é um brinquedo, ou talvez um cachorro, enquanto a conduzo pela multidão. A estrada do penhasco já está fervendo com tanta gente. As primeiras corridas começaram há horas e os quintos estão correndo as primeiras disputas na praia. Ouço grunhidos e risadas dos espectadores no penhasco. O vento castiga a todos nós.

Olho para as nuvens, mas são nuvens sem brilho, do tipo que dura apenas alguns instantes, não um dia inteiro. Fico aliviada; temi que o tempo estivesse tão ruim quanto no dia em que encontrei Tommy morto na praia. Faz frio, mas afinal é novembro. Frio é o que se espera.

Todo mundo está me olhando e fico ouvindo meu nome ser chamado, ou pelo menos fico imaginando que estou ouvindo. Alguém cospe nos cascos de Dove, ou talvez nos meus pés. Eu ouço exclamações no sotaque aberto do continente e comentários sobre meus modos no jeito de falar picotado de Thisby. É esquisito, eu me sinto como se eu fosse a estranha e a turista visitando uma ilha sem amigo. Todo mundo toca em Dove, e ela está distraída e insegura. Num momento, ela ergue a cabeça e solta um relincho agudo, apesar de não haver ninguém neste lado da ilha para responder. Lá embaixo, na praia, um *capall uisce* urra de volta. Dove treme e me arrasta pela ponta das rédeas; levo vários metros para conseguir recuperar o controle sobre ela.

Ouço risadas e alguém pergunta, sem gentileza, se preciso de ajuda.

Eu rosno:

– Eu precisava é que sua mãe tivesse pensado melhor nove meses antes de você nascer.

– Ela morde! – diz alguém.

Fecho a boca de vez e continuo seguindo em frente. Em algum lugar no meio dessa confusão está Gabe, talvez, com minhas cores, e Finn, talvez, com meu almoço.

– Kate Connolly, você pretende mudar a sociedade?

Pisco e dou um passo para trás. Quem falou foi um homem, bem na minha frente, com um terno marrom que parece ter custado mais que a nossa casa. Ele segura um bloco de papel. Atrás dele está um fotógrafo com um flash enorme. Há uma muralha de gente atrás de mim e de Dove. Eu me sinto cercada, sem saída.

– Não estou tentando mudar nada além da minha própria situação.

– Então você não diria que foi inspirada pelo movimento sufragista feminino?

Estico o pescoço e olho em volta, procurando meus irmãos, ou Dory Maud, ou qualquer outra pessoa que eu conheça. Nunca vi tantos chapéus-coco na vida.

– Sou apenas uma pessoa com um cavalo, como qualquer outra nesta ilha. Poderia me dar licença? Está deixando minha égua nervosa.

O repórter pergunta:

– O que você diria para as pessoas em Thisby que acham que seu lugar não é nas Corridas de Escorpião?

– Não tenho uma resposta inteligente para você – digo irritada.

– Só mais uma coisa, srta. Connolly. Até onde a senhorita acha que vai? Acha que tem alguma chance de chegar ao final?

Eles se apressam para acompanhar meus passos, enquanto viro o flanco de Dove na direção deles. Sou estranhamente afetada pelo repórter e pelo fotógrafo, mais do que por qualquer outra coisa que aconteceu até agora. Não tinha pensado que haveria tanta gente me olhando, e muito menos gente de um jornal do continente.

Olho feio para ele.

– Vá perguntar no açougue dos Grattons. Eles sabem de tudo.

Tento virar Dove novamente, para afastá-los de mim.

– Puck!

Eu me viro na direção do grito, meu interior machucado, e ali está Sean. Ao contrário de mim, que tive de empurrar as pessoas para atravessar a multidão, ele passa facilmente por elas. Elas abrem caminho para ele como se nem percebessem o que fazem. Ele está apenas com uma camisa branca e sem fôlego, por isso demoro a crer que é ele. Ele chega mais perto, virando as costas para o repórter, e inclina a cabeça em minha direção. Sinto os olhos de todos sobre nós dois, mas ele não parece notar.

– Onde estão as suas cores?

– Gabe foi atrás delas.

– Estão sendo distribuídas na praia – ele diz. – Você tem de ir buscá-las.

– Você já está com as suas?

– Estou. Posso segurar Dove enquanto você vai pegar as suas.

Dove estremece quando alguém toca seu traseiro. Aqui há barulho e gente demais para ela. Eu me preocupo se ela vai acabar gastando toda a sua coragem aqui no penhasco, muito antes de descermos para a praia. Lembro-me de Peg Gratton me dizendo para não deixar ninguém apertar a cilha do meu cavalo no dia da corrida. Mas Sean, eu decido, não é "ninguém".

– Você consegue fazer esse povo deixá-la em paz? – Ele faz que sim com a cabeça.

Em voz baixa, tão baixa que tem de inclinar a cabeça para me ouvir, digo:

– Obrigada.

Sean pega minha mão e põe no meu braço uma fina pulseira de fitas vermelhas. Depois pressiona os lábios contra meu pulso. Fico imóvel; sinto o ritmo de minha pulsação várias vezes contra a sua boca, e então ele solta minha mão.

– Para dar sorte – diz. Ele toma as rédeas de Dove da minha mão.

– Sean – digo, e ele se vira novamente para me encarar. Seguro seu queixo e lhe dou um beijo na boca, com força. Isso me lembra, de repente, daquele primeiro dia na praia, quando puxei sua cabeça para fora da água.

– Para dar sorte – digo, olhando a cara de surpresa dele.

Um flash espoca e ouço assovios de aprovação.

– Certo – diz Sean, como se tivéssemos acabado de fechar um negócio e estivesse tudo certo para ele. Ele se vira para a multidão e diz:

– Se querem ver uma corrida, tratem de dar espaço para este cavalo. Agora.

Eles se espalham, obedecendo, e eu encontro meu caminho entre eles, em direção à trilha do penhasco. Antes de descer para a praia, olho para trás para ver onde Sean está, e ali estão ele e Dove, com uma clareira em torno dos dois, ele ainda me olhando. Sinto a ilha sob meus pés, a boca de Sean em meus lábios, e me pergunto se a sorte estará do nosso lado hoje.

60

PUCK

A praia não está tão lotada quanto eu esperava. É intervalo entre duas das provas menores, e só os *capaill uisce* inscritos nas próximas corridas estão na praia. Todos os espectadores que antes estavam na areia estão agora amontoados nos penhascos, tão perto da beirada quanto a coragem lhes permite. O céu acima deles está limpo e de um azul muito, muito profundo, como só se vê em novembro, e à minha direita, escuro como a noite, está o oceano.

Não posso pensar que logo vou correr ao lado dele ou não conseguirei me mover.

Rapidamente encontro a mesa dos oficiais no abrigo sob o penhasco – dois homens de chapéu-coco sentados atrás de uma mesa com cores incrivelmente variadas dobradas à frente deles. Eu me apresso e chego bem perto deles, para não ter de gritar.

– Preciso pegar minhas cores. – Reconheço o homem à direita. Ele se senta perto de nós na são Columba.

– Não sobrou nenhuma para você – diz o outro fiscal, com os braços cruzados sobre uma pilha delas.

– Perdão? – digo, educadamente.

– Não sobrou nenhuma. Adeus. – Ele se vira para o outro fiscal e diz: – O que você acha do tempo? Calor, não?

– Senhor – digo.

– Não estou reclamando do calor obviamente, mas ele atrairá os mosquitos – diz o outro fiscal.

– Os senhores não podem simplesmente fingir que não estou aqui.

Mas eles podem. Fazem questão de manter essa conversa fiada, ignorando minha presença, até que eu engula minha raiva e humilhação e desista. Digo a eles que são uns filhos da mãe, porque sei que não vão me responder de qualquer forma, e volto pelo caminho por onde vim. Encontro Gabe descendo a estrada do penhasco. O vento bagunçou o cabelo dele.

– Onde estão suas cores? – pergunta.

Não quero muito falar a verdade para ele, mas acabo dizendo.

– Não querem me dar.

– Não querem?!

Cruzo os braços.

– Não importa. Eu corro sem elas.

Mas importa sim, um pouco.

– Vou até lá falar com eles – diz Gabe. Sua ira justa é boa de se ver, ainda que eu não acredite que vá ajudar muito. Às vezes, só poder compartilhar o sentimento com alguém já ajuda. – Isso é uma idiotice.

Fico olhando ele descer e andar pela areia, mas posso adivinhar, pela cara dos fiscais quando o veem se aproximar, que Gabe não obterá uma resposta diferente da que me deram. Tento me convencer de que não faz mal. Eu não preciso me parecer com eles. Não preciso ser aceita.

– Danem-se eles – diz Gabe, quando volta. – Velhinhas corocas de Thisby.

Perto de nós, alguém grita que todo mundo, menos os competidores desta última rodada, tem de desocupar a praia, porque está quase na hora da última corrida.

Isso quer dizer nós.

61

SEAN

Agora à tarde o sol é forte, mas está frio na praia. O vento quebra a superfície do mar azul petróleo em milhares de pequenas ondas brancas. No alto dos penhascos, está a silhueta da multidão, olhando a pálida estrada de areia que a separa do oceano.

De vez em quando, posso ver a cabeça de um *capall uisce* na água, longe da costa, empurrada em direção à areia pela corrente de novembro. Aqueles que capturamos lutam contra nós em arreios cheios de sinos e fitas vermelhas, folhas de ferro e de azevinho, margaridas e orações. Os cavalos d'água são famintos e maus, violentos e belos, e amam e odeiam cada um de nós.

É hora das Corridas de Escorpião.

Eu me sinto tão, tão vivo.

Sob mim está Corr, inquieto e poderoso. O mar canta para ele de um jeito que não cantava ontem, e quando outro *capall uisce* passa por nós, ele dá uma dentada. Antes de Puck, eu nunca havia de fato notado que éramos tantos ali na praia para essa corrida. *Capaill uisce* de todas as cores espremidos uns contra os outros, esmagando, mordendo, fungando, chutando. A ponta norte da praia nunca parecera tão distante.

Dentro de três mil e seiscentos metros e cinco minutos, tudo terá acabado.

Encontro Puck no meio da multidão. Ao contrário dos outros, ela não está pendurando enfeites e bugigangas de último minuto na crina do cavalo. Está curvada sobre o pescoço de Dove, o rosto apertado contra a crina dela.

– Sean Kendrick.

Reconheço a voz de Mutt antes de olhar em sua direção.

Ele está perto, montado na malhada. Quando ela agita a crina, os sinos trançados ali tocam um acorde dissonante. Não sei como ele pode querer que ela seja rápida debaixo de todo o ferro que pendurou no peitoral e no dorso da pobre égua.

– Não fale comigo – digo.

– Esta corrida vai ser um inferno para você – responde ele.

Corr achata as orelhas para trás e a égua malhada faz o mesmo.

Eu digo:

– Você não consegue me intimidar nesta praia.

Mutt Malvern recua com a égua malhada. Ela tilinta e rosna.

Ele segue meu olhar até Puck.

– Eu sei com o que você se importa, Sean Kendrick.

PUCK

Estou tentando, sem sucesso, fazer de conta que essa vai ser só mais uma corrida. Tentando não olhar até onde temos de ir. E tentando me lembrar de que tenho não só de sobreviver, mas me sair bem. Eu preciso vencer. Por um momento, sinto uma pontada de culpa, já que, se eu alcançar meu objetivo, Sean não alcançará o dele, mas talvez não tenha de ser assim. Se eu vencer, certamente vai haver o suficiente para salvar a casa e comprar Corr, não?

– Puck, desça aqui um instante. – Sou pega de surpresa pela voz de Peg Gratton.

Ela está ao lado de Dove, olhando para cima, para mim.

Seu cabelo está despenteado pelo vento; seu rosto, sério. Eu obedeço. Ela está carregando a fantasia de pássaro que usou no Festival de Escorpião, não entendo por quê.

– Como está indo?

– Tudo bem – digo.

– Então, que horrível – diz ela. – Gabe me contou que não quiseram lhe dar nenhuma cor.

Eu faço que não com a cabeça. Não vou deixar meu rosto demonstrar nada.

Peg diz:

– Certo, então. Tire essa sela daí.

Estranhando muito, mas confiando nela, tiro a sela de Dove e fico olhando Peg cuidadosamente desdobrar a fantasia que traz nos braços. Agora posso ver que a enorme e apavorante cabeça do pássaro não está mais ali, somente as costas da capa coberta de penas. Peg coloca a capa no dorso de Dove, onde as cores deveriam estar, depois pega a sela e se certifica de que não vai irritar a pele de minha égua.

– Agora você está com as cores de Thisby – diz ela.

– Obrigada.

– Não me agradeça – diz Peg, já indo embora –, mostre a eles quem você é.

Engulo em seco. Quem eu sou está encolhidinha num canto dentro desta garota chamada Puck Connolly, rezando para que ela consiga sobreviver aos próximos minutos.

– Cavaleiros, *alinhar*!

Como assim já está na hora de nos alinharmos? Acabamos de chegar aqui embaixo, e eu ainda não vi Sean antes da corrida. Eu monto em Dove e olho para os *capaill uisce*, procurando por ele. Se pelo menos puder ver...

Do outro lado da raia, eu o vejo erguendo o queixo e olhando de volta para mim. Corr, de azul-escuro, já está molhado de suor. Sean continua olhando para mim, então ergo o pulso para que ele veja a fita que me deu.

– Cavaleiros, *alinhar*!

Eu queria ter ficado ao lado de Sean e Corr, mas não dá mais tempo. Três oficias nos empurram para alinhar os competidores atrás de longas varas de madeira. As linhas tilintam, estridentes, com centenas de sinos em dúzias de cascos. Os *capaill uisce* mordem e rosnam, pateiam e estremecem. Mantenho Dove o mais longe que posso de seus vizinhos. As orelhas dela estão achatadas para trás, coladas na cabeça. Ela está cercada de predadores.

Ao meu lado, o *capall uisce* balança a cabeça, e espuma cai em cascata por seu pescoço e peito.

Começa a contagem regressiva.

O oceano sussurra *shhhhhh, shhhhhh*.

As varas de madeira são erguidas.

62

PUCK

Nós explodimos em movimento. Não há rima ou razão; a única coisa que me lembro é de puxar Dove para dentro. Ninguém quer ficar perto daquele mar de novembro, a menos que seja absolutamente necessário. Os cascos de Dove tocam a beira da arrebentação, e a água salgada espirra em meu rosto. Sabe-se lá como, há sal entre os meus dedos e as rédeas, e os grãos queimam e arranham minhas mãos.

Algo atinge minha perna com força, a fivela de meu estribo parece esmagar meu osso, e eu me viro a tempo de ver um enorme *capall uisce* baio espremido contra mim. Conduzo Dove mais para perto da água, enquanto o baio vira a cabeça e a ameaça. As orelhas dela parecem achatar-se contra a crina, e vejo que o cavaleiro é Gerald Finney. As mãos dele agarram as rédeas com tanta força que os ossos de seus dedos estão brancos, e ele nem olha para mim. Posso perceber, pelo arrepio que percorre a sela, que Dove reconhece aquele *capall*. Aperto as pernas em seus flancos. *Não fique com medo ainda, Dove. Temos um longo caminho pela frente.*

Eu lembro, tarde demais, que devo conservar as forças de Dove e verifico sua velocidade. Cavalos passam por nós; o verde das cores de Ian Privett, o azul-claro de Blackwell, o dourado da égua malhada. Mas nenhum garanhão vermelho sob o azul-escuro. Não faço ideia se ele está tão à minha frente que não posso vê-lo, ou se está atrás de mim.

SEAN

Procuro Puck ou Dove, mas não consigo ver nada em meio a essa confusão de corpos. Corr está forte em minhas mãos; meus ombros exaustos já doem por causa de seu peso. Minhas panturrilhas queimam com a fricção dos estribos de couro. Não estou certo de por quanto tempo devo segurar Corr atrás do grupo para procurá-la. O fim do pelotão é o pior lugar para ficar; os *capaill* que ficam para trás não ficam ali porque são lentos, mas porque estão lutando uns com os outros ou com o mar. Os cascos à minha frente lançam areia em meu rosto. Meus olhos ardem, mas não posso usar a mão para esfregá-los.

À minha esquerda, um cavalo cinza e um castanho se estraçalham e tentam atrair Corr para a briga. Eu o seguro com força, empurrando-o para frente – não para muito longe, porque, se Puck estiver atrás de mim, não quero deixá-la ali. Minhas mãos estão enterradas na crina suada de Corr, e sinto seus músculos tremerem com o toque do mar de novembro. Sussurro para ele para que se mantenha firme.

Olho para a direita por sob meu braço à procura de Puck; não vejo nada além do cavalo cinzento, quase todo dentro da água. Ele já é praticamente uma criatura do mar. Seus olhos são pequenas fendas na enorme cabeça. O cinzento empina e protesta, mais irritado com o cavaleiro que com a corrida à sua frente. A água salgada espirra de algum lugar e atinge meu rosto como garras geladas.

Outro *capall* me empurra pelo lado esquerdo; ele ataca e atinge minha perna antes que seu cavaleiro consiga controlá-lo. Não posso ficar aqui atrás. Vou para a praia aberta encontrar Puck. Se a esta altura ela não estiver longe deste caos, talvez já esteja morta.

Inclino-me sobre o pescoço de Corr para sussurrar para ele, mas desta vez não consigo pensar no que dizer.

Mas não importa. Corr sabe o que quero sem que eu tenha de lhe dizer, e acelera o galope, se afastando do grupo de *capaill* no fundo do pelotão.

Há um corredor estreito aberto até a frente, onde os três primeiros colocados estão brigando pela liderança. No ano passado, eu teria atravessado aquele corredor com Corr num instante, e eles estariam contando os metros que os separavam de nós pelo restante da prova.

Mas não faço isso.

Eu espero.

PUCK

Leva apenas um minuto para Dove ser mordida e alguns segundos para minha pele ser cortada por algo muito afiado que não acho que sejam dentes de cavalo. Não tenho tempo de olhar para o ferimento nem de tentar descobrir o que me cortou. Estamos presas num caos de corpos. Mesmo com o barulho do vento em meus ouvidos, ouço os relinchos e gritos, os grunhidos e gemidos enquanto lutam.

Por causa do corte em minha coxa, sinto o calor desconcertante do sangue escorrendo pela minha perna, mas ainda não sinto dor. O que quer que tenha me atingido era afiado o bastante para deixar um corte limpo.

Dove está começando a entrar em pânico. Um movimento à sua direita a faz erguer a cabeça de repente, e a rédea faz uma das dolorosas bolhas na palma de minha mão. Vejo tudo branco por um momento.

Preciso sair daqui. A areia atinge minha bochecha e o canto dos meus olhos, mas não posso soltar a rédea para aliviar o desconforto. Não vejo como podemos nos lançar mais para frente, até que o *capall uisce* à minha direita entra no oceano, tropeçando nas ondas, empinando no ar antes de derrubar seu cavaleiro.

É Finney. Os olhos dele encontram os meus por um mero segundo, suas mãos tentam encontrar apoio dentro da água, e então os dentes afiados de seu *capall* baio se fecham sobre seu rosto.

Então já estou longe e não os vejo mais, só existe a água furiosa que espirra nos ombros de Dove, deixando ali uma mancha escura. Eu me sinto enjoada, enjoada, enjoada.

De repente, vejo um estreito caminho onde antes existia um *capall uisce*. Se eu for pela direita, usando a energia preciosa da força de Dove, podemos sair daqui.

Não vai adiantar nada economizar em velocidade se morrermos nesta luta. Aperto as panturrilhas contra seus flancos quentes, e de repente tudo dá certo. Dove encontra o caminho e nos livramos do pequeno pelotão turbulento no qual estávamos presas. E, logo à frente, entre os líderes, vejo um garanhão vermelho sob um manto azul e Sean Kendrick avançando em segurança sobre ele.

Limpo o sangue da mordida no ombro de Dove. Não é um ferimento profundo, mas de qualquer forma a culpa me incomoda. Peço desculpas, e ela estende uma orelha para mim. Afrouxo um pouco a rédea. Ela ainda está apavorada, mas, por um instante, tenho sua atenção.

Concentre-se. Penso em galopar pelos penhascos, a mantendo firme, equilibrada. Lembro-me da égua *uisce* saltando da beirada do penhasco. O segredo é se lembrar da corrida, enquanto os outros se esquecem de tudo, menos do mar.

Eu posso me manter firme.

SEAN

Há um recém-chegado à nossa direita, e Corr, enlouquecido com o contato com o mar, vira a cabeça para tentar mordê-lo. Eu o controlo, e o cavalo ao nosso lado empina, mas se mantém firme. Orelhas pretas. Menor que Corr. Menor que qualquer um dos cavalos nesta praia. Músculos comuns movendo-se sob a pele dela.

É Dove, nos acompanhando passo a passo, as penas esvoaçando na sela acolchoada. Dou uma olhada, uma vez e então mais uma, para Puck e para Dove. Dove foi mordida, mas sem gravidade. Puck também está sangrando. Mas, ao contrário do ferimento feio de Dove, o de Puck é limpo, longo; o material de suas perneiras foi cortado. Foi uma faca que fez aquilo, não um cavalo. Uma faca empunhada por alguém furioso por ela estar na praia conosco. Mas pensar nisso por muito tempo significa ficar furioso, e ficar furioso significa perder o foco, o que não posso fazer.

Porque à nossa frente há o caos. O pior de tudo é o barulho – o arfar dos *capaill* já sem fôlego, seus grunhidos enquanto lutam, a contínua trovoada dos cascos, o sibilar do oceano. Os gemidos e gritos, e, por trás de tudo, o ruído da multidão. Aquele barulho deixaria um cavalo louco, se o mar de novembro já não fizesse isso.

Um *capall* à nossa frente gira e se vira para dentro do pelotão, seu cavaleiro tenta evitar o oceano a qualquer custo. Outros dois brigam, se empurrando, diminuindo o bastante a velocidade para que os ultrapassemos. Há uma parede de joelhos, cascos e sangue sobre ossos, dentes contra dentes. Eles tentam nos atrair para a briga, mas Corr os bloqueia, agindo como um muro trêmulo entre eles e Dove, que age como um muro entre ele e o mar.

Estamos na metade do caminho. Isso significa que percorremos pouco mais de um quilômetro e meio. A primeira metade da corrida elimina aqueles que não estavam prontos, os que não tinham o treinamento necessário. É um rito de passagem. Olho para Puck e ela olha para mim, com uma expressão feroz.

A areia parece um borrão sob nós, e o oceano fica silencioso em comparação ao som de nossos pulmões na luta para conseguir ar. Somos apenas nós dois na areia.

Os cavalos de Blackwell e Privett se engalfinham ali na frente. Eles se atacam, mostrando os dentes, esfregando pescoços e ombros. Um pouco atrás deles, Mutt Malvern espanca impiedosamente Skata, a égua malhada. E, ainda assim, Puck avança no encalço deles, firme e equilibrada. Emparelho Corr com Dove, passo a passo, e a cada passo ganhamos terreno.

Corr não tem mais nada além de pura força. Há um caminho aberto à nossa frente; eu poderia ultrapassar Blackwell e depois Privett. Mutt não representa perigo; ele perde espaço na liderança e está mais perto de nós. Eu poderia tomar a frente e conquistar facilmente essa vitória, como no ano passado. Em três minutos, Corr pode ser meu.

Tudo o que eu sempre quis. Um teto sobre a cabeça, rédeas nas mãos e um cavalo sob mim. Corr.

Sinto o hálito da deusa égua em meu rosto.

Eu disse a Puck que ficaria até ela tomar uma decisão. Talvez ela não tenha a velocidade necessária para ultrapassar os líderes. Talvez eu esteja desistindo de tudo ao esperar. Digo a mim mesmo que ainda tenho tempo. Há tempo para Corr avançar.

Dove começa a tomar a frente.

E então percebo que Mutt Malvern refreou Skata intencionalmente.

Ele nunca pretendeu vencer.

PUCK

O ataque da égua malhada me pega de surpresa.

Entre o mar e eu, ela se empina como se quisesse lançar-se para frente, mas ataca Dove. Seus dentes se fecham sobre o pescoço dela, bem atrás das orelhas.

Dove tropeça.

Viro a cabeça e vejo o sorriso pavoroso de Mutt Malvern.

Ouço Sean gritar, com uma raiva incontida na voz:

– Isto é entre nós dois, Mutt!

Tentando me manter firme nos estribos, inclino-me sobre o pescoço suado de Dove, para agarrar a orelha da égua malhada. A pele dela é escorregadia, diferente de qualquer cavalo que eu já tenha tocado. A espinha de Dove parece esmagar meu estômago, e minhas mãos cheias de bolhas doem, mas ignoro tudo isso e torço a orelha da malhada com toda a força. Ela relincha e solta Dove.

Eu mal entendo o grito de Sean.

– Saia da frente, Puck!

Mas Dove compreende. Quando Corr se aproxima, ela passa como uma flecha entre ele e a malhada. Mal tenho tempo de me equilibrar na sela; o couro está escorregadio, por causa do sangue ou da água.

Skata se empina e salta sob Mutt, mas estamos livres dela. Olho para trás e só tenho tempo de ver o ombro de Corr colidindo com o da égua malhada. O olhar de Sean encontra o meu por um segundo. Ele está observando para se certificar de que estou avançando.

Eu quero esperar por ele. Sei que ele ganhou esta corrida quatro vezes sem mim, mas não quero abandoná-lo.

Ouço a voz de Sean Kendrick:

– *Vá!*

Solto as rédeas de Dove.

SEAN

Não conseguimos nos livrar.

Corr poderia se desvencilhar de Skata se conseguíssemos avançar, mas Mutt Malvern agarrou minha rédea. Ele puxa o focinho de Corr em sua direção, ao alcance dos dentes da égua malhada. Esse é o lado cego de Corr, e ele fica louco de medo, sem saber o que está enfrentando. Ele revira os olhos, e seu nariz dá um solavanco no ar. Skata o ataca, seus dentes resvalam na cara de Corr. Enquanto luto com Mutt para recuperar a rédea, meu joelho colide com o dele, osso contra osso, e sinto uma dor aguda.

Skata e Corr galopam, ombro com ombro, e cada passada nos leva mais para dentro do oceano. Sinto o gosto de água salgada; minha sela está escorregadia. Cada músculo no corpo de Corr lateja e estremece. Olhando para Mutt, vejo que ele tem dificuldades para se manter na sela.

É tarde demais quando vejo sua faca.

Ergo o braço. Não posso proteger a mim mesmo nem a Corr.

Mas não sou eu quem ele ataca. Ele desliza a faca pelo pescoço da malhada, deixando uma linha escarlate. Ela fica furiosa com a dor.

– Lide com isso, Kendrick – diz Mutt.

Ele solta as rédeas.

Skata vem para cima de nós.

PUCK

Alcançamos Blackwell e Margot primeiro. Ela é uma égua baia, grande e esbelta, longa como um vagão de trem, e luta bravamente. Vejo que sua boca está aberta, como se estivesse sorrindo, como o *capall uisce* preto que nos encontrou no estábulo. Ela era incrivelmente rápida antes, mas agora Blackwell a controla com o pulso firme. Quando ele tenta soltar um pouco a rédea, ela corre na direção do oceano.

Mas Dove não se importa com o mar. Eu me inclino sobre sua crina – seu pescoço está suado, minhas mãos estão suadas, e é difícil manter o controle – e exijo ainda mais dela. Ela ultrapassa Blackwell.

Apenas Privett e Penda estão à nossa frente agora. Ele mantém uma boa distância da água, e eu poderia passar pelo meio. Mas, se eu puder forçar Penda a se aproximar mais do mar de novembro, talvez consiga distraí-lo por tempo suficiente para manter a liderança. Isso significaria ter de me aproximar demais de um *capall uisce* sem plano de fuga, e Dove já está muito assustada, quase no limite.

Não falta muito. Mais uns seiscentos metros, eu acho. Não quero ter esperança, mas posso senti-la me invadindo.

Só que... Corr deveria estar aqui, agora. Eu não deveria estar competindo com Penda aqui sozinha. Quando olho para trás, não consigo vê-lo. Vejo Margot se aproximando rapidamente de nós. E as penas do manto improvisado de Dove farfalhando loucamente ao vento.

Ouço a voz de Sean dizendo que isso é possível. E a de Peg Gratton me dizendo para mostrar quem somos. Sei que, no fim das contas, não se trata de Dove ser corajosa. Mas de mim. Tenho de ser corajosa por ela. Inclino-me sobre o pescoço de Dove – Dove, minha melhor amiga – e lhe peço um último galope.

SEAN

Estou segurando Corr, mas não estou segurando nada. Em algum lugar, ouço um grito alto e claro, e então estou caindo.

No instante entre as costas de Corr e a água, penso primeiro nas dezenas de cavalos atrás de nós e depois na morte de meu pai.

Minha única chance é me livrar deles. Esperar que, quando eu cair no chão, eu seja capaz de rolar e me desviar da maioria dos cascos que se aproximam. Se eu ficar consciente, posso sobreviver.

Por um momento, vejo tudo com perfeita clareza: Corr e a máscara vermelha em sua cara, uma de suas narinas arrebentada; o horizonte se estendendo a distância, longe demais de meu alcance; o céu azul, muito azul, de novembro acima de nós.

O joelho da malhada se ergue para atingir minha cabeça.

Quando bato na areia, minha visão se quebra como uma onda. Tenho água na boca, e a areia sob mim vibra com o som dos cascos, e então só há vermelho, vermelho e vermelho acima de mim.

63

PUCK

No momento em que ultrapassamos Ian Privett e Penda, os olhos de Ian encontram os meus, e vejo que ele não está acreditando.

E então a corrida termina.

Mesmo quando vejo que cruzamos a linha primeiro, mesmo quando ainda se passa meio segundo antes de Margot passar como um raio, e mais um segundo antes de Ake Palsson e o dr. Halsal chegarem nariz a nariz, não posso acreditar.

Diminuo a velocidade de Dove e dou tapinhas em seu pescoço, rindo e enxugando as lágrimas com o dorso de minha mão ensanguentada. Toda a minha dor desapareceu; tudo o que resta são os tremores que não posso controlar. Permaneço trêmula sobre os estribos, desviando Dove dos outros *capaill uisce* conforme cruzam a linha de chegada. Cinzentos, baios, castanhos e pretos.

Não vejo Sean.

Meus ouvidos não param de zumbir. Levo um longo instante para perceber que é o som da multidão aplaudindo ali em cima. Estão gritando meu nome e o de Dove. Acho que ouço a voz de Finn, mas talvez só esteja imaginando. E ainda há cavalos d'água no fim da corrida, galopando, empinando, girando.

Mas não vejo Sean.

Um oficial da corrida vem em minha direção, estendendo o braço para o freio de Dove. Minhas mãos não param de tremer; uma sensação horrível me domina.

– Parabéns! – diz o oficial.

Olho para ele, esperando que o que acabou de dizer faça sentido, e então pergunto:

– Onde está Sean Kendrick? – Quando ele não me responde, viro Dove e voltamos por onde viemos. A praia, no fim da corrida, é um caos de *capaill uisce* suados e cavaleiros exaustos. Não se parece nada com a visão que eu tinha galopando na direção contrária. Não passa de uma grande extensão de areia, quando sigo trotando. O oceano é simplesmente uma sucessão de ondas, não algo escuro e faminto. Direciono Dove de volta por onde viemos, examinando a areia molhada. Há manchas de sangue nos pontos onde aconteceram as lutas, e um *capall* castanho jaz sem vida perto da água. Há algumas pessoas estendendo um lençol sobre um corpo ao longe, o que faz meu estômago revirar, mas o corpo é grande demais para ser o de Sean.

E então vejo Corr parado na beira da água, e seu reflexo vermelho na areia molhada sob ele. Uma de suas pernas traseiras está dobrada, apoiada na ponta do casco. Sua cabeça está abaixada, e, quando me aproximo, vejo que está tremendo. Sua sela se deslocou e está quase virada ao contrário.

Há uma forma esbelta e morena sob ele, enrolada nas rédeas. Mesmo com toda a sujeira, reconheço a jaqueta azul-escura. E o vermelho que pensei que fosse o reflexo de Corr é simplesmente sangue, lavado da areia com cada onda.

Penso subitamente em como Gabe disse que não *aguentava mais aquela vida* e eu não acreditei nele, porque obviamente você pode suportar qualquer coisa, se optar por isso.

Mas agora eu o entendo perfeitamente, porque não poderei suportar se Sean Kendrick estiver morto. Não depois de tudo isso. Não depois de todos os outros. Já é ruim o suficiente ver Corr parado ali, com a perna aparentemente quebrada. Mas Sean não pode estar morto.

Desço de Dove. Há outro oficial da corrida por perto, e entrego as rédeas dela nas mãos dele. Corro pela areia na direção de Corr. Detenho-me por um instante, quando uma gaivota voa baixo à minha frente. Elas já estão se aglomerando em torno da carnificina na praia... por que ninguém as espanta?

– *Sean*.

Quando me aproximo, recuo assustada ao ver um movimento súbito. É Sean; ele estende um braço, desorientado. Encontrando o estribo, o usa para se erguer. Ele está instável como um potrinho recém-nascido.

Atiro os braços em volta de seu pescoço, e não sei dizer qual de nós dois está tremendo.

A voz de Sean é rouca.

– Você conseguiu?

Não quero contar a ele, porque foi só metade do que deveria acontecer. Ele se afasta um pouco e olha para o meu rosto. Não sei o que ele vê, mas diz:

– Sim.

– Penda chegou em segundo. Onde você estava? O que aconteceu?

– Mutt – responde Sean. Ele olha para o oceano, estreitando os olhos. – Você o viu? Não, achei mesmo que não. Ela o levou. A malhada o levou.

Meus ferimentos estão começando a doer, e meu estômago se revira.

– Ele nunca desejou vencer. Ele só queria que você...

– Corr me protegeu – disse Sean, assombrado. – Eu teria morrido. Ele não precisava ficar. – Por um momento, vejo que não importa para Sean não ter vencido. A lealdade de Corr é algo maior que o ter como sua propriedade.

E então vejo os olhos dele examinarem Corr, percebendo sua cabeça baixa, o sangue em suas narinas, o estado de sua pata traseira. Daqui, já parece ruim o suficiente para fazer minhas entranhas se revirarem. Sean dá um passo à frente e toca cuidadosamente a pata traseira de Corr, deslizando a mão por ela. Vejo o momento preciso em que a mão de Sean fica imóvel, seus ombros estremecem, e sei que está quebrada.

Lembro do que Sean desejou: conseguir o que precisava.

E, naquele momento, não vejo como posso acreditar em qualquer deus, deusa ou ilha, e, mesmo que consiga, não poderia acreditar que eles sejam algo além de muito cruéis.

Sean se afasta de mim e afrouxa as correias, e a sela cai ao chão, deixando Corr nu e vermelho, seu pelo emaranhado e úmido no lugar onde estivera a sela. Ele corre carinhosamente a mão sobre o pelo coberto de suor.

E então segura uma mecha da crina de Corr e encosta a testa no ombro do cavalo. Não preciso que ele me diga que Corr jamais correrá novamente.

64

PUCK

O resto do dia passa depressa. Há cerimônias de premiação e dinheiro, jornalistas e turistas. Há tantas congratulações e apertos de mão e tantas vozes que não consigo ouvir nenhuma delas. Há curativos para os meus ferimentos: "Nossa, isto está bem feio, Puck Connolly, como foi que um cavalo conseguiu fazer isso? Você tem sorte de não ter sido mais profundo", e Dove é paparicada. Isso continua por horas e horas, e eu não consigo escapar para ir fazer o que é de fato importante.

Depois que o sol desaparece, descubro que Corr foi levado para um abrigo improvisado numa das cavernas da praia, porque não pode andar até o Haras Malvern. Consigo escapar da multidão e ir até a trilha do penhasco. Ali, no crepúsculo, vejo Sean Kendrick sentado contra as rochas, de olhos fechados. Eu teria ido até ele, mas George Holly chegou primeiro e já o está acordando, fazendo-o se levantar. Mesmo daquela distância, posso ver a expressão desolada de Sean, por tudo o que perdeu. Holly faz um gesto de cabeça para que eu me afaste, mas espero Sean olhar nos meus olhos antes de levar Dove de volta para casa.

Finn me alcança no caminho de casa, correndo um pouco até acertar o passo com o meu. Suas mãos estão enfiadas nos bolsos da jaqueta. Por alguns instantes, caminhamos em silêncio, e os únicos sons são os de nossos pés sobre o solo e dos cascos de Dove ocasionalmente chutando pedras enquanto trota. O anoitecer torna tudo menor ao nosso redor.

– Você está franzindo a testa – diz ele, finalmente.

Sei que está certo; posso sentir a ruga entre minhas sobrancelhas.

– Estou fazendo contas, só isso. – Mas não há muita alegria nessa atividade. Os números são sempre iguais: há o suficiente para que salvemos a casa, mas não o bastante para Sean comprar Corr, ainda que Malvern permita.

Finn exclama:

– Você deveria estar comemorando! Gabe disse que vai fazer um banquete para nós em casa! – Mesmo depois deste dia tão longo, ele não consegue controlar a empolgação. Parece um potrinho num dia de ventania.

Faço o possível para não soar agressiva, porque nada disso é culpa de Finn, mas não consigo disfarçar a amargura.

– Não posso comemorar enquanto Sean Kendrick está lá embaixo com um cavalo ferido que não pode comprar por minha causa!

– E como você sabe que Sean Kendrick ainda o quer?

Não preciso que me digam isso. Sei que Sean ainda quer Corr. Nunca foi pela corrida. Finn olha para mim e encontra a resposta em minha expressão.

– Tudo bem, então – diz ele. – Por que ele não pode comprar o cavalo?

Dizer as palavras em voz alta torna tudo pior.

– Sean tinha de vencer para conseguir o restante do dinheiro. Ele não tinha o bastante.

Por um longo momento, ouço apenas o som de nossos passos outra vez, o barulho dos cascos de Dove e o vento soprando em nossos ouvidos. Pergunto a mim mesma se Holly conseguiu arrancar Sean da praia, ou se ele decidiu dormir ali. Normalmente ele é tão pragmático, mas não quando se trata de Corr.

– Por que não damos um dinheiro para ele? – pergunta Finn.

– Não ganhei o suficiente para pagar a casa e comprar Corr.

Finn revira os bolsos.

– Podemos usar isto.

Quando vejo o monte de notas em sua mão, paro tão depressa que Dove bate a cabeça em meu ombro.

– Finn... Finn Connolly, onde conseguiu isto?

Posso ver que Finn está fazendo força para não sorrir. O esforço que ele faz traz de volta a cara de sapo. Não consigo parar de olhar para o monte de dinheiro em sua mão, quase tanto quanto ganhei pela corrida.

– Quarenta e cinco para um.

Levo um longo instante para me lembrar de onde reconheço o número. Do quadro no açougue dos Gratton. De repente, percebo para onde foi o restante do dinheiro na lata de biscoitos.

– Você apostou em... – não consigo nem terminar a frase.

Finn começa a caminhar de novo, e agora há certa segurança em seu andar.

– Dory Maud disse que você era uma boa aposta.

65

PUCK

Minha mãe sempre disse que devemos usar nossas melhores roupas quando estamos zangadas, porque isso assusta as pessoas. Não estou furiosa, mas estou num estado de espírito que me torna quase assustadora. Por isso, tomo muito cuidado na manhã depois da corrida. Passo uma hora na frente do espelho oval de minha mãe no quarto dela, escovando meus cabelos vermelhos e arrumando os cachos com os dedos. Tenho uma imagem do cabelo de Peg Gratton em minha mente, enquanto me arrumo. Há muito menos para arrumar quando meus cabelos estão todos apontando para a mesma direção, e, quando os prendo, vejo o rosto de minha mãe no espelho.

Vou até o armário dela e dou uma olhada em seus vestidos, mas nenhum parece capaz de assustar alguém. Então, escolho uma camisa e visto um par de calças e minhas botas, depois de limpar toda a areia grudada nelas. Tomo emprestado seu bracelete de coral e o colar combinando. E então saio para o corredor.

– Kate – diz Gabe, espantado. Ele está sentado à mesa da cozinha e olha fixamente para mim. Eu o ouvi arrumando as malas na noite anterior.

– Aonde você vai?

– Estou indo até o Haras Malvern.

– Bem, você está linda.

Abro a porta. Do lado de fora, a manhã é tranquila, de cor pastel, e tem cheiro de madeira, tão suave como foi duro o dia ontem.

– Eu sei.

Penduro a mochila nas costas e pego a bicicleta, porque Dove merece mais do que tudo um dia de folga. Pedalo pelo dia benevolente até chegar ao Haras Malvern.

Como antes, quando chego ali, o lugar está repleto de atividade. Os cavalariços conduzem os cavalos para os pastos, os cavaleiros levam os puros-sangues para galopes, os garotos do estábulo limpam as baias.

– Kate Connolly – diz um dos cavalariços. – Sean não está aqui.

Não achei que estaria, mas não gosto de ouvir isso.

– Na verdade, estou procurando Benjamin Malvern.

– Ele deve estar em casa. Ele está esperando você?

– Sim – digo, porque, se ele não estava me esperando antes, vai estar quando eu chegar.

– Bem, então, me permita – diz o cavalariço. Ele abre o portão para mim e minha bicicleta.

Eu lhe agradeço e caminho até a casa dos Malverns. A casa fica atrás do estábulo, e é uma coisa grande e velha. Como o próprio Malvern, ela é impressionante e tem uma aura de poder, mas não é particularmente bonita. Encosto a bicicleta na parede, caminho até a porta da frente e bato. Por um longo instante, não há resposta, e então Benjamin Malvern abre a porta.

– Bom dia – digo, e passo por ele, entrando no salão principal. É uma coisa nua; trata-se apenas de uma sala com um teto muito alto e uma pequena mesa encostada na parede. Vejo que há uma sala de estar adjacente, e uma única xícara sobre uma toalha de mesa branca.

– Eu estava tomando chá – diz ele.

– Cheguei em boa hora, então – respondo. Não espero que ele me convide e vou direto para a sala de estar. Como o salão principal, está quase vazia. Há apenas a mesa redonda sob o teto alto, e nada nas paredes além de candelabros de bronze. Parece um lugar bem solitário. Eu me pergunto se ele estava ali sentado, pensando se o mar algum dia devolveria a égua malhada ou Mutt Malvern. Sento numa cadeira na frente da outra, já afastada da mesa.

Os lábios de Malvern se movem.

– Leite e açúcar?

Cruzo os braços sobre a mesa e olho para ele.

– Vou beber o que o senhor estiver bebendo.

Ele ergue uma sobrancelha, antes de preparar uma xícara daquele estranho chá para mim. Ele empurra a xícara em minha direção e se senta na cadeira à minha frente, cruzando as pernas e se encostando.

– O que a traz até a minha casa como um furacão, Kate Connolly? Isso não é muito educado.

– Eu não esperava que fosse. Vim até aqui por três motivos, na verdade – digo. Encosto a xícara nos lábios, e ele me observa. Beber este chá é como lamber o carpete. – Eu gostaria de três coisas.

– Isso é muita coisa para querer.

Apanho minha mochila e coloco um pequeno maço de notas sobre a toalha.

– A primeira coisa de que eu gostaria é pagar tudo o que devemos pela casa.

Malvern olha para o dinheiro, mas não o toca.

– E a segunda?

Tomo outro gole grande de chá para dar maior ênfase. Isso requer um tanto de heroísmo de minha parte, mas eu consigo.

– Gostaria que o senhor me desse um emprego.

Ele coloca a xícara na mesa.

– E o que você acha que pode fazer?

– Acho que no começo vou limpar as baias, montar os cavalos e empurrar carrinhos de mão, mas posso dar conta.

Malvern me examina.

– Empregos não são a coisa mais fácil de encontrar nesta ilha, você sabe.

– Já ouvi falar – respondo.

Benjamin Malvern esfrega os dedos na boca e olha para o teto vazio, lá no alto, bem acima de nós. Há algumas rachaduras no reboco, e ele franze a testa ao vê-las.

– Acho que posso resolver isso. E qual é a terceira coisa?

Coloco minha xícara sobre a mesa e olho duramente para ele. Se devo parecer assustadora, este é o momento.

– Eu gostaria que vendesse Corr para Sean Kendrick, ainda que Sean não tenha vencido a corrida.

Malvern faz uma careta.

– Nós tínhamos um acordo, ele e eu, e ele sabia disso.

– Aquele cavalo é inútil para o senhor, e vocês dois sabem disso. O que o senhor pensa em fazer com ele?

Ele aponta as palmas abertas para o céu.

– Então, pode muito bem vendê-lo. A menos que simplesmente se divirta em torturar Sean Kendrick.

Penso em completar com "como o seu falecido filho gostava de fazer", mas acho que isso pode ser um pouco mais cruel do que a situação exige.

– Ele lhe disse para me pedir isso?

Sacudo a cabeça.

– Ele não sabe que estou aqui. E pode se sentir um pouco constrangido se descobrir que estive.

Malvern olha para o chá.

– Vocês dois são um casal estranho. São um casal, não são?

– Estamos em treinamento.

Ele sacode a cabeça.

– Tudo bem, vou vender Corr para ele. Mas não vou abaixar o preço só porque o cavalo agora fica em pé sobre três patas em vez de quatro. Isso é tudo o que quer?

– Eu disse três coisas, e foi isso que pedi.

– De fato. Bem, deixe eu terminar meu chá. Volte na segunda-feira e podemos conversar sobre aquele carrinho de mão.

Eu me levanto, deixando o dinheiro intocado sobre a mesa, e saio para o jardim. A brisa sopra baixa sobre a terra, trazendo o cheiro do mar, da grama da ilha, do feno e dos cavalos. E eu acho que este é o melhor cheiro do mundo.

66

SEAN

O mar de novembro é uma joia na noite, escuro e brilhante além das pedras ásperas. Corr e eu deixamos os penhascos brancos para trás, enquanto o conduzo para a água. Como quando o retirei do mar pela primeira vez, ele está preso apenas por uma corda. Já faz algum tempo que retirei a bandagem de sua perna traseira; isso não vai curá-lo. Holly me disse que eles sabem como consertar o osso na Califórnia, mas que ainda assim ele jamais correrá de novo. Ele disse que não há nada mais estúpido do que eu comprar Corr apenas para devolvê-lo ao mar.

Mas Corr pode ir até a Califórnia tanto quanto pode voar, e de qualquer forma não tenho certeza de que tipo de vida isso poderia ser para um *capall uisce*. Ele ama o mar e ama correr, e, enquanto eu podia lhe dar uma dessas coisas, éramos felizes.

E agora eu o conduzo lentamente para o mar. No oceano, sua insegurança vai desaparecer, seu peso será aliviado pela água salgada, e ele não vai notar tanto que sua pata traseira não é o que costumava ser.

Eu não quero dizer adeus.

Nos penhascos, Puck Connolly e George Holly esperam por mim, ambos com os braços cruzados sobre o peito, as posturas idênticas. Eles dão este momento apenas para mim, e sou grato por isso.

Apesar de seu progresso doloroso, Corr aponta as orelhas na direção do mar. O oceano de novembro canta suavemente para ele, tentando-o e acariciando-o, fazendo seu sangue correr mais rápido pelas veias. Juntos, entramos na água gelada. Sob esta luz, ele é vermelho como o sol antes do anoitecer, um gigante, um deus. Sua orelha aponta para trás quando a água do oceano atinge a perna ferida, e então se vira novamente para o horizonte. O mar ali é negro e profundo e talvez esconda mais maravilhas que as águas de Thisby.

Não faz tanto tempo assim que Corr e eu brincávamos nesta praia, aqui na base dos penhascos. Agora, nem sequer podemos dar um passo sem calcular.

Corro as mãos por seu pescoço de cima para baixo, seus ombros. Isso é algo que costumava dar como certo, sua simples presença. Descanso o rosto em seu ombro, fecho os olhos por um segundo e sussurro para ele.

– Encontre a felicidade.

Então, não posso continuar de pé porque minhas pernas não me sustentam mais. Pisco para clarear a visão e estendo a mão, tirando a corda de seu pescoço.

Recuo pela praia, observando-o. As orelhas dele ainda estão apontadas para o horizonte, não para mim. O oceano é o amor dele, e agora, finalmente, ele o terá.

Ergo o colarinho da jaqueta e viro as costas para ele, caminhando na direção da base do penhasco. Não acho que sou capaz de vê-lo desaparecer na água. Isso partirá meu coração.

Puck está esfregando os olhos com força, como se algo tivesse caído dentro deles. George Holly morde o lábio. Os penhascos se erguem sobre mim e tento me consolar. *Vou encontrar outro* capall uisce, *vou montar de novo, vou me mudar para a casa de meu pai e ser livre*. Mas não encontro conforto em meus pensamentos.

Atrás de mim, o oceano diz *shhhhh, shhhhh*.

Ouço um lamento alto, agudo. Continuo a andar, e meus pés descalços percorrem lentamente as pedras irregulares.

Ouço o lamento de novo, desta vez baixo e prolongado. Puck e Holly estão olhando para longe, e eu me viro. Ainda na beira da praia, Corr notou a minha partida e fica parado onde o deixei, olhando para mim. Ele ergue a cabeça outra vez e relincha para mim.

O oceano irresistível envolve seus cascos. Mas, ainda assim, ele se vira para me olhar e emite um lamento e mais outro. Os pelos dos meus braços se arrepiam com o chamado. Sei que ele quer que eu vá até ele, mas não posso acompanhá-lo para onde ele precisa ir.

Corr fica em silêncio quando não volto. Ele olha novamente para o horizonte infinito. Vejo-o erguer um casco e abaixá-lo de novo. Ele testa o próprio peso mais uma vez.

E então, Corr se vira e sai do oceano. Ele ergue a cabeça quando sua perna ferida toca o solo, mas dá outro passo calculado, antes de me chamar outra vez. Corr dá mais um passo, se afastando do mar de novembro. E então, outro.

Ele é lento, e o mar canta para nós dois, mas ele volta para mim.

NOTA DA AUTORA

Quando eu era adolescente, sempre ficava fascinada quando lia artigos sobre autores que remoíam ideias para suas histórias por meses ou anos antes de conseguir colocá-las no papel. Como uma escritora adolescente que escrevia tudo que lhe ocorria, aquilo me parecia muito estranho. *Como é que um escritor não sabe escrever sua própria história?*, eu pensava enquanto escrevia mais um romance terrível em poucas semanas.

Bem, aqui estou eu, sou um desses autores agora. Faz muito tempo que penso em escrever sobre cavalos d'água. E bem que tentei várias vezes. A primeira tentativa aconteceu na faculdade, e também logo depois. Por fim, quase desisti, mas há poucos anos – depois da publicação de três romances e, portanto, supostamente ciente de onde estava me metendo – resolvi fazer mais uma tentativa. E falhei novamente.

A única diferença nesse fracasso foi que ele não produziu um estrondo como antes, e sim uma lamúria.

O problema era que essa é uma lenda complicada demais, confusa, sem história estabelecida e não havia uma linha narrativa para guiar uma autora amedrontada. A história tem uma série de variações: uma versão dos nativos da ilha de Man, chamada *glashtin*; versões irlandesas chamadas *capall uisge*, *cabyll ushtey* e *aughisky*; versões escocesas chamadas *each uisge* e *kelpies*. Além de ser nomes difíceis de pronunciar fora de seus lugares de origem (o nome que usei, *capall uisce*, deve ser pronunciado CAPple ISHka), a principal característica de todas ela é falarem sobre um cavalo encantado muito perigoso, que vive nas águas.

Havia muitos elementos mágicos que me chamavam a atenção: os cavalos estavam associados ao mês de novembro; eram carnívoros; se atraídos para fora do oceano, eram montarias maravilhosas... a não ser que fossem tocados pela água salgada de novo.

Mas então havia um elemento peculiar na lenda. Algumas versões incluem um cavalo d'água que se transforma num belo rapaz com cabelos castanho-avermelhados. O jovem recém-transformado teria a habilidade de andar à beira-mar atraindo as donzelas da região – porque, claro, não há nada mais irresistível do que um estranho menino ruivo que cheira vagamente a peixes –, para depois arrastar suas vítimas para dentro da água e devorá-las. O fígado e os pulmões seriam deixados para mais tarde.

Foi a parte que chamou minha atenção. Toda vez que eu tentei trabalhar na criatura, tanto homem quanto cavalo, percebi que eu estava contando uma história que não queria contar. Foi somente quando escrevi a trilogia *Calafrio*, uma versão da lenda do lobisomem, que percebi que não era *obrigada* a encarar os cavalos d'água ao pé da letra. Eu poderia escolher os aspectos da lenda que mais me agradassem e trabalhar com eles.

Eu joguei fora tudo que não precisava sobre os cavalos d'água e acabei com *A Corrida de Escorpião* nas mãos, uma história que não é realmente sobre cavalos d'água ou um conto de fadas, agora que reflito sobre isso.

Se você quiser saber mais sobre garotos ruivos esquisitos que vivem na água, com algas nos cabelos, peço que leia o livro de Katharine Briggs, *An Encyclopedia of Fairies: Hobgoblins, Brownies, Bogies, and Other Supernatural Creatures*, excelente ponto de partida para tudo que diz respeito ao mundo mítico.

Acho que ainda é possível que um dia eu escreva a outra parte da lenda.

Não. Na verdade, não é.